O INIMIGO DOS MEUS SONHOS

JENNY WILLIAMSON

O INIMIGO DOS MEUS SONHOS

Tradução
Carolina Candido

HARLEQUIN
Rio de Janeiro, 2025

Título original: Enemy of My Dreams

Copidesque Anna Clara Gonçalves
Revisão Julia Páteo e Daniela Georgeto
Design de capa Renata Vidal
Imagens de capa Shutterstock e Adobe Stock
Diagramação Abreu's System

Dados Internacionais de Catalogação na Publicação (CIP)
(Câmara Brasileira do Livro, SP, Brasil)

Williamson, Jenny
O inimigo dos meus sonhos / Jenny Williamson; tradução Carolina Candido. – Rio de Janeiro: Harlequin, 2025.

Título original: Enemy of my dreams
ISBN 978-65-5970-557-3

1. Ficção histórica 2. Ficção norte-americana I. Título.

25-290914 CDD-813

Índices para catálogo sistemático:
1. Ficção : Literatura norte-americana 813
Bibliotecária responsável: Cibele Maria Dias – CRB-8/9427

Rua da Quitanda, 86, sala 601A – Centro
Rio de Janeiro/RJ – CEP 20091-005
Tel.: (21) 3175-1030
www.harpercollins.com.br

Para minha mãe. Eu dei a volta por cima todas as vezes.
Você se orgulharia.

PRÓLOGO

Rio Frígido, Alpes Julianos
9 de setembro, 394 d.C.

Três dias após o fim da última batalha, o temível vento bora ainda circundava a planície alagada. Uivava e sussurrava aos aparatos de guerra destruídos, levantando redemoinhos de poeira entre os mortos. Os soldados diziam que foi ele que lhes concedera a vitória, que os deuses o enviaram para fazer as flechas inimigas darem meia-volta.

Alaric dos Godos deu as costas para o campo de batalha, e bora enrolou seu manto em torno dos calcanhares.

Pelo jeito, alguém deveria avisar aos deuses que a maldita batalha já acabou.

Diante dele, o usurpador Eugênio estava ajoelhado no chão. Mesmo naquela posição, era magro e curvado como um galho alto demais. O vento inflava o manto manchado do carrasco como uma vela de barco esfarrapada e arrancava as palavras da boca do condenado.

Dez mil dos seus homens morreram para que aquilo acontecesse. Metade dos federados. E os romanos mal tinham arranhado suas couraças.

Uma mão pesada bateu no ombro de Alaric.

— Muito bem, Alaric. — O general Estilicão sorriu, jovial como na Saturnália. — Sem você, jamais teríamos tomado aquele vale. Conquistou a glória nesses últimos dias.

Glória. Alaric contraiu a mandíbula. Não havia nada de glorioso no que acontecera no vale. Saíra de lá coberto de sangue, tanto de seus homens quanto dos inimigos.

O imperador Teodósio surgiu da multidão abaixo, inflado com sua própria importância. Interrompeu as últimas palavras de Eugênio com um discurso sobre o deus cristão que lhes concedeu a vitória. Por sorte, o vento abafou a maior parte de sua fala.

— O imperador vai querer vê-lo — disse Estilicão. — Vai querer saber a contagem dos mortos. E, se você agir da maneira apropriada, haverá uma recompensa.

— Quer dizer a terra que ele prometeu? — Alaric não conseguiu esconder a amargura na voz.

Por anos, Teodósio prometeu terras. Sempre depois da próxima grande vitória. E da seguinte. O povo de Alaric continuava sem território, sem lar, e agora metade morrera. Se isso fosse alguma coincidência, ele comeria as próprias botas.

— Você *precisa* mesmo agir assim toda vez? — Estilicão suspirou, irritado. — O imperador deve essa vitória a você. Mas aja de modo *político*, Alaric. Você tem muito a ganhar, com o tempo.

O outro balançou a cabeça, sombrio. Se havia algo que seu povo não tinha, era *tempo*. Lembrou-se dos hunos descendo das colinas do leste, das fileiras de casas queimando. Aquela era uma lembrança antiga, da infância, mas isso ainda acontecia.

Estilicão lançou um olhar à couraça danificada e ensanguentada de Alaric e franziu a testa.

— Trate de se limpar primeiro. Corte o cabelo, pelo amor de Deus... Tente não se parecer tanto com um bárbaro.

Abaixo deles, Teodósio terminou de falar sobre Deus. Então fez um sinal impassível para o carrasco.

O bora cessou no instante em que o machado desceu.

A tenda imperial estava repleta de tecidos finos e madeiras raras, todos os confortos dos quais o imperador não podia abrir mão durante a campanha. Teodósio estava sentado, curvado sobre uma mesa sólida de carvalho, rabiscando marcas em uma tábua de cera, o couro cabeludo rosado por causa do sol. Alaric pensou no esforço, suor e sofrimento que levaram o imperador até ali.

Por fim, Teodósio falou:

— Seu relatório?

— Pelos meus cálculos, perdemos dez mil.

A mão do imperador congelou.

— Explique como conseguiu perder metade dos *foederati*.

— Os batedores disseram que a margem estava segura. Não estava. Os arqueiros nos abateram como tartarugas num balde.

— E você perdeu dez mil das *minhas* tropas godas. — Teodósio largou o estilete e encarou o subordinado com frieza, olhos estreitos como um mercador desconfiado de uma infestação de caruncho nos grãos. — Estilicão diz que, sem sua valentia, seríamos comida para os corvos. Mas eu sei que foi Deus quem nos deu essa guerra. Ele enviou o vento.

— Imperador, com *todo o respeito* — disse Alaric, a voz monótona —, seu deus não sofreu nem morreu para entregar aquele vale para você. E é conveniente atribuir a vitória a ele, já que não espera pagamento nem território em troca.

— Você tem muita coragem. — Teodósio franziu a testa. — Talvez não perceba que está falando com seu maior aliado, Alaric. Defendi você perante o Senado e, mesmo assim, você não fez nada para facilitar meu trabalho. Seu povo é ingovernável. Saqueiam quando deveriam cultivar. Visito seus acampamentos durante a batalha e encontro mulheres e crianças vagando por aí. Se eu lhes concedesse terras agora, como poderia ter certeza de que iriam cultivá-las em vez de usá-las como base para receptar saques?

— Eles não precisariam seguir meu exército se tivessem suas próprias terras. Se mulheres e crianças tivessem um lugar seguro para ficar...

— Ofereci acomodá-los em acampamentos fixos.

Só por cima do meu cadáver, pensou Alaric.

— As pessoas morrem como ratos nesses lugares.

— E como acha que o Senado reagiria se eu assentasse dez mil godos armados no Vale do Danúbio logo após Eugênio se rebelar? Se o seu povo começar a saquear romanos honestos, eu poderia ser apedrejado nas ruas. — Teodósio fez uma pausa para se servir de vinho, sem oferecer a Alaric. — Eugênio era parte franco, sabia?

— Meu povo é tervíngio. Esse nem é o mesmo clã.

— Você sabe disso, e *eu* também. Mas, para o Senado e para o povo, vocês são todos iguais. — Teodósio pegou o estilete e voltou a rabiscar a tábua de cera. — Está dispensado. Vai permanecer na sua posição atual, mas só porque os *foederati* são leais a você. Seja grato pela minha generosidade.

Alaric rangeu os dentes. Como se não fosse óbvio como os romanos viam seu povo. *Bárbaros*, todos eles. Podiam até receber símbolos de poder, mas, no fim, era seu povo que lutava contra iguais, enquanto os romanos ficavam com as recompensas.

Estilicão queria que ele se curvasse e se humilhasse, fazendo um gesto conciliatório ao deus do imperador. Mas Alaric não temia um homenzinho protegido em uma tenda. Não depois de tudo o que vivera.

— Por quanto tempo acha que posso manter os *foederati* leais, imperador — indagou Alaric, em tom baixo —, se eles não forem pagos integralmente?

Teodósio ergueu os olhos num estalo.

— Isso é uma ameaça?

— Quando eu fizer uma ameaça, você saberá.

Por um momento, tudo parou. O rosto do imperador mantinha o habitual desdém contido, mas algo fez Alaric olhar de relance para a mão que o homem levantara. Ela tremia.

O imperador o temia.

De repente, Alaric entendeu. Teodósio soubera de antemão que caminhava rumo a um massacre. E Estilicão havia dado a ordem. Para reduzir os números e prevenir uma rebelião futura.

Ambos achavam que ele seria o próximo a se voltar contra Roma.

Com movimentos calculados, Teodósio largou o estilete.

— Seria bom que você se lembrasse de quem é o acampamento em que está — disse com frieza — e a quem servem os guardas lá fora.

— E seria bom que você se lembrasse a quem os *foederati* devem sua lealdade. — Alaric escancarou os dentes em algo que não era um sorriso. — Pague o que deve aos meus homens, imperador. Caso contrário, é melhor rezar ao seu deus por outro bora.

Estilicão já achava que ele se voltaria contra Roma. Seria uma pena decepcionar o grande homem.

CAPÍTULO I

Palácio Imperial, Ravena
Quinze anos depois

Júlia Augusta, filha do falecido Teodósio, o Grande, abriu um olho para a alvorada incandescente e cruel que entrava pela janela e voltou a fechá-lo no mesmo instante.

Tinha ópio no vinho que bebera na noite anterior. Júlia sabia disso, tanto pelo tom brilhoso de pêssego que havia transformado seu triclínio em um cenário reluzente quanto pela dor de cabeça lancinante que agora pulverizava seu crânio. Ela sabia muito bem o que o Lótus Azul causaria pela manhã e não se importara nem um pouco. Um equívoco grave.

Estava deitada na cama, com a cabeça apoiada no ventre macio e que subia e descia com a respiração de sua melhor amiga Verina, sobrinha do general mais ilustre de Roma. Seus membros estavam sobre o tronco do filho de um senador. Várias outras pessoas dormiam enroscadas na enorme cama, algumas espalhadas pelos sofás cobertos por almofadas e outras, no chão.

— Verina? — murmurou.

— Hum — veio a resposta.

Júlia sentou-se. A luz do sol que atravessava o pátio feria seus olhos, e até mesmo o murmúrio da água corrente do implúvio agravava a latejante dor de cabeça. Seu elegante quarto estava o mais completo caos: vinho derramado sobre o mármore branco, sofás virados e almofadas espalhadas pelos destroços do bacanal da noite anterior. Ao redor, jaziam os corpos adormecidos da juventude decadente de Ravena: filhos e filhas de senadores e estadistas, luminares da filosofia e belos atores de teatro, quase todos em um estado de nudez que horrorizaria seus pais. Um homem fantasiado de sátiro estava jogado em um sofá cor de açafrão, babando sobre uma almofada de seda. O cheiro pungente de vinho velho no ar era espesso o bastante para se embriagar outra vez.

Júlia afastou do rosto uma mecha de cabelo ruivo e suado e puxou um pedaço de seda quase transparente para cobrir os seios. Mal servia para esconder seus mamilos pintados de ouro. A coroa que usara como Rainha das Bacantes, senhora da folia, ainda estava, de alguma forma, em sua cabeça, apesar de bastante torta. Ao lado dela, Verina se enroscou em outra almofada, colocando a mesma seda sobre os ombros. Parecia ser uma cortina arrancada de alguma das janelas. Imagens da noite anterior invadiram a mente de Júlia — a música, a dança frenética, o ópio no vinho. Ela fechou os olhos. Precisava de um banho. Um banho e depois uma bebida, nessa ordem.

Uma voz estridente rasgou seu crânio.

— Júlia Teodósia Augusta Fília.

Ela estremeceu. Era Olímpio, o mestre de ofícios favorito de seu falecido pai, parado na porta. Usava a batina séria de sempre e o rosto contraído em uma expressão amarga, como se constantemente sentisse o próprio odor desagradável.

— Dispense seus amigos, Augusta. — Ele lançou um olhar rápido sobre os corpos meio despidos e adormecidos, tomado por um desprezo profundo. — Nós precisamos conversar.

Júlia suspirou fundo. Sabia que isso aconteceria.

— Vocês ouviram o homem — disse ela alto para o grupo ainda adormecido.

Aos poucos, seus amigos começaram a se levantar e a procurar pelas roupas espalhadas. Verina se endireitou a contragosto, lançando a Olímpio um olhar de suprema irritação.

— Eu encontro você depois — sussurrou Verina. — Quando já tiver limpado o sangue dele do chão.

Júlia deu um meio-sorriso. Ao seu sinal, uma legião de serviçais entrou em silêncio, começando a pôr o quarto em ordem com total discrição. Júlia manteve o ar de desdém casual, observando um tom vermelho se espalhar do rosto até o pescoço de Olímpio. Quando o grupo finalmente se dispersou, ela estava certa de que ele estava a um passo de explodir.

— Não esperava encontrá-la vestida de forma tão indecente a esta hora do dia.

Júlia se levantou com toda a dignidade que conseguiu reunir, envolvendo-se em um manto como se fosse uma toga imperial. Sabia muito bem o que o mestre de ofícios via — seu cabelo ruivo caindo pelas costas, o lápis preto borrado em torno dos olhos. Os mamilos dourados sob a seda. Mas, pelo rubor no rosto do homem, era de se pensar que *ele* estava exposto.

Desde os 15 anos, Júlia sabia o efeito que causava nos homens; e não hesitava em usar isso para causar desconforto em um fanático moralista. Preferiria andar na brasa quente a deixar Olímpio pensar que tinha o poder de *desconcertá-la*. Júlia estava naquele jogo havia muito tempo, e a primeira regra era nunca deixar que a outra pessoa percebesse que ela estava abalada.

Apesar da dor martelando sua cabeça, manteve o ar despreocupado ao caminhar até um dos sofás.

— Pelo contrário. Receber convidados assim está bastante em alta.

O resto — *É claro que ninguém espera que* você *saiba disso* — não era necessário dizer em voz alta. Ela abriu um sorriso cortante: com Olímpio, preferia ser tão transparente e afiada quanto vidro.

— Por favor. — Apontou para o sofá mais desconfortável, o mesmo onde o sátiro havia babado. — Sente-se.

Olímpio acomodou-se no sofá amarelo açafrão. Estava mais magro desde a morte do imperador, os traços já austeros beiravam o cadavérico. Os olhos, que sempre estavam arregalados, pareciam que iam saltar do rosto.

A escravizada de câmara de Júlia, Ágata, chegou com uma jarra do vinho de baixa qualidade da Colina do Vaticano, um que fora obrigada a aceitar na semana anterior. O líquido vermelho foi despejado na taça de Olímpio.

— Sentimos sua falta ontem, na missa para seu pai.

— Passei quarenta noites em vigília. — Quarenta noites ajoelhada sobre a pedra na basílica poeirenta, e ela morreria se a obrigassem a fazer isso por mais uma miserável hora que fosse. — Não consigo imaginar o que mais você quer de mim.

— Não é o que *eu* quero de você, Augusta. É o que é melhor para o império. — O homem franziu ainda mais a testa. — Quando seu irmão ordenou que permanecesse em seus aposentos quando não estivesse na basílica, ele quis dizer que você deveria *orar* com suas damas. Não se envolver em... orgias clandestinas com os mais degenerados de Ravena. A essa hora todos sabem que, ontem à noite, em vez de comparecer à missa pelo falecido pai, você organizou uma festa com ópio, prostitutas, homens vestidos de sátiro e devassidão da pior espécie.

Júlia suspirou de forma exagerada. Como a dor de cabeça podia pulsar tão forte atrás de *um* só olho?

— Só tinha um sátiro, se quer saber. — Ela percebeu que o olhar do mestre de ofícios havia descido sem pudor para baixo de seu pescoço. Júlia ergueu uma sobrancelha. — Isso tira o seu sono, Olímpio, pensar na minha *devassidão*?

O rosto do homem ficou roxo.

— Desde a morte de seu pai, você mergulhou na depravação — disse Olímpio, rígido. — Anda com pessoas abaixo da sua posição, lê e discute obras de filósofos *com homens*. Usa ópio, embriaga-se e teve ao menos um caso público. — Ele retirou um pergaminho das vestes e o sacudiu na mão. — Seu irmão me encarregou de lhe entregar isto...

Medo e fúria a atravessaram. *Honório*.

— Me dê isso.

Júlia pegou a carta com violência e a desenrolou apressada. Duas palavras saltaram como se estivessem gravadas em folha de ouro. *Traição* e *exílio*.

— Leia — ordenou Olímpio. — Em voz alta.

Ela inspirou fundo.

— "Fica assim decretado que qualquer demonstração de devassidão, consumo de vinho, confraternização com pessoas de classe social inferior, leitura de textos inapropriados ou ingestão de ópio por parte da irmã do imperador serão considerados atos de traição contra o próprio Augusto." — O papel foi amassado onde ela o segurava. — "Punível com exílio para... para Pandatária."

Júlia correu os olhos para o fim da página. Sabia o que veria ali, mas, ainda assim, sentiu sua presença como uma apunhalada. O selo do irmão.

Quando chegou a Ravena, Alaric dos Godos já estava farto daquele pântano miserável.

Diferente de Roma, não dava para ver Ravena de longe. Era preciso atravessar um pântano, encharcando-se de suor, empurrando carroças atoladas pelo caminho enlameado, sofrendo com o calor e os insetos, até que, de repente, lá estava a cidade. Muros espessos cobertos por reboco encardido e tijolos expostos nas longas rachaduras. Um dente podre numa boca apodrecida.

Seu grande cavalo preto, Aníbal, sacudiu a cabeça, espantando uma mosca do tamanho de uma uva-passa gorda. Alaric se virou na sela para olhar a retaguarda. Cinquenta guerreiros escolhidos a dedo o acompanhavam, e além deles, com armaduras reluzindo entre as árvores e falhando miseravelmente em ser discretos, havia meia tropa de soldados romanos, que os vigiavam desde a campanha, sem oferecer um pingo de ajuda com as carroças.

Mesmo assim, Alaric estava de bom humor, o que era inusitado.

— Por que você está sorrindo? Você nos guiou direto para o traseiro fedorento do Império — disse seu segundo em comando, Ataulf, erguendo o braço para limpar o suor da testa. — Esse convite é uma armadilha. Quantas vezes preciso repetir?

— Não precisa. — Ataulf estava falando aquilo desde a travessia das montanhas. — Eu sei.

Quinze anos haviam se passado desde que Estilicão enviara Alaric para morrer naquele desfiladeiro. Alaric convencera os federados a se voltarem contra Roma e os romanos, e então vieram a guerra, a selvageria e duas tentativas fracassadas de adquirir um território próprio a partir do cadáver pútrido do Império. E, depois da segunda investida — o cerco condenado em Milão —, seu povo atacara a Grécia e a Dácia, sobrevivendo por meio da pilhagem. Por três anos, Alaric os manteve unidos por meio de saques, juramentos, além de seu próprio suor e sangue. Por fim, a terra havia sido drenada e seus apoiadores, líderes dos clãs, começavam a se voltar contra ele; Alaric passara a dormir com a cota de malha de ferro para se proteger de assassinos.

Então, em meio a tudo isso, veio a mensagem de Estilicão. Rígida como sempre. *Teodósio morreu. Venha logo. Pode ser que o novo imperador concorde em ceder um lar a vocês.* Alaric ainda carregava o bilhete sob a cota de malha, queimando a pele como uma estrela caída.

— Boa sorte, então, negociando com seus assassinos. — Havia sarcasmo no tom de Ataulf. Um inseto se levantou sem pressa e pousou em seu pescoço; ele xingou e deu um tapa. Um fio de sangue manchou sua pele. — E o que você tem a oferecer, além de nossos homens como soldados? Lamento lembrar que, se voltar para Nórica de mãos vazias, você provavelmente será enforcado pelos líderes na sua própria acomodação.

Era uma discussão antiga. Uma que estavam tendo desde que partiram.

— Os líderes dos clãs me aceitarão de prontidão se eu trouxer um lar para eles — disse Alaric. — Mas não se isso envolver um acordo para enviar nossos homens como combustível para a máquina de guerra romana. Não pagarei um único numo por terras que já nos são devidas. Nem em aliança, nem em serviço.

Ele não pretendia negociar. Pretendia fazer os romanos sangrarem até a última gota.

— Se você não der aos romanos o que eles querem, é provável que morra aqui. Por que o manteriam vivo se não podem negociar com você? — Ataulf praguejou baixo. — Não precisamos escolher entre dois caminhos para a morte, Alaric. Ainda há terras na Hispânia prontas para a conquista...

Alaric balançou a cabeça, sombrio. Era tarde demais para fugir para a Hispânia. Era tarde demais desde o massacre nos campos de Frígido, quando ele jurara seguir tal caminho, mesmo que levasse à morte. O juramento pairava ameaçadoramente perto naquele momento, com a morte à frente e atrás dele, seguindo seus passos desde as montanhas. A única saída era aceitar o convite do homem que o traíra. Um homem que já fora como um pai para Alaric.

— Não irei para a Hispânia. Ataulf, se eu não estiver lá para manter os godos unidos, eles vão se fragmentar... e serão exterminados pelos hunos e escravizados pelos romanos. — Ele puxou as rédeas e tentou acalmar Aníbal, que tentava ansiosamente disparar em trote. Até os animais estavam com os nervos à flor da pele. — Se eu fracassar em conseguir uma pátria para nós, não *haverá* godos quando o inverno chegar.

Estavam a quase uma flecha de alcance das muralhas. Alaric deu liberdade a Aníbal; o cavalo sacudiu a cabeça e disparou em um galope frenético e desconfortável para o cavaleiro, deixando os demais para trás. À medida que se aproximava, podia sentir a hostilidade dos guardas. Sabia o que viam: cinquenta godos armados, tatuados e esfarrapados a cavalo, visivelmente indispostos após passarem pelo pântano. No lugar dos guardas, nem *ele* permitiria que entrassem.

Um centurião pretensioso gritou das ameias:

— Declare seu propósito!

Alaric apoiou os antebraços no alto do pomo da sela e respondeu em um latim mais refinado que o do outro homem.

— Você sabe o nosso propósito. Seus homens estão nos vigiando desde a campanha. — Ele abriu um sorriso enorme, que beirava o ameaçador. — Viemos sob a bandeira da paz.

— Não vejo bandeira alguma. Seja de paz ou não.

— Certamente o grande Império não teme nosso bando lamentável, centurião!

Ele se divertiu calculando a força e a trajetória necessárias para cravar uma de suas lanças na garganta do homem dali, mas continuou:

— Viemos a convite do general Estilicão.

O centurião franziu ainda mais a testa, em seguida sua cabeça com a crista eriçada desapareceu da muralha. Após um breve momento, uma portinhola foi aberta no portão e o centurião surgiu.

— Prove que você é Alaric dos Godos.

A impaciência pinicava sua pele. Alaric não havia cavalgado centenas de quilômetros, sendo as últimas por um pântano miserável, só para ser barrado por um homenzinho atrás de uma porta.

Um sorriso sanguinário curvou os lábios dele.

— Abra o portão antes que eu o derrube.

— Perdoe meu rude companheiro. Ele não é famoso por sua educação. — Ataulf parou ao lado de Alaric, com as mãos estendidas e as rédeas soltas entre os dedos. — Quem mais seríamos? Talvez prefira contar ao general Estilicão por que fez seus convidados aguardarem sob o sol escaldante enquanto perguntava o que já sabia.

A janelinha se fechou com um estalo. Do outro lado da muralha, uma voz cortante soou, e Alaric a reconheceu. Em seguida, começou uma gritaria.

— E você ainda se considera o diplomático — disse Alaric com ironia.

— Foi *você* quem ameaçou derrubar o portão. — Ataulf se inclinou, falando baixo na língua da ilha das coníferas, a pátria há muito desaparecida deles. — Isto *é* uma armadilha. Consigo pensar em pelo menos meia dúzia de líderes rebeldes massacrados em banquetes em sua homenagem, entorpecidos pelo vinho e pela bajulação — murmurou ele. — Deixe que eu fale durante o jantar.

Alaric respondeu em tom baixo, observando a porta:

— Você não vai ao banquete. Pode ser necessário ir embora rápido. Você vai ser responsável por manter os cavalos prontos e o caminho livre.

— E quem *vai*? — Ataulf lançou um olhar de reprovação para trás. — Não pode confiar sua vida a esses desordeiros.

Alaric seguiu o olhar dele, que recaía sobre o alto e loiro Torismundo, último príncipe dos Batavos. O homem sozinho equivalia a um exército, ninguém melhor para ajudá-lo a abrir caminho numa cidade hostil. Perto dele cavalgava o mercenário huno, Riga, observando as muralhas como se planejasse escalá-las com flechas nas costas e uma lâmina entre os dentes. Além disso, o homem conhecia todos os contrabandistas dali até a Sicília. Se precisassem de uma rota secreta pelo pântano para fugir dos romanos, Riga a encontraria.

Atrás dos dois, os gêmeos estavam curvados sobre seus pôneis de guerra hunos, cabelo loiro espetado com gordura animal, colares de dentes de lobo brilhando no pescoço. O pai deles, Gaufrido, foi o primeiro entre os líderes dos clãs, o primeiro a segui-lo em Frígido, mas morrera em Polência com uma flecha no ventre. Alaric lhe prometeu, à beira da morte, que cuidaria dos garotos, fez um juramento de que corrigiria as injustiças do Império, mesmo que isso o matasse. Ambos tinham 15 anos e eram mais experientes que guerreiros uma década mais velhos. Alaric suspirou. Em Nórica, decidira levar os filhos de Gaufrido consigo, em vez de deixá-los enfrentar uma insurreição sozinhos, mas já questionava a decisão.

Não. Ele guiaria os meninos até ali, mas não os levaria para o desfiladeiro de Frígido.

À frente, os portões se abriram com estardalhaço. Estilicão os aguardava. Um vento se ergueu aos pés de Alaric.

A primeira vez que enfrentou o homem como inimigo foi catorze anos antes, nas planícies de Larissa, ambos os lados entrincheirados, desafiando o outro a piscar. Encontraram-se novamente na costa congelada de Corinto; e Alaric fugiu pelo gelo escuro até as montanhas irregulares, com o exército de Estilicão em uma perseguição acelerada. Depois veio Verona, quando esteve cercado por todos os lados, seus homens famintos e desertando. Estilicão bloqueou a estrada para o norte, e Alaric ergueu defesas em uma colina acima da cidade, barganhando pela sua sobrevivência e a de seus soldados. Conseguira escapar com seu exército devastado.

Naquele instante, tudo o que os separava eram algumas dezenas de passos enlameados. O tempo e as dificuldades haviam talhado sulcos profundos na face de Estilicão, e havia mais fios prateados que castanhos em seu cabelo curto. Mas os olhos eram os mesmos. Frios, como se vindo de uma terra congelada. Desafiando-o a piscar.

— Alaric. — O velho general lançou um olhar de desaprovação para o grupo esfarrapado que o acompanhava. — Enviei um convite pessoal. Parece que você respondeu com uma força de invasão.

— Apenas cinquenta dos meus amigos e familiares mais próximos.

— Traga dez e siga-me.

Alaric avançou com o cavalo, direto para a armadilha de Estilicão.

Pandatária. Dentre todos os malditos lugares do mundo.

Júlia atravessou os corredores de mármore com passos firmes, a odiada carta amassada em seu punho. Pandatária era uma ilha desolada para onde a família imperial enviava mulheres problemáticas. Aquelas que se recusavam a ficar caladas, que não paravam de arranjar amantes, que transgrediam alguma regra ridícula. Uma execução silenciosa era o que se seguia. As mais sortudas eram estranguladas. Para as azaradas, eles decidiam apenas parar de alimentá-las.

Olímpio *deve* ter colocado essa ideia na cabeça de Honório.

Mas, quando chegou à porta dos aposentos de seu pai — atualmente de seu *irmão* —, encontrou-a bem fechada.

— Sinto muito, princesa — disse o guarda. — O imperador está rezando pela alma de seu pai.

— Bobagem. Meu irmão lamentou mais aquele pássaro mimado que morreu semana passada do que a morte do nosso pai.

Júlia sabia que o guarda não ousaria tocá-la. Por isso passou por ele, empurrando a porta. *Se Honório sequer* sussurrar *a palavra* traição *para mim*...

Júlia parou no limiar. Não havia mais mapas de territórios distantes nem a antiga e imponente escrivaninha que parecia uma fortaleza. Honório transformara o cômodo em algo parecido com uma sala do trono. Murais extravagantes. Tapetes luxuosos da Pérsia. Lápis-lazúli por toda parte. Se aquele fosse o escritório *dela,* Júlia teria preenchido cada espacinho com livros. Mas não era dela. Jamais seria.

Pelos deuses, Júlia precisava de uma bebida.

Honório estava largado em uma cadeira de prata, envolto em uma toga imperial. Roxo não caía bem nele; a cor apenas destacava ainda mais as manchas vívidas do adolescente. Um grupo de amigos de infância disputava a atenção dele enquanto seus amados galos cacarejavam a seus pés, ciscando sementes no tapete. Os olhos de Honório estavam fixos no fundo da sala, e foi só quando Júlia avançou que percebeu o que ele observava.

Um homem nu pendia pelos braços. Era o intendente do pai dela, Ático. Um homem mais velho, digno; certa vez a ajudara a resgatar um gatinho de um conduto pluvial. Júlia parou, horrorizada, enquanto o gigantesco guarda germânico de Honório, Práxis, usava um chicote com um nó na ponta para desferir um golpe nas costas do homem, ecoando com um *estalo* úmido.

O homem gritou, e os colegas de Honório riram como se assistissem a uma comédia obscena.

Ela precisava ser cuidadosa. Se demonstrasse preocupação, o imperador mandaria chicotear o homem ainda mais só para provocá-la.

— Honório. — Outro *estalo* terrível, e o estômago dela ameaçou sair pela boca. — *Honório.*

Ele se assustou.

— O que *você* está fazendo aqui?

— O que raios ele fez?

A voz era calculada. Nem muita preocupação, nem indiferença *demais.*

— Ele deu mais comida do que deveria para meus galos outra vez. Roma está com uma dor de estômago horrível.

— Pelos infernos, como você consegue perceber que um pássaro está com indigestão? Francamente. Isso é de péssimo gosto. — Júlia franziu a testa. — Você aí, corte as cordas dele.

O homem com o chicote olhou para o imperador.

— Perdoe-me. Esqueci de suas sensibilidades delicadas. — O irmão fez um gesto imperioso. — Já chega, Práxis. Limpe essa bagunça. — O guarda bateu o punho no peito e começou a soltar as algemas do intendente. — O que você quer, Júlia? Não a convoquei.

A cabeça dela latejava com violência, e Júlia cerrou os dentes. Depois que Olímpio foi embora, ela cochilou por horas tentando aliviar a dor de cabeça antes de enfrentar Honório. Era óbvio que não tinha adiantado.

— Não convocou, mas mandou seu mestre de ofícios interromper minhas orações hoje de manhã.

— Você é a única pessoa que conheço que chama a oitava hora do dia de manhã.

— E você é a única pessoa que *eu* conheço capaz de mandar chicotear alguém até a morte por causa de uma galinha. — Júlia avançou devagar até a cadeira do imperador e bateu o pergaminho amassado sobre a mesa. — Reconhece isso?

— Claro que sim. Eu escrevi.

Um dos amigos dele riu.

— Eu *disse* que ela não ficaria feliz.

Júlia lançou um olhar gélido para o grupo.

— Foi ideia sua ou o Senado aqui teve alguma influência?

— Acalme-se, Júlia. Você está sendo histérica. — Os amigos de Honório riram abertamente. — Saiam — ordenou o irmão dela. Eles obedeceram, graças aos deuses. — Você sempre foi a favorita de nosso pai — disse Honório quando ficaram a sós. — Ele deixava você fazer o que quisesse. Eu não vou deixar.

Júlia conteve uma risada amarga.

— Você acha que *eu* era a favorita?

Como ele podia lembrar a história deles de forma tão equivocada?

— Era você que ele costumava exibir nas festas, lembra?

— Até nossa mãe morrer e eu ser enviada para Capri. *Você* teve permissão para ficar. — Júlia cruzou os braços. — Não serei enviada para outra ilha, Honório.

— Então você vai se comportar. — Honório falou com uma paciência exagerada, como se ele fosse o irmão mais velho e ela a irmã mais nova rebelde. — Eu herdei só caos, Júlia. Províncias em chamas, o tesouro esgotado e usurpadores rondando meu trono como tubarões prestes a atacar. O que pensarão da minha força se não consigo controlar nem as mulheres da minha própria casa? — Ele franziu a testa. — Alaric dos Godos está em Ravena neste momento, me avaliando como quem estuda uma muralha que pretende derrubar.

O nome fez o ar se esvair dos pulmões dela. *Alaric dos Godos.* Evocava imagens de fogo e morte, corpos empalados diante de muralhas destruídas. Era quase uma lenda familiar; o homem havia se rebelado numa batalha esquecida quinze anos antes, por conta de alguma ofensa mesquinha, e não parara de aterrorizar Roma desde então.

— Honório, que insensatez foi essa que o levou a trazer *esse* vilão para nossa cidade?

— Não está ouvindo? As províncias estão *em chamas*. Estilicão acha que pode convencer Alaric a voltar para os *foederati*, se fizermos a oferta certa. Mas não podemos demonstrar fraqueza. Caso contrário, pode ser que ele decida tentar a sorte e invadir de novo. — Honório suspirou fundo e, por um instante, parecia o fantasma de seu pai, porém sem a barba. — Alaric já teria nos queimado vivos três anos atrás se não tivéssemos mudado a capital para Ravena. Mas isso foi uma demonstração de fraqueza e, agora, suas ações me fariam demonstrar outra.

— A mensagem de fraqueza que *eu* estou passando seria mais evidente do que *a sua*? Acha que é melhor correr para o maior inimigo de Roma em busca de ajuda? — Júlia soltou um riso debochado. — Ou talvez seja melhor ameaçar as mulheres da sua casa com exílio para nos manter sob controle?

— Júlia, eu *espero* não ter que exilar você. Eu *espero* que você se comporte como uma verdadeira mulher romana. Casta, obediente e submissa.

Casta. Obediente. Submissa. A voz do pai dela ecoava pelo túnel dos anos.

— Então me exile. Faça isso.

— Sente-se, Júlia. — Um olhar frio surgiu nos olhos de Honório. — Práxis, faça com que ela se sente.

Mãos pesadas pousaram sobre os ombros dela, e o homem corpulento a empurrou para um banco baixo. Júlia arfou, chocada com a transgressão. Ninguém *jamais* a tocava sem sua permissão.

— Você completou 22 anos em abril, Júlia. Está velha demais para estar solteira.

Velha demais!

— Dezessete anos é jovem demais para ser imperador — retrucou ela. — Ouvi dizer que você ainda molha a cama durante tempestades.

Honório enrubesceu.

— Olímpio precisa de uma esposa. Acho que deveria ser você.

Ela estava de pé num instante.

— *Não*, Honório. Me entregue a algum governante estrangeiro rico, cuja lealdade você precise garantir. Não a um inseto rastejante frívolo como...

— Você chamando outra pessoa de frívola. *Isso*, sim, é engraçado. — Não havia traço de humor no riso dele. — Práxis, faça com que ela se sente.

O guarda a empurrou de volta para a cadeira. Dessa vez com força suficiente para machucar.

— Nunca entendi por que vocês dois não conseguem se dar bem — continuou o irmão, em tom calmo. — Esse casamento resolve dois problemas urgentes para mim. Posso reforçar o tesouro esvaziado do Império com a fortuna de Olímpio e resolver... *este* problema. — Ele fez um gesto indicando-a. — Se não gosta disso, Júlia, vá arranjar seu próprio exército. Caso contrário, você vai se casar com Olímpio. Vai fazer isso porque valoriza a vida dos seus amigos... aquela má influência, Verina, por exemplo. Mas essa não seria a principal razão, não é?

Práxis apertou seus ombros. Um medo nauseante fez o estômago dela se revirar.

— Não, Honório.

— Qual é a principal razão, Júlia?

Ela sabia a resposta. O pai a havia incutido nela anos antes, quando a enviou embora aos 14 anos.

— Porque é meu dever, Augusto. Para com você e para com o Império.

Honório *realmente* a exilaria para morrer. E faria coisa pior sem nem piscar.

CAPÍTULO II

A mãe de Júlia lhe ensinara sobre a Divina Cleópatra. O pai lhe ensinara a jogar latrúnculo.

Ela apoiou o queixo na mão e encarou o tabuleiro de latrúnculo que ficava em seu quarto. Pertencera ao pai, feito de mármore de Luna e pórfiro. Era um jogo de saqueadores. Jogo de soldados. Antes que se desse conta, ela estava movendo as peças pelos padrões, a toda velocidade. As mãos se lembravam de tudo.

Júlia fechou os olhos bem apertados. Pensar no pai enterrado na basílica quase a destruía. Isso a fez se lembrar da mãe, que morrera no parto sete anos antes, assim como a criança, estrangulada pelo próprio cordão umbilical. Arrancada à força da carnificina entre as pernas da imperatriz.

Júlia tinha 14 anos na época. Não muito tempo depois, o imperador disse que estava na hora de ela parar com infantilidades. Acima de tudo, precisava parar de jogar latrúnculo, porque Honório não levava jeito para a coisa. Como os generais respeitariam um imperador que perdia para a própria irmã em jogos de estratégia? Então, foi enviada para Capri para se preparar para o propósito de sua vida: se casar, pelo bem do Império, e ter filhos. Só depois ela descobriu que foi por insistência de Olímpio.

Os tratados nupciais eram propostos, mas nunca concretizados. Aos 15 anos, Júlia ficou noiva de um general em ascensão. Aos 16, de um rei estrangeiro. Seus pretendentes morriam no campo de batalha, eram derrubados de seus cavalos ou se engasgavam com ossos de frango. Ou então as alianças simplesmente eram rompidas.

Em um descuido, o pai lhe dera a liberdade para escolher seus tutores e, então, Júlia convocou os melhores estudiosos gregos e alexandrinos, como Cleópatra fizera. Ela estudou diplomacia, planejamento urbano, literatura, filosofia, agricultura e engenharia. Se conseguisse fazer com que o pai lembrasse que tinha uma mente da qual um dia ele se orgulhara, talvez pudesse ter seu lugar na família de volta.

Durante anos, Júlia se dedicou de corpo e alma a governar o pequeno feudo do vilarejo em que vivia. Consertou a irrigação, mudou o ciclo de plantio para melhor aproveitar a terra. Até supervisionou a construção de um pequeno aqueduto na propriedade, para abastecer uma vila próxima.

Sentia muito orgulho de aqueduto. Quando o mostrou ao pai, ele acariciou sua cabeça gentilmente.

"Você está se tornando uma bela mulher. Isso me agrada mais do que qualquer aqueduto."

Ela tinha 17 anos.

No fim das contas, o imperador não tinha exatamente *orgulho* das habilidades da filha com o latrúnculo. Achava divertido. Como um cachorro que sabia fazer truques.

Então, Júlia mandou seus tutores embora e se refugiou nos prazeres do hedonismo. Cercou-se de novos amigos, gente dedicada a passar a noite em claro e a debater até o amanhecer. Aprendeu a quantia certa de álcool a ser bebida para que ainda fosse capaz de derrotar o filho convencido de um senador em um debate. Descobriu os prazeres dos entorpecentes vindos do Egito. Que outra vida havia além da que vivia naquele momento, se no dia seguinte poderia estar casada com alguém irrelevante e morrer no parto, como sua mãe?

As festas tornavam a vida suportável. E Honório a venderia para um homem que lhe tiraria até isso. Ficaria presa em alguma vila sem graça até que engravidasse e então morresse. Júlia largou as peças do jogo. Onde estava Ágata com o vinho?

— Jogando latrúnculo, hum. As coisas parecem ter tomado um rumo sombrio.

Verina, a sobrinha do general Estilicão e sua amiga mais antiga, se sentou no banco à frente dela, o cabelo preto preso em uma torre de cachos.

— Verina, o que você está fazendo aqui?

— Eu disse que encontraria você depois. Não se lembra? — Ela lançou um olhar divertido por cima dos olhos cansados, enquanto alguns fios escapavam de seu penteado trançado, bastante discreto. — Você está horrível, querida.

— Eu me sinto horrível. — Lágrimas fizeram os olhos de Júlia arder. — Ele poderia ter me casado com qualquer um. *Qualquer um*. Algum príncipe estrangeiro bobo ou um general corpulento que cheira a vinho azedo. Em vez disso, ele escolhe me casar com... com...

— Você já está prometida? — Verina arregalou os olhos. — Você precisa me contar tudo.

De algum jeito, Júlia conseguiu relatar sem vomitar que fora prometida em casamento a Olímpio. Mas, quando terminou, Verina apenas riu.

— Ah, Júlia! Nunca pensei que ouviria você falando como se esperasse amar seu marido.

A outra revirou os olhos.

— Claro que não. Todo mundo sabe que você não se apaixona pelo próprio cônjuge — concordou Júlia.

O amor tornava as pessoas fáceis de destruir e de manipular. *Ela* não era tão estúpida assim.

— Você lembra o que me disse no ano passado, quando estava aos prantos naquele triclínio por ter que me casar com Septímio? Disse que nenhum marido nos impediria de beber demais, de debater com filósofos e chocar o mundo.

Júlia sorriu em meio às lágrimas.

— Maridos para ter filhos, amantes para se divertir...

— E uma à outra para todo o resto. — As duas falaram juntas, como um juramento. — Não é o fim do mundo, Júlia. Olímpio tem tantas vilas que você sempre pode morar onde ele não estiver. Mal vai vê-lo depois que lhe der um herdeiro.

Um herdeiro. De repente, ela sentiu náuseas.

— Verina, eu não consigo.

A amiga segurou suas mãos.

— Então você sabe o que fazer.

— Arranjar meu próprio exército.

O conselho do irmão. Impossível.

— Não, que ideia horrível. — Verina parecia escandalizada. — Eu quis dizer *jogar o jogo deles.* Seja submissa e doce, faça-o feliz. Em alguns anos...

— Pare de falar *anos.* — O pânico apertou sua garganta. — Eu não vou durar nem um mês.

— Você *tem* que durar. Se acha que Honório não vai te mandar para Pandatária...

— Eu sei que vai. E você também deveria tomar cuidado. Ele acha que você é uma má influência. — Júlia respirou fundo, tremendo. — Sinto muito por ter te arrastado para isso, Verina.

— Eu sou sobrinha de Estilicão, caso tenha se esquecido. — Verina acenou a mão no ar, displicente. — O imperador só governa porque o exército permite. E o exército é leal a Estilicão, o que significa que somos intocáveis. Por mais que irritem um ao outro.

Júlia tentou imaginar o imperturbável Estilicão *irritado.* Ele poderia ter uma crise intestinal em plena marcha triunfal sem que ninguém percebesse.

— Como seu tio fica quando está com raiva?

— Um músculo se contrai bem aqui. — Verina tocou um ponto logo abaixo do olho esquerdo. — Isso tem acontecido com bastante frequência desde hoje de manhã.

— O que aconteceu hoje de manhã?

— Você *não* sabe? — disse Verina, espantada. — Alaric dos Godos chegou. Está em Ravena *agora.*

— Ah, *isso.* — Júlia suspirou. — Honório me contou. Se quer saber, convidar esse homem para dentro da cidade me parece uma ideia bem idiota.

— Exceto que, dessa vez, ele vai lutar do *nosso* lado, se meu tio conseguir persuadi-lo. — Um sorriso satisfeito curvou os lábios de Verina. — Estilicão realocou os guardas para vigiar os godos acampados fora da muralha. Todo mundo tem medo de Alaric. Isso o torna duplamente intrigante. — O sorriso dela assumiu um ar malicioso. — Haverá um banquete. Talvez possamos convencê-lo a comparecer a uma festa *particular.*

— Um bárbaro godo com mãos ásperas? *Nunca.* — A simples ideia fez Júlia pegar sua taça de vinho, apesar de já tê-la esvaziado há tempos. — Além disso, ele é um traidor e criminoso de guerra.

Ela parou, a taça suspensa no ar. Uma ideia martelou em sua mente no mesmo ritmo da dor de cabeça.

Vá arranjar seu próprio exército.

— Júlia? — Verina a observava com atenção. — Essa expressão no seu rosto me preocupa.

Talvez fosse mais seguro que a amiga não soubesse no que estava pensando.

— Acho que minha dor de cabeça está tomando conta de mim — murmurou. — Vamos nos encontrar amanhã, Verina.

CAPÍTULO III

Cornélio era o queridinho da corte imperial quando Júlia o atraiu para seus braços pela primeira vez, nos momentos finais de agonia da doença de seu pai, mas antes que o imperador morresse — quando estava desesperada para sentir qualquer coisa que não fosse o luto e não se importava como. Sob a polidez refinada, Cornélio era doce, filosófico e um pouco tímido.

E a família dele tinha sua própria legião.

A mãe, Lucrécia, fora até Júlia na basílica não fazia uma semana, enquanto a princesa obedecia diligentemente às ordens do irmão de rezar pela alma do pai. Ela se aproximou enquanto Júlia se ajoelhava diante do corpo, estendido sobre o pedestal.

Teodósio demorou tanto para morrer. Tanto tempo, depois dos sangrentos cercos de Milão e Verona, depois de assistir aos exércitos de Alaric dos Godos saquearem o interior do país sem que pudesse impedi-los. Júlia estivera em Roma durante os cercos, e viu o que aquilo fez com o pai.

E ele não estava mais ali. Era difícil imaginar um mundo onde aquilo fosse verdade. Naquele dia, Júlia tinha se ajoelhado e encostado a testa na pedra fria que guardava o corpo do pai, fechando os olhos para ignorar o cheiro dos perfumes com que haviam embebido suas vestes, tentando disfarçar o odor da morte. *Por que estou tão zangada com ele?* Por abandoná-la... não. Por ter ido embora antes que ela tivesse a chance de provar seu valor.

— Princesa Júlia. Augusta, minha querida. Você ouviu o que eu disse?

Lucrécia falara no tom apropriado e contido de uma penitente, ajoelhada ao lado dela, diante do cadáver do imperador. Mas havia uma impaciência contida em sua voz.

— Ouvi perfeitamente, Lucrécia.

Era cedo demais para terem aquela conversa.

— Perdoe minha insistência, princesa. Mas tempos de transição são os mais perigosos. Precisamos forjar alianças para nossa própria segurança.

— Na verdade, eu esperava passar a transição bebendo. — Era sua tática de sempre para evitar o desagradável: apenas beber até que tudo ficasse agradável. — Diga de novo por que eu deveria me casar com Cornélio.

— Quão ruim poderia ser, minha querida? Saiba que ele ainda suspira por você.

Aquilo estava longe de ser um motivo para casamento.

— Todo mundo sabe que não se deve se apaixonar por aqueles com quem se casa, Lucrécia. É *vergonhoso*.

A própria mãe a avisara de que era provável que seu marido cheirasse a curral de cabras e que ela não deveria esperar amá-lo.

Lucrécia sorriu. Décadas mais velha que Júlia, sua pele ainda era impecável. Corria o boato, sussurrado entre as paredes, de que a mulher mantinha aquele aspecto sacrificando virgens entre fases da lua e banhando-se no sangue delas, e a princesa tinha quase certeza de que eram verdadeiros.

— Você tem razão, é claro. Não podemos nos dar ao luxo de sentimentalismos. Muito menos agora. — Sua voz assumiu um tom de praticidade dura. — Nossa família tem uma propriedade perto de Nórica e uma pequena mina de mármore, fora do controle de Estilicão. A região não tem leis, como é de se esperar, mas temos uma legião para defendê-la. Poderíamos lhe oferecer segurança e abrigo, caso o pior aconteça.

O pior. Júlia tinha conseguido deduzir o que Lucrécia queria dizer. Seu pai deixara muitas pessoas descontentes, e, se uma delas derrubasse seu irmão, Júlia não daria um único asse de cobre pela própria vida. Seria útil estar ligada a uma família poderosa com terras fora do Império.

Ela se desvencilhara da conversa sem fazer promessas. Mas agora, se Cornélio ainda estivesse disposto, as faria diretamente a ele.

Na privacidade de seus aposentos, Júlia reforçava sua armadura de batalha. Mandou preparar um banho com pétalas de rosa perfumadas, alguém cortou e lixou suas unhas, pediu um creme de pérolas trituradas para a pele. Ordenou que suas criadas arrumassem com todo o cuidado a espessa cascata carmesim que era seu cabelo. Escolheu uma camisola de seda branca bordada com pérolas, sabendo como seu corpo ficaria delineado sob o tecido diáfano. Cornélio cairia de joelhos.

Mandou as mulheres embora. Todas, exceto sua principal criada, Ágata, em quem confiava cegamente. Espiões estavam por toda parte, mas a mulher manteria uma aura de silêncio sobre o que aconteceria no quarto naquela noite.

— Mande ele entrar, Ágata.

— Perdão, *domina*. Ele não está aqui.

— Não está aqui? — Ela havia enviado a mensagem horas atrás. — Ele *não veio*?

— Não, *domina*. — Uma pausa. — Talvez eu deva enviar outra mensagem...

— Não. — *Isso seria humilhante*, pensou Júlia. — Só me traga um pouco de vinho.

Três taças depois, Júlia ouviu um ruído à porta.

Endireitou-se rapidamente da posição relaxada no sofá, justo quando Cornélio entrou no quarto, todo loiro e esguio sob a toga alva. Ele parou, os olhos fixados nela.

Sem palavras. Aquilo era um bom sinal.

Júlia ajustou sua posição mais um pouco, levando a taça de vinho aos lábios como se não fosse nada de mais.

— Cornélio! O que faz aqui a uma hora dessas?

— Você mandou me chamarem. Peço desculpas pelo atraso.

— Ah. Mandei mesmo. Já tinha até esquecido. — Ela acenou displicente com a mão. — Suponho que pode ficar.

— Perdoe-me. Você está tão linda que estou tendo dificuldade para falar. — O sorriso dele se desfez. — É verdade? Você está prometida a Olímpio?

— Até eu encontrar um jeito de escapar.

Ele apressou-se até o lado dela, ajoelhando-se junto ao sofá.

— Por que demorou tanto? Faz séculos que você não me chama. Por quê?

Porque meu pai morreu, foi a resposta que lhe veio à mente. *Porque meu pai morreu e não havia espaço para mais ninguém.* Júlia nunca se desculparia, é claro. Cornélio não estaria ali se não a tivesse perdoado.

— Você está magra demais. — Ele a puxou para seus braços como se ela fosse quebrar. — No funeral do seu pai, você parecia tão *frágil*. Eu queria...

Havia emoção demais naquele tom, o que a fez sentir um leve pânico. Júlia deslizou uma mão pelos cachos curtos na nuca dele.

— Cornélio, pare de falar.

Ela o puxou para o sofá e o beijou.

Cornélio soltou um gemido rouco da garganta. Seus braços se apertaram ao redor dela, e Júlia sentiu o velho e familiar impulso de recuar. De interromper tudo antes que fossem longe demais.

Mas por quê? Para que estava se guardando? Sempre soube que sua virtude pertencia a quem seu pai escolhesse. Mas o imperador morrera, e seu irmão a entregara por um preço baixo demais ao homem que ela mais desprezava.

Não os enfureceria caso ela se entregasse a um homem de sua própria escolha? Era como roubar a si mesma de volta.

A toga de Cornélio já estava no chão. Seu torso brilhava, pálido e sem pelos no linho branco da túnica inferior. Júlia roçou os seios no peito nu dele e permitiu que ele afundasse os dedos em seu cabelo. Podia sentir a ereção dele pressionando em seu ventre e sabia que deveria sentir alguma coisa. *Ele* certamente sentia alguma coisa.

— Case-se comigo, Cornélio.

Ele piscou, atônito.

— O quê?

— Eu sei que parece loucura, mas não penso em outra coisa desde que meu irmão tornou público seus planos para mim. — Júlia se sentou, deixando os ombros nus sob o luar. — Você não quer?

Ela deslizou um dedo despreocupado pelo peito dele, e Cornélio jogou a cabeça para trás.

— Deus... não pare. — Júlia deixou a boca seguir os dedos pelo torso esguio, descendo até onde a ereção dele se destacava nas vestes que o cobriam. — Júlia. *Sim*...

Então, ela afastou as mãos e se levantou, enrolando um robe de seda ao redor do corpo.

Cornélio se endireitou, franzindo a testa.

— Aonde você vai?

— Servir vinho, bobo. Não está com sede? — Ela foi até a mesa e serviu uma taça para cada. — Se casasse comigo, você seria o segundo na linha de sucessão ao trono. Meu irmão não tem herdeiros. E o povo gosta mais de você do que dele.

Cornélio se apoiou nos cotovelos, a toga se acumulando na cintura, sua ereção ainda evidente.

— Isso é uma piada?

— De forma alguma. — Júlia lhe entregou a taça, um sorriso frio curvando seus lábios. — Ouço a aclamação do povo sempre que você sai. E sua família também tem direito ao trono. Meu irmão *não* é popular como você. Os conselheiros dele veem você como uma ameaça. — Ela tomou um gole de vinho. Não *muito* diluído, graças aos deuses. — Você não conhece a própria história? Lembre-se do que aconteceu com Germânico. Você será o primeiro alvo deles assim que consolidarem o poder. A menos que aja antes.

— Germânico — repetiu Cornélio, devagar, como se desse menos credibilidade às palavras do que a uma velha lenda. — E me casar com você neutralizaria essa ameaça.

— Casar-se *comigo* seria tomar seu destino nas próprias mãos. Meu irmão é fraco, Cornélio. Estilicão mal tem tropas suficientes para segurar Ravena, ele está sobrecarregado nas fronteiras. Está recorrendo àquele canalha do Alaric dos *Godos*, dentre todas as pessoas, para ajudar a defender o Império. — Júlia tomou outro gole de vinho. A coragem se espalhava por seus membros. — O que acha de ser imperador?

Cornélio recostou-se no sofá, os braços cruzados atrás da cabeça, a própria imagem do queridinho da corte imperial.

— Vou fingir que isso foi uma piada ridícula — respondeu ele, com ironia, enquanto seus olhos deslizavam pelo corpo dela, coberto de seda. — Volte para cá.

Júlia permaneceu onde estava.

— Com Alaric aqui, todos estarão distraídos. Vamos nos encontrar fora da cidade, no templo de Baco além do portão leste. — Era apropriado. Deus do vinho e da folia;

deus das revoluções. — Nos casamos e depois fugimos para a propriedade dos seus pais, onde estaremos seguros.

— Meu Deus, você está falando sério. *Deve* estar tentando fazer com que me matem. — Cornélio endireitou a postura. — Você sabe que os mares estão terríveis nessa época da primavera, não sabe? E quanto aos meus pais? Se seu irmão não me matar, eles mesmos se encarregarão disso.

— Sua mãe me *implorou* para considerar você como marido. Ela quer isso.

— Então eu devia consultá-la...

— É muito melhor pedir perdão do que permissão, Cornélio. — Júlia caminhou até o jardim, consciente do luar sobre seus ombros. Do jeito como iluminava seu cabelo. — Você está mesmo satisfeito em passar a vida toda sob o domínio do meu irmão? *Eu* não estou. Panônia poderia muito bem ser uma Germânia desregrada, pelo pouco que as legiões de Estilicão conseguem fazer lá. Onde está sua coragem?

Silêncio.

Ela tomou um longo gole de vinho. *Quatro... três... dois...*

Passos às suas costas, e então Cornélio a abraçou por trás.

— Eu me casaria com você num instante, você sabe disso. Mas seu irmão me estrangularia.

— Não se você tiver coragem para tomar o que é seu.

Júlia virou-se para encará-lo, e ele a beijou. Era fácil fingir que correspondia àquela paixão. Ela não conseguia entender como Cornélio podia ficar de joelhos diante do mesmo abraço que a deixava fria. *Estou acima disso*, disse a si mesma.

— Não temos muito tempo. Até o fim do mês, posso estar casada com Olímpio. E, se não fugirmos, meu irmão simplesmente dissolverá nosso casamento. Precisamos estar fora do alcance dele.

Cornélio a fitou, os olhos brilhando.

— Você me ama, Júlia?

As palavras fizeram a dor de cabeça dela voltar com força total. Era o que ela *tinha* que dizer; sabia disso. As palavras que o fariam ceder.

Não era exatamente uma mentira, era? Ela sentia afeição por Cornélio. Ele seria o marido ideal; não se imporia sobre ela. Afeição era um tipo de amor, não era?

Júlia respirou fundo e tentou *acreditar* no que dizia.

— Cornélio — disse baixinho, olhando-o nos olhos —, eu não parei de amar você desde o dia em que nos conhecemos.

Ele a abraçou com tanta força que Júlia mal conseguia respirar.

— Que Deus nos proteja.

CAPÍTULO IV

Apesar de ter permitido que Alaric entrasse no Palácio Imperial, ao que parecia, o imperador estava satisfeito em fazê-los esperar.

Após dois dias acumulando traças em um canto esquecido do palácio, seus homens estavam entediados o bastante para tentar provocar brigas com os guardas. Alaric tinha a sensação de que, se aquilo continuasse por mais tempo, todos acabariam em um calabouço.

E então, tarde da noite, chegou outra mensagem de Estilicão. Entregue em segredo, como sempre faziam quando estavam em guerra.

Alaric esperou até pouco antes do amanhecer. O último turno da guarda. O pior momento para se manter alerta e o melhor para uma emboscada. Só então escapou de seus aposentos e saiu pela cidade adormecida.

Ravena era um labirinto de pontes frágeis sobre canais de cheiro pútrido. Perto do palácio, havia mansões e igrejas, o mármore branco escorregadio com algas, mas não naquela parte da cidade, onde casas de madeira se erguiam sobre estacas e trapos de roupa ficavam pendurados nas portas. Alaric sentia olhares sobre si, vindos dos becos e das portas mergulhadas na escuridão — batedores de carteira avaliando-o e decidindo que não valia a pena. Escolha sábia.

A caminhada lhe ofereceu uma oportunidade perfeita para avaliar as defesas da cidade. Longe do portão principal, os muros estavam em ruínas e eram mal vigiados. Não seria a fome que destruiria Ravena em caso de um cerco, e sim a sede. As pessoas acabariam bebendo dos canais fétidos, espalhando doenças. Tudo o que precisava fazer era bloquear o acesso às praias e impedir o trânsito dos navios que traziam água fresca do interior.

Mais fácil falar do que fazer.

O portão leste era pouco além de uma porta em uma parede já deteriorada. Estava desprotegido. Não era de se espantar que Estilicão quisesse se encontrar ali; era o lugar que ninguém vigiava.

Fora da cidade, o pântano se fechava ao seu redor de maneira sufocante. À frente, um caminho de terra serpenteava sob a densa copa das árvores, e Alaric o seguiu até que a muralha desaparecesse de vista. Se Estilicão quisesse emboscá-lo, aquele seria o momento perfeito. Mas, pensando bem, se o general de fato desejasse sua morte, ele já teria morrido. Esse tipo de joguinho não combinava com seu estilo.

Um pequeno templo se erguia ao lado da trilha, uma cruz cristã estava pregada na porta sobre uma gravação riscada de um tirso, símbolo do antigo Baco. Uma figura emergiu da escuridão.

— Você está com uma aparência tão deplorável que até os rasgadores de bolsa devem ter se assustado — falou Estilicão, na língua dos vândalos. Formal e solene, não era bem compreendida entre o exército romano, exceto pela cavalaria da fronteira. — Tem certeza de que não foi seguido?

— Certeza o suficiente — respondeu Alaric no mesmo idioma. — Talvez agora você possa me explicar o motivo dessa encenação toda.

— Tenho inimigos no palácio. Alguns dos quais pintariam essa conversa sob luzes nada lisonjeiras.

Alaric cruzou os braços.

— Vai seguir o roteiro de sempre? Aquele em que você me pede para voltar para o seu lado?

— E aí você pode me mandar à merda. De novo. — A boca de Estilicão formou uma linha fina. — Não, Alaric. Eu só quero prepará-lo para amanhã. O novo imperador está pronto para lhe conceder uma faixa de terra ao longo do Danúbio. Boa terra, fértil. Será o melhor que conseguirá.

— E o que ele quer em troca?

— O Império está desmoronando nas fronteiras. Preciso da sua ajuda para mantê-lo unido.

A raiva subiu pelo peito de Alaric.

— Não permitirei que os tervíngios sejam usados como escudo contra os inimigos do Império — rosnou. — Meu povo continua sendo *meu*.

— Então é guerra que você quer? Não consegue mesmo enxergar uma vida melhor? Estou oferecendo paz, Alaric.

— Não. Você nos oferece uma guerra sem fim ao longo das fronteiras de Roma. — Num instante, Alaric se lembrou de Frígido, naquele vale ensanguentado e estreito. — Essa terra já foi prometida. Não pedirei ao meu povo que pague por ela com vidas.

— Meus espiões dizem que o último inverno foi brutal. Você não estaria aqui se não estivesse desesperado. — Estilicão lançou um olhar calculista. — Quanto tempo mais poderá manter a lealdade dos líderes dos clãs se voltar de mãos vazias? Um mês? Três?

— Argumento interessante vindo de alguém que insistiu para que nos encontrássemos disfarçados, só para não alertar os próprios inimigos. — Alaric deu de ombros, despreocupado. — Que garantia eu tenho de que você pode cumprir qualquer promessa que me fez? Nós dois sabemos que o menino imperador prefere seu rival.

— Eu não tenho rivais.

— O filho de Teodósio prometeu a irmã a Olímpio ontem de manhã. Você também fez uma oferta por ela?

Um lampejo de surpresa passou pelo rosto de Estilicão, rápido como um relâmpago, e Alaric conteve um sorriso. Era raro surpreender o velho.

Então, Estilicão deu uma risada breve e sem um pingo de graça.

— Garanto a você que a mão da princesa Júlia é mais um castigo do que uma recompensa. Quem se casar com aquela menina vai passar tanto tempo correndo atrás dela que não se incomodará em me causar problemas.

Mas um músculo se contraiu sob seu olho esquerdo, e Alaric poderia apostar que havia mais coisa naquela história.

— Por que se deu ao trabalho de me encontrar, Estilicão? — perguntou ele. — Você me faz a mesma proposta de sempre... terra paga com sangue. Seu imperador vai ter que apresentar uma oferta melhor do que *essa*.

— Há mais de um caminho para uma pátria, Alaric. A única saída para essa violência sem fim é a confiança.

Confiança. A palavra encheu Alaric de fúria.

— Minha confiança morreu em Frígido.

— Eu sei — disse Estilicão, a voz grave. — Eu o enviei para aquele vale para salvar sua vida em Frígido. Teodósio queria executá-lo com alguma acusação inventada, porque temia a lealdade dos *foederati* a você. Eu o convenci a mandá-lo para o vale em vez disso, para que ele achasse que estava enviando você para a morte. Mas eu sabia que você sairia vivo e, uma vez que conseguisse, não haveria justificativa para negar uma terra. Claro, você se rebelou antes que isso pudesse se concretizar. — Ele fez uma pausa, os ombros subindo com um suspiro pesado. — Eu te amei como a um filho, sabia?

Alaric enrijeceu. *Maldito* fosse Estilicão por usar essa tática. O afeto paternal era apenas mais uma de suas armas, e o fato de ser verdadeiro só tornava a lâmina mais afiada.

— Você não é meu pai, Estilicão — disse Alaric, virando-se. — E pode ir à merda.

Ele se virou e deu seis passos pela trilha antes que Estilicão o chamasse:

— Alaric.

Ele não precisava parar. Não *queria* parar. Mas a voz do velho já havia se enraizado em seus ossos muito tempo antes; mesmo agora, obrigava sua coluna a se endireitar. Alaric se virou, furioso consigo mesmo, e parou. Estilicão avançara para um feixe de luar, e de repente podia ser visto com mais clareza. Quando os ombros dele haviam começado a curvar? Quando começara a parecer tão abatido? Alaric não saberia explicar o luto selvagem e a raiva crua, furiosa, que tomaram conta de seu coração.

— O menino favorece seu rival — disse, curto. — E seu rival pintou um alvo nas suas costas. Se não consegue ver isso, está perdendo o jeito.

Um discreto e tênue sorriso surgiu nos lábios de Estilicão.

— Eu dou conta de Olímpio.

— Esse tipo de pensamento vai te levar para debaixo da terra. — De repente, Alaric conseguia ver a morte de Estilicão tão clara quanto o amanhecer. — Venha para o *meu* lado — convidou, com consciência de que Estilicão recusaria; sem saber o que mais fazer além de oferecer. — Os vândalos são seu povo tanto quanto os romanos. Há muitos como você no meu exército. Lute por *eles*.

— Você me pede para trazer ruína a um Império que já está devastado. — Estilicão balançou a cabeça. — Não.

— Não faz o seu estilo morrer com uma faca nas costas em algum palácio poeirento. — Ele não aceitaria isso. Estilicão era um dos seus, seu mestre e inimigo, e a imensa parede de granito contra a qual se chocara tantas vezes. — Venha morrer no campo de batalha, sob o céu aberto, onde é o seu lugar.

— Então agora você quer ditar como devo morrer. Você deveria ter sido um César. — Estilicão sorriu, melancólico. — Estarei ao seu lado no banquete, Alaric. Quer você acredite ou não.

Alaric balançou a cabeça. No fim das contas, Estilicão sempre esteve apenas ao lado do Império.

— Tome cuidado até lá, velho.

Mas Estilicão já havia partido, desaparecendo na névoa rodopiante.

— Então, qual é o plano exatamente? — perguntou Bromios.

Júlia ergueu os olhos para o homem sob o capuz de lã. Bromios era seu liberto favorito — aquele que a ajudava a arquitetar suas escapadas do palácio, fugir dos guardas ou que lhe levava drogas. Naquela noite, Bromios estava menos ousado do que de costume, decepcionando Júlia com a falta de encorajamento.

Ela queria ser encorajada. Já estava quase amanhecendo, e a escuridão não tornava aquela parte da cidade mais agradável. Era uma fossa a céu aberto, cortada por canais de água parada.

Ainda assim, era uma fossa encantadora. A mais deslumbrante que Júlia já vira. A empolgação tornava seus passos mais leves. Ela estava tomando sua liberdade para si. Talvez até o poder, se fizesse os movimentos certos. E é claro que faria.

— Você deveria usar mantos com capuz mais vezes — murmurou. — Parece um pirata absurdamente bonito.

— Júlia, *odeio* acabar com a sua diversão, mas tem certeza de que isso é uma boa ideia? — Bromios lançou um olhar inquieto para os becos. — Os pais dele aprovaram esse casamento? Como sabe que eles não vão simplesmente enfiar você num navio na próxima maré?

— Não seja ridículo. Os dois vão explodir de alegria quando perceberem que pretendo tomar esta cidade com sua legião de soldados e transformar o filho deles em imperador.

— *O quê?* — Bromios parou e a puxou para dentro de um beco. — Isso é traição — sibilou. — É melhor você se explicar. Caso contrário, *eu mesmo* vou arrastar você de volta para o palácio com minhas próprias mãos!

— Não seja chato. — Mas o olhar severo do liberto não cedeu. Júlia suspirou. — Lucrécia tentou me convencer a me casar com o filho. E Cornélio é doce e maleável e fará tudo o que eu disser. Se os pais dele não tiverem coragem para a parte mais ousada do meu plano, bem... legiões podem ser subornadas.

Ela afastou o manto para mostrar o que vestia. Todas as joias que possuía. Bromios praguejou e se apressou para fechar o manto.

— Você *também* esqueceu de mencionar que eu teria que acompanhá-la pelas redondezas mais perigosas de Ravena enquanto você carrega o tesouro inteiro de Roma no corpo. Você *enlouqueceu*?

— Bromios, querido. Pare de se preocupar. Vai acabar ficando com rugas. — Júlia espiou pela esquina. — É aquele o portão?

— Sim. — O liberto seguiu o olhar dela. — Não vejo ninguém.

— Ele deve estar escondido.

— Ou mudou de ideia. — Bromios se virou, o rosto assumindo uma expressão rígida e pontuda. — Fique aqui.

E então ele desapareceu, deixando-a sozinha.

Júlia recuou para o beco, encostando as costas na parede úmida. Um rato passou correndo na escuridão. Suas dúvidas se multiplicaram. *E se Bromios estiver certo? E se Cornélio tiver mudado de ideia? E se Honório tiver descoberto?* As possibilidades despencaram sobre ela como uma avalanche. Exílio. A espera interminável pela morte. Dias observando o horizonte, rezando para que o próximo navio trouxesse comida e não seu assassino — ou talvez, depois de um tempo, rezando pelo assassino. Tudo isso sem vinho. Nunca mais tomaria vinho. Ela enlouqueceria.

Uma sombra surgiu na entrada do beco. Bromios. A alma de Júlia quase saltou do corpo.

— Ele não está aqui, Júlia. Talvez tenha mudado de ideia, afinal.

Impossível.

— Talvez tenha ido para outro portão.

— *Que* outro portão? O mais próximo fica mais de um quilômetro daqui. — Bromios praguejou baixinho. — Espere aqui, princesa. *Não se mexa.* Ou eu nunca vou encontrar você neste labirinto.

E então o liberto se foi mais uma vez, deixando-a sozinha com seus pensamentos repletos de pânico.

Um humor sombrio se abateu sobre Alaric enquanto voltava para o portão. Abrir mão do orgulho — negociar seu povo para o recrutamento — e *confiar* no velho, veja só. Ele não fora negociar com base na confiança. Estava ali para arrancar concessões como se espremesse sangue de um membro decepado.

Mas ao menos a viagem não foi em vão. Aquele não era seu único compromisso. Passou pelo portão e se esgueirou para dentro do beco escuro onde prometera se encontrar com o contato de Riga.

Merda. Nenhum espião.

Aquele era o verdadeiro motivo de ter arriscado a fuga de seu confinamento. Precisava tomar precauções. Um mapa feito por contrabandistas pelos caminhos do pântano, caso as coisas desandassem no banquete — supondo que conseguisse tirar todos do palácio com vida. Alaric praguejou baixinho. Se chegasse o momento, só precisava garantir que sua bota no pescoço do Império se mantivesse firme.

Um som atrás de si. Ele se virou, a mão indo para a adaga na cintura.

Riga não lhe dissera que o contato era uma mulher.

Quando ela se virou, sobressaltada, o capuz de seu manto de lã grosseiro caiu sobre os ombros. Algo em sua aparência o fez parar. Maçãs do rosto altas e elegantes. Uma boca cheia, vermelha. Olhos pesados nas pálpebras, levemente inclinados como os de um gato; um azul-esverdeado hipnotizante.

— Bromios. Você não faz ideia de como... — A voz, impregnada de fumaça e sexo. — Você não é Bromios.

Não era a espiã. Alaric conhecia o tipo daquela mulher. Uma criatura mimada, perfumada, feita para a comodidade. Seu lugar era em um átrio imponente, cercada de estátuas finas e colunas de mármore — não ali, entre paralelepípedos quebrados e lixo de sarjeta.

Alguém como ela daria o alarme só de olhar para ele.

Poderia silenciá-la naquele momento, antes que emitisse um som. Por um instante, pesou o valor do cornalina em seu pescoço, das pérolas em suas orelhas. Isso compraria grãos suficientes para alimentar uma centena de pessoas por mais um inverno. Cem dos seus contra a vida de uma mulher tola. Sua mão deslizou até a lâmina — e parou. A morte de uma nobre não passaria despercebida, e aquele não era o tipo de problema do qual precisava.

Além disso, a mulher, assim como ele, não buscava atenção. Talvez pudesse afugentá-la sem envolver os guardas na história.

— Você me confundiu, mulher. — Continuando com os cálculos, Alaric notou que o anel no dedo dela poderia sustentar uma pequena vila. — Volte para sua cama fofa e seu marido fofo.

Ela ergueu o queixo afilado em desafio.

— Vejo que seu mestre nunca lhe ensinou boas maneiras — rebateu. — Não pertenço a homem nenhum.

— E eu não sou escravizado de ninguém.

A fúria lhe caía bem. Uma ruborização subiu pelo colo dela, se espalhando pelos seios que subiam e desciam com a respiração acelerada. Os olhos da mulher faiscaram para ele no escuro.

O desejo irrompeu dentro de Alaric com força e rapidez quase dolorosas.

Ele a desejava. Aquela criatura ridiculamente frágil. Isso o irritava a ponto de querer ensiná-la a ter medo.

— Suma — disse, avançando. — O seu tipo não pertence a este lugar.

— Meu *tipo*? — *Que insolência.* — O que exatamente quer dizer com isso?

Um momento atrás, quando o homem era apenas uma silhueta no final do beco, Júlia achara que fosse Bromios. Mas agora percebia que a figura só poderia ser confundida com o liberto se você estivesse parcialmente cego e totalmente surdo. Esse bruto vestia-se com simplicidade, mas havia algo de militar em sua postura e o latim que ele falava era refinado demais para as roupas que usava. Uma espécie de ferocidade contida emanava dele como calor de uma forja.

Era uma burrice enorme ficar parada ali. Mas não podia ir embora. *E se Bromios voltasse e não a encontrasse?* Ela perderia Cornélio. Perderia sua *chance.*

Ele se aproximou.

— O tipo que nunca passou fome. Nunca sentiu frio. Nunca dormiu em uma cama que não fosse de seda e plumas.

— Você não sabe nada a meu respeito — retrucou ela, ríspida.

Embora, tecnicamente, houvesse verdade naquelas palavras.

— Sei que você é o bichinho de estimação de algum homem poderoso. — Os olhos dele eram de um azul vívido e refletiam o luar. — O que ele faria se soubesse que seu animalzinho anda perambulando por becos escuros?

— Este beco é meu. Eu cheguei primeiro. — Aquilo estava ficando ridículo. — Não me faça chamar os guardas.

— Você não vai. — Um sorriso insolente surgiu, como o de um pirata, mas este faria o de Bromios parecer uma cópia barata. — Você não estaria aqui se não tivesse segredos a guardar.

O cabelo dele tinha o brilho do bronze polido, comprido o bastante para roçar os ombros. Ela sentiu uma vontade absurda de alisá-lo, começando pelas têmporas. Arrancando fio por fio.

— Se você chegar mais perto, eu grito tão alto que a cidade inteira vai ouvir.

A risada que se seguiu a envolveu como uma carícia suave.

— Consigo pensar em coisas bem melhores para você fazer com essa boca.

Como ele se atreve? Mil respostas vieram à ponta de sua língua enquanto os olhos azuis dele se prendiam nos seus. Ela sentiu o impacto da cabeça aos pés.

— Júlia?

A voz era fraca, mas próxima.

Ah, graças aos deuses.

— Cornélio? *Cornélio.*

Ele a esperava do outro lado do beco. Júlia correu até ele, arrancando-se do encanto estranho do outro homem. Logo foi envolvida em um abraço e quase desmaiou de alívio.

— Perdoe-me. Levei uma eternidade para encontrá-la — murmurou em seu cabelo. — Com quem você estava falando?

— Ninguém.

Atrás dela, o beco estava vazio.

Aquilo tinha mesmo *acontecido*? Talvez fosse algum deus, descido dos céus para brincar com ela. Essas coisas sempre aconteciam nas histórias. Júlia se lembrou da linha forte da mandíbula do desconhecido, a curvatura zombeteira de sua boca. Uma voz que poderia arrancar o pecado de um homem santo. Deve ter sido um sonho.

— Onde está Bromios?

— Esperando no portão. — Cornélio passou um braço ao redor dos ombros dela. — Meu mestre de ofícios nos encontrará no navio, e nós nos casaremos.

— Sim. Casamento. Maravilhoso. — O sol nasceria a qualquer momento, e a guarda trocaria de turno. Mas o portão já estava à vista. Logo estariam livres. — Vamos.

Estavam quase no portão quando os soldados inundaram a rua.

CAPÍTULO V

Então isso é sentir medo.

Medo de verdade. Júlia sentia como se a alma estivesse flutuando fora do corpo, observando os guardas escoltarem uma mulher de postura rígida até seus aposentos, envolta em um manto de lã mediano. Caminhando como quem segue para a morte.

Os guardas a escoltaram até o palácio e a trancaram em seu quarto. Júlia andava de um lado para o outro, tentando não colapsar de medo. Eles pegaram Cornélio. Só podia torcer para que Bromios tivesse escapado.

Talvez tivessem capturado aquele canalha que quase a atacara no beco. Talvez conseguisse colocar a culpa nele. Poderia dizer que fora sequestrada, que Cornélio a encontrara e a salvara no meio da noite, sozinho, sem sua comitiva, em uma região da cidade onde não tinha nenhum motivo para estar... não. Aquilo jamais daria certo.

Qual seria seu destino? Um enforcamento público, lento e doloroso? Talvez fosse estuprada antes disso, já que era contra as normas executar virgens e, *tecnicamente*, ela ainda era uma. Júlia afundou no sofá. *Pare de pensar nessas coisas. Isso não ajuda.*

Talvez, se tirasse um cochilo, acordaria e descobriria que tudo não passava de um pesadelo.

Dormiu por horas, até ser despertada por um estrondo na porta. Os soldados do irmão. Honório a havia convocado.

De todos os castigos possíveis, Júlia jamais imaginou que Honório a submeteria aos Jogos. Que diabólico.

Sempre, *sempre* odiara os Jogos.

Honório nem sequer havia chegado ainda. Júlia estava largada no camarote imperial, murchando sob o calor da tarde. Queria que aquilo acabasse logo. A sentença pública, o enforcamento, o exílio. Qualquer coisa era melhor do que aquela expectativa terrível. Puxou o capuz de seu manto fino e bordado sobre o cabelo enquanto o peso de vinte mil olhares se debruçava sobre ela. Os sussurros a atingiram como uma onda.

Não deixaria que a vissem abalada.

Na arena, um homem estava amarrado a um poste, sua barriga saliente e pálida transbordando acima da tanga. Três leoas circulavam ao redor dele em silêncio inquietante; estavam famintas, e incrivelmente letais. Uma levantou a pata e deu um golpe vagaroso. Uma linha vermelha se abriu no abdômen avantajado do homem. Um laço de vísceras rosadas e brilhantes caiu para fora.

De repente, o estômago de Júlia tentava escapar pela garganta.

Ela se sobressaltou com o som de uma trombeta. Uma sequência de servos com jarros de vinho e abanadores adentrou o camarote, seguidos por Honório, que usava uma toga branquíssima com detalhes em púrpura imperial. A multidão explodiu em aplausos, e o irmão levantou a mão em saudação.

— Querida Júlia. Perdoe o atraso — disse ele, os lábios se curvando em um sorriso frio ao se acomodar na cadeira. — Espero que esteja aproveitando os jogos especiais que preparei para você.

O homem lá embaixo ainda estava vivo, gritando como o vento passando por uma fresta. Júlia manteve a expressão contida, os lábios firmemente fechados.

— Não é segredo nenhum o que penso sobre esse tipo de espetáculo.

— Talvez você tenha razão. O homem sabe que vai morrer. O mínimo que poderia fazer era evitar tanto drama. — Honório ergueu um dedo, e um dos escravizados passou a servir vinho gelado. — Tome algo para se refrescar. Este calor está insuportável.

Graças aos deuses. Ao menos havia vinho. Júlia pegou uma taça, esforçando-se para parecer indiferente. Sob nenhuma circunstância podia demonstrar medo ou preocupação com seus amigos. Honório os machucaria apenas para feri-la.

— E qual será o próximo número? — perguntou Júlia, como se tudo aquilo fosse um passatempo qualquer. — Serei jogada às feras diante da cidade inteira?

— Me dê algum crédito. Não sou tão bárbaro assim. Além do mais, se você morresse na arena, perderia o banquete desta noite. — As palavras a atingiram com um medo irracional. *O que aconteceria no banquete?* Honório olhou diretamente para ela. — Estou em uma encruzilhada, Júlia. Meus conselheiros disputam entre si para ver quem obterá o verdadeiro poder do trono. Mas *eu* quero obter o verdadeiro poder do meu próprio trono. Estilicão comanda o exército, e exércitos podem ser comprados, mas nosso pai esvaziou os cofres com suas guerras intermináveis. Olímpio é muito rico. Preciso daquele dinheiro para garantir a lealdade do exército. Só então serei intocável. — Ele franziu a testa. — Você quase arruinou tudo.

Na arena, o homem finalmente encontrou seu fim. Servos arrastavam seu corpo e tentavam conter as leoas, empurrando-as de volta às jaulas. Uma delas deu um golpe que lançou um deles aos berros pela arena. A multidão vibrou em deleite. Um grupo de homens com ancinhos revirava a areia ensanguentada.

Ouviu-se uma agitação, e um homem atravessou as portas do destino, empunhando uma longa lança. Um capacete pesado escondia seu rosto.

— Espero que goste deste número, Júlia. No começo, pensei em leões, mas já houve leoas na apresentação anterior. Depois considerei ursos, mas são lentos e entediantes.

Foi então que me veio uma inspiração. — Honório a olhou despreocupado. — Nem preciso lembrar você do simbolismo.

Uma porta se abriu e cinco lobos irromperam no espaço, línguas pendendo. O homem começou a correr, a multidão esbravejou junto. Um lobo avançou em seu calcanhar; ele golpeou com a lança de forma desajeitada. O elmo desabou na areia.

Cornélio.

Júlia cerrou os punhos.

— Honório, por favor. Não faça isso. — Sua garganta era um deserto; nem todo o vinho do mundo seria capaz de umedecê-la. — A ideia foi toda minha. Ele nem sabia. Tenha misericórdia.

— Isto é misericórdia, Júlia — respondeu o imperador, com calma. — Pela lógica, vocês dois já deviam ter morrido. Muitos vão me considerar fraco por poupar sua vida. Talvez até Alaric pense assim, por isso despistei todos os espiões dele. — Ele a encarou, com os olhos cinzentos e duros demais para sua idade. — Mas não serei o imperador que executou a própria irmã poucas semanas após subir ao trono. Nosso pai se reviraria no túmulo. Você não vai me fazer me arrepender dessa decisão, vai?

Um soluço irrompeu em sua garganta.

— Não, Honório.

— Acho prudente anteciparmos a data do seu casamento. O que acha das calendas?

Faltava uma semana. Júlia sentiu suas opções se estreitarem até um único ponto apavorante, o primeiro dia do mês seguinte.

— Está assistindo? Deu trabalho organizar tudo isso para você. Práxis, faça com que ela olhe. — O servo corpulento segurou sua cabeça com as mãos, forçando seu olhar para a cena. — Assista — disse o irmão em seu ouvido. — Assista a *tudo.*

Seus aposentos estavam vazios quando ela voltou. As criadas haviam desaparecido. Júlia sabia o motivo. Ela era um navio afundando, a ser abandonado ou condenado à morte.

Ela caminhou com as pernas trêmulas pelos salões imensos. Passou pela piscina com bordas de mármore. Pelos jardins perfumados, pelos braseiros altos que iluminavam os mosaicos com luz. Caiu de joelhos junto a um sofá baixo de seda, apertando as mãos nos olhos como se pudesse arrancá-los.

Cornélio morrera aos gritos, com a garganta dilacerada, o sangue encharcando a areia.

Por culpa minha. Tudo por culpa minha. Ela se ergueu e agarrou o longo suporte de ferro de um braseiro, derrubando-o. As brasas incandescentes espalharam-se pelo chão. Um vaso raro veio em seguida, e a pintura de Hércules em vermelho lutando contra uma hidra sobre um fundo escuro voou em direção à parede de mármore. Júlia se sentia exatamente como aquele vaso. Como mil pedaços afiados e minúsculos de algo que um dia foi inteiro.

Havia vinho sobre a mesa lateral. Os criados a haviam abandonado, mas o vinho, ao menos, permanecera fiel. Júlia se serviu de uma taça e a lançou na parede. A bagunça crescente aos seus pés foi grande e sanguinolenta. Nunca mais conseguiria olhar para algo vermelho da mesma forma.

Bebeu a taça seguinte, no entanto. E a outra. E mais uma depois dessa.

Depois de beber todo o vinho, Júlia foi para o banho.

Todos sabiam que havia uma ordem correta para os banhos, frio, depois morno, depois quente. Júlia queria escaldante sempre, do começo ao fim. O caldário, cercado por colunas, poderia acomodar facilmente cem pessoas, mas era só dela. Sentou-se sozinha na água quente, o vapor subindo e se espalhando entre as colunas, tomada por uma calma leve. Daquele tipo que só vinha depois de chorar até secar e quebrar tudo que pudesse se estilhaçar.

Se Ágata estivesse ali, ofereceria uma massagem. Óleos perfumados. Mas era melhor assim. Júlia não queria ser afagada nem consolada. Ao sair do banho, não queria ser a mesma pessoa que entrou. Cornélio morrera, e por causa dela. Era real, e não havia banho ou vinho suficientes para desfazer aquilo.

Se tivesse nascido homem, teria herdado um Império. Em vez disso, Honório a usava como uma moeda barata. Não passava de uma peça no latrúnculo, bonita e impotente, pronta para ser movida ou sacrificada ao bel-prazer do jogador. A ideia fez com que Júlia apertasse as bordas chanfradas da banheira com tanta força que os dedos ficaram brancos sobre a pedra.

Era hora de ela se tornar a jogadora.

As criadas não levaram o linho, mas levaram a seda... *toda* a seda. As roupas, os sapatos, a estátua dourada de Cleópatra que a mãe lhe dera. Não levaram o tabuleiro de latrúnculo — era pesado demais —, mas arrancaram os lençóis de seda da cama. *Ladras.* Só não levaram suas joias porque ela as estava usando. Júlia abriu o armário de joias e tateou até encontrar o compartimento. Ouviu o clique do pequeno trinco — e uma portinhola se abriu.

Ela tateou o esconderijo e suspirou aliviada. Ainda estava lá. Sua caixinha dourada.

Todos os imperadores tinham uma. E qualquer membro da família imperial com um mínimo de inteligência também. Um seguro, caso tudo fosse para o inferno. Júlia abriu a caixinha com as mãos trêmulas e viu o pequeno frasco verde. Acônito, destilado em sua forma mais potente. Uma gota mataria um boi.

Cornélio e sua morte vermelha e dilacerante inundaram sua visão. *Precisava* ser feito. Júlia queria alimentar aquela centelha de fúria até que virasse fogo e consumisse tudo nela que ainda fosse medo ou ternura.

E sabia exatamente a quem podia recorrer em busca de ajuda.

CAPÍTULO VI

A festa fora planejada para refletir o poder e o bom gosto; lanternas em forma de cisne flutuavam no implúvio e mil lamparinas transformavam o teto em um céu branco. Os mais ricos de Roma se espreguiçavam em triclínios de marfim. Júlia ergueu os olhos para o tablado onde seu irmão estava.

Mesmo ali, ela tremia de raiva.

Os guardas de Honório praticamente a arrastaram até o salão do banquete. Fizeram-na vestir a seda verde com a qual tentara sair da cidade, já amarrotada e manchada. E todas as suas joias. Honório queria fazer dela um exemplo. Colocou-a em um sofá logo abaixo do tablado, onde todos pudessem vê-la.

— *Eu* sei que você conspirou contra mim — sibilou ele. — Agora todos saberão que falhou. Faça um escândalo e eu a humilharei ainda mais.

Júlia já sentia todos os olhos sobre si, despindo-a.

Ao menos Honório não estava se divertindo muito mais do que ela naquela festa. No tablado, parecia abatido e irritado em sua toga púrpura mal ajustada. Ao lado dele, sentava-se o provador de veneno, um homem de cabeça calva que, de modo meticuloso, dava mordidas em cada prato oferecido ao imperador.

Foi preciso muito esforço para entrar em contato com a única pessoa que queria Honório morto tanto quanto ela: Ático, o intendente de Teodósio, que ainda tinha as costas em carne viva. Ele a tranquilizara. Matar o irmão dela era *necessário*, dissera em um sussurro rouco e dolorido. O jovem seria um tirano.

Ático sabia exatamente qual das escravizadas sexuais de seu irmão teria coragem para ajudar. Artemísia, uma mulher esguia, de cabelo escuro, vinda da Dácia, havia se casado em segredo com um dos guardas. *Ela* queria a liberdade, e era assim que conseguiria.

Artemísia serviria a mesa de seu irmão. O veneno era de ação lenta; Honório o tomaria no banquete e morreria ao amanhecer. Ninguém saberia. Júlia inspirou fundo. Mas *onde* estava Artemísia? Ela já devia ter aparecido àquela altura. Enquanto isso, Estilicão estava sentado na outra ponta da mesa, rígido como uma lança, quando deveria estar relaxado, ao passo que Olímpio se preocupava com um prato de queijos. Júlia encarou os dedos pálidos e finos dele, a pequena pilha de queijo, e sentiu um ódio cego.

— Minha pobre faisoazinha. Beba isto. — Era Verina, pressionando uma garrafinha em sua mão. — Está, ah... um pouco *reforçado* — disse em tom baixo. — Para aliviar um pouco.

Júlia tomou um gole e sentiu o brilho suave do Lótus Azul tomar conta de si; mais um gole e poderia ver arco-íris em torno de cada tocha.

— Você não devia estar aqui. Meu irmão...

— Vai fazer o quê? Me acorrentar? — Verina riu. — Tenho mais liberdade do que o resto desses covardes. Não poderia deixar você aqui sem nem uma gota para beber. — Ela sorriu. — É ridículo como a tragédia combina com você. Logo todas as cortesãs endinheiradas estarão usando o cabelo meio solto e *kajal* borrado. Ah, e se está se perguntando por que Honório está de mau humor, não é por sua causa. Ao menos não de todo. — Verina fez uma pausa significativa. — Ele está atrasado.

— Quem está atrasado? — Por fim, Júlia se lembrou para quem era aquela festa. — Ah. *Ele.* — Ela começava a entender como Alaric dos Godos devia se sentir em uma festa daquelas, o que, sem dúvida, era um sinal de como sua vida havia desmoronado. — Eu não o culpo. Estamos todos aqui para olhar para ele como um leopardo enjaulado. É repugnante.

— Pelo menos os abutres logo terão outro para encarar que não você — disse Verina. — Dizem que ele come bebês romanos no desjejum e se banha em sangue romano toda noite. Empolgante, não acha?

— Tenho certeza de que o grande Alaric será como a maioria dos homens das lendas. Cheirando a *garo* e alho, e nem de longe tão alto quanto se imaginava.

Júlia tomou outro gole da garrafinha. Aquela noite, ou o resto de sua vida, por mais breve que fosse, seria bem mais suportável se estivesse levemente bêbada.

Foi então que as pesadas portas cerimoniais rangeram e começaram a se abrir. Ela congelou, com a garrafinha a meio caminho dos lábios.

O canalha do beco estava no limiar. Júlia o reconheceu até a alma: o bronze do cabelo que ia até os ombros; os traços firmes e orgulhosos do rosto. Estava acompanhado de um grupo intimidador de guerreiros godos, usava um manto carmesim jogado sobre um dos ombros largos e torques de ouro serpenteando pelos bíceps. Sua presença era uma força física. *Todos* — músicos e dançarinas, senadores e suas esposas, Honório — ficaram em silêncio diante da entrada.

O homem olhou na direção dela por um breve segundo, os olhos límpidos e brilhantes como água glacial. Se a reconheceu, não demonstrou. Nem um pouco.

— Ora. Rei dos godos, até que enfim. Faz ideia de que horas são? — A voz de Honório foi como uma pedra afiada cortando o silêncio.

— Disseram-me que esta era *minha* celebração, imperador — respondeu Alaric, com um sorriso perturbadoramente encantador. — Portanto, a hora é minha, seja qual for o momento em que eu decida chegar.

— É costume se curvar diante de seu imperador — disse Olímpio sem esconder a hostilidade.

O homem não respondeu, mas seus olhos se voltaram para o mestre de ofícios, e neles surgiu algo assassino que fez Júlia suar frio.

— Imperador, se me permite. — Estilicão se adiantou com os braços estendidos. — Você é bem-vindo a qualquer hora, rei dos godos.

A expressão de Alaric não mudou. Mas aquele brilho opaco sumiu de seus olhos, e ele deu um passo à frente para encontrar Estilicão, que segurou seus antebraços e falou depressa, em voz baixa, ao seu ouvido.

Júlia prendeu a respiração. Tinha sido Alaric naquele beco. O homem que aterrorizara todo o norte da Itália; que havia forçado a corte a se esconder no pântano e levado o pai dela à morte. Um homem que comandava exércitos, privava cidades de alimentos e empalava os romanos que não lhe agradavam, e que, na noite anterior, estivera num beco lamacento, *brincando* com ela como um gato com um pedaço de barbante.

Seu sangue gelou ao pensar no que ele poderia ter feito com ela.

Era aquela mulher. A do beco. Em meio a um mar de aristocratas de rostos presunçosos, cobertos de joias e sedas, era a única que ele via.

Era uma cortesã. Só isso explicava o fato de estar esgueirando-se em becos. Além disso, era uma cortesã de *Honório*, de todas as possibilidades improváveis. Parecia amarrotada, como se o imperador já a tivesse levado para a cama. Alaric sentiu arrepios na pele. Se ela tivesse contado ao imperador onde o encontrou, isso poderia causar problemas.

— Se fizer este teto desabar sobre nossa cabeça, eu ficarei *extremamente* descontente — murmurou Estilicão em tom sombrio. — Já não basta a má impressão que sua demora causou.

— Ela causou exatamente a impressão que eu queria causar.

Alaric relaxou num andar confiante, tomando cuidado para não olhar outra vez para a mulher ruiva. Foi preciso uma força de vontade surpreendente.

À medida que se aproximava do tablado, avaliou rapidamente os guardas na sala. A maioria estava reunida ali, protegendo o jovem imperador; outros estavam às portas.

— Então você é Alaric. — O filho de Teodósio era pálido como gordura de carneiro. Tinha um rosto mais suave que o do pai, mas a pontada de desprezo no sorriso indicava que era capaz de cometer atos cruéis. — Do jeito que meu pai falava de você, achei que tivesse quase três metros de altura e cuspisse fogo. Agora está aqui e olhe só para você. — Honório deu uma risadinha leve. — É só um homem.

— É aos homens que se deve temer, imperador. Não às histórias.

Estilicão deu um tapinha no ombro dele.

— Venha. Precisa nos agraciar com histórias do seu tempo na minha escola de oficiais.

— Estilicão diz que você matou um urso na arena com as próprias mãos — comentou Honório, com outra de suas risadas agudas. — Não acredito nisso.

Alaric contraiu o maxilar. Por um instante, o salão do banquete desapareceu, e ele estava de volta àquele lugar, com o urso, a multidão e o calor abundante do verão emanando da areia. Revirar aquelas lembranças para entreter um garoto era como urinar no túmulo de seu pai.

Mas o velho não esperaria nada além de um acesso de raiva. E Alaric sabia que poderia fazer o garoto comer na palma de sua mão, se assim desejasse. E então poderia ter o que quisesse.

Por isso, sorriu para o filho de Teodósio.

— É sábio em não acreditar numa mentira dessas, imperador — respondeu. — Eu tinha uma lança.

O garoto riu, e toda a corte soltou um suspiro coletivo. Ele tinha sido aceito.

De todas as coisas que poderia esperar de Alaric dos Godos, Júlia jamais pensou que ele fosse *encantador*.

Naquele momento trocava histórias de guerra com Estilicão. Provocava o irmão dela — ninguém *jamais* provocava Honório — e mostrava os dentes em uma risada que cativava a todos no salão. O imperador ouvia com atenção, fascinado, e até o general parecia relaxar na cadeira.

Júlia estava incomodada com o fato de alguém tão sanguinário ser tão atraente. Como se ele só tivesse o direito de existir se exibisse uma cicatriz deformante no rosto.

Os herdeiros de Roma perderam o interesse nela. Todos olhavam para Alaric. Alguns eram discretos — outros, descarados — ao encarar, *secá-lo*, para dizer a verdade. A maioria sobreviveu aos cercos de Verona e Milão, quando aquele homem era uma figura de terror. Júlia se lembrava das histórias. Corpos jogados nos reservatórios de água. Prisioneiros mortos alinhados em estacas à vista das muralhas. E sempre aquele homem, o rei dos godos, percorrendo as linhas de batalha em seu enorme cavalo preto, como se o caos fosse seu habitat natural. E ele estava ali, com sua risada fácil, latim impecável e maneiras de um aristocrata nato, e uma corte inteira de inimigos parecia pronta para jurar lealdade a ele. Júlia não confiava naquilo. Nem um pouco.

— Veja como ele é educado — murmurou Verina, um pouco atordoada.

Júlia bufou.

— *Esse* homem é a razão de estarmos todos morando num pântano.

Tinha a sensação incômoda de ser a única que via a violência fervendo por baixo do charme de Alaric. Por trás do sorriso fácil, ele parecia contemplar partir o irmão dela ao meio e usar os ossos como palito de dentes.

As grandes portas se abriram novamente com um estrondo, e Honório se ergueu do triclínio.

— Uma troca de reféns — anunciou. — Para garantir nossa boa intenção.

Soldados surgiram por trás do tablado, escoltando um grupo de jovens romanos. Alguns eram crianças agarradas às mãos das amas; filhos de famílias poderosas que haviam se oposto ao imperador. Enquanto os pais jantavam, Honório mandara soldados às casas para trazer as crianças.

Pelo visto, ela não era a única que Honório queria subjugar.

Bromios estava entre os reféns. Um hematoma começava a surgir em sua mandíbula. Ele a encarou e balançou a cabeça de leve, de forma quase imperceptível. Júlia manteve a expressão neutra, como um lago sem vento.

Os soldados de Honório escoltaram as pessoas até o outro lado da sala, e guerreiros de Alaric, vestidos em peles de animais, os cercaram. Júlia poderia ter dito ao rei dos godos que aqueles reféns eram inúteis. Honório não se importava nem um pouco com eles. Os filhos de seus inimigos não garantiriam coisa alguma.

As grandes portas atrás do tablado se abriram novamente com um rangido, e outro grupo de soldados romanos surgiu, com os reféns do lado de Alaric. Eram apenas dois, jovens pálidos. Gêmeos idênticos, também vestidos com peles, o cabelo loiro espetado com gordura animal; colares de dentes reluziam em seus pescoços. Júlia os viu caminhar até a frente da sala, ignorando completamente os soldados, e se encostar na parede perto do tablado com uma despreocupação letal. A apenas alguns passos de onde ela estava sentada.

Alaric ainda estava recostado em seu triclínio, com uma expressão ligeiramente entediada. Mas os olhos azuis se estreitaram apenas um pouco, e na mesma hora a tensão letal por trás de seu ar relaxado se intensificou.

Ele também foi surpreendido por aqueles reféns. *Interessante.*

— Você parece pálida de tanto nervoso — sussurrou Verina. — O vinho estava forte demais?

— Não. Na verdade, acho que não bebi o bastante.

Pelo visto, seu irmão estava tentando provocar Alaric dos Godos do mesmo modo que provocava *ela*.

De repente, Júlia estava muito atenta ao que acontecia no tablado.

Os gêmeos. *Porra.*

Como Estilicão tinha conseguido pôr as mãos nos gêmeos? Os garotos não pareciam machucados. Não mancavam nem favoreciam um lado. Mas o jeito de andar denunciava que estavam armados. Na cintura, na bota, e Horsa tinha uma arma escondida na manga. Alaric conteve um palavrão.

Estilicão o observava com atenção. Era bem típico do velho usar um truque como aquele. Era muito mais difícil manter uma posição firme nas negociações quando o outro lado estava com uma faca no pescoço daqueles mais próximos de você. Mas, se demonstrasse medo, colocaria os gêmeos em perigo.

Então voltou sua atenção à conversa como se aquilo não tivesse a menor importância.

— E então ele jogou a lança do meio da arena — continuou Estilicão. — Acertou o urso no coração, e o animal caiu morto.

Os olhos de Honório se arregalaram como pires.

— Não foi tão heroico assim — disse Alaric com preguiça. — Aquele urso estava doente, faminto e ainda não tinha se desenvolvido totalmente.

— Matar um urso, de qualquer tamanho e condição, é uma façanha e tanto para um rapaz adolescente. E eu sabia reconhecer talento puro — disse Estilicão, sorrindo com indulgência. — Por isso, eu me levantei e o reivindiquei para minha escola de oficiais.

— E se arrepende disso desde então — completou o rei dos godos, lançando um olhar casual pelo salão.

Torismundo encarava, carrancudo, próximo à passagem dos criados, e as escravizadas tentavam manter distância dele. Riga se empanturrava com uma perna de carneiro, completamente absorto. Ambos estavam próximos o suficiente dos gêmeos para reagir a qualquer problema. Enquanto isso, havia alguns dos seus entre os reféns que poderiam segurar as portas, ainda que apenas por alguns minutos. Ele torcia para que não fosse necessário.

— Fico me perguntando, Alaric — ponderou Honório —, como você foi parar naquela arena, para começo de conversa.

Alaric sentiu seu corpo retesar. A pergunta o levava de volta às minas, à escuridão esmagadora daquelas galerias. O cheiro de sangue e as costas dilaceradas de homens açoitados.

— Fui um escravizado — respondeu secamente. — Matei meu senhor com uma corrente.

— Isso é um crime grave. Assassinato. Por lei, devia ter enfrentado a justiça.

— Talvez você tivesse uma noção diferente de *justiça*, imperador, se tivesse sido escravizado.

Um silêncio repentino, frágil. Estilicão assumiu depressa.

— Talvez seja hora de discutirmos o que podemos conquistar juntos. Alaric, Honório está disposto a honrar as promessas do pai. E, Honório, com a ajuda de Alaric, você poderia reunificar o Império. Vamos conversar em paz.

Uma risada desagradável surgiu do lado oposto da mesa. Vinha do homem que mandara Alaric se curvar. Olímpio. Estava com os ombros curvados sobre uma travessa de torta de enguia, o ódio denso como alcatrão.

— Você não terá ajuda do rei dos godos, imperador — disse Olímpio, cravando os dentes numa fatia de enguia. — Ele se voltou contra nós.

Estilicão o encarou com frieza.

— O cenário mudou, Olímpio.

— Vejo o mesmo cenário de sempre. Aquele que este homem devastou duas vezes em três anos. Ninguém se banha em tanto sangue quanto *ele*. — O sorriso de Olímpio se retorceu num esgar vil. — Godos não são leais.

Alaric sentiu que apertava a taça de vinho. Então aquele era o conselheiro rico, metido em todos os assuntos. Inimigo de Estilicão, marido da irmã de Honório.

— Como se o seu povo tivesse algo a ensinar ao meu sobre lealdade.

Olímpio estreitou os olhos até que se tornassem fendas.

— Cuidado com a língua, traidor.

— Cuide da sua. Para não morrer sufocado.

— Chega. Vocês dois — ordenou Honório. — Falam de honra, pátrias e promessas. Mais uma palavra e arrancarei meu próprio olho. — Ele olhou feio para Olímpio. — Você tem opiniões demais para alguém que nunca viu uma guerra. E *você*, Estilicão... criou um monstro e ainda não aceitou esse fato. — Por fim, voltou-se para Alaric. — Então deixemos esta conversa para os dois nesta mesa que têm poder de decidir alguma coisa.

Apesar de tentar, Alaric não conseguiu conter o riso. O garoto tinha fibra, o que era uma surpresa. Quem diria que ele ficaria *satisfeito* ao ver o fantasma daquele velho fanático carrancudo que fora Teodósio?

— Vamos lá, Honório — disse ele em voz baixa. — Diga como planeja me comprar.

Júlia se afundou no sofá, mastigando um pedaço de ave assada por falta do que fazer.

Onde está Artemísia? Já tinham se passado *horas*. O segundo prato fora servido e retirado, junto a uma trupe de acrobatas ágeis e uma recitação de Virgílio. Enquanto tudo isso acontecia, Alaric e o irmão dela discutiram termos de tratado. Naquele momento, falavam de infraestrutura, impostos em grãos e recrutamento. Júlia ouvia com atenção. Estar perto de Alaric era como estar ao lado de um raio forçado a ficar imóvel. Ele falava baixo, mas Júlia percebia como todos se silenciavam para escutá-lo.

Alaric *sabia* que aquela faixa de terra ao longo do Danúbio que Honório tentava empurrar para ele era uma zona de guerra, não sabia? Aceitar se fixar ali seria apenas colocar o próprio povo entre romanos e hunos. Não que ele tivesse perguntado *a ela*.

Júlia tinha um mau pressentimento sobre o que poderia acontecer quando Alaric finalmente percebesse que Honório jamais lhe daria o que queria.

— Os reféns parecem entediados — disse Verina, indicando os gêmeos estranhos. — Aquele ali parece prestes a cochilar.

Eles não pareciam *nada* sonolentos para ela. Ocupavam o cômodo como Alaric, tranquilos, a um fio de enfiar uma adaga no pescoço de alguém.

De repente, dois pares de olhos estavam sobre ela. Os rostos eram jovens, mas os olhos pareciam antigos, pálidos como cadáveres e vazios de compaixão. O que estava mais distante levou um dedo aos lábios; um aviso solene. O mais próximo arreganhou os dentes e passou o dedo pelo próprio pescoço.

Júlia estremeceu e desviou o olhar.

— Isso tudo é ótimo — dizia Honório —, mas receio que, não importa para onde vá, nossos termos devem incluir o recrutamento.

— Meu povo já pagou com sangue. Escolha outra moeda.

— Oferecemos termos que incluem tributo, em grão ou ouro. Tenho certeza de que entende que não posso simplesmente arrancar um pedaço do Império e *entregá-lo* a você, sem qualquer condição.

— Não vejo por que não — disse Alaric com leveza. — A terra era nossa, para começo de conversa. Só peço que nos devolvam parte dela.

Ele *não* negociaria a liberdade de seu povo para salvar a própria pele. Mas os gêmeos, presos ali, eram uma faca em seu pescoço.

Uma jovem de cabelo lustroso surgiu com uma bandeja de vinho. Seus olhos caíram sobre Alaric e ela parou no meio do passo. O olhar que lançou a ele foi de reconhecimento. Tinha a pele escura para uma tervíngia, mas Alaric teria de estar cego para não reconhecer um dos seus.

A taça de Honório estava vazia, e o rei dos godos fez sinal para que ela a reabastecesse. Um reconhecimento silencioso.

— Seja razoável, Alaric — pediu Estilicão. — Você está pedindo que permitamos a instalação em massa de uma força hostil dentro de nossas fronteiras. O Senado jamais aprovará isso.

— O Senado não pode se dar ao luxo de fazer de mim um inimigo, velhote. — Alaric deixou a máscara de cordialidade cair, e as palavras saíram duras e ásperas como pedras de moinho. — Dê ao meu povo terras onde possam viver, não os esmague com impostos nem desperdice suas vidas com o recrutamento. Em troca, ofereço paz a leste. Uma paz que pretendo manter.

— Palavras fortes para um rei sem reino — cutucou Olímpio, com desprezo escorrendo da voz. — Ele nos ameaça, Honório. *Ele* é o motivo de não termos paz a leste, para começar. Ameaça nos saquear se não aceitarmos seus termos.

— Senhores, por favor — falou Estilicão, com a voz suave e apaziguadora, dominando a tensão repentina. — Estamos todos dispostos a lutar e morrer por nossos súditos, e para isso precisamos da força uns dos outros. É por isso que...

— Diga a verdade, Estilicão — interrompeu Olímpio. — Você está em conluio com Alaric há anos. Dividindo secretamente os despojos da guerra. — Ele se aproximou do ouvido de Honório. — Ainda não notou quantas vezes Alaric escapou da justiça de Estilicão? Na Trácia, nas colinas de Verona e de novo nas planícies de Milão? Estranho, não acha?

A boca fina se curvou para baixo como uma foice.

Honório permaneceu em silêncio. Bastava erguer um dedo para que ambos fossem arrastados para apodrecer numa cela. Alaric observava o imperador, querendo ver para que lado o garoto penderia.

No silêncio, o provador de Honório ficou roxo, espuma de sangue surgindo em sua boca.

Júlia assistiu, horrorizada, enquanto o provador desabava sobre a mesa, o rosto espumando sobre a comida.

Aquilo *não* fazia parte do plano.

Artemísia colocara o veneno no *vinho*. Júlia mandara pôr na *água*; o provador experimentaria o vinho, mas não a água que o seguiria. A dose também estava errada. *Como aquilo podia ter dado tão errado?*

— Prendam-no! — Olímpio se levantou de um salto, apontando com fúria para Alaric. — Viram o sinal que ele fez para a escrava? *Prendam-no*. Tentou envenenar o imperador!

O caos irrompeu. No fundo do salão, as grandes portas duplas se fecharam com um estrondo, e a sala mergulhou em pânico. Em meio ao tumulto, Alaric se levantou, e Júlia viu seu próximo movimento como se já tivesse acontecido. Ele faria o irmão dela de refém.

Ela teve uma ideia melhor. O inimigo de seu inimigo seria seu amigo, querendo ele ou não.

— Não é *emocionante*?

Verina tinha os olhos brilhando de sede de sangue.

— Verina, vá para debaixo da mesa e não saia até isso terminar.

Júlia tomou um último e longo gole de vinho — ainda *não* estava bêbada o suficiente para aquilo — e pegou uma faca de prata da mesa.

Então correu pelos degraus do tablado, desviando dos soldados.

Alaric avançou, empurrando a mesa para o lado. Os guardas subiam correndo os degraus, mas não chegariam a Honório antes dele.

De repente, a cortesã ruiva se plantou em seu caminho. *Estúpida.* Ele poderia tê-la atravessado como o vento passa pela cortina. Mas a interferência surtiu o efeito que ela desejara. Num piscar de olhos, os centuriões cercaram o garoto. A chance se foi.

Ela empurrou um pedaço de metal afiado na mão dele.

— Presumo que saiba o que fazer com isso.

Alaric olhou para ela e sorriu. Ele sabia muito bem, sim.

Puxou-a para perto e encostou a faca em seu pescoço. Sentia cada curva dela por baixo do vestido; o perfume de rosas e vinho enchia seus sentidos. O desejo rugia dentro dele, forte e feroz como fúria de batalha, ameaçando sua concentração.

Em menos de um segundo, estavam cercados por um anel de aço.

Alaric voltou o olhar para Honório, o rosto pálido do garoto estava ainda mais claro em choque.

— Melhor mandar seus guardas recuarem — disse Alaric, em voz baixa. — Ou alguém pode se machucar.

Estilicão rugiu do outro lado do tablado.

— De todas as *idiotices* que poderia fazer num momento desses, Alaric...

Honório assentiu.

— Leve-a. Você não faz ideia do trabalho que ela dá.

Alaric deu de ombros, relaxado.

— Se é assim que quer...

Pressionou levemente a faca. O suficiente para fazê-la se encolher. A mandíbula do garoto se contraiu, e Alaric se perguntou o que faria se Honório não mandasse os guardas recuarem. *Cortar o pescoço daquela mulher bem no meio do salão?* Cacete.

Então, para seu imenso alívio, Honório assentiu. Seus centuriões recuaram.

— Diga-lhes para jogar as espadas naquela piscina com os cisnes ridículos — disse Alaric, indicando o implúvio iluminado pelas lamparinas. — E depois mande ficarem de frente para a parede do fundo. *Agora.*

Estilicão deu as ordens. Depois veio o som metálico de cintos sendo soltos, aço caindo na água. O silêncio que se seguiu era imediato e frágil como vidro.

O general o interrompeu.

— Você não é um vilão, Alaric. Não mata mulheres indefesas.

— Pelo contrário. Acho que o mundo seria muito melhor com uma romana tola a menos nele.

Negociar já não fazia sentido. Jamais conseguiria sua terra nos termos que queria. A ameaça era tudo o que lhe restava. Enquanto isso, a mulher descansava todo o peso de seu corpo sobre o pé dele. Um absurdo, considerando que tudo aquilo fora ideia *dela*. Por pura mesquinharia, puxou-a ainda mais para perto, o hálito roçando o pescoço da concubina.

— Imagine que esta bela mulher é sua cidade, Honório, e esta faca, meu exército — continuou Alaric. O hálito eriçando a pele dela em pequenas ondas. — Você me deixou trazer cinquenta dos meus melhores homens até os seus portões, os quais, aliás, estão podres e sem defesa. Se eu não sair deste palácio vivo, eles vão devastar esta cidade como um cão devasta uma carcaça. E meu exército atravessará as montanhas dentro de uma semana para buscar vingança.

— Não vai, não — cuspiu Olímpio. — Seu povo está faminto e dividido, mal tem forças para nos enfrentar.

Alaric sorriu.

— Está certo, estão famintos. Arrancariam a carne dos *seus* ossos primeiro, Olímpio. — Por todos os deuses, se queriam um bárbaro, ele lhes daria um. Alaric arrastou a lâmina pelo pescoço da mulher, traçando de leve a pele do colo até a mandíbula, fascinado com a cor quente e febril que subiu às maçãs do rosto dela. — Minha faca está no seu pescoço, Honório. Deste jeito.

Os batimentos dela dançavam como uma borboleta presa sob a pele.

— Você sairá daqui em segurança — disse Estilicão, em tom calmo. — Eu garanto. Deixe-a ir.

— Acho que não. — Alaric apertou o braço ao redor das costelas da concubina, arrastando-a escada abaixo. — Ela vem comigo. Se alguém sequer nos olhar torto, eu mesmo cortarei o pescoço dela.

— Você morrerá em um dia, bárbaro — bradou Olímpio.

— Duvido muito. — Ele riu com pura e imprudente valentia, enquanto seus próprios homens o cercavam. — Nem preciso de uma arma para acabar com você, Honório. Renda-se e se esconda.

CAPÍTULO VII

"Se alguém sequer nos olhar torto, eu mesmo cortarei o pescoço dela."

Júlia passou todo o caminho desde o palácio apavorada com a ideia de receber um olhar errado. Alaric parecia bem capaz de cumprir aquela ameaça. O vinho e o Lótus Azul ainda percorriam suas veias, mas a coragem ardente que a fizera colocar a faca na mão dele havia desaparecido. Naquele momento, sentia-se enjoada e exausta, com álcool exalando pelos poros.

Alaric seguia à frente, rindo e falando com seus homens em gótico, como se estivessem em um piquenique veranil. Ele parecia ser do tipo cuja ideia de piquenique envolvia a tomada de reféns. Júlia começava a achar que cometera um erro terrível.

Mas, quando saíram da cidade, Alaric parou de rir, o rosto assumindo uma expressão feroz e concentrada, como a de alguém tentando caminhar sobre o fio de uma lâmina. Júlia mal o viu antes de ser cercada por uma corja de homens e cavalos. Então, o enjoo causado pelo vinho tomou conta dela e o pântano a envolveu, quente e espesso.

Primeiro foi uma carroça, depois um barco. A lua brilhava alta sobre o extenso pântano alagado e atravessado por rios lentos, e a mão pesada da exaustão a pressionava para deitar-se no fundo do barco. Por fim, ela se encolheu em uma bacia de água morna e salobra e adormeceu.

Júlia acordou sobre o dorso de um cavalo em disparada, largada como uma almofada de penas.

Por um momento ofuscante, tudo o que conhecia era dor. Um apocalipse pulsante de sangue na cabeça e o chão passando depressa embaixo dela, pontilhado de pedras e pequenos montes. O flanco do animal era uma parede de músculo em movimento, a poucos centímetros de seu rosto, e cada passo provocava um tranco que lhe tirava o ar.

— Deixe-me levantar. — Ela mal tinha fôlego para falar. — Não consigo respirar. Deixe-me *levantar*.

Uma mão agarrou a parte de trás de seu vestido e o mundo se endireitou com um solavanco vertiginoso, montanhas, árvores e o horizonte tingido pelo pôr do sol, tudo onde deveria estar. Júlia olhou para baixo e viu pulsos grossos, musculosos; mãos fortes e quadradas segurando as rédeas, e as reconheceu.

Meu Deus, o que foi que eu fiz?

Alaric dos Godos conduzia o cavalo a toda velocidade pelo terreno acidentado. *Eu vou morrer*, pensou Júlia. *Vou morrer, arremessada deste cavalo, com minha cabeça aberta depois de bater em uma pedra.* Seu estômago se revirou, e o que quer que tivesse comido na noite anterior subiu lhe pela garganta. Precisava descer do cavalo. E precisava ser *imediatamente.*

— Pare! — gritou.

Ou ele a ignorava de propósito por pura maldade, ou não conseguia ouvi-la por causa do som da corrida. O animal deu outro solavanco e, de repente, não havia mais tempo. Júlia se inclinou para o lado e vomitou.

O cavalo parou com um tranco violento. De repente, Júlia estava no chão, e havia um riacho. A água era límpida; peixinhos se moviam entre pedras coloridas enquanto ela expelia os restos do jantar da noite anterior.

Atrás de si, o chão tremia sob os cascos dos cavaleiros. Júlia fechou os olhos, encostada na parede dura da própria sobriedade. A noite anterior se recompôs em sua mente. O provador tombando sobre um prato de ave assada. Ela mesma entregando uma faca na mão de Alaric. Que piada. A única coisa que conseguira desde que decidira *se tornar uma jogadora* foi ser sequestrada pelos godos.

Uma mão tocou seu ombro. Júlia quase pulou de susto.

Era Bromios. Ele a fitava com pavor, o hematoma na bochecha já mais amarelado. O liberto era a imagem perfeita de um vilão.

Júlia nunca se sentiu tão aliviada.

— O que raios você está fazendo aqui?

— Salvando meu pescoço. *Alguém* tinha que guiar Alaric dos Godos pelo pântano. — Ele lançou um olhar ao grupo de homens e cavalos que se aproximava, levantando poeira. — Mas ouvi o que estavam dizendo. Estou preocupado que nossa recompensa seja uma degola.

— Aquele monstro! Eu o *salvei* naquele banquete! — Mas o que ela esperava? Alaric era um bárbaro sem lei. — Eu vou lidar com ele — disse Júlia, com calma. — Vamos conversar de realeza para realeza.

Honório tinha posto a régua tão baixa que Alaric, sem dúvida, ficaria grato apenas por ter seu status como rei dos godos reconhecido.

A expressão de Bromios ficou cuidadosamente neutra.

— Acho melhor deixar que eu fale.

Então olhou por cima do ombro de Júlia e ficou pálido.

Alaric dos Godos estava parado ali, apoiado em uma lança. Observando os dois. Os olhos eram lâminas azuis afiadas sob as pálpebras pesadas.

Com uma calma deliberada, Júlia se levantou e se virou para encarar o desastre gritante que sua vida havia se tornado. Inclinou a cabeça com cortesia.

— Devo-lhe meus agradecimentos, rei dos godos. Estou em dívida com o senhor.

A resposta educada seria reconhecer que ele também estava em dívida *com ela*, considerando que fora sua presença de espírito que salvara a vida dele. Mas Alaric não ofereceu a resposta educada. Em vez disso, a analisou num exame preguiçoso que beirava o insulto.

Júlia cerrou os dentes. Ele nem se dava mais ao trabalho de fingir.

Bromios se enfiou na frente dela — dando-lhe uma cotovelada forte nas costelas — e se atirou aos pés do caudilho.

— Por favor, rei Alaric! Fui eu quem o conduziu para fora da cidade pelas rotas dos contrabandistas, e agora imploro que me leve com você. Posso ser útil! Conheço todos os caminhos secretos até as montanhas... toco alaúde... sei onde encontrar o *melhor* vinho e ópio. Só não abandone minha pobre carcaça aqui, eu lhe suplico...

Um godo se aproximou em meio àquele discurso. Era pouco mais alto que Júlia, tinha cabelo dourado, solto, roçando os ombros. Ele e Alaric trocaram um olhar enquanto Bromios continuava sua súplica ininterrupta. O outro disse algo em gótico, palavras rápidas como flechas; a resposta de Alaric foi curta. O loiro então falou em latim:

— Sabe montar a cavalo?

— Claro que sei!

Júlia bufou pelo nariz. Que mentira. Bromios nunca montara um cavalo na vida.

Mas o homem subiu no próprio animal e puxou o liberto para cima. Ela apenas encarou, indignada, enquanto os dois disparavam a galope, Bromios acenando um adeus e desejando *boa sorte* sem enunciar as palavras em voz alta. Deixando-a sozinha com Alaric.

Mas que salafrário.

O rei dos godos ainda a observava, os olhos brilhando, divertidos.

— Carrega uma quantidade impressionante de metal. — Havia um sotaque gótico em seu latim que não existia na noite anterior. — Estou surpreso que consiga ficar de pé.

— Trouxe para você, rei dos godos. — Ela *não* desviaria o olhar como uma escravizada. — Desejo propor uma aliança.

Ele riu baixo.

— Talvez eu deva avisar que, entre o meu povo, é o homem quem oferece o dote.

Um calor vivo subiu ao rosto de Júlia. *Corando!* O que havia de *errado* com ela? Alaric não disse nada, apenas estendeu a mão, fazendo-a recuar, quase indo parar dentro do riacho. *Ah, meu bom Deus, ele vai me estrangular e me jogar numa vala.*

Mas, em vez disso, Alaric passou a mão por trás do cabelo dela e soltou os fechos em seu pescoço.

Júlia ficou em silêncio absoluto enquanto o homem se inclinava para terminar a tarefa, o cabelo de bronze caindo à frente, cada toque dos dedos dele enviando choques por sua espinha. As mãos eram hábeis, desatando os fechos de uma dúzia de colares como quem tinha infinita prática em despir damas de suas joias.

Quando ele se afastou, Júlia estava sem fôlego.

— Seus anéis?

Ela corou ainda mais.

— Ah. Sim. Claro.

Júlia tirou os anéis, sete ao todo, de ouro pesado, filigranas delicadas e pedras preciosas que valiam um reino inteiro, e os entregou sem pensar.

Só então percebeu que havia dado também o anel de sua mãe.

— Há um anel com uma pedra opala dentre esses que pegou. Gostaria de tê-lo de volta. — Ela respirou com cuidado. — Não tem valor para você, mas tem muito para mim.

— Tarde demais, mulher. O que é seu agora é meu. Considere sua dívida paga. — Ele sorriu com um atrevimento charmoso. — Ravena está a noventa quilômetros a sudeste. Por ali. — Apontou. — Boa sorte.

E então deu meia-volta e se afastou na poeira fervilhante.

Júlia ficou olhando-o, boquiaberta. Aquilo não podia estar acontecendo. Alaric não podia apenas *deixá-la* ali, à mercê de qualquer patrulha que passasse. Ergueu a saia rasgada e se atirou no meio da corja de homens e animais, escapando por pouco de ser pisoteada até a morte.

Encontrou-o segurando as rédeas daquele cavalo preto gigantesco, a cabeça inclinada em conversa com outro de seus homens.

— Uma palavra, se me permite, rei dos godos.

Ele se virou, e algo nos olhos azul-gelo dele fez Júlia recuar. *Que merda ela estava fazendo?* Corpos empalados sob muralhas. Fome nas ruas. Teria *sorte* se Alaric simplesmente a libertasse para encontrar seu destino. *Crie coragem*, repreendeu a si mesma.

— Você *não pode* me deixar aqui. Sou valiosa demais para ser largada à beira da estrada como uma...

— Valiosa? — Havia um brilho de divertimento na expressão dele. — Duvido que conseguisse mais que um quarto de talento se tentasse pedir seu resgate.

Júlia ficou boquiaberta. *Um quarto de talento?*

— Quem você pensa que sequestrou? Uma escravizada luxuosa vinda da Grécia?

Alaric lançou um olhar, frio e avaliativo; ela quase o sentiu pesando seu valor como um saco de trigo.

— Acha que vale mais?

Tinha a terrível sensação de que o homem a *provocava*.

— Valho mais do que todo esse seu exército de duas moedas. Você nunca *viu* tanto dinheiro quanto eu valho.

Naquele instante ele começou a rir; um som caloroso e contagiante, no qual Júlia poderia se afundar como num banho quente... se ele não estivesse rindo *dela*.

— Mulher, você está coberta de sujeira e cheira a vinho e vômito. Se eu a deixasse à beira da estrada nesse estado, nem os porcos a tocariam. — Ao lado dele, o cavalo de guerra gigante bateu o casco com impaciência. — Agora vá, e não teste minha misericórdia. O imperadorzinho deve estar sentindo falta da concubina.

E então, num único movimento fluido, Alaric dos Godos montou seu grande cavalo preto.

Júlia ficou parada, muda. *Concubina*. Ele não fazia a menor ideia de quem ela era.

Alaric cutucou o cavalo com os calcanhares, achando que tinha encerrado o assunto. A mulher discordava. Ela se lançou sobre as rédeas. Aníbal empinou, um amontoado de músculos pretos e cascos voando.

— Eu não sou uma concubina, seu idiota! — gritou ela. — Sou a *irmã* de Honório!

Aníbal não gostava que mexessem em sua cabeça. Alaric lutou para controlar o cavalo enfurecido antes que ele esmagasse o crânio dela com os cascos.

— *Solte-o* — rosnou ele, mas ela não soltou.

A mulher segurava as rédeas como se sua vida dependesse daquilo.

Só então Alaric se deu conta do que ela havia dito.

Conseguiu acalmar o cavalo, acariciando os músculos tensos do pescoço trêmulo do animal.

— Você é irmã do imperador. — Era difícil de acreditar. — *Você*.

Mesmo de onde estava, a mulher cheirava como uma vinícola. Mas Alaric a viu endireitar a postura, o rosto assumir uma compostura orgulhosa e impecável que, apesar das roupas em frangalhos e do caos no cabelo cor de fogo, podia muito bem passar por algo imperial. Uma transformação impressionante.

— Sou Júlia Augusta, segunda filha de Teodósio e da imperatriz Gala. Irmã e filha de imperadores — declarou.

Ora. Isso mudava tudo. Ele tentara conseguir uma pátria do cadáver fétido do Império por duas vezes. Talvez desta vez, com a vantagem de uma refém imperial, o desfecho fosse outro. E assim não voltaria para seu povo de mãos vazias.

Alaric sorriu de um jeito que a fez recuar um passo.

— Princesa, parece que o valor do seu resgate acaba de subir consideravelmente.

Então ele estendeu o braço e a puxou para a sela, à sua frente.

CAPÍTULO VIII

O bordel era do tipo mais comum, na parte mais desprezível da cidade, onde larápios infestavam as ruas. Estilicão se considerava sortudo por ter chegado vivo até ali.

A madame era uma mulher corpulenta, de idade indefinida, vestida com uma toga vermelha barata. Sorriu com alegria, revelando uma fileira de dentes quebrados, ao conduzi-lo a um quarto estreito banhado por uma luz amarelada. Um colchão fino fora jogado sobre uma plataforma de pedra áspera, oferecendo pouca proteção para quadris e costas animados. Antes de sair, a madame deixou uma jarra de vinho barato e dois cálices de barro em uma mesa bamba.

Colocando a bolsa que carregava no chão, Estilicão se acomodou em uma cadeira para esperar. Como fizera tantas vezes nas últimas quarenta e oito horas, deixou os pensamentos vagarem até aquele garoto na arena, anos atrás.

O menino mal tinha 14 anos, ainda não havia crescido por completo. Um escravizado fugitivo, esfarrapado e cheio de hematomas; lutara como um demônio ao ser capturado, e os sinais disso estavam por todo o corpo. Alaric tinha rido no banquete, chamado aquilo de sorte combinada com a fraqueza do urso, mas Estilicão vira a firmeza da mão do garoto, sua frieza resoluta. Não houve nada de sorte naquele golpe. Quando o menino pairou vitorioso sobre a carcaça arfante, o general levantou-se com os demais. Fez questão de gritar mais alto. *Tragam-no para mim*, dissera. *Esse garoto é meu.*

Nunca imaginara que um dia enfrentaria aquele mesmo olhar frio e determinado em um campo de batalha ensanguentado. Que o encontraria repetidas vezes, em meio à neve e planícies uivantes, rodeado de cadáveres inchados no calor do verão. Que tentaria salvar o garoto da arena do homem no qual ele se tornara.

A porta se abriu, e um gigante saído das florestas primitivas da Trácia entrou na sala.

— Já era hora — ralhou Estilicão. — Não podia ter escolhido um lugar limpo?

— Você pediu privacidade. Este é um dos poucos bordéis da cidade que não está infestado de espiões do Império. — Caltrácio se largou numa cadeira junto à porta. — Letícia é uma velha amiga.

— Sim. Bem que pensei ter reconhecido as tatuagens trácias.

Caltrácio serviu-se do horrível vinho. Parecia incongruente, todo aquele amontoado de músculos sentado em silêncio, servindo a bebida; cada centímetro do homem parecia feito para a violência.

— Essa coisa vai te matar — observou Estilicão, seco. — Eles mantêm o vinho disponível para roubar você mais facilmente depois.

— Não é pior do que aquele que tínhamos em campanha. — Caltrácio sorriu. — E quem tentar me roubar vai se arrepender. O que você quer, velhote?

— Com certeza pode imaginar. — Estilicão levou a taça aos lábios; sentiu o cheiro do conteúdo e fez uma careta. — Você tem ouvidos em todos os cantos do palácio.

— Está falando de Alaric dos Godos derrubando o teto sobre a sua cabeça? — Os olhos de Caltrácio endureceram. — Está surpreso? Você ofereceu tudo o que ele queria numa bandeja, e mesmo assim o godo não conseguiu aceitar.

— Alaric sequestrou a irmã do imperador.

— Sim, eu ouvi dizer. E você deixou.

— Não tive escolha. Alaric a teria matado. — Ele não podia permitir que acontecesse. A princesa Júlia um dia foi uma alegria, uma garota inteligente e perspicaz que conseguia vencer qualquer um no palácio em um jogo de latrúnculo. — Suspeito que ele tentará pedir resgate, mas não podemos nos permitir ser extorquidos. Isso enviaria a cada usurpador de meia-tigela no Mediterrâneo o sinal de que Roma está pronta para ser tomada. Nosso único recurso é a guerra, e não podemos pagar por uma. Não com as províncias do norte em revolta. — Estilicão suspirou. O que precisava dizer a seguir lhe doía profundamente, mas muitas vidas já haviam sido perdidas. Aquele era o único caminho que não levaria a um banho de sangue em massa. — Preciso que você cace Alaric, mate-o e traga a princesa de volta. Viva ou morta, mas *prefiro* que esteja viva.

Caltrácio ficou imóvel.

— Jamais imaginei que ouviria essas palavras saírem da sua boca.

— Não há outra saída — disse Estilicão. — Alaric está com cinquenta homens. Já bloqueei os portos, mas talvez ele tente alcançar as montanhas. Minhas patrulhas estão espalhadas e não têm sua habilidade para rastrear. Vai precisar reunir os seus melhores.

— Meus melhores vão custar caro.

Estilicão pegou a bolsa e contou uma quantia de ouro — o bastante para equipar um pequeno grupo de mercenários, com sobra para subornos.

— Isso deve bastar.

Caltrácio examinou o valor.

— Se tivesse me pedido isso anos atrás, o norte da Itália não estaria em ruínas.

— Eu sei.

Quantos haviam morrido por seu desejo de preservar a vida de Alaric? Tentara de tudo. Tentara a razão, a força militar; tentara dar-lhe o que ele queria. Nada funcionara. E, por isso, aquela era a única opção que restava.

Sem ser convidada, a imagem do garoto na arena surgiu em sua mente. A mão firme no cabo da lança quebrada, incandescente com a vontade de viver.

Estilicão estendeu um mapa de couro gasto sobre a mesa bamba.

— Se Alaric estiver indo pelas portelas, acredito que este seja o rumo. Comece a busca nesta direção.

Era o melhor caminho, disse a si mesmo. Mesmo que fossem à guerra e vencessem, Estilicão jamais permitiria que Alaric fosse arrastado pelas ruas e estrangulado aos pés da estátua de Marte. Em vez disso, arremessaria Caltrácio como uma lança ao coração do inimigo e garantiria que ele tivesse uma morte de guerreiro. Era o mínimo que devia ao garoto na arena.

CAPÍTULO IX

Os músculos de Júlia pareciam carne amaciada depois de cavalgar até o anoitecer. Quando Alaric finalmente a deixou descer do cavalo, ela só queria se encolher e morrer.

Eles pararam em um leito seco de rio, sob uma saliência rochosa baixa. Após horas atravessando terrenos sem trilhas e campos queimados, evitando as estradas principais e as cidades habitadas, Júlia não fazia a menor ideia de onde estavam. Imaginava que Estilicão também estivesse confuso.

Alaric parecia não se preocupar com a possibilidade de captura. Deixou-a em uma tenda no extremo do acampamento, aos cuidados dos gêmeos pálidos que sempre o seguiam. Deu-lhes instruções baixas em gótico e olhou para ela apenas uma vez. Um olhar azul-gelo que a atravessou como vento cortante. Depois foi embora.

Os dois a encaravam com aqueles olhos claros de fantasmas, cercados por veios avermelhados. Júlia olhou de um para o outro, desconfiada. Eram talhos da mesma madeira de Alaric, mas ao menos a brutalidade do rei dos godos tinha um propósito. Ela tinha a sensação de que os meninos só queriam ver o mundo em chamas.

Ainda assim, ela era uma princesa imperial. Não teria medo de dois adolescentes em uma tenda mofada.

— E então? — exigiu. — O que ele acabou de dizer?

Um deles deu um sorriso maldoso.

— Disse para não matar você, a menos que os romanos ataquem.

— Mas não se preocupe — acrescentou o outro. — Você é de berço nobre, então faríamos isso rápido.

— Não se incomodem por minha causa — resmungou Júlia. Olhou em volta da tenda. Sem móveis, simples, uma tenda comum de cavalaria. — É assim que Alaric costuma tratar seus reféns de alto escalão?

— Às vezes ele deixa a gente se divertir com eles. Quebrar dedos. Arrancar olhos. Esse tipo de coisa — disse um gêmeo, sorrindo com os caninos estranhamente afiados. — Mandamos pedaços da pessoa de volta para o seu povo, para incentivá-los a pagar o resgate.

Júlia olhou apreensiva para as longas facas presas às cinturas dos dois. Não sabia dizer com certeza se estavam brincando. Mas, mesmo que estivessem, tinham razão ao supor que Alaric pretendia pedir seu resgate ao irmão. Era o que *ela* faria se estivesse no lugar dele. Júlia fora um golpe de sorte, uma dádiva que caiu no seu colo.

Mas Alaric *não podia* pedir seu resgate. Voltar para Honório seria uma sentença de morte. Em vez disso, precisava convencê-lo a lhe dar o exército de que precisava, para que pudesse voltar em seus próprios termos.

Claro que era mais fácil falar do que fazer.

Seduza-o, sussurrou Cleópatra em sua mente. Um arrepio estranho e profundo percorreu seu corpo... *Não.* A própria ideia era indigna. Além disso, ela podia oferecer uma pátria. Sem dúvida isso era mais sedutor do que um prazer passageiro.

Os garotos se acomodaram na entrada da tenda. Júlia se encolheu no chão, puxando os joelhos no peito, tentando controlar a impaciência crescente. Alaric podia estar fazendo planos para entrar em contato com Honório naquele exato momento. Júlia *precisava* falar com ele.

Os garotos desenrolaram um pedaço de tecido. Era um tabuleiro portátil de latrúnculo, costurado em um retalho de couro velho. Júlia se aproximou.

— Isso é latrúnculo?

Um deles a olhou com curiosidade.

— Você joga?

— Podem me ensinar?

Garotos adoravam ensinar coisas a garotas.

— Tudo bem.

Logo os dois falavam ao mesmo tempo, explicando as regras. Havia algumas diferenças em relação à forma como havia aprendido a jogar, mas ela podia se adaptar.

Enquanto falavam, Júlia pegou da saia a garrafinha que Verina lhe dera. Era Lótus Azul puro em vinho não diluído. Os meninos olharam com curiosidade.

— É do banquete.

Um dos garotos pegou a garrafa sem hesitar, tomando um longo gole. Franziu a testa.

— Isso não tem gosto de vinho.

— É caecubano. Uma safra rara. Muito especial.

O garoto deu de ombros e passou a garrafa ao irmão. Depois de um momento, passaram-na de volta para ela, que deu um golinho. O bastante para amortecer seu medo. Precisaria de toda a coragem que pudesse reunir para a conversa com Alaric.

Eles tinham nomes, os gêmeos bárbaros. E não eram tão idênticos quanto pareciam. Hengist era um pouco mais alto, com um ar quieto e introspectivo; Horsa, o que tinha um dente da frente lascado, parecia mais selvagem. Júlia examinou os colares de dente que usavam no pescoço e se questionou se eram de lobo e se eles mesmos haviam matado o animal. Decidiu não perguntar.

Observou os dois beberem e os ouviu darem mais explicações sobre as regras de latrúnculo, tentando parecer tão aérea como o céu sem nuvens.

O jogo começou. Lá fora, cavalos resfolegavam; homens passavam com armas tilintando. O mundo se reduziu ao jogo composto pelas sessenta e quatro casas à sua frente e ao som fresco e reconfortante das pedras em suas mãos. Júlia tinha se esquecido de como amara aquilo, um dia. Houve uma época em que seu pai chamava generais para tentar derrotá-la. E sorria orgulhoso quando eles eram derrotados.

Enquanto isso, ela também bebia, só um pouco, e observava os garotos com atenção. Tomaria apenas o suficiente para não levantar suspeitas e acalmar a ansiedade que a sacudia só de pensar em passar tempo com Alaric. Júlia *não* sentiria medo quando estivesse na presença dele.

Os garotos não estavam acostumados com aquela droga. Cairiam no sono a qualquer momento. E então ela iria atrás de seu destino.

A lembrança mais intensa que Alaric tinha da infância eram os tempos de fome.

Começara com os hunos. Tinha uma recordação antiga deles alinhados na margem norte do Danúbio, montados em seus pôneis robustos. Uma fileira de casas em chamas, o cheiro semelhante ao de carne assada. Depois, a correnteza avassaladora do rio. De segurar uma mão e perdê-la.

Os que conseguiram atravessar as águas foram colocados em campos. O imperador mandava comida, mas os guardas romanos a roubavam ou vendiam. Ele prometera uma terra, mas ano após ano os refugiados continuavam presos na margem sul do rio, até que filhos começaram a ser vendidos como escravizados pela promessa de um estômago cheio. Até seu pai, orgulhoso, teve de aceitar o acordo oferecido pelos guardas: uma criança para o mercado de escravizados, um cachorro para o espeto. Pelo menos, o pai lhe explicara, seu novo senhor romano o alimentaria, já que a família não podia.

Aquela princesa era a única chance de seu povo de evitar que aquilo se repetisse.

Alaric caminhava pelo acampamento, voltando de uma ronda para verificar ameaças nos arredores. Algo que fazia com constância. Aquele desfiladeiro era bem escondido, um refúgio para contrabandistas. Haviam percorrido noventa quilômetros naquele dia, evitando vilas e estradas principais, numa direção que Estilicão não preveria. Não viram cavaleiros em perseguição; isso significava que o general provavelmente usava suas tropas limitadas para bloquear os portos.

Precisariam ser mesmo muito cuidadosos para não acabarem empalados em espadas romanas.

— Alaric. — Era Riga, o mercenário huno, surgindo em seu caminho com uma risada, como se tivesse ouvido alguma piada secreta. — É melhor ir até sua tenda. Você tem visita.

Alaric afastou a aba da tenda com o braço, olhando um tanto espantado para a princesa Júlia.

Ela o encarava, oscilando ligeiramente sobre os pés, parecendo surpresa ao vê-lo ali, em *sua* maldita tenda.

Alaric olhou para Riga e perguntou em gótico.

— Como ela veio parar aqui?

— É um mistério para mim. Acho que está bêbada.

Isso era certo. Havia um cheiro fresco de vinho cercando a mulher e um olhar desfocado que sugeria o uso de algo mais. Ópio, talvez.

Ele se aproximou e mudou para o latim imperial.

— Olá, Júlia.

— Mande seus homens saírem, pode ser? — Júlia o olhava com súplica. O tom exato de uma manipuladora em apuros. — O que tenho a dizer diz respeito apenas aos seus ouvidos.

Alaric deu-lhe um sorriso particularmente cruel.

— Não.

Era óbvio que ela não estava acostumada a ouvir isso com frequência. A mandíbula delicada de Júlia se contraiu, e os olhos se acenderam de raiva.

— Como quiser. Direi aqui mesmo. — Ergueu o queixo. — Você falou com o filho errado de Teodósio naquele banquete. Estou aqui para lhe oferecer um império.

Se havia algo que Júlia sabia fazer no mundo, era aguentar a bebedeira.

Tomara apenas o suficiente para afogar o temor. Mas naquele momento, erguendo a cabeça para encarar o rei bárbaro, percebeu tarde demais que não tinha funcionado. Estava apavorada.

Os olhos dele deslizaram até os lábios dela e, de repente, ela estava *bastante* ciente do quanto estavam próximos, mas a sensação era bem diferente do medo.

— Tem minha atenção, Júlia. — Ele lançou-lhe um sorriso zombeteiro. Sabia muito bem o efeito que tinha sobre ela, maldito. Alaric se afastou e cruzou a tenda, sentando-se numa cadeira de acampamento surrada. Ao sinal dele, um de seus homens trouxe um banquinho de três pernas para ela. — Sente-se — Ela obedeceu. — O que você quer?

Tão direto. *Se eu fosse homem, receberia todas as cortesias.* Precisava de vinho, do tipo não drogado; isso acalmaria seus nervos.

— Creio que é costume oferecer algo a um convidado real antes de uma negociação.

— Ah, então isso é uma negociação? — disse ele, calmo.

Mas, para a surpresa dela, Alaric cedeu. Com outro de seus sinais mudos, alguém lhe entregou um odre de vinho. O rei dos godos derramou um pouco no chão, falando em gótico. Depois bebeu, os músculos se movendo na coluna dourada do pescoço.

— Uma tradição do meu povo — explicou solenemente, oferecendo-lhe o odre. — Bebemos para Odin, para que nos conceda uma conversa sábia e frutífera.

Júlia olhou com apreensão o que lhe era oferecido. Nunca bebera em honra a um deus bárbaro. Não tinha certeza se aquilo era de todo higiênico.

Mas havia um desafio nos olhos de Alaric. Achava que ela não teria coragem.

Júlia pegou o odre com firmeza.

— Sábia e frutífera, com certeza — concordou, sorrindo entredentes. Então levou o odre aos lábios e deu um longo gole. Um fogo cortante desceu-lhe pela garganta. — *Puta merda.* — E se dobrou ao meio por uma crise de tosse sufocante. — O que, por tudo que é mais sagrado, *é isso*?

— *Alu.* Um licor feito de cevada. — Ele assistia ao desconforto dela com frieza. — Se for forte demais para você, temos água...

— Que a *peste* leve sua água.

Ela tomou outro gole. A linha ardente reacendeu-se dentro da garganta, mas desta vez estava preparada.

A bebida era boa. A bebida era o que precisava.

— Ela sabe que é para beber aos poucos? — perguntou Riga, sentado no chão com as pernas cruzadas.

— Talvez fosse melhor avisá-la — ponderou Ataulf, sem demonstrar qualquer intenção de fazê-lo.

— Não podemos deixar que ela beba *tudo.* É a última desse lote — reclamou Torismundo, visivelmente irritado. — Se vocês, ratos mijões, não a impedirem, eu vou.

— Não. — Alaric ergueu a mão. — Deixe que ela cave a própria cova.

Fosse lá o que queria, Júlia parecia disposta a se ridicularizar para conseguir. Talvez estivesse ali para seduzi-lo à sua causa, pensou ele, deixando os olhos seguirem preguiçosamente as linhas delicadas das clavículas dela. Talvez Alaric até permitisse que o fizesse.

— Já teve sua bebida. — O costume ditava que o odre fosse passado de mão em mão, tomando goles pequenos à medida que ofertas fossem feitas e contrapropostas apresentadas, mas Júlia não dava sinal de que pretendia devolvê-lo. — Agora, fale.

Ela falou baixo, num ronronar afetado de sedutora talentosa:

— Você planeja pedir meu resgate, mas tenho uma proposta melhor. Temos o mesmo inimigo: meu irmão. Coloque-me no trono dele, e pode ter qualquer terra que quiser. Aponte para um lugar no mapa, e será seu.

Nem pensar. Era a última vez que Teodósio e seus filhos o trairiam.

— Colocar você no trono. — Alaric se esforçou para não rir. — *Você.*

Júlia franziu a testa.

— Você ri porque nasci mulher.

— Eu rio porque você nasceu para ser mimada e controlada. Talvez eu devesse deixar meu povo sangrar e morrer para coroar um dos pavões do seu irmão. Faz tanto sentido quanto isso.

O olhar que ela lhe lançou seria capaz de congelar fogo.

— São *galos.*

— Fico me perguntando — murmurou ele, preguiçoso — o que leva a irmã de um imperador a me entregar uma adaga no meio de uma batalha e planejar o próprio sequestro?

— Você conheceu meu noivo. Olímpio — disse Júlia, fria. — Detesto até o chão em que pisa.

Havia verdade no que dizia; o ódio em sua voz era real. Então ela estava fugindo do casamento.

— E o que isso tem a ver comigo?

— Honório *ordenou* que eu me casasse com ele. A única maneira de contrariá-lo é com um exército às minhas costas. — Júlia ergueu os olhos azul-esverdeados e ferozes como os de um gato acuado. — Seu exército.

Júlia tomou mais um gole vigoroso do odre. Se continuasse bebendo, conseguiria *ser* Cleópatra.

— Você vai precisar de aliados quando chegar a hora — informou ao líder bárbaro que a encarava de forma intimidadora. — Ninguém conhece o antro de víboras que é a política romana como eu. Você não pode dominar Roma apenas com força armada. Pode tomá-la, talvez, mas não dominá-la.

— Quem disse que eu quero dominá-la? Talvez eu só queira vê-la queimar. — Ele mostrou os dentes num sorriso brutal. — Cresça, mulher. Que importa se odeia seu noivo? Casamento não tem a ver com o amor; nunca teve. Seria menos tola abrindo as pernas, como foi feita para fazer.

Júlia se eriçou. Um rubor ardente varreu seu corpo — como fogo sob a pele. A indignação a sufocava. *Que audácia.*

— Até onde você acha que vai conseguir chegar na península sem ter o apoio de ao menos *parte* do povo? — disparou. — Nem todos em Roma estão satisfeitos com a ascensão do meu irmão. Eu poderia dar legi... *legi*timidade — falou, apesar de tropeçar na palavra, mas continuou: — à sua próxima invasão. Sem mencionar dinheiro. Tenho uma fortuna em vilas espalhadas pela costa. Tudo seu, rei dos godos. — Ela soluçou. Quando foi que passou a haver *dois* dele? — Acho que devo me sentar.

A resposta de Alaric pareceu vir do fundo de um poço. Júlia mal ouviu. Lentamente, escorregou da cadeira para o tapete de pele de urso.

Alaric observou a princesa escorregar do banquinho e tombar no tapete como um navio afundando. Aquele último gole no odre tinha sido o golpe final.

Claro que não podia confiar em nada do que ela dissera. Era filha de Teodósio; rasgaria qualquer acordo no momento em que lhe fosse conveniente.

Mesmo assim, ele a queria. Mesmo naquela condição.

— Você já está sentada.

Júlia ignorou o comentário. Alaric se ajoelhou ao lado dela e lhe ofereceu água, que ela olhou com desprezo.

— Eu já seria imperador se tivesse nascido homem — declarou, acusadora.

— Com certeza — falou, devagar. — Beba.

Ela pegou o cantil. De perto, Júlia cheirava a *alu* e suor e, por baixo disso, o aroma inebriante de rosas. Ela deu um gole e fez careta.

— Isso é *água*.

Alaric riu.

— E o que mais deveria ser?

A princesa o encarou como se só então percebesse que ele estava ali. Os olhos, ora verdes como gemas, ora azul-escuros como o mar sobre um abismo.

— O que mais você quer de mim, rei dos godos?

Os lábios vermelhos dela se curvaram num sorriso mole, mas cheio de malícia. A mão pousou ousada no braço dele. Um toque incandescente.

Porra. Por isso a colocara na tenda mais distante da sua. Tinha sido rigorosamente cuidadoso.

— Você sequer sabe o que está oferecendo, Júlia?

— Eu...

Júlia deixou a frase se perder, a boca a um sopro da dele, implorando para ser tomada. *Foda-se*. Podia mandar os homens embora, deitá-la naquele tapete e aceitar o que ela oferecia. Alaric a faria *implorar* por ele. Seria vingança, à sua maneira.

— Acredito que eu deva tirar um cochilo — anunciou a princesa Júlia para ninguém em especial, os dedos se enroscando na pele de urso. — Estou indisposta. Podem voltar depois. Voltem amanhã.

Então, ela se deitou de lado sobre o tapete de urso de Alaric e deu um *ronco* alto.

Por um instante, o silêncio reinou na tenda.

— Bem — disse Riga, animado. — E agora?

— Vamos nos divertir um pouco com ela — rosnou Torismundo. — Mostrar as consequências de beber o fim do lote de um homem.

— Talvez amarrá-la a uma estaca do lado de fora — sugeriu Riga. — Deixá-la para as feras.

— Nenhum de vocês vai tocá-la — anunciou Alaric, baixo, mas com uma firmeza que os silenciou no mesmo instante.

A borda da estola dela havia subido, revelando a perna perfeita, e ele tirou o próprio manto para cobri-la.

Naquele instante havia um fio de baba pendurado no canto da boca dela. *Baba*. Alaric balançou a cabeça, enojado. Ele nem ao menos *gostava* dessa mulher.

— Não podemos levá-la — disse Ataulf. — Ela é uma distração.

Alaric lançou um olhar significativo para a nova amante de Ataulf, a ex-escravizada goda de olhos calculistas, que permanecera conspicuamente calada.

— Como se você não tivesse suas próprias distrações.

— Você acha mesmo que os romanos vão negociar por ela? A princesa desafiou o próprio irmão.

— Eles vão negociar — afirmou Alaric. — O jovem imperador não pode se dar ao luxo de parecer tão fraco a ponto de ter a irmã sequestrada debaixo do próprio nariz. — Ergueu os olhos para os gêmeos, que haviam acabado de invadir a tenda. Não estava com paciência para a desculpa elaborada que, sem dúvida, prepararam para justificar o fracasso em manter Júlia confinada. — Levem-na de volta para a outra tenda — ordenou, antes que dissessem uma palavra.

Lidaria com eles depois.

Então chamou os homens ao redor e se debruçou sobre os mapas, o plano de fuga já se formando em sua mente.

CAPÍTULO X

O plano de Alaric era bastante simples. O exército romano estava sobrecarregado com uma rebelião no norte, e Estilicão não podia retirar aquelas tropas sem perder as províncias. Alaric apostava que, com as poucas forças que tinha, o general tentaria apertar o cerco na fronteira. Tudo o que eles precisavam fazer era escorregar por entre as malhas, o que seria mais fácil dividindo-se em grupos de cinco ou dez.

E, dessa maneira, ainda poderiam fechar o caminho atrás deles. As montanhas estavam cheias de clãs de lealdades volúveis. Os homens de Alaric seguiriam por diferentes rotas pelas montanhas e renovariam alianças com os povos das colinas. Se Estilicão resolvesse de fato guerrear, seriam os aliados que manteriam as estradas montanhosas sob controle. Não por tempo indefinido, claro, mas o suficiente para lhes garantir uma trégua.

Uma hora antes do amanhecer, Alaric observou seus homens partirem rumo à paisagem devastada pela guerra. Ficou com ele um pequeno grupo: o príncipe batavo Torismundo; o mercenário huno Riga; os gêmeos de Gaufrid. E a princesa romana, que claramente nunca montara num cavalo na vida.

Alaric conhecia aquelas terras; entre as colinas, ele e Estilicão haviam se perseguido anos antes. Decorara os mapas, conhecia cada aldeia e cada guarnição. Manteve-se nas trilhas secretas, nas florestas mais densas, longe dos cumes e das áreas povoadas.

Ao fim do dia, seus homens mal conseguiam se manter na sela. Ele parou num bosque isolado e ajudou a princesa a descer do cavalo. Depois, subiu sozinho até o topo do cume para fazer vigília. Uma vez que estava sozinho, pegou sua bolsa de couro e derramou o tesouro da princesa na terra.

Dezesseis colares, sete anéis e um monte de braceletes entrelaçados. A maioria era ouro — ouro branco da região montanhosa da Anatólia; ouro verde da Lídia; e o ouro mais puro e com o tom mais suave de dourado das minas da Sicília. E aquela opala. Pedra sem valor, daquelas que seriam jogadas fora nas minas. Ele quase a jogou fora também. Mas então se lembrou do rosto da princesa, da expressão contida quando a pediu de volta. Talvez aquilo pudesse lhe conceder algum tipo de vantagem.

Horsa e Hengist se aproximaram. Horsa balançava o saxo na vegetação rasteira.

— Guarde essa lâmina, Horsa. Vai cegar o fio — Alaric suspirou. — Sentem-se. — Os garotos obedeceram, e os olhos brilharam de curiosidade ao ver as joias. — Já viram ouro verde antes? — Estendeu um dos anéis. — Vem de Lídia. Vale dez vezes mais que o ouro comum. — Pegou um bracelete com esmeraldas do tamanho da unha do polegar. — Isso aqui é da Dácia. Eu poderia alimentar um exército por um mês com ele.

Alaric suprimiu uma lembrança, uma antiga, de quando se arrastou por uma fenda na terra, tateando veios de minério com a ponta dos dedos. Aqueles dias haviam ficado para trás. Já conseguia diferenciar ouro dácio do espanhol apenas com um olhar, e os garotos aprenderiam tudo isso sem pagar o preço que ele teve que pagar.

Hengist assobiou baixinho quando um fio de pérolas escorreu por entre seus dedos; cada uma valia um castelo. As pérolas eram as mais valiosas da coleção. Os meninos passavam as joias entre si, admirando o brilho.

— Como eles tornaram vocês reféns? — perguntou Alaric com uma suavidade enganosa. — Horsa?

— Não foi minha culpa — anunciou Horsa, ao mesmo tempo que Hengist afirmava:

— Foi *minha* culpa.

— Hengist, silêncio. — Alaric ergueu os olhos para o que negara a culpa. — Você, fale.

Horsa se lançou em uma história elaborada, na qual ele e Hengist chegaram perto demais da muralha sem que fosse culpa deles. Como sempre, Hengist confirmava tudo que o irmão dizia. Alaric conhecia os dois como a palma da mão. Horsa arrastara o irmão sensato, como de costume.

Interrompeu a ladainha de inocência.

— Está claro que a culpa foi do Horsa. E eu vi você esfaquear aquele guarda no banquete, Horsa. Se não fosse por isso, talvez tivéssemos saído dali com um acordo. — Assim que disse isso, Alaric soube que não era verdade. Não haveria acordo, nem naquele momento nem nunca. — Mas também há a questão de vocês dois terem deixado a princesa escapar da tenda ontem à noite. Qual dos dois foi responsável por isso?

— Tinha alguma coisa na bebida! Não foi culpa nossa...

— Claro que havia alguma coisa na bebida, e *claro* que a culpa foi de vocês. Ela não é amiga de vocês. — Alaric olhou de um para o outro. — Já têm idade para serem responsabilizados e punidos como homens. Não vou açoitá-los, apesar de merecerem. Não posso ver vocês enfraquecidos em combate. — Ele inspirou fundo. — Mas não ousem mover um músculo sem minha ordem. Entenderam? Ou serão os romanos que os castigarão. Agora vão.

Riga e Torismundo se aproximaram assim que os gêmeos se afastaram.

— Sua convidada real está com raiva o bastante para cortar seu pescoço — disse Riga, alegre, em huno. — Vejo que está sucumbindo ao seu charme lendário.

O huno estava sempre alegre, o que não diminuía em nada sua brutalidade. Alaric já o vira esfolar um homem vivo enquanto sorria, feliz.

— Aquela mulher quer arrastar todos nós para uma guerra por causa de uma briga entre irmãos — murmurou Torismundo, acomodando-se à sombra de uma árvore. — Não confio nela.

— Não preciso confiar nela para pedir resgate, Torismundo.

— Não vai valer o esforço. — Ele bufou com desdém. — Melhor enfiar a faca nela, jogá-la no mar e acabar logo com essa maldita história.

— Eu gosto dela — objetou Riga. — Encarou nosso destemido líder mesmo quando ele estava de mau humor.

Torismundo olhou com desgosto para o huno e optou por mudar de assunto.

— Que rota tomaremos pelas montanhas, Alaric?

— Pelo território de Brisca.

— Você está completamente louco. Aqueles desfiladeiros quase nos mataram da última vez.

— Precisamos correr o risco — respondeu Alaric. — Brisca é nossa aliada mais forte por lá. Se Estilicão não controla mais aquela estrada, ele pode ameaçar guerra o quanto quiser, mas os caminhos do leste estarão fechados para ele.

— Vamos ver o que os deuses têm a dizer. — Torismundo desamarrou o saquinho de ossos oraculares preso à cintura e os lançou na terra, entoando uma antiga invocação batava. Depois de um tempo em silêncio, franziu as sobrancelhas loiras. — Odeio dizer isso, mas estamos fodidos, não importa como tentemos atravessar as montanhas.

— Melhor perguntar aos meus deuses. São bem mais otimistas — comentou Riga.

Alaric começou a afiar seu saxo enquanto os homens entravam num debate sobre os méritos de seus respectivos deuses. Ele mesmo dava pouco peso à religião, mas Torismundo não estava errado em se preocupar. O Império tinha postos de controle, cavalos descansados e estradas vigiadas. Já eles precisariam de toda ajuda possível.

— Melhor consultar os deuses de novo — murmurou Torismundo. — Só vi desgraça e ruína até agora. Talvez um sacrifício...

— Nada de sacrifícios — disse Alaric com firmeza. — Nem caçadas, nem fogueiras.

Levantou-se, deslizando o saxo de volta ao cinto, e desceu a encosta até o acampamento temporário. Do outro lado da clareira, os gêmeos discutiam sobre uma regra obscura de latrúnculo, e Júlia estava o mais distante possível de todos, com os joelhos junto ao peito, olhando com raiva na direção dele.

Alaric até que poderia se compadecer dela.

Encontrou um pedaço de carne de cervo defumada e um cantil cheio em sua mochila e atravessou a clareira até ela. Mesmo naquele momento — com os olhos borrados de *kajal* e o cabelo acobreado em um emaranhado de nós —, Júlia exibia uma beleza aprisionadora e devastadora, como se ele já a tivesse levado para a cama.

Alaric levou alguns instantes para perceber que estava apenas encarando-a. Devorando-a com os olhos. Enquanto isso, Júlia olhava para a carne de cervo como se ele tivesse lhe oferecido um rato morto.

— Não, obrigada, rei dos godos.

Alaric sentiu uma pontada de irritação. Não havia um só homem do grupo dele que não tivesse comido casca de árvore e terra para aliviar a fome, e ali estava ela, recusando comida perfeitamente boa.

— Fique com fome, se quiser — rosnou. — Mas acredite em mim. Não vai levar muitos dias até que você comece a ferver as próprias botas para comer.

Júlia não respondeu. Mas ele sentiu seu olhar durante todo o tempo em que levou para cruzar a clareira.

Então seria "abrindo as pernas, como foi feita para fazer" mesmo.

Júlia admitiria, em nome da honestidade, que bebera demais na noite anterior. Talvez tivesse superestimado sua capacidade de aguentar o licor estrangeiro, que *não* caía bem com Lótus Azul. Já vomitara duas vezes naquela manhã.

Mas nada daquilo justificava o fato de Alaric tê-la ridicularizado diante de todos os seus homens. Ele não era só um caudilho assustador. Era *grosseiro*. E sem motivo algum! Ela podia dar tudo o que Alaric queria, bastava apenas que a ajudasse com o pequeno inconveniente de não ser, no momento, imperatriz. Por que não aceitava o que ela oferecia?

Júlia se sentou com as costas apoiadas numa árvore, observando os homens se enrolando em seus mantos, preparando-se para dormir. Ela não tinha um manto. Esperavam que dormisse no chão e comesse seus sapatos de couro. O corpo ainda doía em lugares que ela nem sabia que existiam, depois de um dia inteiro montada a cavalo. Nos braços de Alaric.

Um rubor lento subiu-lhe às faces.

Aquele homem não tinha o direito de ser tão bonito. *Olhar* para ele já a deixava com raiva. Como ousava ser tão alto? E ter um corpo tão perfeito? Júlia não conseguia parar de encarar o volume do peito sob a túnica, a força talhada dos braços. Mas olhar para o rosto dele talvez fosse a coisa mais perigosa. Um rosto barbeado e arrogante, a pele com um brilho quase dourado, como se Alaric passasse os dias tomando sol. E aqueles *olhos*. O choque de encontrar seu olhar era suficiente para fazê-la esquecer o próprio nome. Podia odiá-lo só por isso.

Ele estava do outro lado da clareira, acariciando o cavalo com um punhado de capim. Júlia não conseguia parar de olhar para os músculos de suas costas, movendo-se sob a túnica. Para a mão do rei dos godos pousando no lombo do animal, enquanto falava baixinho. Ela respirou fundo, furiosa.

Alaric *não* a tocara na noite anterior. Júlia acordou na tenda do extremo do acampamento pela manhã, congelando no chão duro, a cabeça latejando como nunca, totalmente intocada. Estivera à sua mercê e ele não encostara um dedo nela.

Alaric a *desejava*. Não desejava? Seria fruto de sua imaginação o calor que parecia queimar sua pele cada vez que a olhava?

Se ele a devolvesse para Honório, estaria perdida.

Júlia cerrou os punhos. Alaric recusara sua aliança; restava apenas a sedução. Ela podia admitir que sua tentativa na noite anterior não fora das mais elegantes. Mas desde quando uma mulher precisava ser *elegante* para seduzir um homem como aquele? Ele era um bárbaro, não? Acostumado a tomar o que quisesse.

Teria de tentar de novo. Sóbria, desta vez.

A noite caíra. Alaric ainda estava acordado, afiando a espada curva e terrível enquanto montava guarda; parecia a encarnação de todo pesadelo que os romanos tinham sobre a invasão bárbara. Ela sentiu um medo cortante. Um homem como aquele não seria gentil. Tomaria o que quisesse, a usaria como bem entendesse.

Um pulsar quente e explícito floresceu entre suas coxas. Júlia se remexeu, desconfortável no chão. *Corpo idiota.*

Vai funcionar, disse a si mesma. Os homens caíam aos pés dela, não? Cornélio caíra.

E morrera por isso. Júlia sentiu uma pontada de culpa súbita e paralisante.

Ela afastou aquele sentimento com afinco. *Pense*, disse para si mesma. *Como devo fazer?* Era a princesa de Roma. Não podia rastejar para debaixo do manto dele como uma camponesa seguindo-o para lá e para cá. Mas... havia um rio entre as árvores. Seria o lugar perfeito para uma sedução. Ao luar. Privado.

Júlia se levantou. O olhar de Alaric recaiu sobre ela e, por um instante, foi incapaz de se mexer enquanto ele percorria, sem pressa, cada centímetro de seu corpo. Júlia *sentiu* aquela onda de calor que despertou um fogo sob sua pele.

Ah, sim. Ele a queria. Queria, sim. Isso ia funcionar.

Ela se virou e começou a caminhar entre as árvores.

A água despedaçava o reflexo da lua em mil fragmentos de prata. Musgos macios amorteciam seus passos. Era um lugar quase *mitológico*. Teria escolhido uma cama perfumada, cheia de seda e almofadas, para sua primeira vez, mas aquilo serviria.

Sua garganta secou de repente com o terror.

Júlia sempre soubera o efeito que causava nos homens. Coravam, gaguejavam, desviavam o olhar, faziam papel de tolos para cair nas graças dela. Claro que seu corpo seria entregue segundo a vontade do pai, e aparecer grávida antes do casamento... *aquilo* seria uma ofensa grave. Além do mais, ela ainda tinha pesadelos terríveis com a morte da mãe durante o parto.

Nada disso a impedira de ter amantes, é claro. Mas sempre os escolhera com cuidado: homens como Cornélio, doces, maleáveis, fáceis de controlar. Homens tão gratos por sua atenção que jamais ousariam ir além do que lhes era oferecido. O que queria dizer que a princesa que tinha fama de participar de folias regadas a orgias ainda era, tecnicamente, virgem.

Alaric, é claro, não era nem um pouco adequado para tê-la. Se tivesse conhecido alguém como ele na corte, teria fugido sem olhar para trás. Mas naquele momento precisava *conquistá-lo*. Que injustiça terrível. *Será que doía, a primeira vez?* Não com um amante gentil, mas Alaric certamente seria bruto.

Estúpida. De que importava se doía? Passar fome em Pandatária doeria mais.

Júlia olhou a água turva com apreensão. Aquele rio devia estar cheio de cobras, insetos e *enguias*. Não tinha nada a ver com o que fizera para seduzir Cornélio. Suas unhas estavam sujas, o cabelo solto, embaraçado e coberto de algo que ela preferia não nomear. O vestido era um trapo rasgado e imundo. Ela não tinha nenhuma *armadura*.

Júlia suspirou. Sabia o que precisava fazer, e não queria. Não *queria* entrar no rio e sair dele nua, deixando o cabelo escorrer molhado pelas costas. Ficaria com o vestido. Era de seda; se agarraria ao corpo.

Ela tocou a água e estremeceu. Estava *congelante*. Com sorte, o líder bárbaro ao menos se disporia a consumar o ato na margem.

O fundo do rio era coberto de lama grossa que se espremia entre os dedos dos pés. Júlia entrou até as coxas. Então — sentindo mais falta dos banhos limpos e *aquecidos* de casa do que *de qualquer outra coisa* no mundo — afundou até os seios e esperou.

E esperou.

É sério isso? Júlia cerrava os dentes. Tremia violentamente. Seria possível que Alaric tivesse interpretado mal o convite descarado? *Quem aquele homem pensa que é para me fazer esperar?*

Algo frio e viscoso roçou seus pés. Júlia deu um pulo e um gritinho.

Quando olhou para trás, Alaric estava encostado em uma árvore na margem. Observando-a.

— Todo esse espetáculo é para mim? Estou lisonjeado.

Com naturalidade, ela ficou de pé, torcendo o cabelo como uma vez disseram que Vênus fazia.

— Que espetáculo? Estou apenas me lavando. Você não disse que eu não podia.

Alaric deu um sorriso fraco.

— Você não me parece do tipo que obedece a ordens.

— Muito perspicaz. Prefiro *dar* as ordens. — Júlia baixou a voz para um ronronar insinuante. — Só obedeço a um homem digno de me comandar.

Devagar, ela começou a andar na direção dele, tentando não escorregar no fundo traiçoeiro do rio.

Alaric estava com os olhos fixos nela, a atenção feroz de um lobo espreitando um cervo ferido. De repente, Júlia estava *extremamente* ciente de como a roupa molhada colava em seu corpo.

— É isso que você quer, mulher? — Havia uma aspereza na voz dele.

Tão *direto*. Ela sentiu o rosto ficar quente.

— Que diferença faz o que eu quero?

— Faz uma maldita diferença, sim, *Júlia*. — Alaric murmurou o nome dela com um tom de escárnio na voz.

Então ele tirou a túnica e ficou diante dela, nu da cintura para cima. O rosto de Júlia pegou fogo na hora. Ela já tinha visto muitos torsos masculinos nus antes, mas, tirando os gladiadores, nenhum se parecia com o de Alaric. No meio em que ela vivia, o ideal era a perfeição lisa e esguia da juventude. Sem traços de vulgaridade exagerada.

Exagerado não era como Júlia o descreveria; *magnífico* parecia bem mais adequado. Ela via um peitoral largo e musculoso, forjado por uma vida empunhando espada e lança, marcado por cicatrizes que só o tornavam ainda mais impressionante. O único pensamento que conseguiu formular foi que todos que conhecia estavam errados no que tangia à beleza masculina. Completamente errados.

De repente, Júlia já não sentia mais frio. Sua pele ardia, e ele nem ao menos a tocara.

Então Alaric a olhou com um sorriso debochado e jogou a camisa para ela.

— Já que você está aí, lave isso.

Ela pegou por instinto. Tinha cheiro de homem, cavalo e suor. A risada dele fez seus dedos do pé se curvarem no leito do rio, e Júlia *nunca* sentiu tanto ódio de alguém.

— Seu... seu *desgraçado*. — Ela fez menção de rasgar o tecido ao meio.

— Eu não faria isso, se fosse você. — Alaric se virou e começou a voltar para o acampamento. — E aproveite para se lavar também, Júlia. Tem vômito no seu cabelo.

Alaric se sentou encostado em uma árvore, afiando a lâmina enquanto seus homens se recolhiam para dormir.

A imagem de Júlia estava gravada em sua mente, emergindo do rio como uma deusa devastada. O cabelo vermelho-escuro escorrendo pelas costas, pedindo para que um homem enterrasse as mãos nele. Seda molhada colando em curvas espetaculares. Ele não podia deixar de admirar o comprometimento dela. Aquele rio *fedia*. Ela escorregara na lama tentando andar com graça até a margem.

Alaric a desejava tanto que mal podia *respirar*.

Júlia achava que ele era tão burro assim? Estava claro que ela não esperava nada melhor dele; achava que ele se deixaria guiar pelo próprio pau. Era ofensivo. Ele já tinha sido escravizado. Sabia *muito bem* o que era oferecer o corpo para conseguir o que precisava. E não deixaria que o fizessem de alvo.

Que mentira do caralho. Se Estilicão tivesse marchado com um exército pela margem do rio naquele instante, Alaric não teria percebido. Pelo menos tinha dado uma boa risada ao esvaziar aquele orgulho inflado dela. A expressão no rosto arrogante quando jogou a camisa tinha valido a pilhagem de uma cidade.

Torismundo ergueu-se sob o manto.

— Minha vez de vigiar?

— Não. Continue dormindo.

Era a vez de Torismundo, mas Alaric não se importava. Não conseguiria dormir de qualquer jeito.

Depois de um tempo, Júlia voltou fazendo tanto barulho que daria para acordar os mortos.

Ele sorriu.

— Ora, ora. Vejam só quem é. Você está parecendo um gato afogado.

Ela ergueu a túnica molhada como se fosse um bicho morto.

— Receio não ter conseguido tirar o fedor, rei dos godos. — Júlia amassou o tecido e o jogou nele.

Alaric o pegou com indiferença e se levantou para pendurá-lo num galho.

— Desistiu da sedução, pelo que vejo. — Ele não resistiu a se aproximar, quase debruçando sobre ela. — Parece que você usou isso para esfregar o chão de uma latrina.

Era o mesmo ar de ameaça silenciosa que usava para amedrontar caudilhos iniciantes quando precisavam ser relembrados de seus lugares. Júlia o encarou como se falasse com um servo desobediente.

— E vou obter permissão para ter roupas secas? Talvez não tenha notado, mas este vestido é de seda. — Alaric havia notado. — Estou usando há dias. Tentei e falhei em me *rebelar* nele. Salvei sua vida miserável nele. E agora, como pode ver, está encharcado. — Ele percebeu que o tremor dela não vinha só da raiva. Júlia estava com frio. — Você não vai me fazer dormir no chão, molhada depois de lavar *sua* camisa, com esse vestido destruído. A menos, claro, que seu grande plano para proteger sua terra envolva me deixar morrer de frio antes de poder pedir resgate. — Ela o encarou, com expectativa. — Então?

Alaric cerrou o maxilar. Não havia nada nela que não o deixasse à beira de explodir. Ela estava furiosa; os olhos faiscavam com a raiva, e um rubor vermelho se espalhava pelo pescoço. Seios perfeitos pressionados na seda molhada. Mamilos duros sob o tecido quase transparente.

Alaric inspirou o ar com força. *Merda.*

— Hengist — gritou por cima do ombro, em gótico —, dê sua camisa extra para ela.

— Acho que não vai servir.

— Vai, sim — respondeu, com os dentes cerrados. — Horsa. Sua calça reserva.

Quando os garotos lhe entregaram as roupas dobradas, Júlia agradeceu em voz baixa. Isso o surpreendeu. Não achava que existisse uma gota de gratidão naquela mulher.

Ela se virou para Alaric com uma sobrancelha aristocrática arqueada.

— Isso é o começo de um pedido de desculpa. Agora faça uma cama para eu dormir.

Ela acabara de lhe dar uma *ordem*? Atrás dele, Riga e Torismundo, agora acordados, riam baixinho. Alaric tinha todo o direito de arrastá-la para a floresta e ensiná-la a ter respeito com uma vara firme. Era inclusive o esperado.

Mas havia outras formas de lidar com isso. Formas mais divertidas.

Ele cruzou os braços e sorriu.

— Faça uma cama *para mim*, Júlia.

— Farei isso quando o Monte Capitolino virar um rato gigante e sair correndo rumo ao pôr do sol.

— Se é assim que prefere.

Alaric deu de ombros, entediado, e atravessou a clareira. Ao passar, Riga abriu um sorriso largo e Torismundo murmurou algo sobre as bolas daquela mulher serem do tamanho de um touro bactriano. O rei dos godos pegou sua bolsa e puxou um pedaço de corda.

Júlia o observava com cautela.

— O que pretende fazer com isso?

— Tente adivinhar, mulher. — Alaric se virou para ela, com a corda enrolada na mão. — Prisioneiras irritantes dormem amarradas.

Como ele se atreve?

Só restava praguejar. Júlia o fez, em voz alta e por um bom tempo, enquanto marchava floresta adentro. E pensar que estivera prestes a lhe oferecer sua virtude em uma bandeja!

O corpo seminu daquele homem era uma praga para o raciocínio lógico.

Júlia cerrava os dentes. *Ele não a desejava*. Isso tornava tudo ainda pior. *Ele* é quem deveria estar mudo de assombro diante *dela*, como era o correto e apropriado. Um bárbaro rude que ficaria sem palavras diante da beleza civilizada. Em vez disso, o mundo estava de cabeça para baixo, e o homem a transformara em sua *lavadeira*.

Como se *atrevia* a rejeitá-la? Alaric arruinara tudo.

Júlia arrancou o vestido e vestiu a túnica e a calça bárbara, e quase caiu aos prantos com o alívio. Estavam quentes. Secas. Um dia antes, teria se escandalizado de usar tais roupas. Naquele momento, só sentia alívio por estar vestida como um garoto bárbaro.

Realmente, estava atingindo o mais baixo dos níveis.

Esperava que Alaric galopasse direto para dentro de um espinheiro e se empalasse.

Pôs-se a recolher galhos para a cama dele. Os ramos eram pesados. Um escorregou de seus braços, depois outro, e a casca áspera arranhou suas mãos.

— *Pelas barbas fedorentas de Plutão* — praguejou Júlia às árvores.

Só a *ideia* de ter que fazer uma cama para aquele homem, de que *tocaria* a *cama* dele, era suficiente para reduzir seu orgulho a cinzas.

A cama dele. Júlia sentiu a pele esquentar. Tremia de frio antes, mas naquele instante estava desconfortavelmente quente só de pensar em estar perto da cama dele. Ao se abaixar para pegar os galhos, sua mão roçou algo que provocou uma ardência aguda em seu braço. Ela a puxou de volta e espiou nas sombras. Um tufo verde-prateado de folhas espinhosas tremia na vegetação.

Uma ideia começou a tomar forma em sua mente. Uma ideia bastante idiota.

Como todos estavam acordados, Alaric deu aos gêmeos risonhos o próximo turno de vigília e voltou a afiar a espada. Não conseguiria dormir de forma alguma.

Sua mente estava dominada pelos mamilos endurecidos de Júlia sob a seda molhada.

Tentava se distrair catalogando tudo que podia dar errado no caminho até as montanhas. Podiam ser vistos em um posto de controle ou apanhados por uma patrulha romana. Empalados em estacas ao longo da Via Ápia. E o que aconteceria com seu povo? Seriam dispersos e escravizados. Os gêmeos, mortos ou servindo a outros. Enquanto isso, a princesa fazia barulho pela floresta, alto o bastante para espantar a caça por quilômetros. Pelo menos ele a ouviria se tentasse fugir.

Por fim, Júlia entrou na clareira com passos decididos, os braços cheios de ramos e o queixo erguido em desafio. As roupas largas dos gêmeos não diminuíam em nada seu encanto. Com um olhar, ele indicou onde ela deveria arrumar a cama; a princesa manteve os olhos baixos e obedeceu.

Então a mulher finalmente havia aprendido a temê-lo. *Ótimo*. Júlia passaria por cima de qualquer homem que não temesse.

A cama que havia feito era surpreendentemente confortável. Alaric se acomodou nela, cruzou os braços atrás da cabeça e ficou observando a trama de galhos em movimento lá no alto.

Dividir um cavalo com aquela mulher até as montanhas ia acabar com ele.

O corpo dela tinha sido uma tentação macia e submissa, pressionado no dele por um dia inteiro de tortura. Tudo em que conseguia pensar era em puxá-la do cavalo, deitá-la embaixo dele, enterrar as mãos naquele cabelo brilhante e penetrá-la com força até que os romanos viessem pregá-lo numa cruz. Ele soltou um xingamento tenso. Naquele momento estava excitado e pronto como um bando de bárbaros prestes a saquear uma cidade. Ou dava fim àqueles pensamentos ou arrastava Júlia para a cama com ele. Virou-se de lado, ainda longe de dormir.

Uma linha de dor ardente subiu pelo braço.

Alaric se levantou com um rugido. Sob a luz que já sumia, conseguiu ver as urtigas entrelaçadas no verde mais escuro das bétulas e carvalhos. *Mulher traiçoeira*.

Um galho estalou, e ele se virou para ver Júlia parada na borda da floresta, a boca deliciosa curvada num sorriso presunçoso. *Fui eu*, dizia o sorriso. *E aí? Vai fazer o quê?*

Alaric sufocou um palavrão e avançou na direção dela.

Júlia não se mexeu quando Alaric se aproximou, uma fúria musculosa e imponente. A satisfação momentânea evaporou diante do terror. De todas as ideias idiotas que já tivera, aquela foi a pior.

Ele agarrou a frente da túnica dela com o punho e a prensou em uma árvore.

— Tenho sido gentil com você, mulher — disse o rei dos godos, num sussurro letal, a mão fechando em torno do pescoço dela. — Posso parar.

Alaric podia quebrar o pescoço dela com aquela mão e parecia estar com vontade de fazer exatamente isso. Júlia sustentou seu olhar e tentou não demonstrar medo.

— Sou mais valiosa viva do que morta, e você sabe disso.

— É mesmo? — O aperto se intensificou, fazendo-a ofegar. — Estou começando a achar que você dá mais trabalho do que de fato vale.

Júlia passou a língua pelos lábios e Alaric se voltou para a boca dela; algo selvagem brilhando nos olhos dele.

— E então? O que está esperando? — disparou ela. — Se vai me estuprar, que faça *logo*.

Por um instante, o ar faiscou, e Júlia teve certeza de que seria largada sangrando e destruída no chão da floresta. Então Alaric retirou a mão de seu pescoço. Olhou-a de cima a baixo com um desprezo palpável.

— Mulher, eu não tocaria em você nem com uma vara.

Alaric a arrastou de volta para o acampamento; então a largou de repente, e Júlia caiu, esfolando as palmas das mãos na terra. Ela ergueu os olhos e o viu se aproximar com um pedaço de corda enrolado na mão.

Ela se pôs de pé num pulo.

— Não *ouse*.

Seus olhos saltaram para os homens. Ninguém a ajudaria ali; eles a pregariam numa árvore se assim fossem ordenados. Alaric agarrou o pulso dela, e o pânico a fez parar de pensar. Tentou acertá-lo, mas o golpe mal passou de um roçar, e num instante ele já a havia girado, colando suas costas ao corpo firme dele, forjado em batalha. Ela se contorceu, mas Alaric a segurou com força, um braço apertando sua caixa torácica, imobilizando os braços dela ao longo do corpo.

Júlia tremia, tomada pela proximidade repentina de seus corpos. Podia *sentir* as batidas do coração dele, retumbando através dela como se já estivessem unidos. Ele estava parado, rígido em suas costas, cada músculo de seu corpo tenso. Ambos ofegavam.

— Não complique as coisas — rosnou Alaric em seu ouvido. — Vai acabar se machucando.

Ele começou a passar as cordas em volta dos pulsos dela. Foi o golpe final. Ela já tinha sido humilhada e rejeitada, empurrada, presa e ridicularizada. A raiva queimou qualquer vestígio de razão.

— Coma merda e morra, seu *verme*.

Júlia reagiu com o pânico de um animal encurralado. Mãos, pernas, pés. Um ataque feroz; lutaram com força até caírem num emaranhado de membros. Alaric se virou para que fosse ele a entrar em choque com o chão; ela caiu com força no peito dele, que não forneceu nenhum pouso suave. O impacto tirou o ar de seus pulmões, e o rei dos godos rolou, prendendo-a sob si. Num piscar de olhos, Júlia estava de costas, com Alaric montado sobre ela; sombras selvagens riscavam o rosto dele, belo como um deus vingador que desceu à terra para possuí-la.

Houve uma luta breve e desesperada. Tudo o que ela tinha, em um único surto de força. Mas ele pôs fim àquilo rápido, prendendo os pulsos dela no chão, acima da cabeça.

— Você causou isso em si mesma — disse Alaric, ríspido, amarrando as mãos dela com movimentos rápidos e precisos. — Eu lhe ofereci liberdade. Fui misericordioso. Você se atirou aos meus pés e implorou para que eu a levasse.

O rosto dela pegou fogo.

— Eu não me *atirei*...

Alaric tapou a boca dela com firmeza. Ele se inclinou, e o calor de sua respiração provocou arrepios na espinha dela.

— Eu não dou a mínima se você me considera *digno* de obediência. Você vai me obedecer do mesmo jeito. Entendido?

Só quando ela assentiu, contrariada, Alaric tirou a mão de sua boca. Apertou as cordas nos pulsos e tornozelos dela. Quando terminou, se levantou e olhou para baixo, os olhos claros como gelo brilhando sem piedade.

— Durma bem, princesa.

Humilhação tinha um *gosto específico*, ela percebeu. Quente e áspero no fundo da garganta.

Alaric atravessou a clareira a passos pesados, consumido pela raiva. Seu braço parecia ter sido esfolado até o osso, e um desejo selvagem e violento ainda pulsava dentro dele como um trovão.

“Se vai me estuprar, que faça logo.” Foi um insulto atroz. Alaric já havia se banhado em sangue até o pescoço. Pelo Império e contra ele, mas nunca, em toda a sua vida, forçara uma mulher a dividir a cama consigo. Ainda assim, houve um momento, quando aquela língua rosada surgiu para umedecer os lábios, em que quase perdeu o controle.

Revirou o alforje em busca do unguento, aplicou sobre a irritação que começava a ficar vermelha e rasgou um pedaço de túnica reserva para envolvê-la.

Só depois de terminar é que levantou o olhar e percebeu os homens o observando.

— *O quê?*

Torismundo foi o primeiro a falar.

— Acabamos de ver você lutar com uma mulher até cair no chão e amarrá-la como uma novilha de festa.

— O que ela pôs na sua cama? — perguntou Hengist, os olhos arregalados como luas. — *Urtigas?*

Horsa estalou os dedos.

— Como vai puni-la? *A gente* pode fazer isso?

— Ninguém toca nela. Ninguém nem sequer *olha* para ela. Está claro?

— Você estragou sua chance lá naquele rio — declarou Riga, passando um braço pelo ombro dele. — Na próxima vez que ela fizer uma proposta como aquela, tente *não* jogar sua camisa para ser lavada.

— Traga um coelho recém-abatido para ela — comentou Torismundo, impassível. — Funcionaria comigo.

Todos soltaram gargalhadas. Alaric não achou graça.

— Já que todos preferem rir como velhas caquéticas em vez de verificar o perímetro, eu mesmo faço isso. — Ele se levantou. — Tentem não atrair nossos inimigos com tantas risadas.

Eles claramente ignoraram o conselho quando Alaric se embrenhou na mata, mais mal-humorado do que nunca. Traçou um círculo irregular ao redor do acampamento, movendo-se rápido e em silêncio, depois ampliou o raio. Nada se mexia na floresta.

Ao completar o percurso e voltar para o acampamento, parou à beira das árvores. Seus homens estavam enrolados nos mantos, dormindo; todos, menos Riga, que estava de vigia. Júlia ainda estava acordada. Chorando. O som abafado enchia a clareira.

Alaric não fazia ideia de como a mulher tinha conseguido manipular tudo a ponto de ele sair com o braço ardendo e ainda assim se sentir o canalha da história.

Ainda não era sua vez de montar guarda, então estendeu o manto no chão e tentou dormir. Júlia estava de costas para ele, e Alaric não conseguia parar de olhar para a curva suave das costas dela; para o contorno firme e alto do quadril. Ele queria segurar aquela bunda com força, até deixar marcas, e afogar toda a sua violência dentro dela. Queria calar as lágrimas dela assim, penetrando-a sem parar, com uma mão puxando seu cabelo e a boca em seu pescoço. Alaric se remexeu, desconfortável no chão. Aquela era a *filha de Teodósio*. Ela não merecia nem mesmo sua forma brutal de consolo.

Alaric não tinha a menor intenção de ouvir tão bem o momento em que o choro dela cessou nem de se levantar quando teve certeza de que Júlia dormia. Muito menos pretendia atravessar a clareira para ficar parado ao lado dela, olhando por tempo demais para a curva vulnerável de seu corpo no chão, antes de estender seu manto sobre ela.

CAPÍTULO XI

Júlia acordou com a bochecha no chão. Estava com o corpo todo rígido; parecia que suas costelas estavam machucadas de dentro para fora. Seus pulsos ainda estavam amarrados, assim como os tornozelos. Ela se forçou a sentar e só então percebeu por que não havia congelado até a morte durante a noite. Um manto grosso e quente fora colocado sobre si.

O manto de Alaric. Tinha o cheiro dele; couro, pinheiros e vastas planícies abertas.

Estava absurdamente cedo. O dia tinha aquela penumbra cinzenta amaldiçoada da aurora que ainda não havia nascido. Ninguém deveria acordar a uma hora dessas. Os homens já estavam de pé, preparando os cavalos. Alaric estava do outro lado da clareira, ajustando as correias da sela, o bronze polido de seu cabelo reluzia como um tesouro bárbaro, apesar da triste ausência de sol. Júlia torceu para que ele caísse em uma vala e quebrasse aquele pescoço ridículo e maravilhoso. Esfregou a testa com as mãos amarradas.

Era uma pena que Alaric fosse a única pessoa capaz de salvá-la do exílio e da morte certa. Isso significava que ela *precisava* encontrar alguma forma de conquistá-lo. Tinha que conseguir. Era uma questão de sobrevivência. As brigas constantes precisavam acabar.

Ele a odiava. E tinha motivos. O irmão dela *de fato* tentara prendê-lo no banquete, e havia rancor desde a época em que ele liderava os federados. Claro, o pai dela sempre foi a generosidade em pessoa, e Alaric, um canalha traidor e ambicioso. Júlia suspirou. Sedução não tinha funcionado; e ela *não* se rebaixaria de novo.

O que ela precisava era de aliados.

Júlia observou os homens selando os cavalos. Eram quatro, além de Alaric. O loiro alto, tatuado até as pontas dos dedos; os dois garotos de olhar caído. E um homem de cabelo preto, barba rala e um andar arqueado. Um huno. Ela sentiu um frio na espinha só de pensar na palavra. Os hunos eram ainda mais aterrorizantes que os godos.

Um deles tinha que ser o mais afável.

Alaric começou a caminhar em sua direção e Júlia foi novamente atingida pela força brutal da beleza do rei dos godos. Estava começando a parecer um insulto pessoal, o modo como seu corpo reagia ao dele. Ela manteve os olhos fixos em um ponto além de seu ombro enquanto se preparava para mais provocações. Mas Alaric apenas se ajoelhou ao lado dela e ofereceu um cantil e outro pedaço de carne desidratada.

— É melhor comer alguma coisa — disse, em voz baixa. — Você não vai ter outra chance até o anoitecer.

Desta vez, Júlia não recusou. O pedaço da carne ressecada era surpreendentemente saboroso — mas tão duro quanto sola de bota. Enquanto o rasgava com os dentes, Alaric tirou uma faca e cortou as cordas de seus tornozelos. Então se levantou, os olhos azul-gelo brilhando sobre ela.

— Levante-se.

Grosseiro. Júlia se pôs de pé, o sangue voltando aos poucos às pernas dormentes. Alaric virou-se para ir embora e ela o encarou, incrédula.

— Você esqueceu de algo, rei dos godos. — Júlia ergueu as mãos amarradas.

Ele se virou, e o sorriso de escárnio que cruzou aquele rosto bonito demais fez com que quisesse cortar o pescoço dele.

— Enquanto meu braço estiver ardendo, você vai continuar com as mãos amarradas.

Eles cavalgaram por muito tempo. Alaric conduziu seus homens pelas terras baixas, evitando as cidades portuárias e as estradas romanas. Passaram por vilas queimadas e em ruínas, plantações mortas nos campos. Júlia se encolhia nos braços dele, os pulsos amarrados à frente do corpo. O braço de Alaric latejava sob a camisa, mas ele cerrou os dentes e ignorou a dor. Tinha coisas mais importantes com que se preocupar.

Como o fato de estarem sendo seguidos.

Não eram bandidos nem refugiados. E não montavam como a cavalaria romana. Uma vida inteira em guerra ensinara Alaric a confiar nos próprios instintos; e naquele instante todos eles gritavam em alerta. Acordara todos antes do amanhecer; parecera perigoso permanecer em um lugar tão desprotegido. Desviou para oeste, através de uma floresta densa e campos tomados pelo mato, deu a volta por um pântano e depois avançou bem por uma trilha que seguia ao norte, paralela à estrada romana. Por fim, rumou a nordeste e despistou os perseguidores atrás de uma elevação.

Júlia dormiu quase o tempo inteiro.

Estava dormindo naquele momento, a bochecha pressionada no peito dele, e Alaric cerrava os dentes. Não sabia que era *possível* dormir num cavalo, muito menos durante uma cavalgada veloz. O corpo dela se apertava quente e confiante no dele, o cabelo solto subia em seu rosto. Cheiro de rosas e de mulher inebriante. Uma afronta à sua determinação.

Estava exigindo toda a sua força de vontade não erguer a mão para tocar o seio dela, não pressionar os lábios na pulsação da base de seu pescoço. Júlia era uma distração insuportável, mas ele teria que suportar. Alaric já havia cavalgado incontáveis quilômetros com o sangue escorrendo sob a camisa por causa de algum ferimento, lutado e matado ao final da cavalgada. Sabia como bloquear a dor. Aquilo era só mais uma coisa que aprenderia a bloquear.

Desta vez, não acampariam ao relento.

Era o meio da tarde, mas os cavalos estavam exaustos e os homens, moídos. Alaric sabia muito bem que perder um cavalo ali seria uma sentença de morte. Escolheu como lugar de descanso uma torre de vigia em ruínas sobre uma pequena colina. Era mais visível do que clareiras na mata fechada, mas também mais fácil de defender. Júlia só acordou quando ele a colocou no chão, com mais delicadeza do que ela merecia.

A princesa ficou parada, encarando a estrutura arruinada.

— O que aconteceu aqui? — O padrão em losangos da cota de malha dele ainda estava marcado em sua bochecha. — Foi um incêndio?

— Foi uma guerra.

A torre fora incendiada durante a luta pelo local três anos antes. Ele estivera no centro dos acontecimentos, liderando a infantaria contra as defesas romanas. Ainda podia sentir o cheiro de sangue naquele lugar.

Júlia o olhou com puro desprezo.

— Então foi você quem fez isso.

Os olhos dela eram azul-esverdeados como o mar e, por um instante, Alaric sentiu-se atraído na direção dela, com força o bastante para fazê-lo vacilar. Algum demônio o levou a mostrar um sorriso predatório, só dentes e promessas mortais.

— Incendiei cidades inteiras. Esta deixei para os meus homens.

— Que gentileza da sua parte, rei dos godos. — O tom dela era de uma cortesia ferina.

Desta vez, ele se inclinou, plantando a mão na parede ao lado da cabeça dela.

— Deve ser um esforço enorme para você, ser tão educada assim.

A atenção de Alaric pairou sobre os ossos delicados dos pulsos dela. A pele sob as cordas.

Ele segurou o pulso dela e o virou.

— Me solte.

Alaric a ignorou. Em vez disso, cortou as cordas e se amaldiçoou por sua falta de jeito.

As marcas estavam vermelhas e lívidas. Virou os pulsos dela com cuidado, examinando-os. Pele macia e quente, veias finas se desenhando sob seus dedos.

— Por que você não me avisou?

— Corria o grande risco de você apertar ainda mais as cordas.

— Não seja tola, Júlia. Mesmo um ferimento pequeno como este pode matar se seu sangue azedar.

Ele pegou o pote de pedra e espalhou um unguento amarelo nos pulsos dela. Seu toque foi mecânico, mas, ainda assim, não conseguiu evitar a reação do corpo ao sentir a pele dela.

— Da próxima vez, avise se estiver ferida. — Os olhos de Júlia faiscaram, o que o irritou. — A resposta correta é *obrigada.*

— Não preciso que me ensine boas maneiras.

A mente de Alaric o atacou com imagens vívidas de tudo que poderia ensinar a ela.

— Alguém deveria.

— Deseja mais alguma coisa?

Você não faz ideia.

— Quando eu quiser outra coisa, você vai saber. — Ele soltou seus pulsos, um sinal claro de dispensa. — Vá.

Júlia entrou na torre como se fosse dona do lugar. Alaric a observou, pensativo. Aqueles vergões eram profundos, e ela devia estar com dor. Mas não reclamou uma única vez.

Seus homens estavam observando. Riga com um sorriso cúmplice, Torismundo com uma incredulidade que mal conseguia disfarçar.

— Algo a dizer? — perguntou Alaric com frieza.

— Não. — Torismundo tomou um gole do cantil. — Porra nenhuma.

Riga manteve a boca fechada, apesar de não parar de sorrir, o que por si só já era um tipo de misericórdia.

— Torismundo, você acaba de se voluntariar para me ajudar a refazer nosso caminho. — Ainda restava bastante tempo de luz do dia. — Você os viu?

O outro assentiu, sombrio.

— Não são bandidos, pelo que me parece.

— Não. Aposto que não estão muito longe. — Ele se virou para Riga. — Mantenha os gêmeos e a mulher fora de vista até eu voltar.

A torre estava com meia parede desmoronada e não tinha teto. Júlia se envolveu no manto de Alaric, ainda trêmula pelo leve toque dos dedos dele em seus pulsos. Nunca imaginou que um gesto tão sutil pudesse ser tão erótico. Nunca pensou que o rei dos godos conseguisse ser gentil.

Júlia cerrou os dentes. Não tinha tempo para fantasias. Aquele homem preferiria matá-la no sono a encará-la. Precisava conquistar aliados.

Os gêmeos a evitavam desde a noite na tenda. O outro — o huno — parecia um alvo improvável. Se havia alguém no mundo que igualava a reputação temível de Alaric, eram os hunos.

O loiro alto, então. Tatuado até as pontas dos dedos, usava o cabelo comprido preso com uma tira de couro. Tinha uma aparência formidável, mantinha-se afastado e carregava um enorme lábris. Júlia mal podia acreditar que *ele* era sua melhor chance. Mas, instantes depois, ele partiu com Alaric, deixando-a sozinha com os gêmeos assassinos e o huno, que empilhava lenha para uma fogueira.

Perfeito. Os alvos mais improváveis.

Depois de alguns instantes, o huno olhou para os garotos.

— Ele já foi?

Um deles espiou por uma porta.

— Faz tempo.

— Excelente. — O huno acendeu o fogo na lenha empilhada sobre o chão de pedra rachado, e os garotos se espalharam ao redor, relaxados. — Vamos ter que apagar isso depois. Ele está insuportável com esse negócio das fogueiras.

Em seguida, tirou uma bolsa de couro e a passou para o garoto mais próximo, que desenroscou a tampa e bebeu.

Júlia se animou.

— Isso é vinho?

Três pares de olhos se viraram para ela. A princesa sentiu arrepios.

Mas então os três começaram a aplaudir.

— A mulher do momento! — O huno riu. — Mandou bem com as urtigas. Fazia *anos* que eu não ria tanto.

— Viu a *cara* dele? — Um dos gêmeos riu. — Achei que ele fosse *matar* você.

— Eu também. — Sua possível morte parecia hilária para eles. Ela olhou para os garotos. — Me desculpem por ter drogado vocês.

— É bom pedir desculpa mesmo. Assim que estivermos de volta em Nórica, Alaric vai nos matar.

A dupla não parecia nem um pouco preocupada com isso.

— Venha. Você está com cara de quem precisa de uma bebida. — O huno lhe estendeu o cantil. — Vinho de leite. Fazemos com o leite das nossas éguas.

A bebida tinha um gosto levemente azedo, mas com um efeito alcoólico que se espalhava pelos membros. Júlia tomou um segundo gole, depois um terceiro.

O nome do huno era Riga. Contou a ela que era um mercenário, enquanto despejava um punhado de sementes secas numa chapa de metal sobre brasas incandescentes. Tinha se juntado a Alaric pelas promessas de saque. E o rei dos godos cumprira essa promessa muitas vezes. Especialmente em Milão.

— Eu não estava na cidade durante o cerco a Milão — comentou Júlia, estremecendo. — Mas ouvi falar. Corpos em estacas e cabeças decepadas foram usadas como bolas em jogos. Essas coisas.

— Uma cabeça decepada é uma péssima bola — disse Hengist, o gêmeo mais quieto. — Mole demais.

— Só depois de alguns dias — contradisse-o Horsa, seu irmão, em alto e bom som. — Quando está fresca, fica quicando.

— Ouviu falar das empalações? Aquilo foi obra minha. Agora consigo fazê-los sobreviver por dias — disse Riga, com uma nota de entusiasmo na voz, como um artesão orgulhoso, ansioso para compartilhar os detalhes do próprio trabalho. — Faço as pontas das estacas arredondadas, não afiadas, assim os órgãos são empurrados para o lado, em vez de perfurados. E então eu a subo pela espinha, para não...

Hengist o interrompeu dizendo algo em gótico.

— Bobagem. Qualquer mulher que põe urtigas na cama de Alaric não vai se assustar com uns cadáveres velhos. — Ele a olhou com aprovação. — *Nunca* vi uma mulher mexer tanto com ele quanto você. Já gosto mais de você do que de todas as outras mulheres dele.

— Eu não sou uma das *mulheres dele*. — E então, porque não queria saber *de jeito nenhum*, mas de algum modo queria: — Quantas mulheres esse homem tem, exatamente?

Horsa e Hengist iniciaram uma conversa acelerada em gótico que envolveu várias tentativas de contar nos dedos, até que o primeiro se voltou para ela, triunfante:

— Incontáveis.

— Impossível contar — completou Hengist.

Como se isso esclarecesse tudo.

Júlia revirou os olhos.

— Incontáveis como o capim alto. Infinitas como as estrelas.

Aposto que eles não sabem contar até cinco.

— Continue irritando ele. — Riga sorriu. — Não porque ele gosta, mas porque *eu* gosto.

— Contanto que vocês três prometam me proteger da fúria dele — riu Júlia.

Riga, que montava um pequeno suporte de metal enquanto falava, tinha colocado o objeto sobre o fogo e repousado um pratinho sobre ele. A fumaça ficou branca e penetrante. Ele se inclinou e a abanou na própria direção com as mãos. Os garotos o imitaram com um ar ensaiado. Todos olharam para ela, com expectativa.

Bem. Se não podia conseguir Lótus Azul por aqui, que experimentasse as drogas dos bárbaros.

Horas passando por trilhas falsas, cruzando vilarejos decadentes e plantações apodrecendo. Nenhum sinal de perseguidores. Alaric estava quase triste com isso. Teria sido bom entrar numa briga.

Quando voltou à torre, já era bem depois do meio-dia. Júlia ria com os gêmeos e Riga como se fossem velhos amigos. Havia uma fogueira apagada num canto, e o cheiro de folha huna impregnava o ar.

Porra. Teriam sido presas fáceis para qualquer um que se desse ao trabalho de atacar. A princesa mal olhou em sua direção quando entrou; por algum motivo, isso o fez cerrar os dentes de irritação. *Ele* não conseguia parar de olhar para *ela*. Viu Júlia rir de algo que Hengist dissera. Ela levantou o cabelo da nuca, e Alaric se imaginou atravessando a torre, enfiando a mão naqueles fios, inclinando a cabeça dela para trás e devorando-a por inteiro.

Achou um lugar do outro lado da torre e pegou sua lança para afiá-la.

— Se afiar essa lança mais um pouco, não vai sobrar nada dela. — Foi o comentário seco de Riga.

O mercenário huno estava sentado de pernas cruzadas, costurando um remendo na bainha gasta.

Alaric olhou para a lança nas mãos, o fio brilhando perigosamente. Afiada o bastante para cortar pele como seda.

— Cuide dos seus próprios assuntos.

— Eu não a deixaria perto de nada afiado — avisou Riga em huno, acompanhando o olhar dele. — Está com raiva o suficiente para cortar seu pescoço desde ontem à noite.

— Ela não saberia nem qual ponta da adaga enfiar em mim.

Riga o olhou de relance, sorrindo.

— É mesmo? E como está seu braço?

Algo atrás dele interrompeu a conversa. Não foi um som, exatamente; mais como um som *por baixo* do som. Uma perturbação na tapeçaria composta por galhos ao vento, canto de pássaros e correntes de ar vindas do vale. Por um instante, Alaric ficou imóvel, apertando o cabo da lança. Riga se enrijeceu com ele, e do outro lado da torre, os garotos se endireitaram, todos os sentidos em alerta.

Júlia continuava conversando com alegria, alheia a tudo.

— Pode parar de espreitar na porta, Torismundo — ordenou Alaric, voltando a relaxar e a afiar a lança.

Um palavrão anunciou a entrada do homem pelas ruínas da soleira.

— Um dia ainda vou pegar você de surpresa.

— Nem eu consigo me aproximar dele sem ser notado, e sou bom nisso — disse Riga, sorrindo.

— Meu povo tem uma longa e orgulhosa tradição de furtividade. Você insulta minha honra. — Torismundo se sentou entre eles. — Segui a estrada para o sul. Não há nada naquela floresta além de nós e porcos selvagens. Se quer saber minha opinião, aquele moleque ainda não sabe distinguir o rabo do buraco por onde mija.

Enquanto o batavo falava, os olhos de Alaric se desviaram para Júlia, detido pelo tilintar prateado do riso dela, brincando com os gêmeos enquanto eles espalhavam pão e queijo sobre o escudo gigantesco de Torismundo como se fosse uma mesa. Torismundo seguiu o olhar dele.

— Esses merdinhas. Estão até comendo em cima dele.

Alaric conteve a irritação.

— Notei que você ainda não resolveu isso.

— Não me humilhe. Eu sei muito bem. Abandonei meu escudo. Já não sou digno de me pôr sob os salões dos meus antepassados.

— Se serve de consolo, os salões dos seus antepassados não passam de brasas acesas — disse Riga.

— Como os de todos nós — acrescentou Alaric.

— Vocês dois não têm um pingo de tato. — Torismundo lançou um olhar sombrio para os gêmeos. — Eles nem conseguem levantar o escudo, que dirá lutar com ele. Estão com ele só para me irritar.

Alaric se levantou. Não podiam se dar ao luxo desses joguinhos de honra.

— Então eu resolvo isso.

— Não. *Espera*. — Torismundo segurou seu braço. — Se meus homens descobrirem, vão rir nas canecas quando eu passar. Vão até compor canções sobre isso. Canções *de chacota*. Todas às minhas custas.

— Eles já fazem isso — comentou Riga.

— Recupere seu escudo do jeito que quiser, mas recupere — comandou Alaric, a paciência quase no limite. — Você não me serve de nada numa luta se estiver mal equipado.

Júlia sentia o peso do olhar de Alaric do outro lado da torre.

Parecia sensato ignorá-lo. Como assim *havia* um caudilho godo e assassino naquela torre? Não havia nenhum caudilho godo e assassino naquela torre.

Uma sombra cobriu o sol. Era o loiro alto e cabeludo: Torismundo.

— Cai fora, romana. — Ele cuspiu a palavra como se tivesse a boca cheia de sangue. — Vocês, pestinhas, me devolvam esse escudo. Ou...

Horsa sorriu.

— Mas ainda nem cravei minhas iniciais nele.

— Se fizer isso, eu vou esfolar você devagar e fazer um casaco com sua pele fina.

Os três trocaram mais algumas palavras belicosas e então Torismundo se afastou, visivelmente furioso. Júlia o observou ir embora.

— Ele é sempre tão eloquente assim?

— Anda mais tagarela desde que ganhamos o escudo dele — disse Hengist, sombrio.

— Ele estava *tão bêbado* — riu Horsa. — Desafiou o cavalo de Riga para um duelo.

— Vocês conseguem lutar com isso? — perguntou Júlia, curiosa, olhando para o escudo apoiado nos joelhos de Horsa.

Era ricamente entalhado, com a imagem detalhada de um carvalho no centro.

— Não é essa a questão. Ganhamos de forma justa. Além disso, ele fica engraçado quando está bravo.

— A cara dele fica vermelha como um pedaço de carne — zombou Horsa.

— Vocês provocam um homem daquele tamanho, que ameaça esfolar vocês vivos, porque acham *engraçado*? — Eles assentiram, exibindo sorrisos idênticos e cheios de dentes. — Vocês realmente têm 15 anos — murmurou Júlia.

Era fácil esquecer. Havia algo antigo nos olhos dos gêmeos; era um choque pensar que eram dois anos mais novos que Honório. Júlia tentou imaginar o irmão na mesma sala que Horsa e Hengist, tentando puxar assunto enquanto os garotos comiam docinhos. A ideia a fez rir. A dupla abriria seu irmão do pescoço ao esterno, se Honório não mandasse prendê-los por insolência.

— Torismundo não nos esfolaria — dizia Horsa. — Não de verdade.

— Riga esfolaria — acrescentou Hengist, sombrio. — Uma vez ele...

A base da lança de Torismundo cravou com força no chão diante deles. Júlia soltou um grito de surpresa.

— Ordens do Alaric, seus porcalhões — disse ele. — Ou jogam comigo, ou lutam comigo.

Torismundo não sabia jogar latrúnculo, nem de longe. Júlia estava sentada com os joelhos encolhidos no peito, observando enquanto ele cometia um erro óbvio atrás do outro. No começo, tentou ajudar, sussurrando sugestões; ele a ignorou como se fosse uma mosca, até que a princesa desistiu.

Tudo bem, pensou, recolhendo-se para seu canto, enrolada no manto de Alaric, que discutia baixinho com Riga. Os gêmeos se divertiam humilhando Torismundo no jogo de tabuleiro com uma alegria predatória. Ela adormeceu e, quando acordou, o sol já se punha e todos estavam enrolados em seus mantos sobre o chão em ruínas.

Exceto Alaric. Ele havia sumido.

Júlia se sentou. Dormira com o odre de vinho de Riga debaixo da cabeça, como um travesseiro, e ainda havia bebida ali dentro. Agradecida, tomou um gole. O calor espalhou-se por seus membros e ela se levantou, procurando instintivamente por Alaric.

Não sabia dizer por que se sentia inquieta com a ausência, como se estivesse mais segura sob seu olhar azul feroz do que longe dele.

Alaric rondava o perímetro da torre. Lá embaixo, um garotinho conduzia um rebanho de ovelhas magrelas. Cabelo escuro e origem indefinida, não devia ter mais de 6 anos.

Chutava torrões de terra enquanto andava, sem nem sequer tentar se esconder. Alaric mal se lembrava dos próprios pais, mas sabia que teria apanhado até sangrar por ser tão descuidado. Mesmo com a idade daquele menino.

Para além do garoto, nada se movia no horizonte. Ele não gostava daquilo. Estilicão já devia estar em seu encalço.

Um arrastar de bota na pedra atrás dele, seguido de um palavrão sussurrado. *Maravilha.*

— O que você quer, mulher?

Júlia se colocou ao seu lado, apoiando-se no parapeito. Cheirava a bebida e, por baixo disso, a rosas. Era estranha a persistência do perfume; apesar do suor e a lama da viagem, e a água salobra em que se banhara, parecia ser algo que vivia na pele dela.

Ela deu um gole num odre de vinho. De Riga. Ao que parecia, andava surrupiando bebida de *todos* os homens dele.

— Você nunca dorme?

— Alguém precisa ficar de guarda.

— Estaria mais bem-humorado se dormisse. — Ela lhe estendeu o odre. Ele recusou. — Como quiser.

Júlia tomou mais um gole e o fitou como se tentasse adivinhar o futuro em seu rosto.

— Não sou uma atração para que você fique observando. O que foi agora?

— Você é sempre tão grosso assim com todo mundo, ou é só sorte minha?

— E você sempre encontra coragem no fundo de um odre?

Os olhos azul-esverdeados dela brilharam.

— É impressionante, de verdade. Você foi amaldiçoado com uma personalidade *insuportável*. Não me admira que seja um elemento tão imprevisível em festas. — Ela tomou outro gole. — Este licor é mesmo uma maravilha. Sabia que os hunos o fazem com leite das éguas?

A irritação enrijeceu a mandíbula dele.

— Foi você que me pediu para sequestrá-la naquela festa.

— *Estava* ficando meio entediante. — Ela o olhou por entre os cílios. — Fui eu que tentei envenenar meu irmão naquele banquete, sabia?

Júlia disse aquilo como se estivesse contando um segredo a um amigo. Então foi *ela* quem quase matou todos eles. De um jeito estranho, Alaric não sentiu raiva.

Havia um convite ali. Intriga e irritação disputavam espaço. Um sorrisinho brincava nos lábios dela, e ele sentiu uma vontade súbita e perigosa de se inclinar e beijá-la até fazê-lo sumir.

Iria se arrepender de dar esse passo.

— Por quê?

— Você conheceu Olímpio. Viu o quanto ele é detestável.

— Vi um homem doente de desejo por você. Um dos homens mais ricos do Império. Se queria ser imperatriz, por que não convenceu *ele* a usar essa fortuna para subornar as legiões de Estilicão?

— Prefiro arrancar meu próprio olho a pedir qualquer coisa a Olímpio — respondeu ela, amarga.

— Então tentou uma insurreição porque a ideia de casamento não lhe agradava.

— Como se *você* nunca tivesse causado estragos para preservar a própria liberdade. Acredito que você tem prática nisso. Estamos o dia todo cruzando os escombros que você deixou para trás.

O sangue dele ferveu. Como *ela* se achava no direito de julgar as ações dele?

— Acha mesmo que não tentamos outra coisa? — rosnou. — É por causa do seu pai que meu povo não tem um lar fixo há uma geração. Foi *seu* pai que nos enfiou em campos de refugiados, esperando que morrêssemos de fome. Quem nos escravizou sempre que tentamos parar em algum lugar. Os que sobreviveram aprenderam que a única forma de viver era ser o mais forte. Então, tudo o que meu povo sabe fazer é saquear. Tudo o que *eu* sei fazer é saquear. É isso que eu sou.

— E assim o seu povo massacra o meu, o meu massacra o seu, e não há esperança de isso acabar. — Ela desviou o olhar para o campo apodrecido à frente. — Reparou por onde estamos passando? Fazendas arruinadas e abandonadas, o interior vazio. O verão se aproxima, e quase ninguém se deu ao trabalho de plantar. E está mais seco que o normal. — Júlia encarava o escuro, as sobrancelhas franzidas; séria de repente. — Eu poderia *resolver* isso, sabe. Reforçar a infraestrutura, aumentar a distribuição de grãos... *fazer* alguma coisa, de verdade. Poderia ajudar seu povo e o meu, se ao menos pudéssemos confiar um no outro.

Alaric cerrou os dentes. Porra, ela soava... quase *sincera*. Por um instante, foi invadido por uma onda de algo estranho e poderoso — desejo, sim, mas havia outra coisa por baixo. Queria *protegê-la*.

A vontade de beijá-la se tornou quase incontrolável. Um descuido e a beijaria até nunca mais parar.

Ele segurou a borda do parapeito com força.

— Não. Essa é a minha resposta final.

— Nada é final, rei dos godos. — Ela puxou o capuz do manto, o manto *dele*, porra, sobre a cabeça. — Estarei esperando, se mudar de ideia.

E então Júlia se foi, descendo com cuidado os degraus em ruínas.

CAPÍTULO XII

À medida que a lua ascendia, Alaric liderava o grupo num galope desenfreado por um campo lamacento e deserto, cruzando vastidões sem rota sob o céu estrelado. Silos abandonados e casebres desmoronando desenhavam silhuetas sombrias contra as estrelas.

"Poderia ajudar seu povo e o meu, se ao menos pudéssemos confiar um no outro."

Já tinham se passado cinco dias desde então, e Júlia fingia dormir de novo, moldada em seus braços enquanto cavalgavam pelo interior devastado. Alaric não conseguia conter absolutamente nada do que sentia. Nem a reação feroz do corpo diante dela, nem a vontade de protegê-la, que vinha com a mesma força do desejo.

Vinha evitando conversar com ela desde aquela noite na torre. Não precisava saber que a princesa odiava o irmão tanto quanto ele. Não precisava entender que ela havia tentado — e falhado — viver sob a lei romana, tão fora da lei quanto o próprio Alaric.

No fim das contas, quase não importava. Júlia parecia ter perdido o interesse por ele desde aquela noite — voltando sua atenção para seus homens. Nos últimos dias, se dedicara a conquistá-los como uma general em campanha. Com os gêmeos, era brincalhona e cheia de riso; com Riga, oferecia atenção irrestrita e sorrisos capazes de derreter pedra. Tudo isso enquanto mantinha as costas voltadas para Alaric, desviando o rosto e falando com formalidade contida quando se dignava a lhe dirigir a palavra.

O que quer que estivesse fazendo, parecia estar dando certo. Alaric já não conseguia desviar os olhos dela. Aqueles pequenos vislumbres de pele, os olhares quentes que lançava quando achava que ele não estava vendo. No fim, *não eram* seus homens que o preocupavam. Não. O que o preocupava eram os próprios sentimentos. Selvagens, possessivos, violentos — tudo que o dilacerava sempre que Júlia ria daquele jeito. Livre, desarmada. Nunca para ele.

Só Torismundo permanecia inabalado. Ele, cujo povo batavo encontrara o fim sob domínio de Roma, após longas décadas de serviço. Confiava ainda menos nos romanos do que Alaric.

— Ela está tentando mexer com a sua cabeça — rosnou o homem certa noite, seguindo o olhar de Alaric pela clareira enquanto afiava o machado à luz morrente. Já tinha percebido o problema de Alaric. Todos tinham. — Fique esperto.

O rei dos godos cerrou os dentes. Assim que alcançasse as montanhas, voltaria para Brisca. Ou para qualquer mulher disposta, se Brisca não o quisesse.

Em algum momento entre a noite e o amanhecer, choveu, encharcando-os até os ossos. Alaric estava molhado, exausto e *furioso* com a reação incessante do próprio corpo a Júlia, que dormia tranquila, alheia a tudo.

E então a égua de Hengist começou a mancar.

Um azar terrível. Alaric os fez parar de repente num trecho mais largo da trilha. Aquele era um dos pontos mais perigosos da jornada. Aquileia ficava cinquenta quilômetros ao norte. Uma estrada militar passava a menos de cem passos a leste. A cidade adiante estava tomada por bandidos, e isso significava que as matas também estariam. Mas aquele não era o único motivo pelo qual Alaric detestava o lugar. Três anos antes, fora um campo de extermínio. O passado ainda pairava ali, espesso como névoa.

Júlia se mexeu em seus braços.

— Precisamos mesmo parar? Eu estava tendo um sonho agradável.

— Desculpe interromper sua soneca. — Ele a ajudou a descer do cavalo. — Alguns de nós têm preocupações mais importantes. Como manter todo mundo vivo.

Um traço de mágoa passou pelo rosto dela, antes que a máscara de autodomínio se firmasse.

— Talvez você não tenha notado que choveu esta noite e eu não preguei o olho.

— Talvez *você* não tenha notado que choveu em todos nós. — Ela ainda usava o maldito manto dele, e *Alaric* estava encharcado até os ossos. — Você dormiu mais que todo mundo. Dormir parece ser a única coisa em que você é boa.

Não havia como ignorar a dor nos olhos dela. Alaric se sentiu um vilão no mesmo instante. Estava com frio, cansado, tenso pela vigília constante e dominado por um desejo feroz e implacável; mas nada disso justificava o que dissera.

— Cortesia impecável, como sempre, rei dos godos.

Júlia o encarava com a frieza impassível de uma parede de mármore. Um pedido de desculpas chegou à ponta de sua língua, mas Alaric não conseguiu dizer.

— Fique aqui — murmurou, prendendo o cavalo em uma árvore. — E não faça nenhuma burrice.

Do outro lado da clareira, Hengist estava próximo a sua pequena e resistente égua huna, Bura.

— Há quanto tempo você percebeu que ela estava manca? — perguntou Alaric.

— Cerca de um quilômetro atrás.

— Então devia ter me avisado um quilômetro atrás.

Alaric lançou um olhar preocupado para a égua castanha e robusta enquanto Riga examinava a pata dianteira esquerda.

— Foi uma pedra que causou o ferimento — disse o huno, se endireitando. — Ela precisa descansar e de um emplastro.

E eu preciso de uma harpia domada para nos levar voando até Nórica.

— Ela aguenta chegar até as montanhas?

— É uma pônei huna. Mais dura que couro velho. Vai longe, se não a matarmos no caminho.

Alaric soltou um palavrão baixo.

— Não temos tempo para mimá-la.

— Então é melhor decidir logo.

Riga tirou a faca curva.

Hengist enrijeceu.

— Espere, Riga — pediu Alaric e puxou o garoto para o lado. — Você sabia o que podia acontecer — disse em voz baixa.

— Não precisamos matá-la. Podemos deixá-la aqui. Dar uma chance a ela.

— Uma chance de ser devorada por lobos ou capturada pelos romanos? A morte seria mais gentil.

Hengist manteve os olhos firmes no chão.

— Então é melhor que eu faça isso.

Alaric cerrou a mandíbula. Quase podia ouvir Gaufrido às suas costas, xingando-o por ter deixado a situação chegar a esse ponto. Hengist já segurava a faca, olhando por cima do ombro para a égua que ele mesmo ensinara a atender ao seu assobio, o rosto endurecido por uma resignação fria.

— Guarde sua faca, Hengist. — Riga conseguiria fazer aquilo com mais precisão, de qualquer forma. — Você vai com seu irmão, e vamos levá-la sem montaria até as montanhas. Depois vemos o que fazer.

O som de uma risadinha de Júlia o atravessou como uma lâmina. Ele lançou um olhar pela clareira e a viu conversando com Horsa por cima do dorso de Aníbal, enquanto o cavalo esfregava a cabeça nos bolsos dela.

Alaric cerrou os dentes. Aníbal era um cavalo de guerra, um animal que esmagava cabeças de inimigos com os cascos revestidos de ferro. Não ficava *esfregando* a cabeça por aí.

Júlia enfiou a mão no bolso e deu ao cavalo uma maçã murcha, ela e Horsa conversando baixo, como velhos amigos. Era irritante além da conta; Aníbal parecia estar tentando *entrar* no bolso dela naquele momento. Os olhos de Júlia deslizaram até ele, por baixo dos cílios, e havia um brilho calculado em meio àquela mistura de azul e verde.

Ela sabia muito bem o que estava fazendo.

Pelo canto do olho, Júlia observou Alaric colocar a mão sobre a garupa da égua de Hengist e deslizar até a pata para verificar a perna machucada, falando com ela o tempo todo; baixo, terno, hipnótico.

De repente, sentiu uma pontada *absurda* de ciúme. De um cavalo.

— Só alguns minutos — sussurrou com urgência para Horsa, por cima das costas largas de Aníbal. — Por favor.

Ele a olhou com desconfiança.

— Para quê?

Júlia suspirou. Seria demais dizer que queria estar, por um instante, em um lugar onde Alaric não estivesse ao alcance de sua vista? Na noite anterior, vencida pelo cansaço, ela se encostara nele; foi envolvida por seus braços, como que moldada no corpo do homem. Nunca se sentira tão segura. Encostara o rosto no peito dele, ouvindo seu coração bater, e adormecera fantasiando que Alaric dos Godos realmente se *importaria* se ela caísse do cavalo e rachasse a cabeça numa pedra.

A culpa era sua. Era pura estupidez alimentar esse tipo de fantasia. Ele deixou isso bem claro naquela manhã.

Aníbal mastigava feliz sua maçã, torcendo o pescoço para esfregar a cabeça em seus bolsos — e espalhando uma grossa espuma de baba verde no seu quadril.

Claro, havia muitos outros motivos para querer privacidade. *Se lavar* era um deles. Podia sentir o próprio fedor. Havia um riacho ali perto, entre as árvores; eles haviam passado por ele.

— Coisas de *mulher*, Horsa. Preciso mesmo ser específica?

— Você sabe que Alaric vai colocar minha cabeça numa estaca se descobrir que deixei você sair sozinha. Ainda está bravo comigo por ter deixado você me drogar.

Júlia revirou os olhos.

— Ele é um tirano.

— *Eu sei.*

Por um momento, trocaram um olhar de exasperação compartilhada. Horsa lançou um olhar inquieto pela clareira.

— Só até aquela árvore ali. Anda logo.

A árvore não era longe o suficiente, e o riacho estava do outro lado de uma estrada coberta de mato, mais afastado do que ela se lembrava. Júlia lavou as mãos, o rosto e o pescoço, e fez o melhor que pôde para limpar o cabelo.

Estava prestes a voltar quando avistou o arbusto de mirtilos. Seu estômago roncou alto.

Alaric já estava de péssimo humor. Se demorasse demais, ele faria com que ela se arrependesse. *Talvez não, se eu levar algumas frutinhas.* O homem acabaria por ceder a própria parte para os outros por pura teimosia. Mas talvez o gelo nos olhos dele derretesse, só um pouco.

Esse foi seu último pensamento coerente antes de se lançar sobre o arbusto como uma miserável faminta.

Quando terminou de arrancar todos os frutos, recostou-se sobre os calcanhares. Não tinha planejado comer *todos*. Mas não tinha onde colocá-los, então foi colocando direto na boca, e naquele instante suas mãos e camisa estavam manchadas de roxo, e os braços arranhados até os cotovelos. Tentou limpar o rosto, mas só conseguiu ficar ainda mais grudenta. Não podia voltar assim. Todos saberiam o que ela havia encontrado e que não compartilhara.

Júlia voltou ao riacho, mergulhou as mãos e esfregou bem. Estava quase terminando quando notou a mancha de frutas na camisa. Apressada, a tirou. Logo estava usando apenas a calça bárbara e a faixa de seda rasgada de seu vestido; um estrófico improvisado para sustentar os seios. Colocou a camisa na água e começou a esfregar com força.

A mancha não saía. Precisava bater a roupa em uma pedra. A mais próxima era uma arredondada e pálida, do tamanho de um melão, perto da margem. Talvez, se limpasse o musgo...

Ela pegou a pedra, mas a deixou cair com um grito abafado. A coisa rolou e parou com o rosto virado para cima; uma larva gorda saiu por uma das órbitas vazias. Júlia gritou baixo e cambaleou para trás, tropeçando no chão irregular. Caiu sobre um monte de gravetos curvos que não eram gravetos.

E então ela começou a gritar de verdade.

O grito fez o coração de Alaric congelar no peito. Sua lança de guerra estava com os cavalos, mas o saxo já estava em sua mão. Desceu a encosta arborizada correndo como fizera três anos antes, quando a floresta estava cheia de inimigos, e sua arma, coberta de sangue.

A visão de Júlia no chão, quase sem roupa, o trouxe de volta ao presente. Ela se levantou apressada quando Alaric parou bruscamente. Seus mamilos rosados pressionavam a tira transparente de seda que os cobria; acima, a curva dos seios parecia implorar para ser envolvida por suas mãos.

Ele se aproximou devagar. *Deuses*, como a desejava. Queria empurrá-la na árvore mais próxima e espalhar beijos quentes e abertos pelo colo dos seios, depois desenrolar aquela faixa de seda e levar cada mamilo à boca. Um. Depois o outro.

Quando chegou perto o bastante, Alaric se inclinou — cuidadoso, contido ao máximo — e pegou a camisa dela. Seus olhares se encontraram quando ele a entregou. Um silêncio denso, carregado de tensão, se instalou entre os dois. E ele percebeu. Ela também sentia.

Júlia pegou a camisa e se virou, e Alaric ficou sem ar ao ver a pele lisa e pálida das costas nuas.

— Espionando, rei dos godos?

Que ousadia. Ela já tinha *desejado* a presença dele, uma vez.

— Que porra você *acha*, Júlia? Você gritou alto o bastante para atrair uma floresta inteira de bandidos para cima da gente. Nossa vida não significa *nada* para você? — Ele puxou o ar com dificuldade, ofegante. — Por que estava gritando assim?

— Aquilo — disse ela, apontando para uma pilha desgrenhada de ossos. — É um esqueleto — informou, como se ele não estivesse vendo. — E tem um crânio. Tive o desprazer de *tocá-lo*.

— Era de se esperar, já que resolveu passear no meio de um campo de batalha. — Ele estava sem paciência para confortá-la. — Olhe ao seu redor. Este lugar está cheio de mortos.

Júlia olhou, e o horror surgiu devagar. Crânios de bocas abertas, fileiras ordenadas de vértebras; emaranhados de costelas e mandíbulas cobertos por uma película de musgo.

— Você podia ter me *avisado*.

— E quando, exatamente, eu teria feito isso? Antes ou depois de você sair por aí feito uma estúpida inútil?

— *Inútil!* — A fúria tingiu as bochechas de Júlia. — Eu tirei você de Ravena com vida, valendo um resgate digno de rei. *Difícil* me chamar de inútil.

— Você precisa de uma legião de escravizados só para limpar a própria bunda, mulher!

— E você preocupado com os *meus* gritos atraindo bandidos. Vai atrair uma tropa inteira com esses berros. — Um sorriso duro e ferido curvou seus lábios. — Você me odeia, não é? Pode dizer.

— Eu não... — Ele inspirou com dificuldade. — Eu não odeio você, Júlia.

— Mentiroso — cuspiu ela. — Tudo que faço irrita você. Quando estou quieta, quando falo. Quando fico sozinha, quando não fico. Até quando durmo eu incomodo.

As lágrimas brilhavam nos olhos dela. O instinto de Alaric exigia que ele fizesse algo — qualquer coisa — para consertar o momento. Foi preciso todo o seu autocontrole para não tocá-la.

— E daí? — As palavras vieram amargas. — Você também me odeia.

— Não — disse ela, em voz baixa. — Eu não odeio.

Aquilo foi a porra de um choque.

Um ruído atrás dele. Som por baixo do som. Um distúrbio no ar.

Ele a puxou para seus braços, tampando a boca dela com a mão e arrastando-a para trás da árvore mais próxima no exato momento em que uma longa fileira de homens dobrou a estrada adiante. Júlia ficou imóvel. Cheirando a rosas e mirtilos, suor e, por baixo disso, uma mistura inebriante de desejo e medo. Tomando o mundo inteiro dele. Enquanto isso, a morte marchava a poucos passos de distância, perto o bastante para se atacar com uma lança jogada por brincadeira.

Ele poderia tê-la perdido. E a teria perdido se Júlia tivesse gritado um segundo depois. Se Alaric tivesse sido um segundo mais lento.

A onda de desejo intenso e possessivo que o tomou dessa vez quase o fez cair de joelhos. Mais forte do que quando a viu pela primeira vez naquela viela e a quis *ali mesmo*, na parede mais próxima, de qualquer jeito que pudesse tê-la. Mais forte do que naquela noite à beira do rio, quando Júlia se ofereceu e ele lutou com todas as forças contra seus próprios instintos. Não conseguia mais resistir. Nem fazia sentido tentar.

Alaric cedeu e encostou os lábios na curva suave do pescoço dela.

O toque era suave como um sussurro, como quando ele tocara seu pulso, mas muito mais potente. A boca em seu pescoço transformou seu sangue em fumaça.

Júlia fechou os olhos. Às suas costas, uma avalanche estava prestes a acontecer. Um predador roçava os dentes em sua jugular.

— Digamos que eles tivessem encontrado você antes de mim — começou Alaric, tão próximo e numa voz tão baixa que ela sentiu as palavras mais do que ouviu. — O que acha que teria acontecido se eu não tivesse chegado primeiro? — A mão dele apertou com força sua boca, silenciando qualquer resposta. — Não há princesas nestas matas. Só predadores e presas.

Com uma lentidão torturante, Alaric traçou uma linha febril do ombro dela para cima, com os lábios. De tempos em tempos, inspirava como se quisesse devorar o aroma dela.

— Eu mataria cada um deles se tivessem visto você nua naquele riacho.

Então pousou a boca no ponto onde a mandíbula dela encontrava o pescoço.

O corpo dela pulsou com força, insistente, e Júlia inclinou a cabeça, oferecendo-lhe mais a ser explorado. Um sinal claro de entrega. Alaric soltou um som baixo, quase um gemido satisfeito, que fez o calor surgir entre as pernas dela.

Em seguida, os braços dele se afastaram, e as costas dela bateram na casca áspera da árvore.

Alaric estava acima dela, observando os últimos soldados sumirem ao longe, como se não a tivesse levado às lágrimas num momento e ao desejo absoluto no seguinte; sussurrado ameaças de morte no intervalo. Ele a olhou de relance, e os olhos assumiram um tom mais frio. Júlia respondeu com um olhar perfeitamente calculado: irritação com uma pitada de tédio.

— Se já terminou de babar no meu pescoço, rei dos godos...

— Onde encontrou os mirtilos, Júlia? — Ele deslizou a mão pela linha da mandíbula dela e fechou o punho em seu cabelo, inclinando a cabeça dela para o lado. — Você deixou um pouquinho aqui.

Alaric voltou a beijar o pescoço dela, e de repente não existia mais nada no mundo além do calor abrasador da língua dele em sua pele e da dor doce e aguda da mão em seu cabelo. Júlia se perdeu. Arqueou o corpo em direção a ele, jogando a cabeça para trás e soltando um som desesperado, quase um gemido, que o fez rir em seu pescoço.

Estava fora de si quando ele terminou de provocá-la. Quase saindo da própria pele de tanto desejo.

Alaric se afastou, deslizando o polegar pelo lugar onde antes estiveram seus lábios e língua; o toque leve deixando ondas de prazer que faziam seu corpo estremecer.

— Da próxima vez que encontrar mirtilos, você vai dividir.

CAPÍTULO XIII

Aquela patrulha não foi coincidência. Todas as estradas estavam sob vigilância naquele momento.

Alaric desconfiava que os romanos deviam ter voltado e encontrado algum sinal deles. Contava os *se* enquanto avançava pelo campo devastado. Se a égua não tivesse ficado manca. Se não tivessem parado tão perto daquela estrada.

Se Júlia não o *distraísse* tanto.

A terra ali estava árida feito a morte; todas as nascentes tinham secado, e os rios corriam preguiçosos em seus leitos. Alaric e os outros cavalgavam por planícies de grama quebradiça que estalava como ossos de dedos nas patas do cavalo. Bastava mantê-los longe do alcance de Roma por mais alguns dias. Mas, quanto mais perto das montanhas chegavam, mais difícil isso se tornava.

E às vezes, no horizonte, ele avistava cavaleiros seguindo-os. Cavaleiros que não eram bandidos nem patrulhas romanas.

Levaram mais três dias até chegarem ao templo-santuário.

O lugar estava exatamente onde Alaric se lembrava, sobre uma elevação ao pé de um penhasco. Três andares com pórticos nos terraços, tudo saqueado e deixado para apodrecer. A floresta já começava a retomá-lo; hera cobria as estátuas de mármore tombadas, folhas secas chacoalhavam ao vento.

Amarraram os cavalos na base do santuário, onde uma nascente transbordava numa bacia de mármore. Alaric deixou Aníbal saciar sua sede, enquanto os homens despiam os próprios cavalos e os esfregavam. Moviam-se mais devagar do que deveriam; a cabeça dos cavalos pendia baixa e sua costela subia e descia como foles.

— Deveríamos ter continuado — resmungou Torismundo, torcendo um pano úmido na nuca. — Chegaríamos às montanhas em dois dias, se cavalgássemos bastante.

— Torismundo, temos uma égua manca e as fronteiras estão fortemente patrulhadas. Se tentarmos atravessar agora, nunca chegaremos ao nosso destino.

Riga puxou seu arco recurvo do arreio e testou a corda no polegar.

— E se eles vierem até nós?

— O inimigo só pode se aproximar pelo sul ou pelo leste — respondeu Alaric, apontando com a espada. — Veremos qualquer um que se aproxime a quilômetros de distância.

— Bastante abrigo para atiradores — observou Riga.

— Vou mandar os gêmeos empilharem pedras para as fundas, caso precisemos atirar.

Alaric calculou que dois bons atiradores poderiam defender aquele lugar de um contubérnio, pelo menos. Pegou seu saxo e sua lança de guerra.

— Você está indo deixar trilhas falsas, não é? — Torismundo franziu o cenho. — Não seja tolo. Está tão exausto quanto o resto de nós.

— Alguém precisa fazer isso.

— Você não serve de nada se acabar espetado na ponta de uma lança romana.

Alaric suspirou. Era uma discussão recorrente.

— Fique aqui, Torismundo. Preciso que você e Riga vigiem sem descanso. — Um momento de distração poderia significar a morte por ali. — Volto antes de escurecer.

Júlia se encolheu na sombra do templo em ruínas, tentando se aquecer do vento.

Alaric dissera que seriam dois dias de cavalgada intensa até a fronteira. Mas naquele momento estavam parados, e a princesa estava impaciente. Queria se ver livre do Império. Livre de Estilicão. Uma vez eliminadas essas ameaças, restaria apenas uma — o risco de Alaric mandá-la de volta.

Se pelo menos ela soubesse quanto estava avançando com a conquista dele. Desde que a égua de Hengist havia ficado manca, Alaric mal lhe dirigia a palavra além de comandos básicos. *Coma isso. Levante-se. Durma.* Ainda assim, Júlia sentia intensamente o peso do olhar dele, quente e faminto, aonde quer que fosse.

Era uma vitória ou não? O homem era tão imprevisível quanto um elefante de guerra.

Nos últimos dias, a viagem tinha se tornado ainda mais brutal. Alaric os fazia avançar sem demora por terrenos acidentados à noite, parando apenas para breves descansos durante o dia. Houve momentos em que Júlia sentia que estavam voltando pelo mesmo caminho ou esperando por algo acontecer. Às vezes, Alaric levantava a mão e ficava escutando; em uma ocasião, fez com que todos deixassem a trilha e seguissem por um caminho que parecia quase cego. Em outra, Riga desapareceu na floresta e voltou horas depois com sangue na faca.

E então tinham parado naquele lugar misterioso, sem explicações. Júlia sentia uma impaciência cortante. Não tinha todo o tempo do mundo.

Riga estava por perto, cuidando da égua de Hengist. As orelhas do animal eram delicadas, as pálpebras adornadas por cílios longos e curvados.

— Ela vai ficar bem?

— Talvez. — Riga se endireitou. — Como vai sua campanha, princesa?

O huno via tudo.

— Sou tão transparente assim?

— Não tanto quanto Alaric. É o entretenimento mais divertido que tenho em anos.

Júlia resistiu ao impulso de revirar os olhos. Riga lhe parecia o tipo de pessoa que assistiria com prazer a um acidente de biga só para ver os corpos destroçados. Ainda assim, talvez tivesse alguma informação útil. Ela sorriu, conspiratória. Um convite.

— Se eu quisesse *mesmo* provocar ele...

— Resolva um problema para ele. *Isso* vai incomodá-lo bastante.

Riga estava certo. O rei dos godos a achava inútil; se pudesse provar o contrário, de um jeito que o obrigasse a ficar agradecido, Alaric odiaria aquilo. Mas ficaria em dívida com ela. Talvez pudesse usar isso contra ele. Era *mesmo* um tanto diabólico.

Se ao menos soubesse *qual* problema...

Um berro chamou sua atenção. Do outro lado do templo, Hengist e Horsa estavam sentados sobre um muro coberto de hera, rindo descontrolados, com o enorme escudo de Torismundo entre os dois. Pareciam estar tentando gravar suas iniciais no objeto.

Torismundo estava ao pé do muro, berrando. Júlia se encolheu quando ele brandiu o imenso lábris e o lançou na direção dos irmãos. Os rapazes se abaixaram, às gargalhadas.

— Ele está *tentando* matá-los?

— Isso se conseguir colocar as mãos neles — disse Riga, indiferente. — Ele perdeu prestígio quando perdeu o escudo numa aposta, e está perdendo ainda mais por não conseguir recuperá-lo. Alaric não gosta dessas disputas de honra. Acha uma distração inútil. — Seus olhos brilharam com malícia. — Se você resolvesse *esse* problema para ele, seria um golpe certeiro.

Torismundo tentava escalar o muro. Júlia estremeceu.

— Você acha que ele *me* mataria?

— Talvez. — Riga ergueu um odre. — Quer beber?

Júlia tomou um gole e, de repente, quis ver como seria a expressão no rosto irritantemente bonito de Alaric quando ela conseguisse. O que certamente aconteceria. Tomou mais um gole de vinho de leite e jogou o odre de volta nas mãos de Riga.

— Segure isso para mim, está bem?

Então partiu decidida rumo ao desastre.

Torismundo enfurecido era musculatura e ameaça pura, o torso uma muralha ondulante de tatuagens e cicatrizes de batalha. Gritava em gótico algo assassino enquanto os rapazes debochavam com dentes à mostra e facas reluzindo. Então ele pulou na parede e quase conseguiu tocar a sola da bota de Hengist. O homem caiu, a fúria evidente em cada músculo de seu corpo.

Júlia não fazia ideia de onde tinha tirado coragem para se colocar entre eles.

— Chega. *Pare.* — Ela apoiou as mãos na cintura e encarou Torismundo, que a olhava como se fosse um inseto que queria esmagar. — O que pretende fazer se colocar as mãos neles? Arrancar a cabeça deles? O que acha que Alaric vai dizer?

— Que eles mereceram.

— Ele vai ficar furioso. E fica insuportável quando está furioso. — Ela respirou fundo. — Deixe-me ganhar seu escudo de volta.

O rosto dele ficou vermelho até o pescoço.

— Minha honra não permitirá isso.

— Está iludido a ponto de achar que pode recuperá-lo sozinho?

— Minha honra ficará manchada se espalharem o boato de que deixei alguém de Roma vencer minhas batalhas. E ainda por cima *uma mulher* — enunciou as palavras com rispidez. — E boatos vão ser espalhados. Os gêmeos não vão manter a boca fechada.

— E quanto à mancha na sua honra se você não conseguir recuperar seu escudo de um par de arruaceiros desgovernados? — perguntou Júlia com suavidade. — *Eu* mesma espalharei o boato de que fiz um favor porque você salvou minha vida de maneira corajosa.

— Isso seria mentira.

— Sim, Torismundo. É essa a ideia. — Júlia virou-se para os gêmeos. — Vocês dois vão jogar *comigo* valendo esse escudo. Se eu perder, fiquem com ele. Gravem seus nomes nele, se quiserem. — Ela se voltou para o homem batavo. — Quanto a *você*, pode voltar para casa com seu escudo no braço, ou não. É sua escolha.

A expressão de Torismundo ficou sombria. Ele parecia prestes a pegar sua faca.

Ela deu de ombros com indiferença.

— Faça como quiser. Vou adorar assistir a outra humilhação pública. *Tem* sido bem divertido.

Ela caminhou de volta para junto de Riga, que ria abertamente.

Três. Dois. Um.

— Espere — chamou Torismundo às suas costas.

A região estava infestada de patrulhas. Alaric escapara por pouco. A noite já havia caído quando retornou ao templo em ruínas por um dos caminhos ocultos, para o caso de estar sendo seguido. Ao se aproximar, percebeu que toda a cautela fora em vão. Bastava às patrulhas romanas olharem para cima.

Contrariando suas ordens, os idiotas haviam acendido uma fogueira.

Alaric parou entre as colunas quebradas, observando a fumaça subir para o céu escurecido. Deveria repreendê-los por não vigiarem adequadamente, pela indulgência desnecessária do fogo.

Mas então viu Júlia e perdeu toda a força de vontade.

Estavam reunidos em volta do tabuleiro de latrúnculo dos gêmeos — e Júlia aparentemente estava *jogando*. Com o queixo apoiado nas mãos, concentrava-se com fervor. Riga disse algo que a fez rir — não a risada dura e falsa da princesa imperial, mas um som espontâneo e límpido como um sino ao vento. Aquilo o atravessou por dentro. Alaric não conseguia desviar os olhos daquela mulher espontânea.

Talvez deixasse a reprimenda sobre a fogueira de lado. Só dessa vez.

Contrariando seu próprio bom senso, Alaric encostou-se em uma das colunas para assistir à princesa jogar latrúnculo.

Ela era boa. Aquilo o surpreendeu, pois era um jogo militar. Em geral, bons jogadores pensavam sete movimentos à frente, para antecipar as jogadas do inimigo. Fora ele quem ensinara os gêmeos durante o entediante cerco a Verona, na esperança de fazê-los entender a guerra daquela forma, como Estilicão fizera com ele. Os dois aprenderam rápido, abrindo um grande rombo em seu exército. Ao final do cerco, já eram lendários.

E Júlia estava enfrentando-os de igual para igual.

Mais que isso. *Quem a ensinara a jogar?* Ao lado dela, Torismundo agigantava-se perto do fogo, emitindo vez ou outra um resmungo contrariado ou uma praga gutural, dependendo de como o jogo se desenrolava. Riga parecia feliz, bebendo e ensinando palavrões em huno para Júlia, que os disparava contra a dupla enquanto jogava. Seu verniz imperial havia se desfeito, revelando algo afiado, brilhante e intensamente vivo.

Horas se passaram, e logo a noite havia avançado. Alaric estava se contendo para não empurrar os gêmeos de lado e terminar logo aquela partida.

Focava o tabuleiro com total atenção. Os garotos poderiam ter vencido a partida três jogadas atrás se tivessem mantido algumas peças na reserva. Assim, Júlia não teria alternativa senão dividir suas forças.

Horsa escolheu aquele momento para lançar provocações obscenas em gótico; Júlia rebateu com frio desdém em seu latim refinado da corte enquanto destruía a vanguarda dele. Alaric conseguia visualizar claramente a disposição das peças no tabuleiro; a formação de Júlia avançava pelos flancos como um exército em cerco. Se os garotos apenas recuassem três casas à direita, onde as defesas dela estavam mais frágeis...

Mas não. Eles avançaram, como sempre faziam.

Júlia jogava como romana, no estilo rígido que Alaric aprendera com Estilicão. Os gêmeos preferiam uma abordagem mais livre, popular entre seus homens; devia ser eficaz contra o estilo de Júlia, mas não contra uma jogadora daquele nível. O ar tornou-se silencioso; até Riga passou a se concentrar na partida.

Então ela começou a perder. Os garotos capturaram uma peça, depois outra. Torismundo começou a resmungar impropérios contínuos, intercalados com ameaças.

Estava perdendo de propósito. Júlia estava tramando alguma coisa.

Alaric precisou encarar o tabuleiro por longos minutos antes de perceber a armadilha dela. Elegante e engenhosa, uma aranha bem escondida no centro da teia. Quase riu em voz alta ao vê-la abrir lentamente um caminho para os gêmeos, embalando-os numa falsa sensação de segurança. Alaric estava fascinado pela maneira como as sobrancelhas dela se uniam enquanto pensava. Como os lábios se curvavam num sorriso discreto e secreto que fisgou seu estômago como um anzol engolido.

Então, Júlia fechou a armadilha.

Torismundo soltou um grito rouco. Os garotos interromperam a jogada para discutir o que fazer, e por um instante quase conseguiram avançar sua vanguarda — abrindo um novo caminho que deveria fazê-la sangrar. Foi naquele momento que ela os cercou pelos flancos. Alaric não conseguiu conter o sorriso enquanto o jogo desmoronava. Horsa e Hengist olhavam atônitos, idênticos na expressão de choque, conforme Júlia recolhia as peças deles numa sequência elegante de movimentos finais. Ela venceu.

E então estava cercada. Torismundo a ergueu, batendo-lhe nas costas como faria com um companheiro de batalha. Riga se aproximou, murmurando algo que a fez rir com prazer genuíno. Até os garotos entraram na comemoração, e Alaric teve que cerrar os dentes contra a onda de ciúme que sentiu.

Ele queria aquele riso. Queria guardá-lo só para si, prendê-lo num frasco bem fechado.

— Você jogou bem — comentou, saindo das sombras. — Quem ensinou você a jogar?

— Meu pai. Ele me deixava jogar contra os oficiais dele quando eu era criança.

Era uma rachadura na armadura de princesa, irresistível demais para não ser investigada.

— Por que ele parou?

— Porque derrotei Honório e o envergonhei diante dos generais. Olímpio disse que era apropriado meu irmão vencer, pois ele reinaria um dia, e como eu sou mulher...

Ela deixou a frase morrer, dando de ombros de leve como se não importasse mais. Alaric suspeitava que era algo que Júlia fazia quando, na verdade, algo importava demais.

Decidiu que, se algum dia encontrasse Olímpio novamente, o mataria com as próprias mãos.

— Seu pai desperdiçou seus talentos — disse, suavemente. — Você deveria ter sido general.

Um rosa febril subiu às maçãs do rosto dela.

— Então isso quer dizer que você me fará imperatriz, rei dos godos?

— Não abuse da sorte.

Mas Alaric já estava rindo, e ela também ria, olhos azul-esverdeados brilhando mais que a luz da fogueira. O fascínio que Júlia exercia era irresistível.

Droga. Ia mesmo levá-la para a cama, afinal.

Então uma flecha passou zunindo por ele, mais veloz que um falcão em mergulho.

CAPÍTULO XIV

Alaric se virou, sacando o saxo num sibilo enfurecido. Erro atrás de erro. Se não estivesse tão distraído. Se não tivesse permitido aquela maldita fogueira. Amaldiçoou a própria visão, ofuscada pelas chamas.

Júlia o encarava em choque. Alaric segurou o braço dela e, por um instante, tudo o que desejou foi beijá-la com força, despejando ali tudo o que sentia. Em vez disso, empurrou-a para longe, na direção dos cavalos e da segurança.

— *Corra* — rosnou ele. — Eu protejo sua retaguarda.

E ela disparou, correndo como um cervo na escuridão.

Um movimento mais acima chamou sua atenção, no penhasco que pairava sobre o fundo do santuário. Meia dúzia de vultos saltaram das sombras, descendo em enxame pelo templo em ruínas.

Era o caos provocado por poucos instantes de falta de vigilância.

Em instantes, as flechas de Riga já voavam, e ele e os gêmeos lutavam costas a costas no meio de um redemoinho de lâminas zunindo. Fora o próprio Alaric quem os treinara, afiando-os até se tornarem armas perfeitas; quando lutavam juntos, eram uma máquina letal muito bem afinada. Pelo canto do olho, viu Horsa atacar baixo com sua faca de caça, passando pela guarda do adversário e exagerando ligeiramente no movimento — o suficiente para fazê-lo tropeçar e se colocar na trajetória do pesado golpe descendente do gaulês. Alaric girou por reflexo, e seu machado huno voou por cima do ombro do garoto, cravando-se com um baque no crânio do inimigo.

— Que arremesso! — O garoto soltou uma gargalhada febril e desvairada. — Hengist, você viu...

— Cala a boca e presta atenção no que está fazendo!

O garoto ia acabar morto se continuasse lutando daquele jeito. Alaric firmou o pé na cabeça do cadáver e arrancou o machado do crânio num puxão.

Houve uma pausa na batalha. Riga abandonou sua posição de atirador e caminhou entre os mortos, virando-os de costas com o pé.

— *Foederati* — anunciou ele. — Mercenários.

Torismundo avançou na direção deles por entre estátuas caídas e corpos no chão.

— Alguns estão procurando Júlia. Vou caçá-los.

Júlia. Claro que estavam ali por ela. O instinto de Alaric era sair correndo atrás dela, mas algo o deteve. Sentiu o ar mudar, a terra deslocar-se sob seus pés.

— Leve-a montanha acima — disse em voz baixa. — Vou ganhar tempo para vocês.

Torismundo fechou a cara.

— Não permitirei que você dê a vida por uma *romana*.

— Essa romana vai nos devolver nossa terra, Torismundo. — Havia outros tão leais quanto ele, mas o que ligava Alaric ao batavo era a determinação em recuperar o que fora perdido, custasse o que custasse. — Preciso de um juramento seu. Não há mais ninguém a quem eu pediria isso.

O homem soltou um palavrão baixo entredentes.

— Vou ficar grudado nela como carrapicho na bunda de um camelo. Esse é o meu juramento sagrado.

— Aceito sua palavra e cobrarei seu cumprimento. — Os batavos seguiam os juramentos até a morte. — Se eu não os encontrar até o amanhecer, vão para Brisca. — Alaric tirou do bolso a flauta feita de osso de dedo que carregara por todo aquele caminho. — Você lembra da melodia?

— Lembro.

— Ótimo. Toque errado e talvez cortem seu pescoço.

Então Torismundo partiu atrás da princesa, e já não era sem tempo. Encosta abaixo, ao sul, as árvores banhadas pela lua começaram a se mover.

Júlia estava agachada não muito longe da nascente onde os cavalos haviam sido amarrados, enfraquecida pelo medo. Podia ouvir os sons distantes da batalha, mas aquilo era apenas distração. Passos ecoavam pelas ruínas. Procurando por ela.

Alguém puxou a parte de trás de sua túnica e a arrancou do esconderijo. Seu grito foi sufocado por uma mão enorme tapando sua boca.

— Pare de gritar — sussurrou Torismundo, com rispidez. — Estou tentando salvar sua vida.

Ele a arrastou encosta abaixo. Júlia puxou o pulso dele, grosso de músculos, para liberar a boca.

— Para onde estamos *indo*?

— Aquele maldito do *Alaric* — cuspiu o batavo, puxando-a como um saco de trigo. — Mandou que eu seguisse para as montanhas enquanto fica para morrer. Diz que sou o único em quem confia para levá-la em segurança. *Besteira*.

— O quê? — Júlia tentou fincar os calcanhares no chão, mas Torismundo nem pareceu notar. — Alaric mandou fazer isso?

— Mandou. O idiota. Morrerá antes do amanhecer. *Ordenou* que fugíssemos.

A audácia daquele homem.

— Ele não pode *me* dar ordens. Não é *meu* rei...

Chegaram até os cavalos. No instante seguinte, foi levantada e jogada sobre as costas do animal mais próximo.

— Corra — rosnou Torismundo, dando um tapa na garupa de um cavalo.

O animal avançou subitamente, e Júlia só pôde se segurar enquanto ele disparava num galope desenfreado morro abaixo.

Ela olhou para trás e viu seis homens surgindo das árvores, Torismundo correndo em direção a eles, o machado de guerra erguido e brilhando friamente como uma lua minguante em direção à morte.

Eram centenas. Demais para combater.

Atrás de um muro, Riga preparava mais uma flecha.

— Quantas ainda tem? — perguntou Alaric.

Riga ergueu uma mão aberta, depois outra. Dez. Não era o suficiente.

Morreriam ali. Ele, Riga e os gêmeos, que haviam se recusado a fugir. Alaric não queria aquilo; queria que os garotos *vivessem*. Após a morte de Gaufrido, nomeara os dois entre seus guardas pessoais mais próximos, mantendo-os por perto para *protegê-los*. Se Horsa e Hengist morressem, *ele* iria segui-los para dar explicações diretas a Gaufrido. Logo teria sua chance.

Só podia esperar que Júlia e Torismundo alcançassem as montanhas. Faria o possível para dar-lhes uma vantagem.

Naquele momento, a lua emergiu de trás de uma nuvem, e ele reconheceu a figura que liderava os homens. Lá embaixo, envolto em malha bárbara, com o rosto escondido sob um elmo trácio com fendas estreitas para os olhos. Alaric o reconheceria até cego.

Ele saiu do abrigo do templo em ruínas e apoiou a bota sobre um muro que desmoronava.

— Por que demorou tanto, Caltrácio?

— Você me manteve ocupado correndo atrás de trilhas falsas.

O homem ergueu um embrulho envolto num pano e o atirou com força. Acertou a pedra abaixo de Alaric com um baque úmido. Uma cabeça cortada. Um dos seus cinquenta guerreiros, um pouco mais velho que os gêmeos. O pescoço, um toco irregular. Os olhos virados, já apodrecidos. *Porra.*

— Lutaram bem, mas não podia deixá-los vivos depois de desperdiçarem meu tempo. — A risada brutal de Caltrácio ecoou pelas ruínas do templo. — Entregue a mulher, Alaric.

— Por cima do meu cadáver.

— Consigo viver com isso.

Caltrácio deu o sinal, e seus homens avançaram. Horsa e Hengist vieram se posicionar à direita e à esquerda dele, olhando a encosta coberta de grama seca.

— Conseguimos enfrentá-los? — perguntou Hengist.

Alaric balançou a cabeça, sombrio.

A um sinal de Caltrácio, um arqueiro encaixou uma flecha e mirou encosta acima, nos gêmeos. Um uivo feroz ergueu-se das frestas das paredes arruinadas quando o vento arrancou o fôlego de pulmões e desviou a flecha, lançando-a encosta abaixo.

Era o *bora*. O vento demoníaco. Alaric reconhecia-o da batalha de Frígido.

Horsa ergueu um punhado de grama seca, um sorriso torto se espalhando pelo rosto. Fogo surgiu em sua mão.

Alaric assentiu. *Vá em frente.* O garoto abriu a mão e deixou cair a grama. E então o mundo inteiro pegou fogo.

CAPÍTULO XV

A égua estava enlouquecida de medo. Galopava montanha abaixo, sem controle sobre a velocidade. Atrás delas, o fogo rugia, atiçado até o frenesi por um vento repentino e devorador.

Júlia se agarrava às costas do animal, a fumaça enchendo seus pulmões. Tinha certeza de que morreria.

Após um tempo interminável, o terreno se aplainou e a égua diminuiu a velocidade, atravessando uma paisagem devastada, de um cinza indistinto. O vento mudou de direção, empurrando o fogo para o leste. E foi o que salvou sua vida. Isso e a égua, que naquele momento mancava. Restos de emplastro ainda estavam grudados em seu casco.

— Boa garota — murmurou Júlia, acariciando o pescoço do animal.

O amanhecer despontava, e Júlia desabou sobre o pescoço da égua, dominada por ondas de tontura. Haviam se passado horas.

Subitamente, ela pendeu para o lado, escorregando com uma lentidão horrível do cavalo. Ficou caída na terra poeirenta, arfando, como se uma faixa de ferro apertasse seus pulmões.

O mundo escureceu.

Júlia abriu os olhos para um céu azul e o longo focinho melancólico da égua, com as rédeas frouxas, tocando-lhe suavemente o rosto. A fumaça tinha se dissipado, e o céu era um azul intenso e impiedoso. Júlia sentou-se e esfregou as orelhas da égua.

— Boa garota.

— Achei que você estivesse morta. Parecia morta.

Um homem estava parado a alguns passos dali. Calvo, com uma barbicha meio caprina.

— Olá — disse Júlia com cautela.

— Não precisa ter medo de mim — afirmou, com uma cordialidade quase paternal. — Você está sozinha?

Um raio de inquietação a atravessou. “Não há princesas nestas matas. Só predadores e presas.”

— Meus amigos estão à minha procura.

— Você deve ser da cidade. Duvido que uma mulher como você seja do campo.

“Uma mulher como você.” Ela vestia uma túnica gótica masculina e seu cabelo estava completamente embaraçado. Como ele poderia saber? Ah, claro.

Ela estava falando em latim erudito e ele respondia da mesma forma.

— Meu nome é Orígenes. Já fui tutor do filho do governador em Aquileia. Você é de lá? — Seus olhos se enrugaram nos cantos. — Venha. Você pode se abrigar comigo e minha esposa até seus amigos chegarem.

Júlia observou o homem, tentando detectar alguma ameaça. O tutor de um filho de governador teria sido um escravizado instruído, de origem grega. Seu latim era fluente e suas roupas eram finas, embora gastas. E ele tinha uma esposa. *Você viajou semanas com os piores godos*, pensou. *Com certeza não deve temer um mero tutor grego.*

Ainda assim. Aquele homem não poderia protegê-la dos mercenários de Estilicão. Júlia tinha a sensação de que, se ele a ajudasse, sofreria por isso.

— Agradeço por sua oferta de hospitalidade — disse ela —, mas...

O sorriso dele tornou-se feroz.

— Não foi um pedido.

Ele a golpeou duas vezes. Bofetadas de mão aberta, fortes o suficiente para virar-lhe a cabeça. Júlia sentia gosto de sangue conforme era conduzida, com a égua, pela planície fumegante.

Ela teria lutado, se fosse corajosa. Mas nunca fora.

Chegaram a uma caverna na encosta de uma colina. Uma dúzia de homens de aspecto bruto descansava em volta de fogueiras, jogando dados, bebendo e roendo pernas fibrosas de frango. Olhos se voltaram para ela, carregados de ressentimento e desejo.

De repente, Júlia não conseguia respirar por causa do medo.

Um homem careca e barbudo se aproximou deles com arrogância, vestindo um manto vermelho rasgado com vários cortes longos. Perfurações de facadas.

— Então, Orígenes, o que trouxe desta vez?

— Uma mulher. De família nobre — respondeu o homem com um sorriso bajulador. — Esperava que você a aceitasse como pagamento das minhas dívidas.

O bandido se virou para olhar para ela.

— Onde está sua família, mulher?

— Morta. — A mentira surgiu com facilidade. — Não conseguirá resgate por mim. É melhor me deixar ir embora.

— Pelo menos alguém ensinou você a falar direito. Talvez valha alguma coisa no mercado de escravos. — Ele cheirava a cerveja azeda e suor. — Pode me chamar de rei dos godos.

Júlia o encarou espantada. Aquele homem, com barriga saliente e cabelo rareando num couro cabeludo queimado pelo sol.... Ela ouviu uma risada aguda e se deu conta de que vinha de si mesma.

Ele estreitou os olhos de modo ameaçador.

— Do que está rindo?

O suposto rei parecia capaz de matá-la, e mesmo assim ela *não conseguia* parar.

— Desculpe. É só que... eu o conheço. — Júlia deu uma gargalhada histérica. — Você não é o rei dos godos.

O falso Alaric deu um sorriso feio. Então desferiu um soco em sua barriga.

A força foi tanta que ela se dobrou ao meio. Ele a observou com frieza clínica enquanto Júlia caía no chão, lutando para respirar.

— Isso é para você aprender a não rir de mim — resmungou ele. — Cadela arrogante. — Um coro de risadas ergueu-se atrás dele, os homens incentivando-o. — Nós acabamos com a aristocracia de Aquileia, e ela não vem de lá. Você devia saber disso — rosnou para Orígenes. — Não deve passar de uma concubina bem paga.

Então ele voltou pisando firme para dentro da caverna, e Júlia pressionou as mãos esfoladas na terra, tomada pela dor. Um choro violento subiu por sua garganta e ela usou toda sua força para contê-lo.

Se Alaric tivesse morrido, certamente a estava observando. E Júlia se recusava a deixá-lo vê-la chorar.

O fogo havia cumprido seu papel, varrendo as linhas inimigas e espalhando o caos. Naquele instante, a aurora cortava a montanha, iluminando uma paisagem transformada. Encosta abaixo, corpos jaziam escurecidos e retorcidos. Alaric e seus homens encontraram os cavalos no sopé da colina, agrupados além da linha das árvores. Caltrácio tivera sorte. Não estava entre os mortos.

Júlia também não estava.

Ela não deveria estar ali. O fogo se alastrara pela encosta, carregado pelo vento furioso; Júlia e Torismundo tinham recebido a ordem de subir ainda mais alto, nas montanhas. Deveriam estar seguros. Alaric tivera esperança de que tivessem escapado do incêndio, até que Torismundo se ergueu da terra fumegante, sobrancelhas chamuscadas mas ileso, dizendo que vira Júlia pela última vez galopando encosta *abaixo*. De volta ao domínio do Império.

Por isso estavam vasculhando o terreno, virando cadáveres carbonizados à procura da princesa. Um desespero nauseante crescia no peito de Alaric. Não acreditava em preces, mas rezava mesmo assim, num sussurro cerrado. Se a tivesse matado com sua falta de atenção...

Virou outro cadáver carbonizado com a bota. Não era Júlia. Um soldado de infantaria, o rosto irreconhecível pela queimadura. Pensou nela na noite anterior — o jeito como seu sorriso se erguia nos cantos, como ela brilhava junto ao fogo — e praguejou. Se voltasse a vê-la, se por algum milagre tivesse sobrevivido, faria tudo diferente. Esperava ter essa chance.

Mais acima, Riga deu um grito. Ajoelhado no chão, apontava para uma trilha de rastros rumo ao sudeste.

— Galopes. Mancando da pata dianteira esquerda. — Ele ergueu um retalho de tecido usado como emplastro. — Ela estava montando Bura.

O líder dos bandidos declarara que seria o primeiro a tê-la. Mas um dos outros o desafiou, e naquele instante eles brigavam por ela.

Júlia estava encolhida no fundo da caverna, quase enlouquecendo de medo.

Alaric teria morrido? *Impossível*. Era *Alaric*. O homem que fazia cidades se renderem de fome, que exibira um sorriso insolente mesmo com uma dúzia de espadas apontadas para o seu pescoço e que saíra calmamente do banquete de um imperador com *a irmã dele* de brinde. Um homem assim não podia simplesmente morrer.

Claro que pode. Era a voz de seu pai, pálido como um cadáver na basílica. A voz de Cornélio, com o focinho de um lobo enterrado em sua barriga.

E se Alaric tivesse morrido, Júlia estaria perdida.

Ele jamais encostara um dedo nela. Nem quando ela o provocara. Não havia percebido até então o quanto as coisas poderiam ser piores. Logo o falso rei dos godos viria exibir-se para cumprir sua promessa. Se a tocasse, ela arrancaria seu pescoço com os dentes.

— Você deve estar com fome.

Orígenes estava diante dela, segurando um prato de ensopado.

— Obrigada — conseguiu dizer. — Agora, faça a gentileza de sumir daqui.

— Passei tempo demais entre esses brutos. Estou precisando de uma conversa decente.

— Prefiro conversar com os ratos.

O homem fechou a cara e lançou um olhar ao líder dos bandidos, ainda bebendo e lutando.

— Trate-o bem. Talvez fique com você só para ele, em vez de compartilhá-la com os outros.

— E que final feliz seria *esse*, não? — As palavras saíram como ácido de seus lábios; quase podia ouvi-las fervendo ao chão. — Não vai participar dessa briga idiota?

Quem sabe ele morresse nela.

— Ah, não. Não sou guerreiro. — Orígenes sorriu. — Além disso, não me importo em ser o último.

Júlia cerrou os punhos de raiva. Arrancaria o pescoço dele também.

Um vigia anunciou a chegada de um estranho. O líder dos bandidos foi até a entrada da caverna, e houve uma conversa tensa e interminável. Então voltou para a luz do fogo gritando por bebida, com um braço ao redor dos ombros do recém-chegado, como se fossem velhos amigos. Júlia quase desmaiou de alívio. Porque ali, com o rosto sujo de poeira mas gloriosa e milagrosamente ileso, os lábios curvados num sorriso tranquilo e a luz do fogo refletindo-se no bronze polido de seu cabelo, estava Alaric.

Alguém tinha batido nela. Estava com a bochecha vermelha, quase escurecendo para um tom de roxo, e havia um corte afiado sobre o lado esquerdo do rosto.

Alaric disfarçou sua raiva assassina com um sorriso amistoso.

— Então me diga, amigo, o que traz você a este lado das montanhas?

O hálito do homem fedia a cerveja ruim. Alaric respondeu em sicambro, acostumado com o ritmo e sufixo celta. O idioma natal do outro. Fora um palpite certeiro.

— Pensei em fazer fortuna roubando aristocratas no norte desgovernado.

Enquanto falava, Alaric lançava um olhar aparentemente casual pela caverna. Um lugar que conhecia. Eles o usaram para guardar suprimentos durante o cerco a Milão. Existiam passagens estreitas nos fundos, que davam numa encosta próxima. Hengist jurara que lembrava do caminho, mesmo no escuro.

Mas ainda não havia sinal de seus homens no túnel dos fundos. Isso o preocupava.

Com um único olhar, avaliou cada presente; os inúteis, embriagados demais, e os que estavam alertas o bastante para desconfiar dele. Enxergou com clareza a trilha que cortaria por eles, limpa como uma estrada imperial. Seus olhos se voltaram novamente para Júlia, o medo estampado em seu rosto por trás da máscara de desprezo estoico, o hematoma arroxeado. Teve vontade de começar imediatamente.

— Você está com sorte, irmão. — O líder dos bandidos exibiu um sorriso largo sobre dentes reluzentes. — Encontrou-se com o rei dos godos.

Alaric teve de fazer um esforço enorme para não rir.

— É uma honra — disse, fazendo uma reverência zombeteira. — Você lutou como um leão na batalha de Polência.

— Não sou *aquele* rei dos godos. Embora muitos digam que somos parecidos. — Ele riu. — Assim que eu der um jeito nesse bando de imprestáveis, cruzarei as montanhas para desafiar o próprio Alaric. Duas invasões e ele nunca passou do rio Pó.

O homem gargalhou.

Experimente, seu desgraçado. Alaric sentiu um pico de impaciência. Onde estavam os outros? Olhou para Júlia novamente, e a raiva que sentia quase o sufocou.

Encheria aquele lugar de morte como resposta ao machucado no rosto dela.

O outro acompanhou o olhar de Alaric, com uma expressão desafiadora.

— Nem venha com ideias. Espero um bom preço por ela no mercado de escravos, assim que tivermos nos divertido. — Sorriu malicioso. — Ela não será tão arrogante depois que abrir as pernas.

Então, ao fundo da caverna, o sinal. Luz fraca do sol refletida num espelho, rápida como fogo-fátuo. Finalmente, caralho. Alaric apertou o braço em torno dos ombros do homem, como irmãos.

— Você nunca encostará as mãos nela.

Então puxou a faca da cintura do homem e o esfaqueou com ela.

Depois, Júlia se lembraria de tudo em fragmentos desconexos.

A faca longa penetrando a barriga do bandido. O sangue espirrando entre os dedos enquanto ele apertava a ferida. A luz profana nos olhos de Alaric quando jogou o homem de lado como um saco de trapos e avançou contra o grupo que desejava sua morte.

Em seguida, os homens de Alaric vieram rugindo da escuridão. Os gêmeos, rostos escurecidos pela fuligem da fogueira. Riga, abrindo barrigas e pescoços com sua afiada espada huna. Até Torismundo, que partira para a morte no lugar dela, estava milagrosamente vivo, brandindo seu lábris com uma só mão.

Mas Júlia não conseguia desgrudar os olhos de Alaric. Ele matava como se tivesse nascido para aquilo, com uma graça brutal e tomado por uma alegria selvagem.

— São esses seus amigos? — perguntou Orígenes, com um tipo de espanto horrorizado.

Então Alaric veio andando rápido em meio à carnificina, sangue pingando da ponta da espada. Júlia desabou no chão e ele se ajoelhou diante dela, olhos brilhando com um azul infernal, a cota de malha coberta de sangue. Segurou-a pelo queixo, inclinando seu rosto para examinar a bochecha, o polegar tocando leve o hematoma. Um pequeno choque a percorreu.

— Quem fez isso? — Sua voz era assustadoramente baixa.

Os olhos de Júlia deslizaram até Orígenes, que começava a suplicar, jurando que havia tentado protegê-la. Alaric o puxou, levantando-o e prensando-o na parede com uma só mão. Com a outra, empunhou sua longa faca e abriu um sorriso sangrento no pescoço do homem.

O sangue jorrou quente e vermelho. Orígenes soltou um som sufocado, como se estivesse se afogando, e morreu antes de atingir o chão. Então Alaric virou-se para ela, olhos azuis ardendo por trás de uma máscara de sangue.

Júlia virou o rosto para o chão da caverna e vomitou.

Havia uma nascente nos fundos da caverna. Alaric tirou a cota de malha e lavou o sangue do rosto. Depois levantou-se, esticando o ombro dolorido.

Júlia havia superado o pior do enjoo e estava sentada encostada na parede, o cabelo grudado à testa em cachos úmidos, e olhava para algum ponto distante que só ela enxergava. Ele já vira aquele olhar antes, no rosto de mulheres em profundo choque. Era culpa *dele*.

Então os olhos azul-esverdeados dela pousaram em Alaric, e o mundo esqueceu de respirar. Em duas passadas longas, ele cruzou o espaço e a ajudou a se levantar, levando as mãos ao seu rosto machucado, quase frenético pela necessidade de tocá-la.

— Está ferida?

— Estou bem.

A tensão em seus ombros mostrava que ela não estava *nada bem*.

Ele inclinou o rosto dela para examinar o inchaço. Outra onda de raiva o invadiu e Alaric sentiu uma *satisfação* feroz pelo fato de que o miserável nojento que a machucara tinha morrido e por ter sido ele a matá-lo.

— Você está segura, Júlia — disse, pegando o unguento. Começou a tratar os ferimentos dela. — Com calma agora. Não se mexa.

— Sinto muito.

Ela o encarava com uma fragilidade luminosa que lhe roubava o ar.

Alaric passou o polegar sobre a maçã do rosto dela, e o ar tornou-se denso e quente entre eles.

— Pelo quê?

— Não queria fugir. Torismundo ordenou que eu fugisse, mas... — Um tremor a percorreu, por mais que ele estivesse tentando ser delicado. — Ele partiu para a morte por mim. Por favor, não fique bravo com ele.

Alaric pousou a mão sobre a curva do rosto dela. Não havia carinho entre ela e Torismundo, e, ainda assim, Júlia o defendia. Um sentimento dolorido e profundo tomou conta do peito dele, que não tinha nada a ver com desejo.

— Não estou bravo. — Ele deslizou a mão pelo cabelo dela, incapaz de se conter, apertando os fios de seda úmida. — Só estou feliz por você estar viva.

Então a puxou para perto e a beijou.

Sentiu o tremor repentino que atravessou o corpo dela ao toque, ouviu o suspiro preso dela em sua boca e percebeu que não tinha mais condições de ser gentil. Os lábios dela eram calorosos e macios, e Alaric passou a beijá-la com ferocidade, todo seu controle cuidadosamente mantido se dissolvendo em um turbilhão de dentes e língua. Num instante, ele a tinha pressionado com firmeza na parede, agarrando sua trança bagunçada, como desejara fazer desde o primeiro momento em que a vira.

No início, Júlia ficou rígida e atônita em seus braços. Então, de repente, começou a retribuir o beijo como se estivesse *faminta* por ele, abrindo a boca com um gemido suave que o deixou excitado no mesmo instante. Alaric se perdeu por inteiro no calor da língua dela, nos sons discretos que ela fazia no fundo da garganta enquanto as unhas cravavam pequenas meias-luas em seus braços. Júlia estava viva, segura e era *dele*, dos dedos dos pés até as pontas do longo cabelo ruivo. Não havia outro desfecho possível.

Estava tão absorto nela que nem sequer percebeu o momento em que aquilo mudou.

Júlia estremeceu em seus braços e foi só quando soluçou alto em sua boca que ele entendeu que não era de prazer. As mãos dela se apoiaram em seus antebraços, e ele sentiu gosto de lágrimas em sua língua. Foi preciso um esforço monumental para romper o beijo, sua respiração áspera e irregular, o desejo fervendo dentro dele como um rio transbordando, mal contido pelas margens.

— Mulher — murmurou Alaric —, acho que você vai acabar me matando.

Foi quase insuportável soltar os braços dela e recuar, mas se forçou a isso. Júlia tremia. Ele queria consolá-la de qualquer maneira possível e estendeu a mão outra vez. Não sabia mais o que fazer. Ela recuou, assustada. Nem sequer um agradecimento. Porra, talvez Alaric fosse tão ruim quanto o homem asqueroso cujo pescoço havia cortado.

Não suportava estar tão próximo dela, desejando-a tanto. Inspirou fundo, recuperando a compostura, e jogou-lhe o unguento.

— Use isso nos machucados e seja rápida. Partiremos assim que os homens estiverem prontos.

Alaric não voltou a olhar para ela ao sair da caverna a passos largos.

CAPÍTULO XVI

Uma hora se arrastava após a outra, e eles cavalgavam como se o próprio diabo os perseguisse. Júlia permanecia imóvel nos braços de Alaric, tentando chorar em silêncio.

Vê-lo matar aqueles homens fez cada pelo de sua nuca se eriçar em reconhecimento. O tempo todo, ela ouviu aquela violência sussurrando sob as risadas dele, reluzindo por trás de cada sorriso; mas agora a tinha visto com os próprios olhos. Um único olhar dela, e Orígenes morrera.

E então ele a beijara. Seu corpo ainda formigava, como se tivesse sido atingido por um raio. Nunca fora beijada daquele jeito. Júlia teria retribuído aquele beijo até a *morte*. Quis rasgá-lo e se enfiar dentro dele.

Mas então Cornélio surgiu atrás de suas pálpebras cerradas. Morte vermelha, dilacerante.

O sol já passava muito do zênite quando subiram por uma trilha íngreme e sinuosa até um prado cercado por penhascos imponentes. Em uma das extremidades, caindo como um véu sobre a rocha negra, havia uma cachoeira.

— É lindo — sussurrou ela.

— É seguro. Por enquanto.

Ele falava como um homem que não acreditava estar em segurança. Nunca.

Havia uma caverna atrás da cachoeira. Os gêmeos prenderam os cavalos sob um afloramento rochoso — Bura estava entre eles, a pequena égua ainda aguentava firme, apesar de ter sido sequestrada pelos bandidos — enquanto Alaric e Riga entravam no local com facas em punho.

Torismundo a puxou de lado.

— Escute. *Ele* não vai te ensinar isso, mas você precisa aprender. — O batavo entregou uma faca pequena, com o cabo voltado para ela, e a virou em suas mãos até que estivesse apontada para o peito dela. — Você enfia aqui — disse ele, posicionando a ponta logo abaixo de sua caixa torácica. — Para cima, assim. Rápido e com força. Não hesite. Você vai morrer rápido e será muito menos doloroso.

Júlia sentiu a boca secar.

— Menos doloroso que o quê?

— Ser estuprada por todos aqueles homens. Não desejo isso a nenhuma mulher. Nem a uma romana.

Júlia pegou a faca, girando-a nas mãos com desconforto. Pensou em como Torismundo a empurrara para trás e correra em direção ao inimigo como se fosse um exército de um homem só.

— Obrigada — disse baixinho. — Pelo que você fez no templo.

Torismundo pareceu *ofendido*.

— Só cumpri um juramento.

Júlia suspirou. Na sua frente estava uma muralha de teimosia, todo couro surrado e tatuagens desbotadas e, de repente, *terrivelmente* querido para ela.

— Foi a coisa mais corajosa que já vi alguém fazer em toda minha vida. — Júlia conseguiu esboçar um sorriso trêmulo. — Agora, quando eu contar para todo mundo que você salvou minha vida com bravura, não vou precisar mentir.

— Agradeça a Alaric, se precisar depositar sua gratidão em alguém. *Ele* já fez coisas que congelariam o meu sangue.

Júlia se encolheu ao ouvir aquilo. Não sabia por que era tão fácil mostrar gratidão a Torismundo, mas tão difícil fazer o mesmo com o rei dos godos.

— Não diga a ele que tem uma faca — murmurou Torismundo, mostrando como escondê-la na bota, bem quando Alaric e Riga emergiram da caverna. — Foi feita para ficar escondida. Vai causar problemas se Alaric souber que você está com ela.

Por dentro, a caverna mal comportava todos e era estranhamente quente. Havia uma passagem ao fundo que sugava o vento úmido. Os outros já estavam enrolados em seus mantos. Alaric estava acomodado mais perto da entrada, as pernas esticadas no chão e a faca sobre o colo. De guarda. O único lugar para se sentar era ao lado dele.

Júlia não conseguia desviar os olhos. O perfil dele era de uma beleza dura em contraste com o movimento da cachoeira, e ela se pegou encarando descaradamente enquanto o homem começava a polir a faca. Ela ainda tremia. Até então, tudo aquilo parecera uma aventura — quase um jogo. Mas não era. Viu o quanto sua vida dependia da proteção dele. Alaric viera por ela, matara por ela.

Desejou com uma força quase cruel ser beijada de novo.

Mas aquilo já parecia ter sido um sonho. E foi Júlia quem o afastou. Dessa vez, teria que *pedir*.

Como posso fazer isso? Em Ravena, as ações eram fáceis. Bastava lançar o olhar certo por debaixo dos cílios, acompanhado de um sorriso sutil e sugestivo. Inclinar-se *um pouco*, só para deixar clara sua intenção. Mas Alaric cortara o pescoço de um homem por ela, e Júlia não fazia ideia de como flertar com um homem assim.

— Você deveria dormir.

As mãos dele se moviam sobre a lâmina com regularidade e suavidade. Ela não conseguia parar de encará-las.

— Estou com frio.

Ele a olhou de lado. Um lampejo de azul brilhante na escuridão, que queimou seus olhos.

— Como pode estar com frio? Este lugar está sufocante.

Seu tremor não era por causa do frio.

— Posso pegar meu manto de volta? — perguntou ela.

— O manto é meu.

— Não, não é. Você me deu na primeira noite, lembra?

Era *bom* provocar Alaric daquele jeito. Júlia sentiu uma vontade quase incontrolável de cair na risada e nunca mais parar.

Ele a olhava impassível.

— Eu *emprestei*.

— Não — falou Júlia, altiva, com um sorriso provocador nos lábios —, você me *deu*. Porque se sentiu culpado por ter me amarrado e me deixado dormir no chão.

— Você colocou urtigas no meu leito, Júlia. Eu não me senti nem um pouco culpado.

— Você é horrível.

— É o que dizem. — Claramente, isso não o incomodava nem um pouco. — Vem cá — chamou então, passando um braço ao redor dos ombros dela e puxando-a para perto, envolvendo-a em seu calor e no calor do manto.

Era demais. Júlia encostou a cabeça no ombro dele e inspirou fundo. Cheiro de couro, pinheiros e espaços abertos.

De algum modo, com a cabeça apoiada no ombro dele, ela adormeceu.

Júlia despertou com um solavanco. Estava encolhida no colo de Alaric, envolta no manto dele. O luar atravessava a cachoeira e iluminava a caverna com um brilho estranho e sobrenatural.

Cornélio. O sonho já começava a se dissipar, e ela se agarrava aos fragmentos ensanguentados.

— O que foi, Júlia? — Era Alaric. Sua voz, um veludo escuro. Infinitamente gentil. Era o mesmo tom que ele usava para acalmar os cavalos. — O que houve?

— Foi um sonho.

Um arrepio violento a percorreu.

— Você está mesmo com frio — comentou ele, e ela assentiu. — Venha comigo.

Alaric a ajudou a se levantar. Os outros homens começavam a se mexer, e Júlia ouviu vagamente um comando baixo e áspero em gótico. Eles voltaram a se acomodar em seus mantos enquanto Alaric a conduzia para mais fundo na caverna.

Levou um tempo até perceber que não era um lugar completamente escuro. Um brilho azul muito tênue cintilava nas paredes e, quando o corredor se abriu, Júlia parou, maravilhada. Pontinhos de luz azul cobriam as paredes e o teto, contornando florestas pendentes de estalactites. No centro, havia uma piscina quase perfeitamente circular, com uma água de um azul brilhante e impossível. Do mesmo tom que os olhos de Alaric. Fios de vapor subiam da superfície como fantasmas. Água quente. Um presente dos deuses.

— Por que não me disse que isso estava aqui?

— Era mais importante que você dormisse.

— Bobagem. *Nada* é mais importante que água quente.

Ela se sentou à beira da piscina, testando a temperatura com a ponta do pé descalço. *Quente*. Fechou os olhos, tomada de prazer.

Mas Cornélio a aguardava no escuro.

Alaric sentou-se ao lado dela. Júlia soltou um som baixo, quase animalesco, e desabou em seu peito. Estava tremendo tanto... e naquele momento chorava, as lágrimas saindo ásperas, com força.

— Desculpe. Acho que acordei todo mundo... até os morcegos deste lugar.

— Não há vergonha nisso. Todos nós acordamos gritando de vez em quando. Hengist ainda chora pela mãe às vezes.

— Você, com certeza, não.

— Eu mais do que todos.

Isso a surpreendeu.

— Que sonho poderia assustar *você*?

— Muitos — respondeu ele. — O pior foi de uma batalha que lutei quinze anos atrás, às margens de um rio chamado Frígido.

Depois da batalha, sempre que Alaric pensava no inferno cristão, era daquele lugar que se lembrava. Um corte seco na terra, paredes derretendo sob um céu encharcado de sangue. Lembrava-se de soltar os homens como cães, descendo pela garganta do cânion. Nenhum sinal de perigo — até que foi tarde demais.

Júlia o ouvia, encolhida no arco de seu braço, e ele compreendeu por que ela reagiu daquele jeito quando ele a beijou. Alaric sabia muito bem como as cicatrizes que a violência deixava na alma podiam *doer*. Ele mesmo tinha muitas delas. Um mapa invisível sob a pele de tudo que havia vivido. Presumira que o status de princesa de Júlia a protegeria da dor e da brutalidade, e estivera errado quanto a isso. Perguntava-se sobre o que mais estivera errado.

Ela não conseguia falar. Ainda não. Então Alaric contou as histórias daqueles que haviam vivido e daqueles que haviam morrido. Descreveu o sangue que encharcou a terra durante o combate, como seus pés escorregavam nele. Os gritos dos homens, as flechas ecoando nas paredes.

— É disso que mais lembro — disse Júlia, num fio de voz. — Os gritos.

A história a devorava por dentro.

— Você não precisa contar — continuou ele. — Mas às vezes esses fantasmas perdem a força quando os forçamos a encarar a luz.

Como se fosse fácil assim. Como se o próprio Alaric também não acordasse todo dia com o passado queimando um buraco em seu peito. Ele esperou, deu-lhe espaço para falar. Então, de repente, ela começou a contar.

Ele foi juntando as peças. Havia um homem, alguém com quem Júlia se importara — e isso o deixou tenso. *Será que o coração dela pertencia a outro?* Ele tentou decifrar os sentimentos enquanto a história jorrava dela, misturando esse outro homem ao noivo odiado e à crueldade absurda do irmão.

Então ela chegou à parte com os lobos.

— Ele me obrigou a assistir — revelou Júlia, desfazendo-se em lágrimas.

E Alaric quis reduzir Ravena a cinzas.

— Eu conheço bem demais esse fardo — disse por fim. — Não carregue o que não é seu.

— Você não entende. Meu irmão...

— Seu irmão é um desgraçado, de uma crueldade desnecessária e o único culpado nessa história toda — interrompeu ele. — Você fez bem em vir até mim.

— Fui uma tola por vir até você. — Júlia enterrou o rosto no peito dele, como se confiasse nele por inteiro. — Se eu tivesse me oferecido, talvez Honório tivesse me jogado aos lobos em vez dele. Eu não tive coragem.

Não teve coragem. Ele pensou em Júlia naquele banquete, com a imagem do amante sendo dilacerado ainda gravada no fundo de seus olhos, pressionando uma faca na mão de um desconhecido para salvá-los. Agora entendia do que ela fugia na ocasião. A coragem crua, brutal, que fora necessária para fazer o que fizera.

— Você não é covarde, Júlia. — As palavras não pareciam o bastante para expressar o que sentia. — Nunca vi alguém tão corajosa e maravilhosa quanto você.

Corajosa. Ele a chamara de corajosa.

De repente, Júlia teria caminhado sozinha para dentro de uma arena cheia de lobos por Alaric.

Uma princesa de Roma não deveria perder a virtude em uma caverna, disse a si mesma com severidade. Mas... ah, como queria. Não havia nada que desejasse mais do que mergulhar na água quente, com Alaric ao seu lado. Não importava o que viria depois.

Levantou-se com pressa e começou a despir as camadas. Túnica, túnica de baixo, estrófico, depois a calça. O ar quente acariciou seus seios nus.

O silêncio na caverna fez os pelos de seus braços se eriçarem. Podia *sentir* o olhar dele, feroz e faminto.

Sem olhar para trás, entrou na piscina. A água morna a envolveu e ela afundou, roçando os dedos dos pés nas pedras. *Alívio.* Impulsionou-se do fundo, permanecendo submersa até os pulmões arderem.

Quando por fim emergiu para respirar, Alaric estava do outro lado, olhos azuis ardendo através do vapor.

Com um único gesto, tirou a túnica por sobre a cabeça.

Desde que o vira pela primeira vez, Júlia nunca esqueceu de seu torso despido. Estava faminta por aquela visão — os contornos poderosos e incrivelmente musculosos do peito dele. O abdômen, plano e definido, marcado por cicatrizes. O olhar febril dela desceu pelo corpo esculpido até a forma espessa e rígida que lutava para escapar da calça. Um arrepio percorreu seu corpo. Antecipação misturada com medo.

Então Alaric tirou a calça. Estava *nu* e era tão perfeito e orgulhoso quanto o resto de si.

— Fique... fique aí. — Os olhos dela estavam fixos em uma região bem ao sul da cintura dele. — Alaric... está me ouvindo?

Ele riu.

— Mulher, você quer mesmo que eu fique parado aqui?

— Eu vou morrer se você ficar.

Júlia falou tão baixo que mal conseguiu se ouvir. Mas claro que ele entendeu. Alaric *sempre* entendia. Aquele sorriso bárbaro ergueu-se em seus lábios e ele deslizou sem dificuldade para dentro da piscina.

A água subiu até seu peitoral; ele avançou até estar diante dela, perto o bastante para que ela sentisse o calor irradiando de sua pele. Tremendo, Júlia pousou a mão no peito dele. A sensação era exatamente como imaginara. Como mármore, quente e vivo.

— Júlia...

Havia uma pontada crua na voz dele.

Então Alaric a puxou com força, fazendo-a sentir o comprimento da sua excitação, e tomou sua boca num beijo abrasador, que consumia a alma.

Ela estava quente na água; mas agora *ardia* onde quer que fosse tocada. E Alaric a tocava em *todos os lugares*, beijando-a sem fim, uma mão enterrada em seu cabelo, apertando com força suficiente para causar uma dor deliciosa no couro cabeludo. Júlia colou os lábios no pescoço dele e o provou ali — suor, sal e *Alaric* —, ouvindo-o prender a respiração, cada músculo do corpo dele se contraindo sob seu toque.

O mundo se dissolveu em pele deslizando contra pele, e Júlia nunca quis que aquilo terminasse. As mãos dele escorregaram por baixo da curva de sua bunda e a ergueram. Sem peso, sem dificuldade, Alaric a carregou pela água. Então ela sentiu a pedra fria em suas costas, as pernas ao redor dele, a boca em seus seios nus — *isso* — envolvendo um mamilo. O calor firme e intenso encaixado bem entre suas pernas, a rigidez cutucando o ponto incandescente de seu desejo.

Aos poucos, com um controle quase doloroso, Alaric se roçou nela, aprofundando o beijo. Júlia se pressionou desesperadamente nele enquanto tudo desaparecia — tudo, exceto a sensação; o calor entorpecente da água, faíscas brilhando por toda a sua pele. As mãos dele estavam por toda parte, a boca por toda parte e, por baixo de tudo isso, o roçar lento e inebriante da excitação dele, bem onde o desejo dela mais ardia.

Um desejo voraz começou a crescer dentro de si. Alaric acompanhava cada movimento dela com firmeza, dominando-a por completo com beijos profundos e habilidosos. Ela cravou as unhas nas costas dele e, por um momento, Júlia se contorceu em uma linha de prazer tenso e crescente, até que um tremor a atravessou, despedaçando-a. Ela se ouviu gritar. Sons sem palavras, sem forma. O nome dele.

E então virou água. Líquida.

Ele riu baixo, um som de pura satisfação masculina. A mensagem em seus olhos era inegável. *Diga que sim.* Não era uma pergunta.

Júlia afastou o olhar e cravou os dentes na curva do ombro dele. Alaric rosnou e pressionou a mão na nuca dela. Ela sussurrou a palavra em seu pescoço. *Sim.*

Júlia ia fazer aquilo. Ia perder a virgindade numa caverna.

Ele a prensou na parede e a beijou de novo, o calor dele derretendo tudo nela, e *ali estava Alaric*, enorme, prestes a penetrá-la. Em um instante de pânico, Júlia não soube se sobreviveria ao que ele faria com ela, e não se importava. Agora ele sussurrava seu nome; uma mão livre se enroscava no cabelo dela e um gemido escapava em seu pescoço enquanto ele voltava a se esfregar nela, lento e firme, os ombros enrijecendo sob suas mãos enquanto se preparava para avançar.

Gritos na entrada da caverna. O nome dele. *Porra.*

Alaric ficou tenso, com as pernas de Júlia envoltas em sua cintura e os olhos dela turvos de desejo. Mole e entregue, os lábios inchados do assalto de seus beijos, era *melhor* do que ele tinha sonhado em todas aquelas noites febris. Alaric tomou sua boca de novo, saqueando-a, pressionando-a na parede de pedra como se Júlia pudesse se dissolver em seus braços.

Que o inimigo queimasse a montanha. Que cravassem flechas em suas costas.

Outro grito. Alaric apoiou um braço na parede de pedra, protegendo-a da vista. Respirava com dificuldade, pelo esforço de parar.

— *O quê?*

— Desculpe interromper, Alaric. — Era a voz arrastada e contente de Riga, na entrada da caverna. — Sua presença foi requisitada lá fora.

Ele encostou a testa na de Júlia. Suas respirações se misturavam.

— Resolvam isso sozinhos.

— Tentamos. Horsa está prestes a ser decapitado e Torismundo está brandindo o machado e berrando. Do jeito que as coisas estão, vamos todos acabar sangrando como porcos antes que você, hm... *termine*.

— Vá. — Havia graça na voz sussurrada de Júlia. — Você vai se arrepender de deixar Horsa perder a cabeça.

— Não, não vou.

Mas ela o empurrava pelos ombros, as pernas de seda escorregando por suas coxas. Ele se virou, garantindo que seu corpo a escondesse da vista.

— Espere por mim lá fora, Riga.

Um resmungo abafado veio da entrada da caverna.

— Você estraga a diversão de todo mundo.

Ele ouviu uma risada às suas costas, e pensou nos ombros nus de Júlia brilhando, úmidos de água. Por um instante, ele foi tomado por um sentimento que ia além do instinto de protegê-la. *Ela* é quem tinha insistido para que ele salvasse Horsa da encrenca; Alaric estava pronto para deixar o garoto colher o que havia plantado. Ele se voltou para ela e a beijou com ferocidade.

— Não saia até eu mandar te chamar.

Só os deuses sabiam o que estava acontecendo lá fora.

A risada rouca de Júlia ainda ressoava em seu ouvido muito depois de ele vestir a calça e sair pelo corredor estreito. Riga o esperava perto, girando uma adaga de uma mão para a outra e tentando espiar por sobre o ombro de Alaric.

— Já era hora de levar aquela mulher para um canto e mostrar como as coisas funcionam. Ela está dando indiretas nada sutis há *semanas*.

Alaric passou um braço pelos ombros do outro homem e o virou em direção à saída.

— Riga, se olhar de novo para trás, vai encontrar suas tripas no chão.

— Entendido.

Alaric saiu da caverna para uma noite inundada pelo luar, e o espelho d'água a seus pés refletia perfeitamente as estrelas. Torismundo estava de costas para a caverna, segurando o lábris. Mais adiante, alinhados nas falésias que cercavam o local, estavam vários guerreiros nada amigáveis. Uma dúzia de flechas apontadas para o coração do batavo. Três homens estavam na clareira, um deles segurava Horsa pelo cabelo, com a lâmina no pescoço do garoto.

— *Alaric!* — bradou Torismundo, rasgando o céu. — *Saia logo.*

O rei dos godos pôs uma mão no ombro dele.

— Guarde o machado antes que nos matem.

— Eles acham que somos bandidos. *Dissemos* quem somos e não acreditaram — sussurrou Hengist às suas costas. — Depois que Riga saiu, falaram que matariam Horsa se mais alguém se mexesse.

Alaric observou o cabelo escurecido com cal dos invasores, as tatuagens que marcavam o número de mortes. Ele conhecia aquelas marcas.

— Vai ficar tudo bem, Hengist. — Caminhou até ficar na direção de todas as flechas. — A que devemos a honra, guerreiros? — Falou na língua da aldeia de Brisca. Um celta antigo, com o sotaque espesso dos vales altos. — O que o garoto fez?

— Pegamos ele caçando em nossas florestas — respondeu o homem, puxando o cabelo do garoto com força. — A pena é a morte.

— Eu disse para ele não caçar. — Alaric se dirigiu a Horsa, então, mudando para o gótico. — Peça desculpas aos homens, Horsa.

E falou as palavras que deveriam ser ditas no celta arcaico dos clãs montanheses.

O garoto lançou-lhe um olhar de ódio, mas repetiu o pedido de desculpas sem hesitar. O homem que o segurava afrouxou a pegada, e Horsa saiu com ares de superioridade, como se seu orgulho não tivesse sido ferido.

— Depois eu lido com você — murmurou Alaric. Os homens nos penhascos ainda não tinham abaixado as flechas. O dano não havia sido reparado. — Como podemos compensar?

O mais alto dos homens estreitou os olhos.

— Como é que você fala nossa língua?

— Passei muito tempo em Acerra. — O nome da aldeia deslizou com facilidade de sua língua. — Viemos prestar nossas homenagens a Brisca.

— Ele diz que você é Alaric dos Godos — disse o mais alto, apontando para Torismundo com o queixo. — Houve muitos impostores nas últimas semanas.

— Eu sei. Matei um no caminho até aqui.

— Prove que não é um deles. Ou terá o mesmo destino.

Alaric deu de ombros, sem se abalar.

— Muito bem.

Olhou por cima do ombro, e Torismundo lhe entregou um pequeno cilindro de osso, entalhado com figuras de pássaros e animais. Não era maior que um dedo — porque era, de fato, um osso de dedo. Alaric o levou aos lábios e tocou a melodia que Brisca lhe ensinara. Três notas longas, duas curtas e trinados acompanhando, uma melodia assombrosa.

Com grande solenidade, um dos arqueiros ergueu uma flautinha aos lábios e respondeu com um canto de pássaro. Idêntico ao seu. Só então Alaric relaxou.

O mais alto falou, e a tensão pareceu evaporar como névoa.

— Parece que você é mesmo quem diz ser... — Ele parou. — Quem é *aquela*?

Júlia estava de pé na entrada da caverna, vestindo a túnica larga demais e calça folgada, em uma desobediência explícita às ordens dele. Ela levantou a mão para proteger os olhos e, mesmo naquele gesto — contido e elegante —, não havia dúvidas sobre quem ela era.

— Minha convidada — disse Alaric, com indiferença.

Os guerreiros trocaram olhares.

— Acho melhor você vir conosco — disse o mais alto.

CAPÍTULO XVII

Júlia apertou o tronco de Aníbal com as coxas e se agarrou como se sua vida dependesse disso.

Estavam subindo em zigue-zague há horas por trilhas assustadoramente íngremes, sob um vento cortante e um céu noturno implacavelmente limpo. Alaric caminhava despreocupado à frente de Aníbal, segurando levemente as rédeas com uma das mãos. Não parecia se importar com os homens que andavam com os arcos semiarmados. Até Torismundo parecia tenso. Mas Alaric, não.

Júlia puxou o manto de Alaric com uma das mãos; com a outra, mantinha o aperto firme nas rédeas. Não gostava da posição instável, da forma como escorregava para trás o tempo todo.

— Alaric — sussurrou. — Quem são essas pessoas? O que querem conosco?

— Não se preocupe. Vai ficar tudo bem.

Ao falar, o polegar dele deslizou pelo tornozelo dela. Um toque ardente, como uma faísca. Júlia fechou a boca num estalo, o coração disparado, enquanto tudo o que havia acontecido naquela caverna voltava à tona. Aquela sensação de prazer, que percorreu seus membros como relâmpagos azulados.

Ela começava a entender como um homem podia arruinar completamente uma mulher.

Seus olhos se voltaram para Alaric, sem conseguir evitar, atraídos pelo balanço dos ombros largos, pelo ritmo firme e relaxado com que andava.

Júlia sabia que essas coisas deviam ser prazerosas, mas aquele prazer sempre lhe escapara. Sempre achara que os relatos a esse respeito eram exagerados. Nunca, em toda a sua vida, sentira algo parecido com a felicidade devastadora que a atravessara como um raio nos braços de Alaric.

O que ele fez comigo naquela caverna? Sentia-se enfeitiçada. As rédeas escorregaram entre seus dedos suados. Aníbal deu outro tranco, e Júlia escorregou para trás na sela com um gritinho.

Alaric olhou por cima do ombro para ela, como se nada de miraculoso tivesse acontecido entre eles, como se aquele sentimento fosse tão esperado quanto o pão de cada dia.

— Está tudo bem?

Júlia deu uma risada tensa.

— Claro.

Havia diversão no olhar dele, e Júlia desejou, só por uma vez, que Alaric fingisse não notar seu medo. Sua tolice.

Ela segurou a rédea com ainda mais força conforme subiam pela escuridão feroz.

Em algum momento da madrugada, Alaric juntou-se a ela no cavalo. Júlia acordou em seus braços, com a luz do sol acariciando seu rosto. Fechou os olhos com força, embalada pela proximidade dele e pelo movimento suave do animal.

— Manda isso embora — murmurou. — Peça para voltar depois.

— Mandar o que embora?

— O sol.

Ela tinha babado na camisa dele. *Que vergonha.*

— Posso até mandar, mas duvido que vá me dar ouvidos. — Alaric acariciava o ombro dela de leve com o polegar; um calor irrequieto se espalhou por dentro dela. — Acorda, Júlia. Chegamos.

Ela abriu os olhos diante de uma muralha imensa de estacas acinzentadas, grossas como mastros de navio, erguendo-se em um céu tão azul que doía nos olhos. O chão era de pedra nua, num cinza metálico e irregular; ao fundo, picos escuros de montanha serravam o céu.

Um dos homens tatuados caminhou com empáfia até o portão, levando aos lábios um berrante de chifre curvo. Por um momento, a nota grave e dissonante pairou no ar. Então os portões se abriram, e o ar se encheu de uma cacofonia de vozes e berrantes zumbindo.

Júlia estava acostumada a ser cercada de gente, mas nunca assim.

Respirou o cheiro forte e animal daquele lugar, uma mistura de porcos, galinhas e comida sendo preparada. Em geral, andava em liteiras, ficava em pórticos acima de um mar de corpos pressionados. Naquele momento, mal conseguia se manter em pé no meio de uma multidão que se empurrava, vestida com peles e túnicas rústicas, sem lhe mostrar o menor respeito.

Não estavam ali por ela. Estavam ali por Alaric.

Júlia avistou-o no meio da confusão, abrindo um sorriso enquanto cumprimentava guerreiros tatuados e mulheres com vestidos coloridos. Alguém lhe entregou um menino loiro, e ele o segurou com naturalidade no braço, sorrindo com indulgência para a mãe radiante. Júlia foi empurrada para o lado, ainda segurando as rédeas de Aníbal.

Ninguém a olhava. Ninguém prestava atenção nela.

Um grito de saudação ecoou, e uma mulher desceu a encosta com passos firmes, o cabelo escuro trançado numa coroa elaborada, um manto verde-pinho esvoaçando nos calcanhares. Ela lançou os braços em volta do pescoço de Alaric com um grito de alegria. O rei dos godos a ergueu do chão com facilidade, usando apenas um braço, e o sorriso que deu em resposta poderia fazer as estrelas chorarem.

Naquele instante, os dois a encararam. Os olhos de Alaric, de um azul glacial; os da mulher, verde-musgo e cheios de frieza. Júlia ficou dolorosamente ciente do próprio estado — o cabelo num emaranhado sem salvação, as roupas quase ganhando vida própria. Sustentou o olhar deles com altivez. Alaric podia até ser rei naquela imitação miserável de aldeia, e aquela mulher, a rainha — mas nenhum dos dois *a intimidaria.*

Então Alaric veio em sua direção, e as pessoas o deixaram passar com facilidade. Ninguém mostrou esse tipo de cortesia a *Júlia*; alguém esbarrou nela e a lançou sob o ombro de Aníbal. O cavalo ameaçou mordê-la com os dentes amarelos e quadrados, e ela recuou assustada.

— Calma, Júlia.

Alaric a segurou pelo braço, com uma afeição provocadora, aquecida pelo sol brilhando em seus olhos, que fez a barriga dela se revirar.

— Você parece se esquecer — sibilou ela. — Mas não sou uma das camponesas acabadas que você arrasta para lá e para cá. Cuide do seu maldito cavalo.

O riso acendeu os olhos de Alaric enquanto tomava as rédeas das mãos dela e dizia algumas palavras tranquilizadoras a Aníbal.

— Eu não as chamaria de *acabadas*. — Ele a surpreendeu ao roçar os lábios em sua testa. — Preciso deixá-la sozinha por um tempo. Tenho muito o que discutir com a líder deste lugar.

Muito o que discutir, de fato. A imagem dele gloriosamente nu com aquela mulher foi como um soco em seu peito.

— Ótimo. — Júlia bufou. — *Perfeito.* Vá *discutir.*

Alaric cruzou os braços e a olhou com uma expressão divertida; a beleza dos antebraços dele, esculpidos à perfeição, a deixou tonta.

— Os gêmeos vão encontrar um lugar para você descansar, conseguir roupas limpas e tomar um banho. Se estiver com fome...

— Banho? — Júlia piscou com esperança para ele. — Vai ser quente?

— Se quiser, sim. — A voz dele foi ficando morna, íntima. — Depois a encontro. Você e eu também temos muito a discutir.

— Temos?

Havia promessas demais na forma como ele falava. Será que *muito a discutir* era algum eufemismo indecente em gótico?

Alaric não explicou, apenas se afastou na direção da mulher alta, com Aníbal ao lado, sendo seguido por galinhas e crianças conforme passava.

Banhos, decidiu Júlia, *eram melhores que vinho. Melhores* que tudo.

Nem a mais luxuosa piscina de mármore se comparava a esse meio barril, largo o bastante para caber um homem. Nenhum óleo de banho raro e perfumado podia superar aquele sabão de gordura animal com sua espuma rala. Ela ficaria naquela casa de banho de pedra até que o vento e a chuva desgastassem as montanhas e tudo virasse pó. Ou pelo menos até a água esfriar.

O que havia de errado com ela? Desde que Alaric a resgatou daqueles bandidos, Júlia tremia quando ele a olhava. Quase lhe entregou sua virtude em uma *caverna*. Ainda há pouco, o viu lançar o poder devastador de seu sorriso para outra mulher, e o ciúme a devorou viva. Então ele se aproximou com aquele ar despreocupado, deu um beijo na testa dela como se Júlia fosse uma irmã mais nova levada e mostrou os antebraços, e ela se deu conta, com toda clareza, do quanto estava enrascada.

Júlia se sentou de repente na banheira. A água transbordou para o chão.

Ah, meus bons deuses, não.

Estava apaixonada por ele.

Isso era inadmissível. Era *esse* sentimento que havia feito Cornélio ser devorado por lobos.

Pegou o sabão e começou a se esfregar com força, como se pudesse arrancar os sentimentos da pele. Uma batida insistente sacudiu a porta. Júlia se sobressaltou e o sabão escapou das mãos.

— *O quê?*

— O que está fazendo aí dentro? — Era a voz de Horsa. — Hengist acha que você se afogou.

— Você sabe muito bem o que estou fazendo. Vai embora.

— Acabe logo ou vamos entrar para tirar você daí!

— Nem pensem nisso! — gritou Júlia, mergulhando para se enxaguar.

Não tinha tanta certeza de que eles *a obedeceriam.*

Depois do banho, os gêmeos a levaram até uma hospedagem simples, mas diferente de tudo que Júlia já vira. Era uma construção em forma de cogumelo, com um telhado de palha inclinado em ângulo acentuado. A porta era uma aba de couro de origem duvidosa. Menos de um mês antes, ela teria desmaiado só de pensar em dormir num lugar daqueles. Mas era bem melhor do que dormir no chão.

Por dentro, era surpreendentemente agradável. Um único cômodo, com o chão pontuado por musgo macio e uma fogueira. Uma mesa robusta estava encostada em uma das paredes, feita de madeira clara marcada pelo uso. Ervas secas pendiam do teto; o cheiro era fresco e limpo.

Era uma casa como aquela que Alaric imaginava para si? Júlia conseguia acreditar que seus desejos fossem humildes assim. Num canto, havia uma cama baixa forrada de peles, e os pensamentos a levaram direto para ele naquela cama. Gloriosamente nu. Com a outra mulher.

Ridícula. Não era hora de estar apaixonada e com ciúme; o que precisava era de uma *estratégia*. Alaric tinha mulheres de um lado ao outro do continente. Se errasse na mão, ele simplesmente aceitaria o que Júlia estava oferecendo e depois a mandaria de volta para Honório com um cumprimento cortês, e talvez com um bebê godo no ventre dela que a mataria ao nascer.

A imagem dele nu voltou a aparecer em sua mente. Pele bronzeada e reluzente, com a água escorrendo pelo peito musculoso. Se fechasse os olhos, ainda poderia sentir o calor das mãos dele em todas as partes em que havia sido tocada, ásperas e firmes, *exigentes*.

Desejava-o tanto que poderia *chorar*. Mas não podia — *jamais* — deixar transparecer o que sentia de verdade.

Havia uma muda de roupa limpa em cima da cama. Um vestido de lã leve, tingido de azul-claro, e uma camisola creme para usar por baixo. Um cinto trançado e um par de botas macias de feltro. Havia até um pequeno pente de osso, com entalhes de cabeça de cavalo. Júlia se vestiu às pressas, penteou o cabelo, tentou organizar seus pensamentos.

Ainda precisava do exército dos godos. Alaric *não podia* mandá-la de volta para Honório. E ela não podia deixá-lo pensar que tinha tão pouco valor a ponto de se oferecer numa caverna, ou num campo, ou numa vala. *Não* se deitaria com ele de novo, a menos que fosse nos seus próprios termos. Não podia ser algo que ele acreditasse ser leviano.

Enquanto isso não acontecesse, ele podia continuar com mulheres do continente inteiro, mas *Júlia* seria a que ele não poderia ter.

Ela saiu ao sol e encontrou Hengist e Horsa conversando em gótico com um jovem guerreiro alto. O olhar duro do rapaz, realçado com lápis preto, se voltou para ela, e Júlia parou no mesmo instante.

O guerreiro era na verdade uma mulher que, decerto, não tinha mais do que 20 anos. Tinha o cabelo bem escuro, raspado de um lado da cabeça e, do outro, trançado em longas e finas mechas. Usava calça de couro, um colete forrado de pele e duas espadas curvas presas à cintura.

Hengist acenou para ela se aproximar.

— Esta é Ehre. Minha futura esposa. — A risada imediata da jovem deixou claro que aquilo era uma piada ridícula. — Da última vez que passamos por aqui, Ehre tinha 17 anos e eu e Horsa duelamos por ela. Eu ganhei.

Horsa lançou um olhar fulminante ao irmão.

— *Eu* ganhei, seu fanfarrão.

Ehre ignorou os dois.

— Então esta é a mulher que viaja com Alaric dos Godos.

Ela abriu um sorriso duro e quase ameaçador para Júlia, depois disse algo em gótico que soava longe de ser elogioso.

— Me desculpe — disse Júlia, educadamente. — Mas as únicas coisas que sei dizer na sua língua são *mijo, porra* e *sua mãe é uma puta.*

Hengist riu.

— Ela disse que não esperava que você fosse mais magra que um bezerro.

Júlia deu de ombros.

— Fugir do exército romano ajuda a secar, suponho. Minha forma física tem sido o menor dos meus problemas.

— Nossa princesa não desonrou a si mesma — disse Horsa. — Uma vez ela colocou urtigas na cama do Alaric. *Foi hilário.*

Ehre lançou um olhar cético para o braço que Hengist tinha jogado sobre seu ombro. Júlia notou que ela estava tirando conclusões. A opinião dos gêmeos parecia ter peso ali.

— Não acredito que você fez isso. Já estaria morta.

Foi Hengist quem sorriu, tentando apaziguar o pico de tensão na conversa.

— Ehre é irmã de Brisca, a chefe deste lugar. E Júlia...

Irmã de Brisca. A líder de cabelo escuro que naquele momento estava aquecendo a cama de Alaric, se Júlia não se enganava.

— Eu vi sua irmã. É verdade que ela governa sozinha, sem marido?

— Minha irmã não quer se casar de novo. Não depois que Alaric matou o último marido. — Ehre a encarou, firme. — E você? Não é todo dia que ele leva para a cama uma escravizada romana.

Será que os gêmeos tinham contado o que aconteceu na caverna para Ehre? Júlia disfarçou a indignação com uma risada forçada.

— Eu diria que ele é *meu* escravizado.

— Deve ser muito generosa, então, se permite que minha irmã o pegue emprestado — disse Ehre. — Alaric se deita com ela sempre que passa por aqui. Na primeira vez, Brisca passou quatro noites na tenda dele e saiu de lá rainha deste lugar. Talvez ele se deite comigo também e me dê um reino.

Júlia sentiu os punhos se fecharem. Então Alaric tinha mesmo o *hábito* de se deitar com mulheres e oferecer reinos para elas.

— Claro que ele vai se deitar com você. Comigo, com você, com sua irmã ou com um buraco na parede na altura certa. Fico pensando quantos reinos ele ainda tem para oferecer.

— Talvez eu devesse descobrir. — Ehre riu, como se fosse tudo uma piada absurda, e passou o braço pelos ombros de Júlia. — Vamos fazer algo divertido.

Alaric não sabia ao certo quando tomara a decisão. Talvez tenha sido ao ver Júlia derrotar os gêmeos no latrúnculo. Ou na caverna, atrás da cachoeira, ouvindo-a falar das cicatrizes internas, antes de ela se transformar em fogo nos braços dele. Ou talvez tenha sido no instante em que a perdeu para os bandidos, enquanto a procurava pela encosta da montanha, tomada pelo vento. Não importava quando. Ele havia decidido.

Não mandaria Júlia de volta. Nem para o irmão, nem para ninguém.

Naquele momento, de pé entre a multidão da cidade fortificada de Acerra, ao lado da líder da aldeia, observava os gêmeos levando Júlia para algum lugar — e desejava *com todas as suas forças* que fosse ele a conduzi-la à casa de banho. Trancaria a porta, a tomaria nos braços e terminaria o que os dois tinham começado, e então lhe diria, sem deixar margem para dúvida, que ela não voltaria para Ravena.

Júlia ficaria com ele. Seria sua concubina.

Era o que ela queria, não era? Tinha certeza de que a princesa *o desejava*; a paixão dela não fora fingida. Alaric não lhe daria um exército, mas lhe daria segurança. Um lugar no mundo. Em sua cama.

Ele a queria em sua cama. E iria à guerra, se fosse preciso, para mantê-la lá.

Alaric sabia que tomá-la para si significaria guerra. Com os romanos, sim — mas também com os seus homens. Os líderes dos clãs não gostariam disso, mas os forçaria a aceitar.

E para isso precisaria dos clãs das colinas. O que significava que precisava de Brisca mais do que nunca. Tudo dependia de manter aquelas portelas sob controle.

Pouco depois, Alaric estava sentado com as botas apoiadas sobre a mesa gasta de Brisca, no salão principal, com uma caneca de cerveja na mão.

A mulher tirou o manto verde-musgo dos ombros e foi até a janela.

— Vai se foder — murmurou, quase para si mesma. — Vai se foder, Alaric dos Godos.

Ele sorriu.

— Já recebi cumprimentos melhores de você, Brisca.

— É bom que tenha uma explicação decente para trazer essa ruiva agourenta à minha porta.

Alaric foi direto. Contou sobre o convite de Estilicão após a morte de Teodósio. O desastre absoluto do banquete.

— Quando fiz de você a líder deste lugar, anos atrás, disse que um dia poderia precisar de sua ajuda — disse ele. — Esse dia chegou. Preciso dos clãs das colinas para defender as portelas, e preciso da sua ajuda para convencê-los.

— Alaric, três anos atrás, seu exército passou por aqui como uma nuvem de gafanhotos e deixou tudo em ruínas. Eu teria mais sorte tentando convencer uma pedra.

— Estávamos morrendo de fome, Brisca. Tive que deixar os homens se alimentarem como podiam nessas colinas e os mantive afastados das cidades.

— Mas não dos pastos.

— Não existe um palmo desse lugar que já não tenha sido mastigado por suas ovelhas ossudas. Para mantê-los longe dos seus *pastos*, eu teria que ensiná-los a voar.

Brisca arrastou os olhos até as botas dele.

— Tire suas botas da minha mesa.

Alaric deslizou os pés para o chão e se levantou, atravessando a sala sem pressa. Juntou-se à mulher na janela, apoiando um braço no batente de pedra sólida.

— Eu preciso de você, Brisca. Diga o que quer em troca.

Os olhos dela caíram sobre a boca de Alaric. Um calor antigo e familiar pulsava entre os dois.

— Bem — disse ela, os dedos roçando preguiçosamente as amarras do colarinho da túnica de Alaric. — Tem uma coisa de que preciso.

— E o que seria?

— Meu primo Nathan Negro quer me casar com um parente dele, o que colocaria meu território sob o controle *dele*. Alguns do meu povo também querem me ver casada. Fere o orgulho deles seguir uma mulher. — Brisca ergueu os olhos até os do rei dos godos. — Nathan Negro é poderoso demais para ser desafiado diretamente. Preciso que você seja uma presença firme ao meu lado.

E na sua cama. Alaric entendeu o que precisava responder. Mesmo enquanto um par de olhos azul-esverdeados surgia em sua mente, faiscando de raiva e mágoa.

Reprimiu o pensamento. Se era isso que precisava fazer para manter Júlia consigo, então era o que faria. Atravessaria o continente transando com quem fosse preciso. Júlia usava o corpo para conseguir o que queria; fizera isso com ele, e *funcionara*. Certamente entenderia que às vezes ele também precisava fazer o mesmo. E como não significava nada para ela, Júlia saberia que não significava nada para ele. Se tentasse pedir sua permissão, ela daria risada na cara dele.

Alaric enlaçou a mão no cinto da mulher e puxou-a para si. Encostou a boca em seu pescoço; Brisca inclinou a cabeça para trás e ele ouviu seu gemido de consentimento, rouco, no fundo da garganta. A imagem de Júlia surgiu em sua mente. Cabelo molhado caindo pelas costas. Olhos azul-esverdeados brilhando no meio do vapor, *pedindo* que ele a tomasse.

O desejo o atingiu com força. Brutal.

Pressionou Brisca na parede e a beijou com intensidade. Se fechasse os olhos, poderia fingir que era Júlia ali, os lábios se abrindo ansiosos nos dele, o calor sedoso da língua dela tocando a sua. O anseio o inundou. As mãos tremiam. *Pelos deuses,* como ele a queria.

Mas algo não estava certo. Brisca era mais alta. A perna que se enroscava em sua cintura era mais musculosa, esculpida por cavalgadas e trilhas pelas montanhas. Não era fina e frágil, torneada por poucos dias na estrada, nem indefesa, precisando de proteção. Alaric ficou duro na hora, com uma intensidade quase *selvagem*, só de pensar nas pernas de Júlia e no quanto ela *precisava* dele. Porque precisava. Precisava mesmo.

O beijo de Brisca não tinha o gosto certo. O que ele queria era rosas e mirtilos e, por baixo disso, o céu noturno. Abriu a camisa dela, as amarras se soltando sob suas mãos, e levou um de seus seios à boca. Brisca arfou, arqueando sob seu toque. Em sua mente, era Júlia, selvagem por ele, gemendo seu nome, os dedos se enroscando em seu cabelo. *Não.* As unhas da outra mulher não eram afiadas o bastante, nem ferozes como as de uma gatinha irritada, nem sequer doíam como quando Júlia cravara os dedos nas raízes do seu cabelo. O desejo dela era sempre alimentado por raiva. Igual ao dele.

Uma risada. Como estrelas sobre um lago. Alaric enrijeceu.

Brisca chiou entre os dentes.

— O que foi?

Ele se virou para a janela, praguejando. Lá embaixo, uma pequena multidão se aglomerava, bebendo e fazendo apostas enquanto dois jovens guerreiros lutavam. Entre os espectadores, com a cabeça inclinada e cochichando com um rapaz bonito, estava Júlia.

A cena o atingiu como uma lâmina. Ela usava uma camisola de lã e uma sobreveste azul-clara, o cabelo ruivo trançado caía em uma espessa mecha sobre um dos ombros. Parecia a filha de um chefe tribal, cujas batalhas eram responsabilidade *dele*.

Merda.

— Fica aqui — murmurou, indo até a porta. — Já volto.

No pátio abaixo do grande salão de Brisca, Júlia conversava com um rapaz de cabelo castanho que caía nos ombros, os dois tão próximos que pareciam compartilhar um segredo proibido. A cena encheu Alaric de uma raiva e inveja irracionais. Era *ele* quem deveria estar sentado naquele banco ao sol, bebendo com ela e fazendo-a rir.

Mas não ajudaria em nada se espancasse o parente de Brisca ali mesmo.

Hengist estava esparramado na grama, bebendo, enquanto Horsa jogava dados com um grupo de guerreiros jovens. Alaric cutucou o que estava deitado com o pé.

— Levante-se.

Depois puxou Horsa pela camisa para fora do círculo.

— Ai! Para com isso! — resmungou ele. — O que foi?

Júlia já o tinha visto. E *não* parecia nem um pouco feliz em vê-lo.

— Você sabe muito bem o que foi.

— O parente de Brisca? Berig? — Horsa coçou a cabeça. — Ele é harpista.

Como se Alaric desse a mínima. Do outro lado do pátio, ele viu os lábios de Júlia se curvarem naquele sorriso presunçoso conhecido. Aquilo era provocação pura. Queria arrastá-la de volta à hospedagem, deitá-la sob si e mostrar *exatamente* a quem ela pertencia.

— Levem ela daqui. E não deixem que saia pelo resto do dia. Sem visitas. *Especialmente* dele. — Os dois arregalaram os olhos. — E aí? *Andem.*

Alaric observou enquanto iam até Júlia e explicavam a ordem. Estava claro que o estavam pintando como o vilão. O olhar azul-esverdeado dela cruzou o pátio como uma lâmina, fervendo de raiva. Ele suspeitava que a fúria da princesa para com ele tinha outros motivos além das novas ordens.

E o que sentia por ela também ia além do desejo. Alaric a queria. Não só na cama. Queria sentar-se ao sol e beber com Júlia. Queria...

— Eu ouvi direito? Você mandou confinarem aquela mulher? — A voz de Brisca veio cortante, os dedos se fechando com força no antebraço dele. — Sua convidada está muito bem segura aqui.

Vê-la trancada ofendia a honra de Brisca; dava a entender que a mulher não tinha controle sobre a própria aldeia. Mas ele não podia deixar Júlia desprotegida. Da última vez que baixou a guarda, quase a perdeu.

Alaric passou a mão pelo cabelo, inquieto.

— Você não faz ideia dos tipos de encrenca em que ela se mete.

— Se quer um conselho, mantenha-a onde possa vê-la — disse Brisca em voz baixa. — Quem teria coragem de levá-la com você por perto?

— Vou pensar no caso. — Talvez fosse mesmo melhor do que deixá-la com os gênios gêmeos. — Enquanto isso, deveríamos terminar nossa conversa.

Isso bastou para distraí-la. *Não importa o que aconteça entre mim e Brisca*, pensou consigo mesmo. *Depois vou até Júlia, explicarei minha decisão e ela vai entender.*

E então, se a tivesse só uma vez — bom, mais de *uma*, mas por apenas uma noite —, se livraria dessa obsessão miserável e poderia tomar decisões com a cabeça no lugar.

CAPÍTULO XVIII

Júlia andava de um lado para o outro, furiosa.

Horas haviam se passado. O dia estava acabando, e os gêmeos não a deixavam sair. Alaric tinha colocado medo neles. Como *ousava* aprisioná-la ali como um cachorro que escapou da coleira? A mensagem era clara. Ela era uma prisioneira, e não devia se esquecer disso.

Pelo menos tinha vinho. Júlia se serviu de mais uma taça do tinto encorpado, bem na hora em que vozes se elevaram do lado de fora e sombras surgiram. Ela se virou e viu Alaric emoldurado pelo pôr do sol, erguendo a portinhola com um braço absurdamente musculoso.

— Onde você *estava*? — exigiu ela.

Em vez de responder, ele atravessou o cômodo e a puxou para si, calando a desaprovação dela com a boca.

O rei dos godos a esmagou nos próprios braços, com um beijo quente e exigente, e de repente ela se esqueceu da raiva que sentia.

— Me desculpe — murmurou ele no pescoço dela. — Teria vindo antes, se pudesse...

Mas Júlia já não se importava mais. Estava em chamas, derretendo nos braços dele, indefesa quando foi erguida sobre a mesa. Suas pernas se prenderam ao quadril dele por conta própria.

Alaric a deitou de costas, traçando com a boca uma linha feroz até sua clavícula. E ela enroscou os dedos no cabelo dele.

— Não... Pare!

No entanto, Júlia tremia de desejo e, pela risada maliciosa que ressoou ao pé do seu ouvido, sabia o que ele tinha entendido: *não pare*. Sentia-se como um pavio aceso. Ele levou a boca de volta aos lábios dela, beijando-a longa e profundamente, e Júlia se esqueceu de tudo. Era *Alaric* ali, fogo, guerra e selvageria correndo no sangue dela como febre. Fazia tempo demais.

Ele tinha vindo até ela quente da cama de outra mulher.

O pensamento caiu como água fria sobre seu desejo. Vagamente, Júlia se deu conta de que estava sobre a mesa, com as pernas enroscadas na cintura dele, a saia erguida até as coxas, o corpo inteiro arqueado em sua direção, como se oferecesse tudo de si.

O que tinha acontecido com a ideia de ser aquela que ele não podia ter?

— *Pare.* A gente precisa... — Seu corpo pulsava, doía, *latejava*. — A gente precisa conversar.

Ela mesma se surpreendeu quando Alaric recuou.

Júlia escorregou da mesa, virando de costas para ele enquanto ajeitava as roupas, depois se ocupou servindo uma taça de vinho. Suas mãos tremiam. Atrás dela, um silêncio intenso e *feroz*. Para ganhar tempo, bebeu um pouco — e, quando se voltou, Alaric estava recostado casualmente na viga que sustentava o teto, com os braços esculpidos cruzados sobre o peito magnificamente nu. Quando tinha tirado a camisa?

— E então? — Ele arqueou uma sobrancelha. — Fale.

Júlia respirou fundo. Por um momento, esqueceu como falar.

— Se você não disser nada, eu digo. — Os olhos azuis brilharam à luz das brasas. — Eu não vou mandá-la de volta para seu irmão. Fique comigo, Júlia.

A princesa disfarçou o choque dando outro gole demorado no vinho. O que deveria pensar daquilo? O que ele estava oferecendo em troca? Vinha da cama de Brisca para dizer isso?

Seja a mulher que ele não pode ter.

— Você tem coragem — disse ela, com leveza. — E faz suposições demais. Só porque quis me deitar com você uma vez não quer dizer que vá acontecer de novo.

Ele desceu os olhos de maneira significativa até as mãos trêmulas dela.

— É mesmo?

Júlia se enrijeceu. Queria que Alaric parasse de falar com aquela voz rouca. Era totalmente injusto, tudo o que ele precisava fazer era olhá-la para deixá-la completamente louca de vontade de tocá-lo. E que os deuses a ajudassem a cada vez que o homem sorria ou cruzava os braços ou tirava a camisa.

— Está preparado para pagar meu preço, rei dos godos? — Júlia arqueou uma sobrancelha. — Você deu a Brisca um reino pelo tempo dela na sua cama. Eu quero um império.

A risada de Alaric percorreu o corpo dela, quente e lasciva. As mãos de Júlia se fecharam em volta da taça. *Será que ganharia a negociação jogando o objeto nele?* Cleópatra jamais faria isso.

— Júlia, menos de três semanas atrás você era uma ninguém que me implorou por abrigo. Você não tem nada a oferecer... nenhum reino, nenhum aliado, nenhuma terra. E acha que tem autoridade para exigir um império de mim. Por algo que posso ter de qualquer mulher disposta. — O sorriso brilhou no rosto bronzeado dele. — Você é que tem coragem.

A raiva lhe cortou a respiração.

— Pode rir o quanto quiser. Mas, se quiser um lugar na *minha* cama, um império é o meu preço.

— Tão interesseira, Júlia — comentou Alaric, calmo. Os pelos dos braços dela se eriçaram. — Não.

Não. Por que doía tanto? O que Brisca tinha que ela não tinha?

— Então acho que você não quer se deitar comigo, afinal.

— Não foi isso que eu disse.

Ele estava se aproximando de novo. Um tipo perigoso de quietude mesmo quando estava em movimento. Parou diante dela, plantando as mãos de cada lado da mesa, prendendo-a entre os braços.

— Me corrija se eu estiver errado — disse, baixo. — Mas me parece que você quer isso tanto quanto eu.

Um calor insistente começou a pulsar entre as coxas dela.

Júlia se inclinou para a frente, quase encostando nele. Perto o bastante para beijá-lo. E teve a nítida sensação de que Alaric esperava que ela cruzasse a última distância entre os dois.

Que admitisse que ele estava certo.

Em pensamento, Júlia deslizava as mãos pela força tensa dos braços dele, depois com avidez pelo peito, sentindo os músculos definidos do abdômen e as cicatrizes sob suas palmas. Depois, passava a língua pelo contorno dos lábios dele, tão perto, e colava a boca na coluna firme de seu pescoço. Lambia seu aroma direto da pele. Ah, *deuses*, como queria fazer isso.

Só de imaginá-lo parado daquele jeito, com aquela força contida, aquela quietude *disciplinada*, enquanto o tocava e lambia por todo lado, ficava fraca de tanto desejo.

Claro que jamais poderia admitir o quanto Alaric a dominava. Seria um erro terrível.

— Eu não quero você. — *Que mentira.* Queria se esfregar nele como uma gata no cio. — Eu quero governar Roma no lugar do meu irmão.

Mais mentiras. Estava mentindo descaradamente para um homem que a olhava como se pudesse enxergar o fundo de cada mentira que já tinha contado.

— Se é assim que você quer, tudo bem. Não vou mais procurar você. Aliás, aposto que vai ser você quem vai me procurar. — Um sorriso debochado surgiu nos lábios dele. — E eu vou aceitar, mas só quando você implorar.

— Jamais farei isso. Aliás, acho que é você quem vai implorar antes do fim da semana.

A risada dele vibrou no pescoço dela. Aquela vibração doce e quente fez os dedos dos pés dela se curvarem.

— Vamos ver quem vai ceder primeiro.

E então, para a imensa irritação de Júlia, o rei dos godos foi embora.

CAPÍTULO XIX

Dessa vez, quando Júlia levou a flautinha aos lábios e soprou, o som foi de um assobio baixo, fraco. Ela ficou orgulhosa de ter conseguido fazer algum som.

— E aí, como me saí?

A flauta de Alaric era muito difícil de tocar. Ela estava sentada num banco perto da arena de treino, com Horsa de um lado e Hengist do outro. Tinha passado a noite se revirando na cama, mas agora era uma manhã gloriosa e Alaric tinha saído para caçar com Brisca e os guerreiros mais velhos. Enquanto isso, os mais jovens participavam de um torneio. Os gêmeos estavam desesperados para ir, e Júlia prometeu que voltaria para sua prisão antes que Alaric voltasse. Ele jamais ficaria sabendo.

E ela *não* ia perder tempo remoendo o desafio que havia sido lançado aos seus pés.

Horsa riu do esforço dela com a flauta.

— Isso foi horrível. — Então, pegou a flauta das mãos dela e assoprou um trinado ágil. — Você tem que franzir os lábios assim — disse, fazendo biquinho.

— Ninguém consegue fazer isso com a boca. Você é uma aberração. — Júlia puxou a flauta de volta, examinando as delicadas gravações. — Que tipo de osso é esse?

— Humano — comentou Horsa bem na hora em que ela levava o instrumento à boca de novo. — É um osso de dedo.

Júlia quase cuspiu a flauta no colo.

— Da próxima vez que algo for parte de um cadáver humano, me avise *antes* de eu colocar na boca — retrucou ela, com a voz tensa.

— Era do marido da Brisca. Quando Alaric o matou, ela mandou fazer essa flauta como agradecimento, para que ele pudesse encontrá-la nestas colinas caso precisasse.

— Que tocante.

Presentes feitos de partes do corpo. Eles *eram* feitos um para o outro.

Lá no palanque, Ehre estava duelando com um homem. A visão dos dois era de tirar o fôlego. Musculosos e ágeis: o homem sem camisa, Ehre usando só um pano enrolado nos seios e calça larga. As tranças estreitas dela chicoteavam o ar conforme girava. Então a mulher avançou com uma série de golpes agressivos que fez o homem cambalear; o menor dos erros e a lâmina dela estava em seu pescoço. Por um instante, ficaram imóveis, ambos respirando com força, enquanto os tambores foram silenciados. Depois a tensão se dissipou e os dois apertaram as mãos, sorrindo.

Horsa se inclinou e falou com Hengist.

— Vou lutar com você por ela.

Júlia riu.

— Por mim não, por favor.

— Não por *você*. Pela Ehre. Eu ganhei da última vez que lutamos por ela, lembra? Três anos atrás, quando quebrei seu braço e Alaric teve que colocar no lugar.

Hengist riu.

— Éramos meninos naquela época. Ehre quer um homem.

— Então vou dar um para ela. — Horsa se levantou. — Eu o desafio, irmão. Quem vencer fica com a garota.

— *Sentem-se*, vocês dois. Ninguém vai ficar com ninguém.

Nenhum dos irmãos deu atenção a Júlia.

Horsa puxou o saxo da bainha com um chiado lento.

— Última chance de se salvar antes de eu te envergonhar até a alma.

Um sorriso feroz se espalhou no rosto de Hengist.

— Vou te fazer chorar como quando tínhamos 12 anos.

E então a dupla disparou rumo ao palanque, desfilando e trocando insultos entre dentes cerrados, bem quando Ehre se sentou no banco que desocuparam.

— Você ouviu isso? — Júlia bufou. — Lutando por você como se...

— Se quisessem mesmo ficar comigo, teriam que lutar *comigo* por mim. Os dois perderiam.

Ehre lhe passou um odre. *Alu.* Júlia tomou um gole generoso.

Os gêmeos subiram ao palanque, tirando as camisas. Começaram a circular devagar, provocando-se em gótico. Então os tambores aumentaram e eles passaram a lutar de verdade. Torcendo e investindo, as armas cortando o ar com estalos; Júlia se viu prendendo a respiração. Conhecera aqueles meninos primeiro como guerreiros cruéis, depois como adversários formidáveis no latrúnculo e, por fim, como algo parecido com irmãos mais novos. Mas esses guerreiros assustadores, afiados como pontas de lança — era o que eles *eram*.

A luta terminou num impasse. A faca de Horsa no pescoço de Hengist, a de Hengist no peito do irmão. Eles se abraçaram em meio aos gritos dos amigos, jovens e vivos, e absurdamente lindos. Júlia se levantou com os outros, rindo e gritando.

Quando se sentou de novo, Alaric estava parado atrás dela.

Ela soube pela forma como a pele das costas se arrepiou, enquanto todos ao redor ficavam em silêncio, até mesmo os tambores. *Merda.* Não esperava que voltasse tão cedo.

Estava a poucos passos dela, apoiado casualmente na lança, a túnica azul-escura ressaltando o dourado da pele. Ele disse algo em gótico aos gêmeos. Hengist respondeu com uma reverência tensa, enquanto Horsa exalava arrogância, os dentes à mostra em desafio. Alaric respondeu rindo e retrucando algo em gótico. Então levou a mão à túnica e a tirou.

O silêncio pairou no momento em que Júlia inspirou com força. *Ele devia avisar antes de fazer isso*, pensou irritada. Todo mundo tinha ouvido ela arfar feito um peixe fora d'água.

Sem encará-la, Alaric deixou a túnica cair em seu colo.

— Segure isso.

Júlia ficou olhando enquanto ele subia ao palanque e curvou os dedos no tecido macio da túnica. *Aquilo* foi de propósito. Pois bem. Se Alaric achava que ela iria até ele — que *imploraria* —, ficaria profundamente decepcionado. Ela tinha dignidade! Não era uma bárbara. Era romana. *Intelectual*. No controle dos próprios desejos.

Os tambores começaram uma batida irregular que deixava Júlia com os nervos à flor da pele. Por um instante, tudo ficou imóvel e afiado como vidro. Então os três se lançaram em movimento, pontas de lança se dissolvendo num borrão de luz. Júlia esqueceu a raiva, os olhos fixos no vaivém dos músculos de Alaric, a lança pesada parecendo leve como o vento nas mãos dele.

Não era uma pancadaria caótica. Os gêmeos estavam lutando juntos contra ele e era evidente que tinham pegado leve na luta anterior. Desta vez, estavam mais rápidos, quase assustadores de tão concentrados. Alaric se mantinha um passo à frente deles, mas era por pouco; o estômago de Júlia se contraiu quando uma lança passou assobiando perto do rosto dele. Um centímetro a mais e teria aberto a bochecha como uma tabuleta. Ele nem piscou.

Ehre lançou um olhar significativo para as mãos dela.

— Se apertar mais, vai acabar rasgando. — Júlia fez uma careta quando uma lâmina passou perigosamente perto de um abdômen exposto. Se Horsa não tivesse puxado o ar naquele instante, teria morrido. A outra mulher continuou: — Não precisa se preocupar. Ele só está ensinando os dois.

Júlia notou que o *alu* deixava Ehre visivelmente mais simpática.

— Acho que vão acabar se matando.

— Eles não conseguem encostar nele. Alaric está pegando mais leve por causa deles. — Ela se inclinou para a frente, os olhos atentos às lanças em movimento. — Ali. *Aquilo* foi para provar um ponto. Estou surpresa que Hengist conseguiu segurar a lança — comentou Ehre. — Aquela estocada teria deslizado no osso do quadril. Alaric quer que ele mire no rim. Um golpe fatal.

— Ah, claro. Um golpe fatal. Impossível imaginar o que poderia dar errado *nisso* — disse Júlia, olhando nervosa para o palanque, à procura de sangue. — Alguém já morreu fazendo isso?

— Acalme-se — aconselhou Ehre, tomando mais um gole do cantil. — Você vai fazer com que ele passe vergonha.

— Besteira. Aquele homem é imune a constrangimentos. — Júlia olhou para o odre. — Se for para assistir a isso, vou precisar beber mais.

O *alu* ajudou. Júlia se pegou completamente envolvida enquanto Ehre narrava o que assistiam. Havia uma euforia feroz na violência de Alaric, seus olhos azuis brilhavam sempre que bloqueava, fingia golpes e provocava os gêmeos. Quando tudo terminou — Alaric ria, com um braço em volta do pescoço de cada um, irradiando orgulho —, Júlia já estava de pé de novo, com uma dor sem nome crescendo no peito. *Ele os ama*, percebeu. *Ama como filhos*.

Seria assim se ele *a amasse*?

E se olhasse para *ela* com aquele mesmo orgulho, ao vê-la jogar latrúnculo? "Você deveria ter sido uma general", dissera ele. Por que tinha que *dizer* aquilo? Ela não conseguia mais parar de pensar nisso, de ficar presa ao calor na voz dele, à honestidade feroz nos olhos.

Ehre falou baixo em seu ouvido:

— Ele é seu?

— O quê? *Não!*

O rosto de Júlia pegou fogo. Será que sua paixão estava tatuada na testa? E *todo mundo* percebia?

Ehre sorriu com ferocidade.

— Ótimo.

Júlia só conseguiu observar enquanto Ehre se levantava e desfilava em direção ao palanque, com os olhos presos aos de Alaric, uma faca de guerra em cada mão e um desafio nos lábios.

— Ele adora ser o centro das atenções, não é? — resmungou Júlia, amarga.

Hengist se jogou no banco ao lado dela.

— Sempre foi assim. Filhas de líderes, guerreiras, esposas de artesãos. Até aristocratas romanas. — Ele lançou-lhe um olhar por debaixo dos cílios claros. — Sem ofensa.

— Não me ofendeu. *Eu* não dou a mínima para esse homem.

Por que a voz dela ficou tão aguda no final?

Horsa tinha voltado a jogar dados enquanto ela e Hengist dividiam o odre e assistiam à luta entre Ehre e Alaric. A luz do sol cintilava no suor que cobria os músculos dele e nos membros esguios e ferozes da mulher. O ritmo dos tambores era quase *sexual*.

Desta vez, Júlia não se importaria de ver um pouco de sangue.

— Posso te contar um segredo? — Hengist olhou para ela. — Eu *não* quero ser um caudilho. Quero ser fazendeiro. Ou criador de cavalos. Talvez os dois.

— E quem disse que você tem que ser um caudilho? Parece horrível.

— Alaric. Ele diz que vamos herdar o reino dele, e eu não vou contrariar. Ele é *Alaric.*

— Jura? Eu não tenho dificuldade nenhuma em contrariar o que ele diz.

No palanque, Alaric bloqueou um golpe brutal no peito; e Ehre mal conseguiu evitar a resposta relâmpago dele. O ar quase *faiscava* entre os dois. *Se ela não estiver na cama dele até o cair da noite,* pensou Júlia, sombria, *eu como meu próprio cabelo.*

— Hengist, vou ali dar essa camisa para uma cabra comer — anunciou Júlia, dando um último e ardente gole no *alu*.

Alaric soube o exato momento em que Júlia foi embora. Meio embriagada, como se tivesse visto algo brilhante que chamasse mais atenção do que *ele*, que estava seminu, só para ela. O orgulho dele ferveu.

Quando a luta terminou, foi cercado no mesmo instante. *Precisava* daquelas pessoas, então ficou, sorriu, riu e se exibiu, deixando-se bajular. Mas, por dentro, a impaciência só crescia. Júlia não podia andar pela aldeia sem vigilância. Brisca tinha garantido que não era necessário escoltá-la, mas ele achava que a mulher confiava fácil demais. E os meninos o decepcionaram *outra vez*, falhando em mantê-la sob vigilância.

Hengist e Horsa estavam sentados em um banco malfeito, olhando para ele com expressões idênticas de culpa e medo.

— Não foi culpa nossa.

— Foi ideia da Júlia. Ela disse...

— Não tenho a menor dúvida de que foi culpa da Júlia. Ainda assim, a culpa continua sendo de vocês. — Alaric olhou de um para o outro. — Horsa, seu alcance está errado. Você perdeu o equilíbrio duas vezes, como fez na última batalha. Já teria morrido três vezes se eu não estivesse lá para te proteger.

Horsa ficou vermelho. Hengist se adiantou.

— Ele também está lento com os pés.

— E *você* devia manter seu irmão longe de encrencas — disse Alaric a Hengist. — Chega de brincadeira de lutinhas. Vocês dois já passaram da idade de brincar assim. A partir de amanhã, todo dia ao amanhecer, vamos treinar até a hora da partida.

Os garotos empalideceram. E com razão. O treinamento de verdade que ele impunha era muito mais difícil do que lutas falsas. O próprio Alaric já tinha passado por coisa bem pior com Estilicão, e manter os gêmeos de Gaufrid vivos significava uma intransigência a erros.

Ele apontou com a cabeça para Júlia, que parecia tentar alimentar o gado com a túnica dele.

— Façam com que ela volte para a hospedagem. Se sentirem vontade de beber e estar com uma mulher, lembrem-se do que os aguarda pela manhã. — Alaric fez uma pausa. — O que estão esperando? *Andem.*

A dupla foi embora. Ele sabia que tinha provocado aquele acesso de raiva em Júlia. Não tinha desculpa, a não ser o fato de gostar de ver seus olhos brilhando quando ficava brava. Quase tanto quanto gostava do jeito como ela o olhava quando estava sem camisa. Aquilo tinha sido... uma distração e tanto. Estava surpreso por não ter acabado empalado, se exibindo daquele jeito.

"Se quer um conselho, mantenha-a onde possa vê-la", dissera Brisca. Alaric pensou no assunto. Se a mantivesse à sua vista, poderia fazer com que Júlia *quisesse* ir até ele.

Era mesquinho o suficiente para querer que a mulher implorasse para ser tomada. E ele tomaria. Ah, com certeza tomaria.

Ela seria a primeira a ceder. Disso, ele tinha certeza.

CAPÍTULO XX

Os três dias seguintes só podiam ser descritos como uma guerra impiedosa de atrito.

Durante aqueles dias, Júlia esteve presente nos banquetes e fogueiras enquanto Alaric desfilava Brisca diante dela, deixando a mão dela roçar de leve o antebraço dele enquanto se sentavam nos tronos de espaldar alto no salão de festas cavernoso. Mas ele também estava *se exibindo*. Manteve o peito nu e glorioso, com torques dourados nos bíceps e no pescoço. A princesa não deixava de notar como o olhar dele a seguia, mesmo enquanto a mão repousava na coxa de Brisca. Alaric fazia de propósito, e se deliciava com seu desconforto.

Então Júlia revidou. Também não tinha deixado passar o modo como ele a encarara da primeira vez que a vira com um vestido godo emprestado. Então cuidava da aparência, trançando o cabelo como vira as mulheres da aldeia fazerem. Flertando descaradamente com qualquer um por perto, ignorando Alaric por completo. Logo, tinha um séquito de admiradores. Ele ainda não tinha caído de joelhos para lhe oferecer um reino por uma noite entre suas coxas, mas, às vezes, ela *sentia* o olhar dele; quente, ardente de necessidade.

Ela *não* seria a primeira a ceder. Não cederia de forma alguma.

Na terceira noite desde que Alaric tinha ido até sua hospedagem, Júlia estava sentada junto à fogueira, à sombra do salão, com os gêmeos ao seu lado, bebendo, rindo e contando histórias. Nunca se *divertira* dessa maneira quando estava em Ravena. Se Alaric não estivesse por perto, estaria muito feliz.

Mas ele estava por perto. Arruinando sua felicidade.

O grande salão de Brisca já fora uma *villa* romana, mas seus andares superiores haviam sido demolidos, e um imenso salão celta fora construído sobre seus alicerces. Um pórtico com colunas projetava-se de uma das paredes, um vestígio da antiga construção. Alaric estava lá, envolvido em conversa intensa com Brisca, sorrindo para ela com uma ousadia quente, carregada de sensualidade, que Júlia sentiu como uma maré subindo. Seu olhar faminto percorreu o cabelo reluzente como bronze, depois os ombros largos e o peito esculpido sob a túnica; percebendo a violência arisca pulsando sob a pele.

Ela se sentia *miserável*, tomada pelo ciúme.

Do outro lado da fogueira, Riga puxava uma melodia num instrumento de cordas como uma cítara, que tinha o braço longo e esguio, e a ponta esculpida na forma de uma cabeça de cavalo. Nenhum instrumento romano soava daquele jeito, as notas escorregando dos dedos dele num lamento longo e fluido.

— Algo lhe aflige, bela dama.

Era Berig, sobrinho do falecido marido de Brisca, o jovem que ela conhecera no dia em que chegara. Era mais novo que Alaric, talvez mais próximo da idade dela, e sua voz era... agradável. Não era uma força de sedução como a do rei dos godos, mas doce, com um tom quase musical.

— Talvez eu devesse tentar te distrair das suas preocupações — continuou ele.

— Minhas preocupações são inúmeras, infelizmente.

— E eu as tomaria para mim, se pudesse.

Berig lembrava Cornélio... os olhos gentis, o jeito nada ameaçador. Ali estava um homem que não arrancaria seu coração e o deixaria na lama.

Júlia sorriu.

— Talvez eu permita.

— Me pergunto se me permitiria ser direto, princesa. — Berig a observava com atenção. — Não gosto de ver mulheres prisioneiras. Tem vontade de escapar dele?

Alaric se inclinava na direção de Brisca, perto demais. Estava... *roçando* o rosto no pescoço dela? Júlia cerrou os dentes. *Aquilo* exigia retaliação.

— Como eu poderia? — Deixou os dedos deslizarem pela coxa de Berig. — Não posso voltar para Roma, e não consigo atravessar essas montanhas sozinha.

Berig roçou os lábios em seu ouvido.

— Eu poderia levar você.

A aproximação repentina entre os dois chamou a atenção de Alaric. Um olhar afiado, cintilando no escuro — puro gelo assassino. Júlia congelou, imaginando-o cortando o pescoço de Berig. O que era uma possibilidade bem real.

Não seja ridícula, repreendeu-se. Alaric não mataria o parente de Brisca debaixo do nariz dela.

Talvez Júlia fosse para a cama de Berig. Seria justo.

Ela pegou um graveto e cutucou com raiva a fogueira. Riga ainda tocava o instrumento.

— Riga, você por acaso conhece uma melodia alegre para tocar nesse troço?

Um sorriso cheio de malícia se espalhou pelo rosto do huno.

— Com certeza.

Berig a tocava de novo. Alaric imaginava como seria decepar as mãos do jovem.

O cansaço o tornava brutal. Nos últimos dias, estava de pé logo ao amanhecer, treinando com os gêmeos, caçando com os guerreiros de Brisca, provando seu valor e reforçando sua lenda — e ficava acordado até depois da meia-noite, ouvindo as fanfarronices e lamúrias dos homens.

E, durante todo esse tempo, Júlia esteve sempre em seu campo de visão — e fora do seu alcance. Rindo, flertando, com o brilho da fogueira emaranhado em seu cabelo. Alaric lançou um olhar a ela e ao seu acompanhante, os dois com as cabeças próximas junto ao fogo. Ela parecia uma deusa jovem iluminada pelas chamas, e o ciúme rasgou-o por dentro. Ainda podia sentir o *gosto* de seu último beijo.

Perguntava-se quantos precisaria matar para beijá-la de novo.

Nathan Negro mandou uma mensagem. Chegará amanhã à tarde — dizia Brisca — E não poupou *comentários* sobre a última vez que você esteve nessas montanhas.

— Ele vai pensar melhor quando estiver na ponta de uma espada romana.

— Uma espada que *você* trouxe até a porta dele por causa da filha de Teodósio.

— É assim que você vê? — perguntou Alaric. — O que vai dizer a ele?

Brisca deu de ombros.

— Ele precisa acreditar que você penduraria em sua sela a cabeça de qualquer homem que encontrar na minha cama.

— Você não precisa dividir a cama comigo para ter minha proteção. Eu mato qualquer homem que você apontar.

— Eu não preciso que você mate de verdade, Alaric. Só preciso da *ameaça.*

A risada leve de Júlia invadiu a conversa. Ele olhou para baixo e viu Berig sussurrando algo no ouvido dela; no mesmo instante, foi dominado por um ciúme furioso.

— Eu tolero qualquer coisa de você, Alaric, mas agradeceria se não matasse meu parente — disse Brisca, seca. — Leve essa mulher para a cama, se for preciso, mas não deixe isso impedir você de cumprir o que *me* prometeu.

Alaric cerrou os dentes, irritado.

— Ela não tem nada a ver conosco.

A música acelerou sob os dedos de Riga, e ele reconheceu a melodia. Era a dança de Ēostre — algo completamente fora de época. Do jeito que Júlia estava se derretendo ao lado de Berig, ele não ia esperar a canção terminar antes de arrastá-la para as sombras e completar o rito.

Riga estava fazendo aquilo de propósito, só para enlouquecê-lo.

A mão de Hengist escorregava de suor. Seu aperto falhou, e o círculo girou tão rápido que Júlia achou que sairia voando.

Em Ravena, ouvia-se música com decoro contido. Ninguém se lançava à dança como se a música subisse da terra como um mandamento de deuses pagãos. Os tambores eram uma base pulsante sob os arpejos saltitantes de Riga; o suor colava o cabelo de Júlia à nuca, e ela era só mais uma entre muitos ali, suados, desalinhados e *livres*. Tinha a forte sensação de que era exatamente onde deveria estar. Girava sob o céu noturno iluminado pelo fogo. Tonta e rindo, parou com um tranco na beira da ciranda onde dançavam. Um vulto surgiu da escuridão.

De repente, ela se viu encurralada na paliçada, na sombra do salão de hidromel, longe da vista dos demais. Alaric surgiu imenso à sua frente. O fogo lançava fagulhas preguiçosas atrás dele e dava a seu cabelo um tom de bronze derretido.

Primeiro ela não teve reação, depois ferveu.

— Olá.

— Você e eu precisamos conversar.

— Não imagino o que poderia ser tão *urgente*. — Ela não conseguiu esconder o tom de censura. — Você mal falou comigo nos últimos dias...

Alaric levou o polegar à boca dela, calando-a. Um toque suave como um beijo. A região entre suas pernas virou um caos de calor pulsante.

— O que você busca com vinho e ópio? Me diga.

— Prazer. — Os olhos dele escureceram de desejo, e Júlia continuou: — Inconsciência. Os dois.

— Eu serei sua maldita inconsciência. Você não vai se lembrar de nada antes de mim, e nada depois de mim vai bastar. Venha até mim no escuro e vamos ser felizes de uma vez.

Júlia ergueu uma sobrancelha.

— Você está... cedendo?

— Talvez esteja.

Ela ficou sem palavras ao encarar o rosto feroz e belo daquele homem que já havia vencido guerras e tirado vidas. Um homem que naquele instante *cedia*.

— E o meu preço? — O silêncio dele cortou mais fundo que qualquer lâmina. A raiva cresceu. Por que Alaric não podia *facilitar*, para que ela dissesse sim e salvasse a própria dignidade? — Vejo que nada mudou — disse Júlia com frieza. — O que vai fazer agora, Alaric dos Godos? Me arrastar até sua casa? Não é isso que os bárbaros fazem?

— Então é isso que você quer. — Seu sorriso confiante brilhou. Um lampejo de ouro de pirata no fim do mundo. — Só quando você implorar, Júlia.

Ela ainda tinha orgulho.

— Jamais farei isso.

Sem aviso, no instante seguinte, ele a virou e a prensou com força nos troncos descascados da paliçada.

— O que você está fazendo? — arfou ela.

— Fazendo você implorar.

Ah, deuses, como ela era fraca. Estava *faminta*, arfando um *isso* sussurrado quando uma mão tapou sua boca. Enorme, áspera, calejada, a mão de um guerreiro. Uma mão que já havia matado muitas vezes, e que naquele momento silenciava seu gemido ofegante, enquanto outra deslizava sob sua saia.

Não era justo. Júlia arqueou as costas, roçando a bunda na ereção dele, e ficou satisfeita ao ouvir o palavrão entredentes que ele soltou quando os dedos dele se contraíram em seu cabelo. *Isso*. Ela venceria aquele jogo; ela...

Então o polegar dele tocou o centro em brasa do seu desejo.

Júlia esqueceu qualquer pensamento de vingança. Espremida entre a paliçada e a excitação pulsante dele em suas costas, ela se dissolveu num mar de fogo. De algum modo, Alaric conhecia exatamente a alquimia entre pressão e ritmo para deixá-la fora de si. Mantinha o prazer aceso, levando-a de novo até aquele ápice que sentira na caverna — o prazer que a fazia arquear as costas como um arco retesado.

Quando o rei dos godos inclinou a cabeça dela para trás e tomou sua boca com a dele — espalmando os dedos ao longo da mandíbula, mantendo a cativa —, Júlia já não tinha mais nenhum senso. Beijou-o de volta com selvageria — mesmo quando os dedos dele foram ficando mais lentos. Mais leves. Preguiçosos.

— Por favor — sussurrou ela. — *Por favor.*

Alaric soltou um som entre uma risada e um rosnado. O polegar traçava círculos lentos e lascivos no centro de seu prazer, e era uma *tortura*. Ele se afastou do beijo e, quando ela tentou buscá-lo de novo, sua mão livre puxou o cabelo dela, segurando seu rosto na madeira enquanto a outra mão a fazia desmoronar. Algo crescia dentro dela — o mesmo prazer imenso e explosivo que a atravessara na caverna. Os dedos dela se arquearam na parede.

— Deuses. Alaric. *Por favor...*

— Eu disse que faria você implorar.

No instante seguinte, a mão dele sumiu. Ele a encarava de cima, mantendo as mãos apoiadas na parede acima da cabeça dela, um sorriso satisfeito nos lábios. Alaric a deixara perto do abismo... e naquele instante só observava enquanto ela se agarrava à beira, rindo da situação.

Como ele *se atrevia*? Como se atrevia a levá-la tão perto do precipício e então recuar, deixando-a ofegante e doendo de desejo?

— Eu te *odeio.*

— Não, não odeia. — A voz dele era áspera e macia. — Eu não sou um bárbaro voraz que leva mulheres à força para a cama, Júlia. *Venha* até mim. Atravesse aquele pátio e venha até minha cama. Se pedir com jeito, talvez eu termine o que comecei.

Ela ardia de indignação.

— Seu desgraçado.

— Como quiser.

Alaric a segurou pelo queixo e a beijou de novo, um beijo intenso, rápido, possessivo; seu polegar roçou a bochecha dela. E então se foi.

Júlia suspirou, trêmula. Seu corpo ainda doía e latejava, o ponto sensível entre as coxas inchado e quente de desejo. Ela pressionou as pernas, mal contendo um gemido. Como ele podia deixá-la naquele estado lamentável? O sorriso convencido dele ainda a assombrava. "Eu disse que faria você implorar." Maldito. Alaric a levou até o limite... e teve a ousadia de dizer que esperaria que ela cruzasse aquele pátio, na frente de todo mundo, para implorar que ele a satisfizesse.

Isso só aconteceria no dia em que o *inferno* congelasse.

Júlia voltou para perto da fogueira, tentando fingir que nada tinha acontecido. A maioria das pessoas já tinha ido embora, e casais jovens sumiam na escuridão. O beijo de Alaric ainda queimava em sua boca.

Ficou olhando para o fogo, furiosa. Não correria até a cama dele para se oferecer feito uma virgem pronta para o sacrifício. *De jeito nenhum.*

Exceto... por que não? Que diferença fazia? Já estava arruinada mesmo. Por que não aproveitar o prazer onde conseguisse? Bastavam alguns passos, e estaria de novo nos braços dele. Afundando naquele beijo.

Tudo bem, pensou. *Eu vou ceder.*

Horsa estava com um braço jogado nos ombros de uma mulher loira e de um rapaz moreno; ao que parecia, ele gostava dos dois. O garoto lançou um sorriso maroto quando ela se levantou.

— E aí, aonde você vai?

— Não é da sua conta. *A lugar nenhum*. Dormir.

— Eu te acompanho.

— Não precisa. De verdade, não se incomode. Não... *Senta aí.*

Júlia estava tão ocupada debatendo com Horsa que quase nem percebeu quando Brisca desceu os degraus do pórtico, atravessou os poucos metros até a casa de Alaric e entrou.

Alaric andava de um lado para o outro como um animal enjaulado. Por que ela estava *demorando* tanto? *Porra.*

Pensou em Júlia em seus braços, prensada na paliçada, na respiração quente e acelerada enquanto ele a levava ao limite do prazer. Achou que estava ensinando uma lição a ela, mostrando quem estava no comando. Que podia levá-la até onde ela mais queria e depois se afastar, contrariando a imagem que ela tinha dele e obrigando-a a escolher por vontade própria.

Não tinha *imaginado* que seria *ele* quem estaria prestes a implorar. E que a escolha dela talvez não fosse ele.

Alaric praguejou. Chamas ardiam em tigelas de metal ao lado da cama coberta de peles — espaço que ele pretendia usar para muito mais do que dormir. Tirou a camisa bordada e caminhou até a janela, nu da cintura para cima, olhando na direção da fogueira onde deixara *sua* mulher. Aquela por quem estava disposto a arriscar entrar em uma guerra.

Que se danassem esses jogos de poder. Ele a arrastaria para a cama, onde era o lugar dela. Daria o que fosse preciso. Exércitos, conquistas... *Não*. Porque assim Júlia saberia o quanto o dominava. A filha de Teodósio.

Aquele jogo era perigoso demais. E não terminaria bem.

Alaric socou a parede. Pedaços de reboco voaram pelo chão.

Uma batida na porta. O coração de Alaric acelerou conforme cruzou o cômodo e escancarou a porta.

— *Até que enfim*. Por que você demorou tan...

Mas não era Júlia quem o encarava sob a luz da tocha, com os olhos faiscando. Era Brisca.

CAPÍTULO XXI

Júlia se sentou na cama suspensa e piscou para afastar a terrível luz da manhã. A lembrança da noite anterior lhe trouxe um rubor de vergonha. Tinha cedido tão *rápido*. Estava prestes a procurar por Alaric, mandando aos ares a própria dignidade. Só para ser superada por Brisca. *Ela* é que tinha passado a noite sendo coberta de reinos e orgasmos.

Júlia enterrou o rosto nas mãos e soltou um som grosseiro e feio de choro. Horsa estava parado na porta, um olho semicerrado e o outro tão inchado que mal dava para ver.

— Está *chorando*? Você está péssima.

— *Eu* estou péssima? — Ela olhou com certa preocupação para o hematoma que escurecia o olho do garoto. — O que aconteceu com você?

— Treinamento. Alaric disse para eu proteger o rosto se quisesse continuar bonito. Não fui rápido o suficiente.

— Ele está de péssimo humor. — Hengist entrou no quarto, mancando. — Melhor evitá-lo.

— É o que pretendo fazer. — Preferia cair em uma latrina a ter de cruzar os olhos com aquele homem. — Venha cá, Horsa. Acho que posso ajudar com seu olho. — Ela pegou o pote de unguento de Alaric. — Isso *funciona*, seja lá o que for. Meus hematomas quase sumiram.

— Aquilo na sua cama é o manto do Alaric? — Horsa sorriu de lado. — Você *dorme* com ele?

Atrás do irmão, Hengist colocava comida sobre a mesa gasta.

— Aposto que ela dorme enrolada no manto, como um recém-nascido.

— Vou queimá-lo — disse Júlia, com desdém, enquanto passava o unguento no rosto machucado de Horsa. — Cheira a esterco de cavalo.

Mas é claro que não cheirava... cheirava a *Alaric*, e Júlia achava que não se importaria de morrer, contanto que fosse enterrada com aquele manto.

— Você tem algum hematoma, Hengist?

— Me dá aqui.

Ela empurrou o pote para ele.

— Onde está Alaric?

— Caçando. Vai ter uma festa mais tarde. Precisamos de caça para a mesa. — Hengist cortou um pedaço de pão. — Coma. Trouxemos mel.

O pão estava quente e soltava fumaça, e ela gostava de mel mesmo.

— Que tipo de festa?

— Nada como aquela romana antiquada, com luzes de papel, comidas ridículas e dançarinas que a gente não pode pegar. A única parte divertida foi quando Alaric fez você de refém. — Horsa riu.

— Que bom que achou divertido — disse Júlia, ácida.

Uma sombra apareceu no limiar da porta, e Brisca surgiu, vestindo uma túnica azul, calça de couro e botas de feltro macio.

A coluna de Júlia ficou rígida. Por um momento, as duas mulheres se encararam como duas gatas de lados opostos de um quintal enlameado.

Os olhos de Brisca se voltaram para os rapazes.

— Um de vocês traga uma bebida. Não me importa qual.

— Que seja em grande quantidade — pediu Júlia.

E então os garotos saíram pela porta, e ela e Brisca ficaram sozinhas.

A mulher a examinava, e Júlia devolvia o olhar na mesma intensidade. Então foi essa que Alaric *resolvera* fazer rainha. Brisca não era bonita, não do jeito que a corte de Ravena definia beleza. Ainda assim, havia um traço cortante, firme, na sua fisionomia que tornava impossível desviar os olhos.

Quando Hengist voltou com o jarro, ela serviu uma caneca grande com espuma para Júlia e outra para si.

— É um tipo de cerveja — disse Brisca. — Fazemos com cevada. — Empurrou uma das canecas até a ponta da mesa, onde Júlia estava sentada. — Ele machucou você?

Júlia piscou. Como, por tudo que é mais sagrado, ela devia responder a isso?

— Pelo que ouvi falar, Alaric tinha sequestrado você com uma faca no pescoço. Chego aqui e a encontro com o rosto inchado de tanto chorar. Quer que eu pense o quê? — Brisca tomou um gole da caneca. — Alaric não é do tipo que machuca mulheres. Mas também não é do tipo que sequestra mulheres. E, ainda assim, aqui está você.

A raiva subiu, afiada. Júlia odiava que Brisca pensasse nela como uma vítima.

— Ele *me* sequestrou? Foi isso que ele disse? Fui eu que me sequestrei. — Júlia provou a cerveja com cautela. Tinha gosto de pão líquido. — Planejei um golpe para fugir do meu casamento arranjado — disse, como quem comenta o tempo. — Alaric só apareceu na hora certa.

— Bom. Você *é* mais interessante do que eu imaginava. — Brisca ergueu as sobrancelhas escuras. — É verdade que colocou urtigas na cama dele?

— Como soube disso?

— Os homens dele fofocam mais que lavadeiras. — Brisca a observou por cima da borda da caneca. — E então?

Júlia assentiu. A mulher jogou a cabeça para trás e soltou uma gargalhada alta e ousada, que encheu o cômodo.

— Fico surpresa por ele não tê-la matado.

— Fico surpresa por *eu* ainda não tê-lo matado. — Júlia deu de ombros. — Você nunca sente vontade de assassinar aquele homem?

— Com frequência — respondeu Brisca, num tom seco. — O pior dele é que está sempre *certo*. Já tentou discutir com alguém que nunca está errado?

— Discutir não é o problema. Difícil é ter uma conversa normal. — Júlia tomou mais um gole. — Já tentou falar com ele sobre o preço do trigo na Toscana? Ele fica todo sombrio e depois tenta esfaquear alguma coisa.

Brisca bufou.

— Neste momento, Alaric está tentando esfaquear a vida selvagem.

— Sim, *depois* de espancar os gêmeos até virarem mingau. Aposto que vai transformar sua festa num banho de sangue também. — Júlia estremeceu. — *Odeio* banhos de sangue.

— Aposto que ele tem vontade de morrer a cada vez que você consegue não se deitar com ele.

Júlia quase engasgou com a cerveja.

— Ou já se deitou? — A pergunta veio casual demais. — A maioria das mulheres acha ele bonito.

— Sim, e Alaric sabe *muito bem* disso. — Júlia se endireitou. — E você? Por que não se casou com ele?

— Casar com ele? *Eu?* Ah, pelo amor. Júlia, não é para isso que Alaric *serve*. — Brisca riu. — Ele só tentaria mandar em mim. Jurei, no dia em que Alaric matou meu último marido, que nunca mais seria aprisionada.

Havia uma confiança naquelas palavras que fez com que Júlia gostasse da outra mulher um pouquinho mais.

— Consigo entender — disse, com emoção. — Homens são uma praga na existência.

— Ah, mas servem para algumas coisas. — Brisca alargou o sorriso. — Alaric, por exemplo...

Júlia ficou tensa.

— Acho que já chega *desse* assunto.

Brisca terminou a cerveja num só gole.

— Ele te proibiu de sair desta cabana enquanto está fora. Vamos desobedecer.

As pessoas adoravam falar de si mesmas. Brisca não era diferente.

Júlia escutou com atenção enquanto a mulher lhe mostrava, cheia de orgulho, a aldeia. Os currais dos cabritos. A casa do curtumeiro e a do cervejeiro. A forja para fundição do ferro. O reino de Brisca era um lugar compacto, fechado, que não precisava de quase nada de fora.

A mulher levou Júlia por uma trilha estreita e traiçoeira até as montanhas acima da aldeia, entre os vinhedos. Fazia calor demais para a época, apenas no início do verão. Havia homens entre as parreiras, colhendo as uvas; um deles trouxe duas taças de vinho fresco e seco, claro como o sol.

— Você deve achar que somos bem antiquados aqui — comentou ela.

— Pelo contrário. Acho muito mais inteligente ser autossuficiente do que depender de grãos que vêm de longe e podem ser desviados a qualquer momento.

— É esperto da sua parte. — Brisca deu um daqueles sorrisos tortos. — Se você for governar, Júlia, vai ter que ser mais esperta que qualquer homem. E mais rígida também. Se não tiver um marido, os homens vão entender isso como um convite para tomar seu reino, seja pela guerra ou pelo casamento. Dá quase na mesma.

Mil perguntas chegaram à boca de Júlia. O que Brisca estava fazendo com Alaric, então? Aquela intimidade era só encenação, para espantar pretendentes? Será que ela *tinha* mesmo dormido com ele na noite anterior? Só de pensar nisso, seu estômago dava voltas. Ela abriu a boca para perguntar.

O som de um berrante cortou o silêncio. Lá embaixo, Alaric atravessava os portões montado a cavalo. Uma dúzia de guerreiros o seguia, com corpos de cervos e um javali pendurados em varas entre eles. Ehre cavalgava ao lado de Alaric, usando um manto preto elegante, o cabelo solto, brilhando como uma juba selvagem. Júlia viu os dois rindo juntos, a cabeça dourada de Alaric inclinada em direção à dela, e sentiu um enjoo súbito.

Que idiota ela era, apaixonada por um homem daqueles. Com certeza Brisca já tinha percebido tudo estampado na cara dela, como se estivesse escrito em bronze.

Mas a outra mulher só se levantou.

— Vai ter um banquete esta noite. Temos que nos preparar.

CAPÍTULO XXII

Naquela tarde, Nathan Negro, um parente de Brisca, chegou com sua comitiva — mais de cinquenta pessoas. Alaric apoiava-se na lança, observando do alto pórtico do grande salão de Brisca enquanto um sacrifício era feito em homenagem a eles. A vaca branca jazia de lado, com o sangue escorrendo do pescoço e as pernas se contraindo enquanto a sacerdotisa enfiava as mãos até os cotovelos na barriga do animal.

Lá embaixo, Nathan Negro estava com seus guarda-costas. Rei e guerreiro, líder e servo, todos atentos, escutando com atenção para ver se os deuses falavam através das vísceras sangrentas.

Alaric sabia bem o fio da navalha sobre o qual caminhava. Três invernos desfavoráveis tinham corroído suas alianças naquelas passagens, e uma leitura ruim poderia desfazer tudo pelo que ele havia lutado. Mesmo ali, sentia a tensão nervosa na quietude da multidão. Via com clareza a própria vulnerabilidade, seu exército do outro lado da montanha, mais da metade a caminho da rebelião. Não havia momento mais propício para um desafio. Seu olhar deslizou até Júlia, do outro lado do pátio. Os gêmeos a ladeavam, as mãos repousadas com tranquilidade nas armas, como se fosse só um gesto casual, cercados pelos amigos que vinham fazendo durante a estadia na aldeia. Alaric torcia para que não precisassem das armas.

Em algum lugar no céu, uma águia gritou — ampliando o presságio — bem no momento em que a sacerdotisa se levantou com os braços vermelhos até os ombros, segurando o fígado pesado sobre as mãos.

— As leituras estão turvas. Os deuses escolheram não falar.

Na ausência de presságios claros, o ouro podia servir como bênção. E o ouro de Júlia era uma bênção poderosa.

Alaric ordenou que começasse a troca de presentes, observando os líderes dos clãs erguerem os fios de joias preciosas contra a luz, a admiração escancarada em seus rostos. Seus aliados esperavam certas coisas dele: habilidade em batalha, charme, persuasão.

E riqueza, qualquer uma que pudesse arrancar dos inimigos. Alaric já havia presenteado seu povo antes; colocara cidades inteiras a seus pés para serem saqueadas. Mas as joias de uma princesa estavam em outro nível.

Nathan Negro tinha o peito largo, uma barba negra e espessa que lhe dava o nome, e um olhar esperto e marcado por batalhas. Naquele instante, assobiava pelos dentes ao erguer um colar de contas de cornalina.

— Você deve ser um feiticeiro — murmurou. — Queria saber como conseguiu fazer os romanos se separarem disso.

— Tenho meus meios.

Nathan Negro deslizou um dos anéis de Júlia no dedo. Tinha um rubi que brilhava como um coágulo de sangue. O homem estendeu a mão calejada pela guerra para admirar a joia, com maneirismos de uma dama nobre.

— É uma boa aliança, rei Alaric. Mesmo que você chegue com a guerra à sua sombra e sem bons presságios dos deuses para encher suas velas.

— Se eu só guerreasse quando os presságios fossem bons, Nathan, nunca sairia de casa.

— Você é um inimigo perigoso de se ter, Alaric. Mas os romanos também são.

Um dos homens de Nathan se aproximou do palanque carregando um embrulho nos braços, envolto em uma fortuna de seda estrangeira. Desdobrou-o aos pés da escadaria com certa solenidade. Dentro, havia um par de machadinhas, finamente trabalhadas em freixo e ouro. O presente de Nathan. O rapaz entregou uma a Alaric, que fez questão de testar o peso. Bastante inútil para uma batalha, mas afiada o bastante para cortar um fio de cabelo no ar.

Era o tipo de presente com o qual se precisava ter cuidado — sob risco de encontrá-lo cravado nas costas.

Naquela noite, as fogueiras foram acesas no salão principal e todos se reuniram sob o telhado. O fogo rugia numa lareira grande o bastante para caber um cavalo dentro. Homens e mulheres circulavam por ali, armados até os dentes, bebendo de canecas grandes e com espuma; crianças descalças rolavam na palha com cães de caça do tamanho de pôneis.

Júlia mergulhou na festa como um peixe na água. Aquele era seu hábitat natural.

De um lado, surgiu um chifre com bebida, a espuma grossa escorrendo pela borda. De outro, veio a perna assada de algum animal, a pele ainda estalando. A música pulsava no ar, e ela dançou até sair cambaleando do círculo, direto na direção de um homem com o porte de um carvalho. Ele se virou, carrancudo; o cabelo dourado brilhava à luz do fogo como o tesouro de um dragão, os olhos cinzentos como o fio de um machado; tatuagens se contorciam pelo peito. Júlia deu um passo para trás.

Era Torismundo. Ele estava... cambaleando de bêbado?

— Júlia. Acabei de perder minha espada, meu cavalo e meu escudo jogando latrúnculo. A única coisa que me resta para apostar sou eu mesmo. — A carranca dele se aprofundou, como se doesse pedir. — Me ajuda.

Ele tinha que estar *muito* bêbado para pedir ajuda tão diretamente, e ainda por cima na frente de todo mundo. Júlia recuperou todos os pertences de Torismundo um a um, saboreando os olhares chocados e avaliadores dos velhos guerreiros grisalhos.

Os gêmeos nunca saíam de perto. Zombavam dela enquanto jogava, a puxavam para dançar, empurravam bebidas em suas mãos. Júlia sabia que Alaric os tinha mandado vigiá-la. Isso a fazia ranger os dentes de irritação. Mas não era a única coisa que a irritava nele. Ela viu Nathan Negro enroscando um colar de pérolas no pulso e engoliu um palavrão. Alaric com certeza podia conseguir muito mais do que a lealdade de um líder qualquer com aquilo.

Mas não importava. Ela teria o que queria naquela festa. Faria aliados, descobriria mais sobre a relação de Alaric com Brisca — e flertaria com todo mundo bem na frente dele. Mesmo que o rei dos godos parecesse não notar. Ou não se importar.

E isso era o mais revoltante, porque ela não tinha conseguido parar de *notá-lo*. Estava sentado na mesa alta, vestindo uma túnica carmesim muito bem bordada, torques grossos de ouro nos braços e no pescoço. Ele exalava um carisma relaxado que, por si só, já era uma força poderosa, deixando todos à vontade, rindo. Júlia era atraída por ele como uma flor se vira para o sol.

A noite toda ela o viu flertar descaradamente com todas as mulheres que passavam por perto. Estava sentado na cadeira ornamentada ao lado de Brisca — a mais alta, *a do líder*, que certamente não pertencia a ele — enquanto ela se inclinava para sussurrar no ouvido dele, com uma mão pousada em sua coxa, possessiva.

Júlia revirou os olhos, enojada. Que cafajeste vergonhoso.

Do outro lado do salão, a música recomeçou — uma melodia leve, como riacho saltando sobre pedras. E lá estava Berig, com o cabelo escuro caindo em cachos sobre os ombros.

— Júlia. — O sorriso dele era caloroso, convidativo. — Me concede essa dança?

— *Por favor*.

Júlia se levantou, sacudindo o cabelo. Enlaçou o braço no dele e se deixou levar pela música.

Alaric prendeu a respiração quando, do outro lado do salão, Júlia se ergueu do banco, sacudindo o cabelo num movimento suave e firme que os fez ondular até a cintura. Engoliu um palavrão.

Estivera evitando-a a noite inteira. A princesa tinha feito sua escolha, e não era ele.

— Se formos te ajudar, vamos precisar de reforço do seu exército. Uns cem homens bastam. — Nathan coçou a barba preta e espessa.

— E cem barris de grãos para sustentá-los no inverno — acrescentou Brisca.

O método de persuasão da mulher parecia ser se juntar a Nathan para arrancar o máximo possível dele. E Alaric mal estava em posição de recusar. Por isso, deu de ombros, como quem não se importa.

— É só pedir o que precisarem.

Mesmo que o seu povo mal conseguisse juntar comida para um jantar miserável. Do outro lado do salão, Júlia dançava com o filho de Nathan Negro, o jovem bonito, de barba dourada; Berig, na língua das montanhas, queria dizer *belo*.

Alaric apertou com força o chifre com bebida. Forte o suficiente para entortar o metal que o adornava.

Nathan Negro acompanhou o olhar dele.

— Parece que ela prefere os mais bonitos a nós, Alaric. — Havia um tom provocador no sorriso. — Deixa meu filho ficar com ela. Ela parece gostar dele. Você ganha um bom lugar para escondê-la, e eu ganho um netinho fofo para brincar. Todo mundo sai ganhando, né?

— Foi isso mesmo que eu ouvi? Uma conversa sobre dar mulheres como se fossem bens, na minha casa? — Brisca cravou as unhas na coxa de Alaric. — Júlia pode ser até prisioneira de Alaric, mas ela tem liberdade de escolha sobre o próprio corpo.

— Quem disse que ela não escolheria meu filho? A maioria escolhe.

Alaric se recostou na cadeira.

— Tenho uma ideia melhor. Mande seu filho até mim, em Nórica. Dou a ele uma posição de destaque na linha de frente do meu exército.

Nathan empalideceu levemente.

— Seria honra demais para ele, Alaric.

— Que nada. Dê a ele a chance de trazer glória para sua família. Os bardos vão cantar o nome dele.

Alaric percorreu a multidão com o olhar, procurando o brilho do cabelo de Júlia. Ela tinha sumido. Berig também.

— O que você precisava me dizer em particular? — Júlia parou nas sombras, além do alcance da luz das tochas, do lado de fora do salão. — Rápido. Se Alaric perceber que sumi...

— Recebi notícias de um amigo, fora dos muros — explicou Berig, puxando-a para um canto ainda mais escondido. — Ele pode levá-la pelas montanhas. Mas temos que ir agora.

Júlia arregalou os olhos. Não era nada do que esperava.

— Preciso de tempo para pensar.

— O marido da Brisca era meu tio. Quando Alaric o matou, arrancou de mim o lugar que me cabia como próximo na linha de sucessão. Desde então, sirvo Brisca com um sorriso no rosto, mesmo ela tendo se aliado ao assassino do meu tio. — As mãos de Berig subiram até o rosto dela. — Desde que a vi, Júlia, soube que você era como eu. Aprisionada. Vamos fugir *juntos*. Com certeza você não prefere aquele bruto.

E então, sem aviso, Berig encostou a boca na dela. Júlia ficou rígida. Sentindo o mesmo nada que sentia com Cornélio.

Isso era melhor. Facilitava tudo.

Um par de olhos azul-gelo surgiu na mente dela. Júlia se afastou como se tivesse se queimado.

— Berig, se você acha que vou me enfiar nas montanhas com você, está *maluco*. Alaric vai encontrá-lo e fazer você comer o próprio fígado.

— Conheço essas montanhas. Posso protegê-la.

— Pare de ser idiota e me solte. — Ele não soltou. — Berig, por favor, me solte.

— É melhor fazer o que ela está pedindo, Berig.

Alaric estava a poucos passos, a luz das tochas obscurecendo seu rosto. A voz era baixa, mas a ameaça por trás era clara. Júlia a sentiu até a espinha.

— Ela não quer você. — Berig se virou para encará-lo. — Você é o vilão, Alaric.

— Posso até ser — respondeu, calmo. — Mas ela mandou você recuar. Então obedeça.

Era o mesmo tom de voz que usara antes de cortar o pescoço de Orígenes. Júlia *viu* o brilho assassino nos olhos dele, o jeito despreocupado como mudou de postura e a mão foi direto para o punho da faca. Só conseguia ver Cornélio caído na poeira.

— Você é tão *burro* — sussurrou ela para Berig. — Se eu tiver que ver suas tripas esta noite, nunca vou perdoá-lo. Agora vá embora. *Vá*.

— Se é isso que você quer, Júlia. Mas não esqueça minha oferta.

Berig lançou um último olhar demorado antes de desaparecer de volta para o salão.

E então estava sozinha com Alaric, a presença dele deixando-a arrepiada.

— Quanto a *você* — disse ela —, estou torcendo para que, se eu ignorá-lo, você desapareça.

— Pelo amor de Deus, mulher. Como pode desaparecer no meio da noite com o parente idiota da Brisca, quando um resgate paira sobre sua cabeça...

— Como se *você* se importasse — sibilou Júlia. Pensou em Brisca na acomodação dele. Na noite gloriosa que deviam ter passado. — Eu não sou nada além de um passatempo para você, não é?

Alaric a tocou com delicadeza, afastando o cabelo da testa dela.

— É isso que você acha? — A voz dele era um sussurro; pela primeira vez, sem um pingo de escárnio.

Júlia se sentiu humilhada quando as lágrimas surgiram em seus olhos.

— Vá embora, por favor.

— Ainda não. Há coisas que precisam ser esclarecidas entre nós. — A ternura na voz dele era sal numa ferida aberta. — Vai me dar uma chance de explicar?

Júlia ficou em silêncio, emburrada.

— Tenho trabalhado para conquistar o apoio de Brisca e convencer os clãs a defenderem essas portelas contra a guerra que estou trazendo até a porta deles — disse Alaric. — A guerra que eles acham que estou começando por motivos banais...

— Motivos *banais*? Você está falando de mim, não é? — Júlia se eriçou. — Você me acha banal?

Por um momento, ele ficou no mais absoluto silêncio. Então... apesar da escuridão, Júlia podia jurar que Alaric *corou*.

— Nunca escondi o que sinto por você, Júlia.

— O que você sente *por mim*? — Uma risada incrédula e áspera escapou de sua garganta. — Deixe-me contar o que sei sobre os seus *sentimentos*! Você me trata com desprezo, me ridiculariza o tempo todo e depois exige que eu vá para a sua cama como se eu fosse uma serviçal. Veio até mim ainda quente da cama de outra mulher para exigir que eu fosse sua *concubina*. E vai me devolver para o meu irmão assim que se cansar de mim, não é? Sou uma peça valiosa demais para desperdiçar.

— Já te disse. Não vou te devolver para o seu irmão.

Mentira. As lágrimas já estavam vindo, mesmo com os olhos fechados, e ela se *odiava* por isso.

— Olhe para mim, Júlia.

Não. Não. Júlia baixou o olhar para o tecido da camisa dele, justo sobre o peito impecável. As lágrimas ardiam nas bochechas.

Alaric praguejou baixo e ergueu o queixo dela até que seus olhos se encontrassem.

— É impossível que alguém seja tão teimosa — murmurou. — Quer você me queira ou não, não vou devolvê-la ao seu irmão. Nem por resgate, nem por terra. E se Estilicão quiser guerra, então é guerra que ele terá. — Ele deslizou o polegar pela maçã do rosto dela, enxugando uma lágrima; provocando faíscas sob a pele dela. — Você vale uma guerra.

Júlia soltou um suspiro trêmulo. Sentiu uma enxurrada de sentimentos que não conseguia nomear, um rio que a deixava submersa. Tremendo.

Ele passou os últimos dias na cama de Brisca. Acha que pode jogar palavras bonitas aos meus pés e conseguir o que quer de mim.

— Então esse é o meu destino? — disse ela, com veneno na voz. — Ficar com você e virar sua concubina?

Um silêncio tenso.

— Seria tão terrível assim?

— Sou uma *princesa de Roma*, Alaric. Me desculpe se não pulo de alegria com a possibilidade de virar mais uma de suas *mulheres*.

Alaric recuou, a luz da tocha tocando seu rosto.

— O que faz você pensar que tenho outras?

— Eu tenho olhos, Alaric. *Vi* o jeito como Ehre olhou para você hoje. E depois Brisca...

Alaric se inclinou de novo, apoiando o antebraço acima da cabeça dela, os olhos azuis cravando os dela, mantendo-a imóvel.

— Não dividi minha cama com ninguém desde que cheguei aqui. Brisca apareceu, e eu a mandei embora. — O polegar dele roçou a bochecha dela, e cada centímetro do corpo de Júlia se acendeu. — Foi por causa dela que você não me procurou?

Como se eu fosse procurar por você. As palavras queimavam na língua dela, mas não conseguiu dizê-las. Não com Alaric olhando-a daquele jeito, com os olhos em chamas, não deixando que ela se escondesse.

— Eu vi quando ela foi até sua cabana — disse, amarga. — Não que eu me *importasse*. Vocês dois podem fazer o que quiserem. Mas o que eu deveria pensar?

Um sorriso ousado e seguro brilhou no rosto dele.

— Você está com ciúme.

— Não seja ridículo.

Mas o rosto dela queimava, traindo tudo, e Júlia queria simplesmente cair morta ali mesmo e acabar com aquela humilhação.

Mas Alaric não zombou. Em vez disso, seu sorriso se curvou num gesto lento e cheio de certeza.

— Eu já te disse, Júlia. Eu só quero você.

Júlia ergueu os olhos até os dele, e o calor que viu ali — a vulnerabilidade estampada — roubou-lhe o fôlego como o fogo rouba o ar.

Ela não conseguiu se conter. Enterrou os dedos no cabelo dele quando foi puxada para seus braços, a força de seu corpo subindo ao redor dela como uma maré, enquanto seu beijo a reduzia a cinzas. Júlia apertou os dedos em seu cabelo e o beijou de volta, desesperada para puxá-lo ainda mais para perto, querendo que *doesse*. Alaric apenas riu, baixo e selvagem, junto ao ouvido dela, enquanto também prendia a mão em seu cabelo, puxando sua cabeça para trás para alcançar seu pescoço.

— Você é minha — rosnou, rouco, com os lábios roçando sua pele. — Você veio até *mim* e fez sua escolha. — Estrelas explodiram atrás de suas pálpebras fechadas quando ele pressionou a boca no ponto sensível abaixo da mandíbula dela. — Nem *pense* em fugir para outro. Eu abro o ventre de qualquer homem que olhar para você.

Então tomou a boca dela de novo, e o mundo escureceu nas bordas. Júlia o beijou com selvageria, agarrando sua camisa, precisando senti-lo sem nada entre os dois. Sentiu as mãos dele deslizarem sob suas coxas e erguê-la, encostando-a na porta, e ela enroscou as pernas dela em sua cintura enquanto a saia subia acima dos joelhos. Estivera errada sobre ele. Errada sobre tudo. Nada mais importava no mundo além daquilo.

Um som cortou o ar, atravessando os ruídos da festa, das fogueiras e da música.

Um *cornu* romano.

CAPÍTULO XXIII

Alaric estava no muro da aldeia e olhava do alto para cem homens espalhados pela encosta abaixo. Federados calejados pela guerra sob uma bandeira romana, iluminados por uma lua fina como unha.

Na dianteira, estava Caltrácio. Seu rosto se abriu naquele sorriso sanguinário.

— Ora, ora. Parece que o traidor encontrou muralhas atrás das quais se esconder — acusou ele, em latim clássico, só para deixar a provocação mais clara.

— Não sou eu quem fala a língua dos escravagistas — retrucou Alaric, em gótico. — O que você quer, Caltrácio?

— Não vim falar com você. Vim negociar com os líderes dessas portelas. — Caltrácio mudou para a outra língua, dirigindo-se aos homens atrás de Alaric. — Entreguem a princesa Júlia, viva ou morta, e pagarei duas mil moedas de ouro. Dobro se entregarem também o traidor Alaric. Recusem, e meus homens e eu destruiremos este lugar. — Apertou as rédeas com um punho revestido de malha. — Vocês têm uma hora.

O grande salão era de madeira e pedra, o único prédio da aldeia capaz de resistir a um ataque. Naquele momento, homens, mulheres e crianças estavam espremidos sob o lugar como lanças em um barril. Os líderes dos clãs estavam em alvoroço, socando mesas e gritando uns por cima dos outros. Alaric os silenciou.

— Eles não têm como vencer — disse, com frieza. — O exército é de federados, não militares romanos. Não têm engenhos de cerco nem linha de suprimento. Se não derrubarem os muros esta noite, não derrubam mais.

— Eu já vi o que os romanos fazem com os vencidos — rosnou Nathan Negro. — Vão escravizar todos os que não matarem. Não deixarei que isso aconteça com meu povo. Eu digo que entreguemos a mulher ao povo dela.

— Está tão covarde assim, Nathan, a ponto de vender a própria coragem? — rebateu Brisca. — Estas muralhas ficaram de pé nos últimos cem anos, e não cairão hoje.

— Não é ser covarde. É ser *realista* — respondeu Nathan. — Eu digo que entreguemos só a mulher. E nós três dividimos o ouro. — Virou-se para Alaric. — Não era esse o seu plano desde o início? Pretendia pedir o resgate. Só está fazendo isso antes do esperado.

Alaric cerrou os dentes.

— Ela só sairá daqui por cima do meu cadáver.

Naquele instante, os dois ficaram frente a frente, a mão de Nathan em seu machado de guerra, a de Alaric se movendo para o punho do saxo.

— Por favor. Não me diga que *acredita* nas palavras de um homem que usa um capacete ridículo daqueles.

Nathan Negro franziu a testa através da barba emaranhada.

— Quem deixou a prisioneira falar?

Deliberadamente, Alaric fez sinal para Júlia se aproximar, abrindo espaço para ela à mesa.

— É o destino dela que estamos debatendo — disse, pousando uma mão em seu ombro, deixando *muito claro* que ameaçá-la era o mesmo que ameaçá-lo. — Fale, Júlia.

Júlia não parecia nem um pouco intimidada. Falou em voz firme, altiva, com as mãos espalmadas sobre a mesa de carvalho.

— Deixem-me dizer o que eu faria se estivesse do lado de fora dos muros — disse. — Mandaria ouro. Talvez uma pequena quantia como gesto de boa vontade, ou talvez a quantia completa. Tanto faz. Então, quando entregassem o que eu queria, eu arrasaria este lugar até o chão, pegaria meu ouro de volta e venderia todos vocês como escravizados. Faria um bom lucro.

Nathan bufou, provocando.

— Nenhum general arriscaria seus homens assim.

— O exército romano tem homens de sobra. E os federados são especialmente descartáveis, como Alaric bem sabe — respondeu ela, lançando um olhar a ele. — Além disso, o risco é mínimo. Eu poderia entrar sob o pretexto de amizade, eliminar um ninho incômodo de foras da lei e livrar essas portelas de qualquer resistência. Vocês mal fariam cócegas.

Nathan pareceu escandalizado.

— Vocês romanos não têm um pingo de honra.

— Exato. Não temos. Honra é para adversários dignos, não para escravizados... ou para quem está prestes a se tornar escravizado — disse Júlia, com frieza. — É por isso que vocês têm de lutar.

— Ela não está errada, Nathan — disse Alaric, em voz baixa.

— Se os romanos vão nos trair depois de entregarmos a prisioneira, só os deuses sabem. E esta manhã, os deuses mostraram o que pensam — retrucou Nathan, sombrio. — Estão contra você.

— É mesmo? — perguntou Júlia. — Pelo que me lembro, a resposta deles foi inconclusiva.

— *Basta*. Um porco não tem direito de opinar sobre como vai ser cozido! — rugiu Nathan.

— Na verdade, o porco tem razão — discordou uma voz no outro extremo da mesa. Torismundo se ergueu. — A resposta dos deuses foi inconclusiva. Isso não quer dizer que eles não tenham opinião. Apenas decidiram não compartilhar. Um homem prudente perguntaria de novo.

Abaixo da plataforma, o ar ficou tenso como uma corda de alaúde prestes a vibrar.

— Sei o que pode resolver isso. Uma prova que ninguém poderá contestar. Que os deuses falem por meio das nossas lâminas. — Nathan virou-se para Alaric e sorriu. — Faz tempo que os deuses não demonstram amor pelo seu título, não é? Talvez *essa* seja a pergunta que precisa ser feita.

Então Nathan o forçaria a defender sua honra com a espada. *Ótimo*. Os lábios de Alaric se curvaram como uma lâmina de *kópis*.

— Parece um desafio. Eu aceito.

— Parem com isso, seus cretinos — disse Brisca. — Se acham que vou deixar vocês dois se estraçalharem num *holmganga* aqui dentro...

— Não é um *holmganga* — cortou Nathan. — Não será tão fácil assim. Alaric, você foi enfeitiçado por essa mulher, e queimarei no *inferno* antes de entrar numa guerra que começou por causa do seu pau. — Ele se virou para a multidão. — Essa é a filha do imperador Teodósio! — bradou, apontando para Júlia com o machado. — Quem quer ver qual é a cor do sangue dela?

Um rugido tomou o salão como fogo em capim seco. De repente, homens batiam espada contra escudo, alto o bastante para estremecer as vigas.

— Serão nove machadinhas, e nove arremessos. Uma vez para cada um de nós — bradou Nathan. — Se os deuses estão com o rei Alaric, a filha de Teodósio sairá ilesa. Se não estiverem, mandaremos seu cadáver para os romanos. *Nove machadinhas e nove arremessos.*

A multidão repetia o clamor de Nathan — *nove machadinhas e nove arremessos* — e Alaric soube, no mesmo instante, o que aconteceria se contrariassem aquela vontade. Já vira pessoas sendo estraçalhadas por grupos assim.

Mas, se alguém encostasse um dedo em Júlia, ele incendiaria aquele lugar até as cinzas.

— *Basta* — disse, descendo os degraus até o silêncio fervente. — É justo, o que Nathan propôs. Mas cabe a *mim* colocar a pergunta aos deuses. Se eu ferir um único fio de cabelo da cabeça da mulher, deem-me a honra da morte tripla e espalhem minhas cinzas aos pés do exército romano. Nenhum rei que falha com seu povo merece viver. — Alaric lançou um olhar sobre todo o salão. — Se eu conseguir, então os deuses estão conosco. E *lutamos.*

Por um instante, o mais absoluto silêncio pairou no salão. Então os guerreiros rugiram em uma aprovação, crua e ensurdecedora de cem gargantas.

Nathan lançou um olhar sombrio a ele, e Alaric soube, sem sombra de dúvida, que o plano dele era errar de propósito, devolver Júlia morta e pronto. Mas os guerreiros estavam contra Nathan. Não havia nada que pudesse fazer, a não ser colocar uma das machadinhas douradas na mão do rei dos godos.

Alaric testou o peso da arma. Seria fácil demais aquilo dar errado. Se sua mão vacilasse. Se não compensasse o balanço horrível. Se Júlia se mexesse, mesmo que um milímetro.

Do outro lado da mesa, os olhos azul-esverdeados da princesa estavam cravados nele. Mais uma vez, aquela fúria protetora irrompeu dentro dele, mas não podia deixar nada transparecer.

— Você — disse, impassível, os olhos voltando-se para Horsa. — Amarre-a.

Júlia esperava outro fígado de vaca ser usado como sacrifício, mas então entendeu que *ela* seria a vaca sacrificada. E Alaric acabara de oferecê-la.

Horsa a empurrou na parede com força bruta; prendeu seus braços com correntes ao menor olhar gélido de Alaric.

— Horsa. Pare... não faça isso!

— Relaxa. É só um jogo — disse ele, dando um tapinha em sua bochecha. — Não esquece de fingir que está com medo.

Então Alaric parou diante dela, resplandecente em sua túnica escarlate. Segurava a machadinha dourada, ornamentada, e falou com ela no latim mais puro e elevado — a língua de um príncipe.

— Confia em mim, mulher?

— *Confiar* em você! — Ela o encarou, incrédula. — Você está *louco*?

— Agora você vai precisar — Não havia como confundir o tom de comando em sua voz. — Feche os olhos e não se mexa nem um milímetro.

Ele caminhou até o outro lado da sala em meio a um silêncio tenso. A machadinha foi erguida em sua mão, e Júlia apertou os olhos com força.

Sentiu o vento cortar sua bochecha no primeiro arremesso. A lâmina atingiu a parede ao lado de sua cabeça com um estalo, e não houve nem tempo de se encolher antes que a segunda rachasse a madeira do outro lado, o aço frio roçando sua pele.

Não vou morrer mijando de medo. Não vou dar esse gosto a ele. Outra machadinha cravou-se na parede acima de sua cabeça e Júlia engoliu um grito.

Mais lâminas vieram em rápida sucessão. Ela manteve o corpo rígido, esperando pela que a cortaria ao meio. Por um instante, o silêncio foi absoluto.

Júlia se arriscou a abrir os olhos e viu-se cercada de machadinhas, da cabeça aos joelhos, nenhuma delas a mais de um centímetro de seu corpo. Quase todas prendendo sua saia à parede.

Um clamor sacudiu o telhado, e tudo o que Alaric via era Júlia. Em pé, firme, emoldurada por suas lâminas, com o olhar de quem o mataria feliz ali mesmo.

Ele estava tão orgulhoso dela que não conseguia falar.

— Mas *que porra*! — rugiu a voz de Nathan. — Essa mulher tem mais garra que meu filho!

Num instante, Alaric se virou, soltando a própria machadinha de guerra da mão com um movimento fluido. As que usara em Júlia eram cerimoniais, leves demais para batalha, mas aquela era um pedaço bruto de aço. A caneca de Nathan explodiu numa chuva de cerveja quando o machado se cravou na parede.

Silêncio absoluto. Alaric caminhou até a parede e arrancou a machadinha. Inclinou-se sobre Nathan, sentindo o cheiro de mijo e cerveja azeda.

— Não me irrite de novo. — Depois se virou para a multidão. — Os deuses falaram. Vamos à guerra. — Apontou a lâmina na direção de Júlia. — Aquela mulher pertence aos nossos deuses. Se alguém tocar nela, *eu* trarei a justiça deles.

O povo se aglomerou no salão num fervor febril, entre o medo e a animação. Alaric queria puxar Júlia e beijá-la até que ela não pudesse mais ficar de pé, mas uma multidão o cercava. Alguém lhe empurrou uma caneca cheia de cerveja, com a espuma transbordando; uma mulher de olhos escuros e dançantes o puxou para um beijo como se fosse o último da vida dela.

Quando conseguiu se livrar, já não viu mais Júlia.

— Você nem *se mexeu*! Eu não teria conseguido — exclamou Ehre, com um sorriso insano, soltando as correntes. — Vão cantar seu nome por cem anos...! O que foi?

As pernas de Júlia tinham virado água, e naquele momento ela escorregava pela parede de modo pouco elegante.

— Acho que vou vomitar.

— Nada disso. Quer que eles vejam você fraquejar? — Ehre a puxou de volta para ficar de pé. — Invada a multidão com a cabeça erguida. É assim que vai se consolidar como uma lenda.

"Se consolidar como uma lenda." Era o nome *dela* que gritavam?

No instante seguinte, Alaric estava diante de Júlia e, antes que pudesse dizer qualquer coisa, ele a puxou para seus braços e tomou sua boca num beijo profundo e selvagem.

Ela o beijou de volta com toda a fúria que sentia. Então recuou e lhe deu um tapa.

Um rugido de aprovação percorreu o grande salão, e um sorriso malicioso lampejou no rosto dele.

— Acredito que mereci isso — disse ele, esfregando a mandíbula.

— O que você merece é uma faca nesse seu coração sombrio.

E então seus braços estavam ao redor de Alaric de novo, e ela entrelaçou os dedos em seu cabelo enquanto a boca dele se abria sobre a dela, beijando-a com ferocidade. O salão explodiu em aplausos que sacudiram o chão, e um canto gutural e cru começou, acompanhado por pisadas fortes e ritmadas.

— O que estão dizendo?

— Que vamos à guerra.

Por um momento, ela e Alaric sorriram um para o outro — selvagens, perfeitamente sintonizados naquela alegria absurda. Então ele a beijou de novo, e a queimação de sua boca apagou tudo o que ela sabia. Foi só quando Alaric a soltou, depois de uma eternidade, os dedos dos pés de Júlia mal tocando o chão, que o constrangimento a atingiu.

— Está todo mundo olhando.

— Não se preocupe. Não há vergonha em estar feliz.

Ela *estava* feliz, percebeu, tão cheia de alegria que parecia prestes a explodir. *Amor*. Era essa a sensação? Alaric a fitava, com os olhos azuis brilhando de orgulho, e ela abriria as próprias veias só para que ele continuasse olhando-a daquele jeito.

— Você não tem uma batalha para lutar?

— Tenho.

Júlia ergueu a mão, afastando o cabelo da testa dele, como Alaric fizera tantas vezes com ela.

— Então vá. Mas não faça nenhuma estupidez.

Aquele sorriso perigoso surgiu nos lábios dele. O rei dos godos a beijou mais uma vez e se foi, chamando seus guerreiros.

CAPÍTULO XXIV

Sob o comando de Brisca, os moradores montaram uma enfermaria improvisada no grande salão.

Não haviam se passado nem horas desde o início da batalha e os feridos já chegavam em ondas. Ferimentos de flecha, machado, pancadas na cabeça. A água fervia nos caldeirões e pessoas com conhecimento de ervas se agitavam entre eles, fazendo ataduras e preparando emplastros. Brisca supervisionava tudo com a energia e o foco de uma general.

Júlia se mantinha ocupada. Os curandeiros lhe mostraram como estancar sangramentos, preparar emplastros e enfaixar feridas. Ela misturava remédio para dor; ao menos com ópio sabia lidar. Durante todo o tempo, ouvia os sons da batalha lá fora — virotes de balista, pedras de funda e flechas com pontas de ferro, tudo atingindo a paliçada com uma força devastadora. Se Alaric não obtivesse sucesso... ela fechou os olhos, e a imagem de um virote atravessando o peito dele surgiu em sua mente. *Se ele morrer...*

Não. Os deuses haviam falado. Ele não morreria.

As horas se arrastaram. Então viu Torismundo entre os feridos, o rosto pálido de dor enquanto um grupo de curandeiros o ajudava a se sentar num banco. Júlia correu até ele, com o coração na garganta. O batavo sorriu, cansado.

— Não se preocupe. Matei o homem que fez isso.

— E os outros?

— Vivos. Da última vez que vi. Mas...

Os curandeiros já a empurravam para o lado, todos com os braços cheios de ataduras, e Torismundo fez careta quando tentaram ajudá-lo a se sentar.

Brisca apertou o ombro de Júlia.

— Não se preocupe. Ele tem a constituição de um carvalho.

Então, um grito ecoou, fazendo um calafrio percorrer sua espinha. *Fogo.*

Se os homens de Caltrácio fossem tropas regulares romanas, os defensores já teriam morrido. Alaric sabia disso.

Tropas regulares teriam engenheiros para construir rampas e túneis sob as muralhas; tudo o que aqueles homens tinham eram escadas e ganchos de escalada. Mas isso já era problema suficiente. Os defensores os repeliam, desviando de projéteis, e o ar estava denso de tanto chumbo. Então, na hora mais escura da noite, as balistas anunciaram sua presença quando um virote do tamanho da perna de um homem atingiu a parede a poucos metros da cabeça de Alaric. As muralhas de Brisca eram de carvalho sólido, mas nem mesmo elas aguentariam um bombardeio a noite toda. Se não expulsassem os atacantes antes do amanhecer, morreriam.

Já quase amanhecia, e os atacantes estavam longe de recuar. Alaric estava no portão principal, onde o combate era mais intenso, e seus defensores caíam ao redor. Ele rezava para que a muralha resistisse.

— *Alaric.* — Era Hengist, subindo a escada atrás dele. — É o portão oeste. Fui ajudar Horsa e o encontrei escancarado.

O pânico disparou em seu peito.

— Onde está Horsa?

Hengist apontou adiante, na linha de frente. Lá, no meio de um grupo de defensores cercados, estava Horsa, lutando com fúria com seu machado huno e o saxo.

— Soube que você estava perdendo o portão principal. Veio reforçar.

Merda. Horsa desobedecera outra vez. E o portão estava aberto. O que significava que o inimigo havia entrado e caçariam Júlia. Alaric se virou, berrando ordens aos homens ao seu redor. Os invasores precisavam ser caçados. Ele mesmo lideraria o grupo.

Um clarão surgiu no canto do olho. O telhado do grande salão estava em chamas.

Júlia saiu correndo do grande salão, as pessoas avançando ao redor dela, e por um instante mal conseguia se manter de pé. *Torismundo.* Ela se virou em pânico, apenas para sentir uma mão puxando-a para fora do fluxo.

— *Júlia*. Graças aos deuses. — Era Berig, que tinha o rosto coberto de fuligem. — Alaric está procurando você. Levou uma pancada feia na cabeça...

Seus joelhos cederam.

— Ele está morrendo?

— Não sei. Mas não temos muito tempo. — O filho de Nathan a conduziu por uma estrada de terra batida entre os prédios. Puxou-a para as sombras quando dois homens armados até os dentes passaram correndo. — Invasores. Estão te procurando. Atearam fogo para nos distrair.

Um calafrio percorreu sua espinha.

Berig a levou até a borda noroeste da aldeia, longe dos sons da batalha. As casas por ali estavam desertas; cabras assustadas berravam presas nos cercados. Mais adiante, um celeiro havia sido incendiado, e ele a guiou naquela direção, mantendo-os nas sombras.

Um homem estava parado diante do celeiro em chamas, uma silhueta recortada pelo fogo. O capacete com fendas nos olhos era um pesadelo — um lado iluminado pelas labaredas, o outro mergulhado em trevas. Não era Alaric.

O homem arreganhou os dentes úmidos e brilhantes.

— Aí está você.

Berig parou, apertando o braço de Júlia com força.

— Me dê o resgate que prometeu, Caltrácio.

— Traga-a até aqui e eu lhe dou.

A voz do guerreiro era oposta à de Alaric e espalhava-se pelo pátio como fumaça negra.

— Não seja burro — sibilou Júlia. — Ele vai te partir ao meio no momento em que você chegar perto.

— Cala a boca — rosnou Berig, apertando ainda mais o braço dela. — Quero meu dinheiro *antes* de entregá-la. E quero passagem segura montanha abaixo. Garanta isso.

Caltrácio tirou uma bolsinha e a atirou aos pés de seu raptor.

— Agora, traga a princesa.

Berig a arrastou pelo pátio enlameado, apesar de seus protestos furiosos. Júlia se debateu, mas acabou torcendo o tornozelo e sentiu uma dor aguda.

— Tome — disse ele, empurrando-a na direção de Caltrácio.

Júlia cambaleou, quase caindo de joelhos.

Quando ergueu os olhos, viu o guerreiro cravando a espada no ventre de Berig.

O corpo do jovem cedeu e tombou. Caltrácio chutou o cadáver ainda trêmulo para soltar a lâmina, então se virou para Júlia. O fogo projetava sombras violentas sobre o elmo de bronze.

— Você não faz ideia da confusão que causou, princesa.

Ela deu um passo para trás. O vento quente chicoteava seu cabelo.

— Está pensando em fugir? Eu não faria isso — disse ele, limpando a espada ensanguentada antes de enfiá-la de volta na bainha. Caminhou na direção dela com um sorriso cruel como um pescoço cortado. — Estilicão quer você de volta viva. Mas a recompensa é a mesma se estiver morta.

Caltrácio agarrou o cabelo de Júlia com força, rente ao couro cabeludo.

Ela gritou ao ser arrastada pelo pátio. Torceu o tornozelo de novo, e uma dor quente e cortante subiu por sua perna. A adaga de Torismundo estava em sua mão. Júlia golpeou às cegas, a lâmina raspou o osso dos dedos. Caltrácio urrou de dor e desferiu um tapa que a lançou na parede de pedra. O mundo explodiu em luz. O homem se ergueu sobre ela, um rosnado estampado no rosto, uma arma curva e enorme reluzia em sua mão. Então Júlia viu a enorme lâmina arqueada descer do céu cheio de fagulhas.

Um choque metálico, e Alaric estava entre ela e a morte, o saxo erguido para aparar o golpe mortal.

A arma de Caltrácio era a terrível *rhomphaia* trácia, longa como uma espada celta, presa a um pesado cabo de carvalho. Alaric já vira grupos de trácios abaterem elefantes de guerra com aquilo. Ele aparou o impacto com sua própria lâmina, sentindo o choque reverberando pelos antebraços.

Caltrácio retraiu os lábios num sorriso feroz.

— Demorou, hein?

— Parece que você prefere lutar com mulheres na minha ausência. — A imagem do guerreiro golpeando Júlia ardia em sua mente. Ele morreria por aquilo. — Vamos ver quanta força você tem contra mim.

Eles circulavam um ao outro, lâminas baixas. Avaliando. O foco de Alaric se estreitou até virar uma ponta letal. Por baixo da superfície, tudo era tenso como uma catapulta prestes a disparar.

— Me dê a mulher. Direi a Estilicão que você escapou por entre meus dedos.

Uma fúria vermelha tomou sua visão.

— Você já fez essa oferta. E minha resposta continua sendo não.

Alaric ergueu a lâmina e avançou. Não houve mais palavras depois disso.

Na escola de oficiais de Estilicão, Alaric e Caltrácio eram equivalentes. Não mais habilidosos que os outros rapazes, apenas mais *furiosos*, com a mesma raiva queimando por dentro. Certa noite, subiram até o telhado para decidir quem era melhor e lutaram até estarem com as costelas quebradas, os lábios cortados, os nós dos dedos inchados e os olhos roxos. Sentaram-se ao café da manhã sem um vencedor definido. Tinham 16 anos e a aparência de quem voltava da guerra.

Assim, lutar contra Caltrácio era como reviver uma antiga rixa. Juntos, haviam sido forjados nos detalhes mais cruéis da *armatura*, forçados a lutar sob o sol com armas de madeira duas vezes mais pesadas que as reais. Apanharam e passaram fome a cada erro.

Agora, sacavam cada truque aprendido com intenção mortal.

Alaric estava em desvantagem. Seu saxo curvo era de aço damasco, mas ele estava sem machado e havia perdido a lança na muralha. A *rhomphaia* de Caltrácio era feita para homens a pé enfrentando cavalarias, e Alaric aguentaria por um tempo limitado.

Mesmo assim, ele conhecia cada linha do corpo de Caltrácio, cada mudança de peso e o que ela significava. Era isso que o mantinha vivo. Mantinha os pés leves e a defesa justa, atento a qualquer abertura enquanto trocava golpes brutais com o único homem que já conseguira marcá-lo. O fogo crescia atrás dos dois, projetando sombras compridas pelo pátio, e Alaric respirava fuligem e morte.

— Vale a pena? A filha amaldiçoada de Teodósio? — Caltrácio riu. — Todo homem em Ravena já se aliviou entre aquelas coxas.

— Achei que tivesse vindo me matar, Caltrácio. Não fofocar.

— Vim por quatro mil moedas de ouro. Espalhei a notícia desse resgate por todas estas montanhas, Alaric. Quando chegar a Nórica, até seus próprios líderes terão ouvido. Quanto tempo até o traírem por essa quantia? — Os dentes arreganhados de Caltrácio reluziam. — Será antes de Estilicão chegar? Ele já está reunindo os exércitos. Estará em Nórica antes da neve cair nas montanhas.

Então Estilicão *começaria* uma guerra. E seria em breve. As lâminas se chocaram e se mantiveram presas. O som de metal contra metal ricocheteou pelas paredes enquanto o fogo rugia. *Ali.* Uma abertura. Alaric *avançou*...

Caltrácio desferiu um golpe brutal e Alaric mal conseguiu se esquivar, uma linha quente e ardente se abriu em seu flanco. Ele sibilou entre os dentes e ergueu instintivamente o braço para bloquear o ataque mortal de Caltrácio.

Sua espada se despedaçou em sua mão.

Júlia estava escondida e viu quando a lâmina de Alaric se estilhaçou.

Se ele morrer, estou perdida.

A adaga de Torismundo estava no chão. Ela a pegou com os dedos trêmulos. *Como foi que Torismundo disse para fazer? Pense.* A ponta da lâmina encontrou o espaço logo abaixo de suas costelas. A respiração saía pesada de seu peito. Ia *doer*. Será que ela tinha coragem?

Melhor aquilo do que voltar a Ravena.

Júlia apertou o cabo da adaga, preparando-se para morrer.

Um sorriso se abriu no rosto de Caltrácio, e Alaric o *conhecia* bem. Era o mesmo que trocaram dezenas de vezes nos campos de treino de Estilicão, quando os dois dominavam as batalhas de simulação, lutando lado a lado com armas de madeira nas mãos.

Alaric ergueu o que restara de sua espada e aparou o peso da lâmina curva e imensa de Caltrácio no encaixe do punho. Se sua própria lâmina quebrada escorregasse a distância de um dedo, seria partido ao meio. Seus pés buscavam firmeza, os músculos protestavam. Os dois suavam em meio à fumaça e ao fogo.

Seu punho escorregou, e a lâmina de Caltrácio desceu sobre ele como uma sentença dos deuses. Alaric deixou sua arma cair. O outro vacilou. Um erro mínimo, mas suficiente. O rei dos godos girou o corpo, escapando da lâmina do outro ao avançar para dentro de sua guarda.

Então cravou a espada quebrada no pescoço do inimigo.

CAPÍTULO XXV

O povo de Brisca subiu aos telhados, apagou o incêndio do grande salão e depois lançou projéteis sobre os invasores até que eles recuaram e fugiram.

Júlia voltou ao grande salão ao amanhecer, amparada por Alaric, e encontrou o pátio coberto de telhas quebradas, pedras e corpos. Alaric disse algo bem-humorado, em gótico, e a resposta de Brisca foi se jogar nos braços dele — e depois puxar Júlia para o abraço, os três ardendo em triunfo. *Estavam vivos.*

Uma dor subiu por seu tornozelo, fazendo-a ofegar. Alaric a segurou com firmeza, ainda sorrindo, um sorriso tão bonito que Júlia quase ficou sem fôlego.

— Vem comigo — disse ele, pegando sua mão. — Vou levá-la até a curandeira.

A curandeira que encontraram era uma idosa de cabelo branco como nuvem, os fios flutuavam sobre um couro cabeludo queimado de sol. E estava com as mãos na cintura, dando uma *bela bronca* em Alaric.

Ele escutava de braços cruzados sobre a cota de malha amassada, com uma expressão de respeito meio divertida. Ali estava o homem que cavalgara sobre as linhas de batalha em Milão com o cavalo pisoteando cabeças cortadas, parado num quintal com ervas medicinais na altura dos joelhos e uma velha lhe dando uma bronca que faria o céu chorar.

Naquele instante, Júlia despencou mil metros sem sair do lugar.

— Ela disse que está ocupada demais para gente como nós. E ainda me deu um *belo* sermão por ter causado essa confusão toda — comentou Alaric, os olhos azuis se voltando para ela. — Mas a casa dela é por ali. Podemos usar o que estiver lá. Consegue andar?

— Claro que consigo. — Júlia deu um passo e o tornozelo cedeu na hora. No instante seguinte, estava nos braços dele. — Pode me colocar *no chão*?

A resposta foi não.

A casa da curandeira parecia saída de um conto antigo sobre estrigas e magia. Júlia estava sentada sob ramos de ervas secas, enquanto Alaric revirava frascos e potes de barro, abrindo-os e fitando o que havia dentro como se cada um fosse um desafio.

— Deixa eu ver isso aí. — Ele lhe entregou um pote azul e uma garrafinha verde. — Esse — disse ela, erguendo o azul. Tintura de confrei. Para curar ossos. — Vai precisar ferver água.

Alaric acendeu o fogo na pequena lareira com uma eficiência quase militar, enquanto Júlia se sentava à mesa gasta da curandeira, preparando um emplastro simples que os outros curandeiros haviam ensinado. Abriu um cantil e pingou algumas gotas de água na mistura, depois ergueu o olhar e o encontrou observando-a com atenção.

— Brisca disse que você se saiu bem entre os curandeiros.

— Eu sei me virar com venenos. É preciso saber, na corte de Ravena. — Ela deu de ombros. — A maioria dos venenos também cura, na dose certa.

Não era nada de mais, mas o brilho de aprovação nos olhos dele a deixou tonta.

— Deixa eu ver seu tornozelo.

Ele se sentou ao lado dela e puxou o pé machucado para o colo. Júlia sentiu uma timidez estranha. Alaric tirou sua bota e apalpou com os dedos longos, aquele ar de concentração intensa o tomando.

Uma dor atravessou sua perna. Júlia chiou entredentes.

— *Ah.*

— Doeu?

Os dedos se moveram, e de repente a dor sumiu. Um formigamento subiu por sua panturrilha.

— E aqui? — Ela balançou a cabeça em resposta. — Você teve sorte. Não quebrou.

Júlia ficou hipnotizada. Caltrácio tinha sido o homem mais assustador que já conhecera — e Alaric o matara. Isso fazia de *Alaric* o mais assustador de todos. E, ainda assim, era muito delicado com ela, espalhando o emplastro no tornozelo antes de enfaixá-lo.

Ele não ergueu os olhos enquanto trabalhava, mas seu tom mudou.

— Onde conseguiu essa adaga, Júlia?

Aparentemente casual. Mas um arrepio subiu por sua espinha.

— Torismundo me deu.

Parecia impossível mentir.

— Deixa eu ver.

Com relutância, Júlia a tirou da bota e entregou a ele. Alaric virou a lâmina nas mãos, com a testa franzida, depois enfiou a adaga no próprio cinto.

— Você não devia estar com isso — disse, seco.

— Por quê? Preciso me proteger...

— Eu vi o que você ia fazer. Aquilo não era proteção. — Ele não a olhava, mas ela *sentiu* a tensão súbita no corpo dele. — Esse é o seu plano se eu morrer? Partir também? Não vou permitir.

— Essa decisão não é *sua* — sibilou Júlia.

— É sim. — Ele a olhava com uma intensidade que fez seu peito tremer. — Eu *não* vou decepcionar você. Você nunca vai precisar dessa adaga.

Alaric estava com *medo*, percebeu ela. Medo de decepcioná-la. Medo do que Júlia teria de fazer se ele falhasse.

— Você não pode me proteger o tempo todo.

— Não posso? — Ele afastou uma mecha de cabelo dos olhos dela. — Estou começando a achar que preciso enrolar você num cobertor e vigiá-la dia e noite.

A afeição nos olhos dele fez Júlia parar no meio da grosseria que ia soltar.

— *Olha quem fala.* Você é a pessoa mais imprudente que conheço. — Havia um corte comprido descendo pela maçã do rosto dele. E não era o único. Ela reparou, de repente, que Alaric estava todo cortado e machucado. Por causa dela. Por *defendê-la.* Júlia se endireitou e tirou o tornozelo do colo dele. — Tira essa túnica.

Ela pensou que fosse encontrar resistência, mas, em vez disso, Alaric apenas obedeceu, levantou-se e tirou a túnica, fazendo uma careta ao levantar o braço. Júlia conteve um arfar. O lado esquerdo era só hematoma. Ele não reclamou ao ser tocado; os músculos da mandíbula só se contraíram, quase imperceptíveis. Estava acostumado à dor, a carregá-la, a seguir em frente apesar dela. Júlia notara o cansaço áspero em sua voz; ele não estava apenas exausto. Estava de pé por milagre. E, mesmo assim, não dormiria, não pelo tempo necessário.

Era tão *típico* de Alaric colocar as necessidades dos outros acima das suas, por mais cansado e ferido que estivesse.

— Não acho que algo esteja quebrado — murmurou. — Me passa o bálsamo.

Ele permaneceu imóvel, os cílios abaixados, enquanto Júlia espalhava o unguento com cuidado na pele marcada.

O silêncio se instalou entre os dois.

Depois de um tempo, ela ergueu o olhar e encontrou o dele, ardendo com uma ternura feroz que a incendiou por dentro. Ficou imóvel, sem conseguir dizer nada.

Júlia amava aquele homem. *Amava.*

Alaric envolveu sua nuca com a mão grande e a trouxe para perto. Júlia apoiou a bochecha no peito quente e pulsante dele.

Apesar dos protestos, Alaric insistiu em carregar Júlia de volta até a acomodação. Ele a deitou na cama com cuidado, como se fosse feita de vidro.

Júlia o puxou para junto de si, envolvendo-o com os braços e as pernas.

Alaric cerrou os dentes. Se ela achava que ele conseguiria se deitar naquela cama e só dormir, estava *fora de si.* Mas Júlia não parecia ter esse problema. Pegou no sono na mesma hora, com a cabeça apoiada em seu peito, cada centímetro quente e delicioso do corpo dela colado ao dele.

Ele despertou de imediato, com uma intensidade selvagem.

Mas não era a hora nem o lugar. A respiração dela era tranquila e profunda, os cílios escuros desenhando sombras na bochecha, e Alaric ficou paralisado, apenas observando-a dormir. A luz fazia a pele dela brilhar como um raio de sol no alabastro. Era absurdamente *frágil*. E, ainda assim, tão corajosa.

Ficou deitado nos braços dela e começou a relembrar cada ato de bravura que Júlia tinha demonstrado nas últimas horas. Encarar aquelas machadinhas. Esfregar verdades duras na cara dos líderes dos clãs. Ajudar os curandeiros no salão, sem hesitar.

Mas era a imagem dela com a adaga apontada para o próprio peito que não saía da cabeça dele.

De repente, seu coração disparou e a respiração acelerou. Não tinha dúvidas de que, se tivesse sido derrotado, ela teria morrido ali mesmo. Por vontade própria. Ele *não podia* permitir que Júlia se sentisse em perigo. Nunca. Não podia deixá-la *estar* em perigo. Ela tinha determinação para acabar com a própria vida. E, se algum dia chegasse a esse ponto, seria porque Alaric tinha falhado.

Quanto tempo até outro tentar arrancar essa mulher de seus braços?

A recompensa é a mesma, esteja ela viva ou morta. Alaric apertou os braços ao redor de Júlia e refletiu com frieza sobre o que ouviu. Uma quantia daquele tamanho faria seus clãs entrarem em guerra entre si para entregá-la a Estilicão. Só de pensar no velho, Alaric praguejou baixinho. Tinha imaginado ganhar tempo até a próxima primavera, mas se o general conseguisse reunir forças e cruzar as montanhas antes do inverno, se conseguisse atravessar as passagens, apesar das alianças...

Já era o início do verão. Não havia tempo suficiente. E o medo da chegada rápida de Estilicão só motivaria ainda mais os clãs a se livrarem de Júlia. Ela estava em perigo a cada minuto que permanecia em Nórica. Até que ele tornasse a cidade segura, ela teria de ficar sob guarda constante e rigorosa.

Havia uma coisa que podia fazer para mantê-la a salvo. Seus clãs assassinariam um *rei* sem pensar duas vezes. Mas os deuses não viam com bons olhos o assassinato de uma rainha. Ele não sabia ao certo quanto essa tradição valeria diante de tanto ouro. Mas tinha certeza de que *algum* peso teria. Era uma camada de proteção que ele podia lhe oferecer naquele momento.

Se Júlia o quisesse.

A mão dela deslizou levemente pelo peito dele, e Alaric a segurou com a sua, interrompendo o gesto. Ele sabia que deveria conceder a ela o direito de escolher. Sabia disso. Mas que outra escolha ela teria? Qualquer outra opção seria uma sentença de morte, e Alaric não iria — *não iria* — ficar parado e deixá-la escolher a própria ruína. Casar-se com ele, sem dúvida, era melhor do que morrer.

Alaric ia sentá-la e explicar tudo. Com calma e racionalidade. Júlia era uma mulher inteligente; entenderia a lógica.

— Ora, se não é uma cena comovente. — Era Riga, encostado no batente da porta, com o sol entrando às costas. — Estão chamando você no portão principal. Estão enterrando os mortos.

— Não precisam de mim para isso.

— Caltrácio precisa. Querem que você cante o peã dele.

Brisca estava no portão ao lado de Nathan Negro; ela lançou um sorriso cansado e irônico para Alaric quando ele se aproximou.

— Nathan estava se comprometendo agora mesmo a nos apoiar na defesa das passagens.

Alaric sorriu.

— Você tem minha gratidão, Nathan Negro.

O homem inclinou a cabeça, o máximo que o orgulho permitia.

— A ruiva estava certa. Aliar-se aos romanos é uma forma de escravidão. Nós não seremos propriedade de ninguém.

— Eu também não, Nathan — afirmou Brisca.

— Isso já é outro assunto — retrucou Nathan, com o cenho carregado. — Nunca concordei que grandes pedaços das nossas terras fossem governados por uma mulher. Vai contra a tradição.

Alaric interveio, com calma:

— Brisca é uma aliada de confiança nestas montanhas. E também é respeitada pelos meus clãs. Qualquer rei que viesse a ocupar um lugar ao lado dela demoraria para conquistar a mesma confiança. Em tempos de guerra, não posso me dar ao luxo de perder esse tempo. Além disso — completou, em voz mais baixa —, ela demonstrou mais coragem que uma dúzia de guerreiros ontem à noite. Brisca não precisa de marido para governar.

A mulher pareceu crescer ao som das palavras.

— Este é o meu povo, Nathan. E *eu* sou a rainha dele. — Ela então se virou para Alaric e falou na língua musical de sua gente, típica das montanhas. — Vou me dedicar para estar à altura da sua opinião sobre mim.

O rei dos godos respondeu, com suavidade, na mesma língua:

— Não será necessário dedicação alguma.

— Bom... vocês dois são como facas na mesma bainha, hein? — Nathan lançou um olhar de esguelha entre os dois, ainda mais carrancudo. — Vou procurar meu desjejum.

E foi embora resmungando sozinho.

Os peãs aos mortos continuariam até o pôr do sol. Deixar de entoar as canções antigas significava correr o risco de que os espíritos ficassem presos onde haviam morrido, adoecendo os vivos e matando as colheitas.

O corpo de Caltrácio jazia no topo de uma pira, entre dezenas de outros. Alaric fitava o rosto sem cor, os lábios pálidos e o corte vermelho aberto em seu pescoço, e pensava na *rhomphaia* erguida contra Júlia.

— Espera. Ele não.

Torismundo estava ao lado da pira, segurando uma tocha acesa.

— Eu não faria isso — disse, em tom calmo. — Os deuses estão dizendo que o espírito dele ainda está aqui.

Alaric podia ver aquilo com os próprios olhos. Caltrácio estava entre os presentes, de pé, ainda sangrando onde Alaric o cortara com a lâmina quebrada.

— Não dou a mínima para onde está o espírito dele.

— Quer que a sombra dele vague pela terra para sempre? — Torismundo franziu a testa. — Espero que não me trate assim quando *eu* morrer em batalha.

Uma lembrança antiga veio à tona. Ele e Caltrácio aos 17 anos, no telhado da escola de oficiais de Estilicão, olhando as estrelas.

"Você acha que eles estão nos observando lá de cima?", perguntara Caltrácio. "Seus pais. Os meus. Será que nos odeiam pelo que veem?"

Alaric conhecia o significado por trás das palavras. Os filhos no colo de Roma. Na época em que ainda acreditava que podia mudar as coisas ficando perto do inimigo, porque Estilicão o fizera acreditar nisso.

"Não", dissera ele. "Eles querem que a gente viva."

A sombra de Caltrácio era só um contorno naquele momento, com o mundo vivo e brilhante se revelando por trás dele.

Alaric não sabia para onde iam os mortos. Dizia a si mesmo que não se importava.

— Joguem-no do penhasco. Que as aves fiquem com ele — disse, em voz baixa, para que os mortos ouvissem, se é que podem ouvir. — Ele fez sua escolha.

CAPÍTULO XXVI

Júlia acordou sozinha algumas horas depois. Havia comida na hospedagem, um pão ainda quente do forno, mel e vinho doce, e ela devorou tudo.

Lá fora, o sol já estava alto. Tinha dormido até tarde.

Ela saiu e respirou fundo. O ar ainda tinha gosto de fumaça. Sentiu Alaric se aproximar antes mesmo de vê-lo; a terra tremeu, e Aníbal surgiu diante dela, abrindo fendas no chão com os cascos. O rei dos godos estava com o manto de batalha em farrapos, parado na frente dela. Um sorriso lento e selvagem brincava em seus lábios, bonito o bastante para virar seu mundo do avesso.

— Vem comigo. — Estendeu a mão. — Eu devo um pedido de desculpas a você, Júlia.

Uma luz dourada atravessava as árvores enquanto eles galopavam por um campo de flores. Alaric deixou Aníbal correr livre e depois diminuiu o ritmo para um trote tranquilo.

Tudo parece tão vasto *lá de cima*, pensou Júlia, observando um pássaro que circulava no alto, entre cumes negros. Ela passara a vida inteira em cidades e palácios, sempre cercada, cuidadosamente controlada. Sentia-se ao mesmo tempo eufórica e desconcertada sob um céu tão imenso.

— Aquilo é um íbex, um tipo de cabra selvagem. — Alaric apontou para o alto da encosta. — São raros por aqui.

Júlia estreitou os olhos.

— Como você sabe que não é uma pedra?

— Pelos chifres enormes. — O homem tinha olhos de águia. — Aquele pássaro acima dele é um abutre. Sem dúvida encontrou uma refeição naquela encosta.

Ele sabia os nomes de todos os animais dessas colinas, distinguia um milhafre de um esmerilhão com um olhar de relance. O calor do corpo de Alaric a envolvia, com um braço em volta da cintura dela enquanto conduzia com o outro o cavalo por prados de capim ondulante, o sol ardente fazia-os brilhar como ouro. A sensação era muito boa, uma combinação entorpecente do corpo dele no dela, a força dos braços ao redor de sua cintura, a potência fluida do cavalo.

Aquilo era sedução, tão habilidosa quanto qualquer outra que Júlia já tivesse presenciado.

A trilha descia e corria rente a um penhasco. Alaric sussurrou em seu ouvido:

— Está com vontade de galopar?

— *Galopar?* — Ela lançou um olhar para o caminho à frente, um precipício. — Você ficou maluco?

Mas Aníbal já saltava, e o braço de Alaric se apertava em torno dela como aço quando a velocidade a lançou contra o peito dele. Júlia se agarrou ao pomo da sela enquanto o corpo imenso do animal se esticava sob eles, o abismo se abrindo ao lado. À frente, viu águias subindo em espiral rumo a um mundo muito acima. Por um instante, acreditou que também estivessem voando. Rápidos no rastro das águias.

O campo era de tirar o fôlego. O sol lançava sua luz sobre a grama, fazendo cada folha brilhar. A menos de dez passos dela, havia um penhasco que revelava toda a campanha selvagem e reluzente lá embaixo.

Júlia envolveu o manto de Alaric sobre si e se aproximou da beirada. O abismo era hipnotizante, e por um instante ela ficou encarando os fiapos de nuvem que flutuavam muito abaixo. Nunca tinha estado tão alto na vida. Um arrepio de medo e empolgação percorreu seu corpo.

— Não chegue tão perto, Júlia.

Alaric estava sentado na grama atrás dela, esticando as pernas longas, enquanto Aníbal pastava tranquilamente ali perto. O homem a observava com atenção, como se fosse a coisa mais preciosa do mundo. Uma mistura de desejo e medo. Júlia se sentiu tímida de repente.

— Por que me trouxe aqui?

— Eu devo um pedido de desculpas a você.

Ele estava tão *sério*. Júlia abriu um sorriso leve e provocador.

— Suponho que sim — disse, pensativa. — Nem que seja só pelo seu comportamento escandaloso nas festas. Na primeira em que estivemos juntos, você encostou uma faca no meu pescoço. E na segunda, atirou machados na minha cabeça...

Ele deu uma gargalhada.

— Você me *pediu* para sequestrá-la. Entregou a faca na minha mão.

Ela queria se afundar naquela risada, se envolver para sempre nela.

— Você parece capaz de se comportar de forma civilizada quando se trata de *Brisca*. — Mas os lábios dela se curvaram num sorriso provocador. — Ainda assim, seu assento estava acima do dela na festa. Achei um tanto ultrajante, considerando que este é o território *dela*. Será que algum dia você colocará uma mulher acima de si, Alaric dos Godos?

— Só o tempo dirá. — Alaric se levantou e encurtou a distância entre os dois. — Mas você tem razão. Tratei você mal — disse. — E quero compensar isso.

Júlia ergueu os olhos para ele, em um silêncio totalmente impressionado diante da ternura exposta em sua voz.

— Sabe qual é o meu problema com você? — perguntou ela baixinho. — Não consigo decidir se você é a pessoa mais sincera que já conheci ou a mais manipuladora.

Por um instante, Alaric sustentou o olhar dela. Mar aquecido pelo sol. Um verão azul sem fim. Um caminho amplo e convidativo rumo à ruína, e Júlia se viu seguindo por ele como uma tola.

— Então? Vai se desculpar?

Os olhos dele se voltaram para um ponto atrás dela.

— Este é o meu pedido de desculpas.

Júlia olhou por cima do ombro e viu uma águia descendo em espiral em direção ao penhasco, o sol cintilando em cada pena. A ave deslizava pelo ar com leveza absoluta.

— O que...

— Elas fazem ninho nas falésias aqui embaixo. Dizem que voltam para o mesmo lugar todos os anos.

Tão perto, dava para ver como o vento sacudia as asas. Que coragem devia ser necessária, da primeira vez, para abri-las e acreditar que o próprio ar a sustentaria.

Júlia observou o homem ao seu lado, e por um momento a beleza rígida e iluminada de seu perfil lhe tirou o fôlego. Alaric *pertencia* àquele lugar, tão selvagem e espetacular quanto ele.

O rei dos godos a encarou.

— Também trouxe você aqui por outro motivo. Precisamos falar do seu futuro.

Júlia se enrijeceu. Na mesma hora soube o que ele ia dizer... que havia mudado de ideia e que a devolveria. Alaric *tinha* que devolvê-la, apesar das promessas que havia feito; um dia, teria que escolher entre ela e sua terra natal. E Júlia não se deixava iludir ao pensar qual seria a decisão.

Seu coração já estava partido. Não precisava despedaçá-lo ainda mais.

— Não quero conversar.

— Não seja teimosa, Júlia. — Ele virou o rosto dela para si. — Há coisas entre nós que precisam ser resolvidas.

— Alaric. — Ela pousou os dedos no rosto dele. — Estou falando sério. Pare de falar.

E então Júlia se ergueu na ponta dos pés e o beijou.

Por um momento Alaric ficou tenso, fazendo-a achar que ele fosse recuar. Mas então a puxou para si e retribuiu o beijo com uma urgência desesperada que varreu todos os pensamentos dela. Júlia se perdeu na fúria da fome dos beijos famintos, bocas abertas, línguas entrelaçadas, mãos enfiadas no cabelo dele enquanto o puxava para mais perto.

Em algum momento, caíram de joelhos. Então Alaric se deitou sobre ela, deixando o manto áspero abaixo dela, o corpo largo protegendo-a do vento. Júlia puxou a túnica dele, e ele se afastou só o bastante para que ela a tirasse. Ela mal teve tempo de passar as mãos pelo torso glorioso e marcado por cicatrizes — com cuidado para não tocar os hematomas — antes de se ver com os ombros nus também, o peito nu colado ao seu, as mãos grandes e calejadas percorrendo seu corpo, a boca abrindo um caminho ardente até os seios, fazendo-a arfar com os arrepios que percorriam sua coluna a cada vez que Alaric sugava um mamilo.

Não sabia dizer quando ambos ficaram sem as roupas de baixo. Tudo o que sabia é que estava nua e ele também, e Júlia não sentia frio algum. Na verdade, *estava em chamas* enquanto Alaric se curvava sobre ela, beijando, provando, sugando até deixá-la em frenesi. Só quando estava coberta de suor e se contorcendo que Alaric se afastou, esticando o corpo comprido e firme sobre o dela, apoiando-se num antebraço. Júlia envolveu o pescoço dele com os braços.

— Por favor, Alaric — sussurrou, sem nem saber ao certo o que estava pedindo. — Por favor.

— Paciência, mulher. — A voz era um trovão contido no pescoço dela. — Fique quieta.

E então ele passou o polegar nela. Leve e devagar.

Júlia arfou. Um calor intenso percorreu seu corpo, quente como *alu* na garganta. Alaric se afastou um pouco, os olhos fixos nela com uma concentração assustadora enquanto repetia o movimento, arrancando outro choque brilhante e quente de Júlia. Ele continuou, de novo e de novo, com uma delicadeza devastadora.

E quando deslizou um dedo para dentro dela, lento e cuidadoso, explorando-a, Júlia arqueou o corpo e se pressionou na mão dele. Naquele momento, Alaric conhecia todos os seus segredos, e podia tê-los. Podia ter o que quisesse.

Mas, no instante seguinte, a mão dele se foi. O ar frio arrepiou sua pele. Júlia abriu os olhos e o viu entre suas coxas, distante como um deus pagão, encarando-a como se a visse pela primeira vez.

— Você nunca fez isso antes.

Era assim tão óbvio? De repente Júlia se deu conta — com uma percepção esmagadora — de que ele já estivera com outras mulheres... incontáveis. Mulheres que sabiam o que deveriam fazer. Obrigou-se a encará-lo, o queixo erguido num desafio.

— Por quê? Estou desagradando você?

— Ah, Júlia. — O joelho dele à altura das coxas dela abria caminho. — Você me *destrói* por inteiro.

E quando sua boca se fechou sobre ela, em seu ponto mais secreto, Júlia quase gritou de prazer. Suave, quente. Pecado líquido. Ele a segurava pela cintura e se movia com a boca, com a língua, numa dança mais do que indecente e deliciosa que a desmanchava por completo. Seguindo o instinto, Júlia enlaçou as pernas ao redor do pescoço dele e o puxou mais para si, ondulando em sua boca, arfando palavras sem sentido para a imensidão azul do céu. Outro arco de prazer, brilhante e feroz, a atravessou, fazendo sua coluna se curvar, os dedos se enterrarem na grama, os dentes cravarem no nome dele.

Quando Alaric a beijou de novo, era um gosto novo, um país inteiro. Intimidade indescritível. Ela sentiu os quadris dele se moverem à frente, através da névoa do desejo, e de repente o comprimento rígido e nu de Alaric pressionava o calor escorregadio entre suas coxas. Devagar, ele se afundou nela, prendendo-a com intensidade no chão.

Júlia estremeceu. A névoa se dissipou, e por um momento ela ficou à beira da dor. Sentia-se expandindo, deliciosamente, para recebê-lo, e ficou imóvel, incerta com aquelas sensações novas.

— Está tudo bem? — A voz dele era um sussurro rouco em seu pescoço.

Ela podia ter chorado.

— Sim.

Alaric começou a se mover, em estocadas lentas e firmes. Expandindo seu território. Júlia podia *sentir* a tensão nas costas e nos ombros dele, o esforço feroz que fazia para manter o controle.

— Alaric... — Ela envolveu a cintura dele com as pernas e tentou puxá-lo mais para si, arranhando suas costas com as unhas, torcendo para que não tivesse que implorar. — Vai logo, de uma vez.

Os músculos dele se contraíram de forma convulsiva.

— Estou tentando ser gentil. — Saiu urgente, *agoniado*.

— Não seja.

— Se é assim que quer, Júlia.

Alaric se apoiou sobre ela, enterrou a mão no cabelo ruivo, inclinando a cabeça dela para trás, e cobriu sua boca com a dele. Um beijo longo e profundo.

Então a penetrou com um só golpe firme. Júlia arfou em seus lábios, estrelas brancas e quentes explodiam na escuridão atrás das pálpebras, cravando as unhas ainda mais nas costas dele.

Passado o primeiro choque, não doeu. Não como esperava.

Alaric permaneceu completamente imóvel, abraçando-a com força, imenso e pulsando dentro dela. O coração dele batia por toda a pele dela.

— Júlia. Minha Júlia. — Os lábios dele tocaram sua testa, suas pálpebras, a maçã do rosto. — Eu machuquei você?

— Não. — Nada podia machucá-la quando ele a segurava daquele jeito. Quando a beijava daquela forma. Quando dizia seu nome como se fosse a única coisa boa do mundo. Júlia colou a boca à pele dele e sentiu o gosto do suor. — Termine o que começou.

Ele soltou um som rouco, do fundo da garganta, um gemido sufocado que quase a desfez. Então começou a se mover de novo, os músculos do pescoço retesados, entrando e saindo nela com uma disciplina feroz. Não era exatamente... bom. Era complexo.

Então, Alaric moveu os quadris. Só um pouco, mas o bastante para mudar *tudo*.

— Aí — sussurrou Júlia. — Assim... *aí*.

Ele a *mataria* com aquilo, pressionando o ponto exato do desejo incandescente dela. Apagando qualquer incômodo, movendo-se em círculos lentos e sublimes. Júlia apertou as pernas em torno de seu corpo e se agarrou a ele como se sua vida dependesse daquilo.

— Ah. *Deuses*, você é incrível. — A voz de Alaric mandava choques pela espinha dela até os pés. — Case-se comigo.

Ela virou a cabeça. As palavras não faziam sentido.

— O quê?

— Case-se comigo. Seja minha esposa. Fique comigo até o mundo virar cinzas.

Júlia arfou, sem palavras. *Ele não podia estar falando sério.* Algo crescia dentro dela. Como o prazer que já havia sentido, mas maior, uma corrente oceânica ao lado de um rio. Aquilo a deixou louca. Fez com que quisesse arranhar as costas dele até o sangue correr e depois arrancar a própria pele.

— O que quiser — gemeu ela. — *Por favor.*

Alaric a beijou, mergulhando a língua fundo, um gesto de pura posse.

— Responda direito.

Júlia gemeu, sentindo os seios se esfregarem na pele áspera do peito dele, os mamilos absurdamente sensíveis.

— *Sim.* Eu prometo. Só, por favor...

Ela se contorcia sob ele, com as pernas apertadas, as unhas cravadas nos bíceps.

Alaric estava tão fundo dentro dela. O mais fundo possível.

— *Deuses*, Júlia. Você é tão... — Alaric sibilou entredentes, enterrando-se nela de um jeito que fez o mundo sumir. — Serei seu escudo e lutarei suas batalhas. Colocarei a riqueza das cidades aos seus pés.

— O quê?

Que tipo de feitiço era aquele? Ninguém falava sério no momento da paixão; disso Júlia sabia muito bem. Que jogo diabólico era aquele? Uma indignação crescia nela ao perceber que talvez Alaric *não* lhe desse o que queria até que fizesse o que ele pedia. Ela arqueou as costas, um gemido nascendo fundo em sua garganta.

— Só... *só, por favor...*

A boca dele voltou ao seu pescoço, desesperada.

— Diz que sim.

Qualquer coisa. Júlia teria dito qualquer coisa.

— *Sim.*

Os movimentos dele ficaram mais urgentes, duros, impiedosos; sem dar trégua. Júlia já não ouvia. Já não compreendia. Não podia fazer nada além de fincar os calcanhares nas coxas dele e se segurar. Alaric apertava a bunda dela com força suficiente para deixá-la marcada enquanto a tomava sem piedade, rosnando uma combinação de xingamentos e palavras de amor na curva do pescoço dela. Louvores ardentes, incentivos obscenos e promessas que ninguém devia fazer, jamais.

O prazer, dessa vez, a rasgou por dentro, a destruiu. Júlia se desfez nos braços dele, com uma bagunça crua, trêmula, grandes arcos de prazer atravessando seu corpo repetidamente. Foi só quando ela não aguentava mais que Alaric buscou o próprio clímax, arrancando mais um cataclismo impossível do corpo exausto de Júlia com estocadas profundas e brutais, o prazer dele vindo logo depois do dela.

CAPÍTULO XXVII

Horas depois de terem se deitado juntos, Júlia ainda acreditava, acreditava de verdade, que Alaric havia falado sério. Estavam noivos. Com a cabeça apoiada no bíceps dele, depois da terceira vez que fizeram amor, ela encarou as nuvens e fechou os olhos para viver uma vida inteira ao lado dele por trás das pálpebras.

Desceram a montanha ao pôr do sol e encontraram um banquete preparado no grande salão. Todos haviam se reunido para comemorar. A alegria de estar ao lado de Alaric, sentir o olhar azul dele focando-a, brilhando com um calor que a deixava tonta, era pura e desimpedida. Júlia já havia experimentado o ópio mais caro do Egito, mas nunca estivera tão embriagada.

Mas Alaric não mencionou outra vez o pedido de casamento. E ela também não tocou no assunto. E quando ele riu com Brisca — e pareceu, em certos momentos, tão íntimo da mulher quanto era dela —, Júlia guardou o ciúme súbito e *desesperado* entredentes.

Ninguém falava sério no momento da paixão. Todo mundo sabia disso.

Na manhã seguinte, sob a luz fria da alvorada, Júlia estava no portão norte e observava Alaric entre as pessoas, o sorriso brilhando, o cabelo cor de bronze reluzindo ao sol. Todos tinham uma última história para lhe contar, uma última bênção para oferecer.

Quando Brisca jogou os braços em volta do pescoço dela, Júlia engoliu seu ciúme patético e miserável.

— Cuide bem dele. E lembre-se de nós quando for rainha. — Ela lhe entregou um objeto pequeno e liso. Era uma flauta feita com uma falange, como a de Alaric, mas menos ornamentada. — Tive que fazer às pressas — disse com um sorriso irônico. — Toque-o nas montanhas, se precisar, e encontraremos você.

Não havia o que dizer além de *obrigada*.

Júlia estremeceu. Um vento descia gritando das montanhas, trazendo um frio terrível. Brisca lhe dera uma calça grossa de couro, botas altas com amarração, uma túnica forrada de pele e um gorro frígio macio com abas nas orelhas, mas ela se perguntava se aquilo seria o suficiente para mantê-la aquecida.

— Está com frio, Júlia? — Era a voz de Alaric em seu ouvido, áspera e quente.

— Não — respondeu no automático, mesmo enquanto um novo golpe de vento a fazia estremecer.

— O gorro é mais quente quando cobre a cabeça. — Ele o puxou para baixo sobre a testa dela, amarrou as abas e lançou um olhar crítico para a túnica que ela vestia. — Não admira que esteja tremendo. Está errado.

Júlia permaneceu imóvel sob os cuidados dele. Não deveria ser tão *bom* deixá-lo cuidar dela assim.

— Eu sei me vestir — disse, ríspida.

— Não parece. — Alaric ajustou as vestes dela com firmeza, depois roçou os lábios em sua testa por um único e hipnotizante instante, aquecendo-a por dentro. — Está na hora de ir.

Júlia deixou a aldeia como havia chegado, montando Aníbal com Alaric caminhando a sua frente.

Os dias se fundiram em um borrão. Subiram trilhas íngremes em zigue-zague, por florestas de pinheiros pontiagudos e campos abertos. Na maior parte do tempo, Alaric a deixava montar Aníbal; uma vez, numa subida traiçoeira, carregou-a nas costas. Júlia fechou os olhos e encostou o rosto nos músculos que se moviam sob a pele dele.

Conforme os dias passavam, os homens começaram a se calar. As paradas eram rápidas e práticas, com tempo suficiente apenas para beber água e verificar se havia pedras nos cascos dos cavalos. Alaric se fechou mais que os outros; Júlia reconhecia aquela concentração feroz que surgia quando ele estava determinado a mantê-los vivos. Ela tentava não o distrair. Ficava em silêncio, remoendo por dentro.

Não conseguia parar de pensar no que Alaric dissera no penhasco.

Nos dias que se seguiram, estava convencida apenas da própria tolice. Mas então Alaric aparecia ao seu lado com comida e um encorajamento sutil, ou uma mão firme para impedi-la de tropeçar. Ele sempre parecia saber quando Júlia estava com fome ou cansada, e o jeito como a olhava às vezes — com uma ternura feroz, o mesmo olhar de quando ela tinha se aproximado demais da beirada — a fazia duvidar de tudo.

Sem dúvida, Alaric ao menos tentaria se deitar com ela de novo. Mas não o fez. Dormiam em abrigos improvisados, cabanas de pastores e, numa noite gelada, em uma caverna varrida pelo vento. Júlia caía num sono escuro e sem sonhos, buscando inconscientemente o calor de Alaric. E era só nesse momento que ela sentia o desejo dele; forte e duro em seu quadril ou sua coxa, enquanto ela dormia em seus braços. Ele ainda *a queria*. Mas não a tocava nem mesmo no escuro.

Júlia nunca esteve tão confusa. Ela não o entendia; esse era o problema. Não o compreendia, nem conhecia seus costumes.

Depois de cerca de dez dias, talvez mais, eles estavam numa trilha de inclinação acentuada, o vento castigando cada pedaço de pele exposta. Ela nunca sentira tanto frio ou cansaço, e quase chorou de alívio quando o caminho virou uma curva e contornou um arvoredo de pinheiros retorcidos que serviria de abrigo.

Júlia se apoiou em uma pedra, dolorida e sem fôlego, enquanto os homens ajustavam as cintas e tomavam água. Ela deu dois passos e quase caiu, o tornozelo cedendo.

Alaric estava ao seu lado em segundos.

— Você está bem? — Ele a examinou da cabeça aos pés, fazendo um inventário rápido. — Seu tornozelo está doendo?

— Deviam... construir uma estrada decente... nesta montanha.

Para sua surpresa, Alaric se inclinou e a beijou; um beijo lento e doce que afastou o frio.

— Descanse o quanto puder. Partiremos em uma hora.

Júlia ficou olhando enquanto ele se afastava. Alaric estava *tentando* enlouquecê-la?

Alaric seguia o sol, contornando abismos imensos, atravessando cristas impossíveis, exaurindo a si mesmo e seus homens nas inclinações intermináveis.

Não havia escolha senão cruzar o território inimigo. Estava *muito* ciente do que Caltrácio lhe dissera. Se o homem havia mesmo espalhado a notícia do resgate, já estavam sendo caçados. Mantinha um olho em Júlia, para garantir que ela não morresse de exaustão, e o outro em Torismundo, para se certificar de que os pontos ainda mantinham suas entranhas no lugar.

Enquanto isso, Horsa evitava seu olhar. Horsa, que deixara o portão oeste sem vigilância.

Com frequência, Alaric se pegava encarando sua esposa. Quando cavalgava com Júlia, perdia-se na sensação do corpo dela se movendo com o seu, no cheiro de seu cabelo, na curva impecável e graciosa de seu pescoço. *Esposa*. Quase tinha medo de dizer em voz alta. Medo de que, se tocasse no assunto, ela riria na cara dele e revogaria sua palavra.

Mas ele não se iludia. Júlia não sentia o mesmo, aquela emoção feroz e apertada no peito sempre que ele a olhava, ou pensava nela, ou a mantinha perto. Alaric dizia a si mesmo que não tinha importância. Haveria tempo para mostrar a ela que havia mais entre eles do que pura necessidade.

Finalmente chegaram a uma grande passagem, um talho na pedra que parecia ter sido feito por uma enxó de gigante. No horizonte, pradarias ondulantes davam lugar a florestas atrofiadas. Cavalgavam o dia inteiro, com rapidez e pausas em encostas íngremes cobertas de grama e clareiras salpicadas de sol. Enfim estavam fora de território inimigo.

A casa de fazenda ainda estava de pé no lugar em que ele se lembrava. O telhado se erguia entre as árvores, todo de pedra rosada e madeira. Alaric puxou Aníbal, fazendo-o parar de forma abrupta diante da porta.

Caltrácio estava na soleira. Ainda sangrando daquele corte no pescoço aberto por Alaric.

O rei dos godos ajudou Júlia a descer. Ela estava contente, os olhos brilhando, e ele sabia que a mulher não via Caltrácio. Nem mesmo Torismundo via. Alaric ergueu os olhos para o rosto deslumbrante de Júlia e ouviu a voz de Caltrácio nítida em seu ouvido. *Todos que amam você morrem.*

Como poderia lhe explicar o fantasma de Caltrácio? Ou o terror que o dominava só de imaginar algo ruim acontecendo com ela? Não podia contar essas coisas. Tudo o que podia fazer era passar a vida tentando protegê-la tanto dos perigos que ela não via quanto dos que via.

— Espere aqui, Júlia.

Alaric andou em silêncio, lâmina em punho, pelos vastos espaços inundados pelo sol do meio-dia e cheirando a podridão. Havia marcas de fogo nas paredes onde andarilhos haviam acendido fogueiras, e algum animal grande fizera ninho nos estábulos. Fora isso, nenhum sinal de vida.

Quando ele e Ataulf encontraram o lugar voltando de Milão, a casa tinha sido abandonada pouco tempo antes. Canecas de hidromel estavam tombadas na mesa, um caldeirão ainda fervia sobre as brasas. Haviam preparado a casa como refúgio e prometido se encontrar ali a caminho de Nórica.

Mas o local estava vazio, e Ataulf não estava lá. Não era um bom presságio.

O térreo era um grande cômodo único, dominado por uma lareira de pedras de rio e uma longa mesa marcada pelo tempo, rodeada por bancos. No andar de cima, um espaço para o quarto. Havia uma cama enorme em um canto, entalhada de um único e imenso tronco escuro. O ar tinha a quietude de um lugar intocado por gerações.

Quando desceu, Torismundo estava encostado no batente da porta. Alaric parou no meio da escada, assustado com o tom acinzentado do rosto do amigo, com a exaustão que o fazia pender na madeira.

Um pressentimento terrível e doentio se instalou em seu estômago.

Torismundo franziu a testa, irritado.

— Pare de me olhar como se eu fosse um cadáver que você anda querendo enterrar. Ainda tem vida em mim.

— Nada de comida — anunciou Riga, voltando da despensa com seu costumeiro bom humor. — Acho que saquearam tudo. Mas há barris de hidromel no porão.

Torismundo estremeceu.

— Quanto tempo vamos esperar por Ataulf?

— Um dia.

Não havia tempo para mais. Nórica talvez já estivesse mergulhada em uma guerra civil.

— Se você diz, *reiks* — disse Riga. Alaric sentiu o relance de um mau presságio. Riga nunca usava o título a menos que quisesse provocar. — Mas, se partirmos amanhã, vamos enterrar Torismundo no dia seguinte.

— Vocês não vão me enterrar porra nenhuma. Estou bem.

— Não, não está. A cavalgada de ontem abriu seu ferimento e você é orgulhoso demais para admitir. — Naquele momento, Riga estava mais sério que o habitual. — E *você* está deixando ele se safar, Alaric. Não quer ferir o orgulho dele.

— Mal sinto dor — resmungou Torismundo. — Posso ir hoje à noite. É só dar a ordem.

— Torismundo, podemos enterrar você no caminho para Nórica, se Alaric quiser economizar tempo. Ou podemos queimá-lo. Claro, todos sabemos o que ele pensa sobre fogo...

Alaric prendeu o ar. Quanto mais esperassem, mais os rumores sobre o valor do resgate se espalhariam, mais tempo os inimigos teriam para reforçar suas posições. Mas... Ele analisou a linha pontilhada de sangue na túnica de Torismundo, a cor cinzenta de seu rosto, o modo como se apoiava no batente da porta. Alaric sabia o que *devia* fazer — pôr a vida do amigo na balança para salvar os outros. Esse tipo de decisão era costumeira para um rei.

Pensou na dor que Júlia sentiria se deixasse Torismundo morrer.

— Você não vai a lugar nenhum, Torismundo — disse Alaric, firme. — Do que ele precisa, Riga?

— Pontos novos e cinco dias de descanso. No mínimo.

Cinco dias. Ele pensou outra vez nos líderes rebeldes. Em Estilicão ameaçando vir antes da neve.

— Eu mesmo faço os pontos.

Já fizera aquilo antes, em companheiros de batalha e, uma vez, numa ferida funda no próprio braço.

Torismundo balançou a cabeça.

— Já vi o que você faz com uma agulha. Não costura uma linha reta nem num defunto.

— Então que o torturador costure. Tudo bem. — Alaric resistiu à vontade de se ofender. — Vou procurar sinais de Ataulf.

Conseguia perceber quando não precisavam mais dele.

Júlia estava do lado de fora da casa de fazenda, segurando as rédeas de Aníbal enquanto o cavalo fungava em seu cabelo. Parecera a coisa mais natural do mundo se inclinar para receber um beijo de Alaric, só para ele jogar as rédeas de Aníbal em suas mãos e se afastar em direção à casa, deslizando a lâmina da bainha com um silvo sinistro.

Algo o incomodava. Queria que Alaric confiasse nela.

Horsa se aproximou.

— Alaric falou alguma coisa de mim? — O garoto lançou um olhar para trás, como se o rei dos godos fosse saltar de dentro dos arbustos. — Acho que ele vai me matar.

— Por que faria isso?

Ali perto, os ombros de Hengist tremiam numa risada silenciosa.

— Eu deveria ter vigiado o portão oeste de Brisca. Foi culpa minha Caltrácio ter entrado. Quando ainda estávamos por lá, ele me disse: "Ainda falaremos sobre isso". Isso, no idioma de Alaric, significa que ele pretende me assassinar nesta fazenda e me enterrar no chiqueiro.

Júlia se irritou.

— Isso é absurdo.

— Você pode falar com ele? Ele vai dar ouvidos. Você é a...

— Você pode *parar* de falar isso? — Ela estava farta até os ossos dessa história. — Não sou mulher dele. Nunca houve nada entre nós além de... — Horsa a encarava como se Júlia tivesse um terceiro olho, e um calor humilhante lhe subiu pelo rosto. — Não foi... a gente não... *pare* de me olhar assim.

Alaric surgiu da casa a passos largos, o cabelo acobreado solto, a lança apoiada nos ombros.

— Volto antes do anoitecer — disse, num tom seco. — Não saia da casa.

Júlia preparou uma resposta afiada. Ela valia tão pouco, então, que nem merecia uma explicação sobre essa nova ausência, só uma ordem brusca? Mas Alaric já passava por ela, a atenção voltada aos rapazes. Disse algo em gótico, e Horsa se virou com uma expressão de puro terror.

— Tarde demais. Reze por mim.

E desapareceu na floresta com Alaric e o irmão, lançando um último olhar derrotado por cima do ombro.

Júlia voltou-se para Aníbal, que mastigava a grama com prazer.

"Case-se comigo. Seja minha esposa. Fique comigo até o mundo virar cinzas."

Que piada.

Ela vinha repassando essas palavras na cabeça desde que as ouvira, polindo-as como se fossem pedras de rio. Tentando entender o que significavam. Por que não *perguntava* a Alaric o que havia de fato entre eles? Tentou imaginar como seria a conversa. *Então, estamos noivos ou não? Você quis mesmo me fazer jurar ser sua esposa enquanto estava dentro de mim? Isso é um costume dos godos ou...*

Júlia encostou a testa no flanco quente do cavalo, em uma agonia silenciosa.

A porta se abriu de novo, e Riga apareceu, colocando a cabeça para fora.

— Júlia, onde está o bálsamo do Alaric? Diga que você não deixou cair numa vala.

Riga estava diferente. Júlia demorou um instante para perceber que era porque ele não estava sorrindo. Um desconforto cresceu em seu peito. Riga só ficava assim, quieto e sério, quando algo estava muito errado. Será que Torismundo estava morrendo?

— Claro que não — disse, enfiando a mão na bolsa de couro pendurada à cintura.

Dentro da casa, Torismundo estava sentado sob a luz de uma lamparina de barro, com o torso nu, os músculos cobertos por um emaranhado de tatuagens, interrompidas por uma linha viva e vermelha. Ao lado dele, Riga preparava linha e agulha.

O ferimento abria-se como uma boca escarlate.

— Júlia. O bálsamo.

Ela entregou o pote para Riga. Vira muitos ferimentos no grande salão de Brisca; mas era diferente quando se tratava de alguém que conhecia. Torismundo se retesou quando a agulha perfurou sua pele. Agarrou-se à beirada da cadeira, os músculos sobressaindo.

Durante longos instantes, só se ouvia sua respiração entrecortada. Então Riga começou a assobiar entredentes.

— Riga. Por favor, pare de assobiar enquanto me costura.

— Posso parar, Torismundo. Mas, quando paro, as pessoas morrem — disse Riga, tranquilamente. — Posso esperar o Alaric voltar...

— *Não*. Pelos deuses, não. — O batavo fechou os olhos. — Assobie, se precisar.

Riga lançou um olhar para Júlia.

— Ele vai sobreviver, Júlia. Já vi ferimentos bem piores. Uma vez esfolei um homem vivo e ele sobreviveu. Perdeu uma pálpebra, mas...

— Cala a boca, Riga — rosnou Torismundo. — Ela está ficando verde.

— Estou bem.

O que ela *devia* era manter as mãos ocupadas.

Precisavam de uma atadura e de água quente. Horsa e Hengist tinham lhe ensinado a acender fogueiras na estrada. Júlia lembrou de um momento bem doloroso quando tentou esfregar dois gravetos até os dedos sangrarem. Felizmente, já conseguia acender uma lareira de pedra com uma eficiência treinada, então pôs água para ferver num caldeirão de ferro e rasgou uma túnica velha de Riga em tiras para fazer curativos.

De repente, sem aviso, sentiu vontade de chorar.

Quando aquelas pessoas se tornaram tão queridas para ela? Alaric podia ser o próximo a se ferir assim. A guerra estava se aproximando e, se algum deles morresse, a culpa seria *dela*.

Cornélio surgiu em sua mente. O uivo dos lobos. Sangue encharcando a areia.

Depois de um tempo, Riga anunciou que tinha terminado, e Torismundo grunhiu um agradecimento. Júlia respirou fundo e se virou, limpando os olhos. Que tolice chorar daquele jeito.

Riga não deixava passar nada.

— E *você* está chorando por quê? Não é você quem está com a barriga toda costurada.

— Não. É só que... — Júlia forçou as lágrimas de volta. — Não é muito agradável de ver.

Por um momento, o homem apenas a olhou, avaliando, e ela se preparou para uma resposta mordaz, mas Riga apenas sorriu.

— Venham comigo — disse ele —, tenho algo para vocês dois.

Do lado de fora, Riga vasculhou sua sela e puxou um pedaço de feltro vermelho. Júlia observou com curiosidade enquanto ele pegava um monte de varas estreitas e fincava no chão macio. Depois esticou o feltro sobre elas, montando uma pequena tenda.

Dentro da tenda do huno, o sol era filtrado pelo feltro e tingia tudo com um vermelho extravagante.

Riga inclinou um punhado de brasas sobre um prato de metal apoiado numa pequena fogueira. Em seguida, pegou uma boa quantidade de sementes de uma bolsa presa à cintura e as jogou no incensário.

— Isso vai ajudar a aliviar a dor do Torismundo. E a sua também. Eu vi como você protege esse tornozelo.

Torismundo surgiu à entrada, com o abdômen já enfaixado, segurando a aba da tenda com um dos braços fortes.

— Este é um espaço de ritual sagrado. Mulheres não são permitidas.

— No seu povo, talvez. No meu, elas são bem-vindas — retrucou Riga. — Embora seja pouco ortodoxo ter homens e mulheres na mesma tenda. — Fios finos de fumaça subiam das brasas incandescentes. — É a mesma fumaça que usamos na torre, Júlia. Só que aqui, na tenda, vai ser mais forte, não há ar livre para diluí-la. E me perdoe pela qualidade, Torismundo. Comprei em Ravena, e é difícil encontrar variedades boas por lá.

— Então foi isso que você foi fazer quando Alaric estava com Estilicão. Ataulf queria arrancar seu couro.

Riga bufou.

— Ataulf devia tomar mais cuidado com quem ameaça.

Júlia se deitou, observando a luz se mover pelas paredes da tenda. Passara a *gostar* dos ritmos guturais do gótico, e aquela fumaça cheirava como o som da língua soava. Terra e pinho, com um toque de flores por baixo, fazendo cócegas no pescoço.

As horas passaram. Riga e Torismundo contaram histórias que pareciam ganhar forma na tenda — guerreiros ferozes, donzelas astutas e deuses que davam ou tiravam a vida por capricho. De algum jeito, Júlia sentia que conhecia aquelas histórias, ainda que não falasse a língua. Sentia-se leve, aquecida — quase como se tivesse bebido vinho com Lótus Azul, só que os dedos dos pés estavam dormentes.

— Queria que vocês dois falassem em latim para eu poder compreender direito — disse.

Silêncio.

— Júlia, estávamos falando em latim o tempo todo.

Ela se ergueu sobre um dos braços, o que provou ser um erro. A cabeça girou.

— Estavam?

— Estávamos falando da vez em que Torismundo entrou num celeiro em chamas para salvar uma gata e seus filhotes. — A voz de Riga estava rouca por causa da fumaça.

Júlia arregalou os olhos.

— Você salvou todos os gatinhos?

— É claro que sim. Por acaso pareço um monstro? — Torismundo pareceu ofendido. — Eram sete gatinhos e tive que fazer duas viagens.

Júlia sentiu uma súbita e debilitante ternura por ele. Soltou uma risadinha, exatamente como faria em Ravena após algum comentário superficial, e, de repente, detestou o som. Aquela versão de si mesma.

— Você não vai morrer, vai?

— Você esquece com quem está falando, garota. — Torismundo a encarou com seriedade. — Sou príncipe dos batavos. Último descendente de uma linhagem de reis. As árvores da floresta que geraram meu povo são grossas como um homem em pé, e fortes como ferro. Um cortezinho desses não me derruba.

— Essa conversa pede bebida além da fumaça — anunciou Riga, pegando um odre de vinho. — Vocês dois são muito divertidos.

Júlia estava pensando em Torismundo indo para a morte enquanto ela se afastava galopando no escuro. E então, num impulso incontrolável, começou a chorar.

— Ora, ora, garota. Assim não dá. Vem cá. — Ele abriu os braços grandes para recebê-la, e pareceu a coisa mais natural do mundo chorar no colete surrado dele. Cheirava a couro velho e ao azedo medicinal do bálsamo. — Prometo que não vou deixar você. Juro pelas cinzas da minha terra natal!

— Melhor se cuidar, Torismundo — riu Riga. — Me deu muito trabalho manter suas tripas *dentro* do corpo. Se nosso estimado líder souber dessa bobagem...

— Não seja vulgar. Ele não teria motivo para se irritar. — Torismundo soava indignado. — Júlia é... é Júlia.

Ela abriu um olho.

— E o que *isso* quer dizer?

— Quer dizer que você é... — Torismundo franziu a testa. — Não é bem uma *mulher*.

— Isso é um insulto? Porque não consigo dizer, de verdade.

No canto, Riga deu uma risada.

— Quer dizer... você meio que é uma mulher. Para Alaric, por exemplo. Mas para mim, não. Você é meio que... — Ele fez um gesto indefinido com a mão. — Riga, como *você* a chamaria?

— Do Alaric — respondeu Riga prontamente, e depois caiu na gargalhada.

Do Alaric. Júlia se endireitou.

— Digam, por favor, como funciona o casamento entre os godos?

Torismundo a olhou por entre a fumaça.

— Por quê? Você e Alaric estão com problemas?

Júlia se retesou. Será que ele havia contado aos companheiros sobre as promessas ferozes no penhasco? E como ela acreditara naquilo com tanta facilidade? Uma onda de vergonha apertou seu estômago.

— Precisa ter contrato? Um dote? Uma cerimônia?

Torismundo coçou a barba por fazer.

— É costume o homem oferecer um dote.

"Colocarei a riqueza das cidades aos seus pés."

— Supondo que haja a promessa de um dote.

Riga riu.

— *Isso* faria de você uma concubina.

— Eu não sou uma concubina — disse ela, com um olhar fulminante. — Não que isso seja sobre mim.

— Entre os bárbaros, qualquer coisa pode ser um voto de casamento — respondeu Riga. — Veja o que Alaric disse no salão, Júlia. Antes de lançar os machados. Se fosse a intenção dele, aquilo poderia ter sido um pedido de casamento.

— O que Alaric disse no salão?

— Ninguém traduziu para você? — Torismundo franziu a testa. — "Se eu ferir um único fio de cabelo da cabeça da mulher, deem-me a honra da morte tripla e espalhem minhas cinzas aos pés do exército romano." Ele atou o destino dele ao seu, Júlia.

Quando foi que a terra começou a girar daquele jeito?

— O que é uma morte tripla?

— É um costume antigo do nosso povo — disse Torismundo, com ar solene. — É segredo.

— É a forma que esses selvagens sacrificam seus próprios reis aos deuses — riu Riga, com os olhos cintilando. — Vi acontecer uma vez, na Crimeia. Primeiro, você tira a calça do infeliz, e então traz uma cabra sagrada, toda branca, sem nenhuma mancha...

— Riga — advertiu Torismundo com um rosnado.

— Aí você passa mel no pau do homem — continuou Riga, deliciado — e a cabra... bem, cabras comem qualquer coisa, mas têm uma queda especial por mel...

O rosto do batavo se tingiu de vermelho.

— *Já chega.* — Ele se voltou para Júlia. — É um rito sagrado. E secreto. Fazemos de três formas, para apaziguar três deuses distintos. Enforcamento, perfuração e afogamento.

— Eu achava que era cremação, perfuração e espancamento — disse Riga, coçando o queixo. — Ou era esfolamento, perfuração e...

— *Não*, Riga. Esfolar e perfurar é a mesma coisa.

— Ah, discordo. Um corte no pescoço é bem diferente de rasgar o coração ou a virilha...

E agora os dois discutiam a semântica de um assassinato.

— Homens. *Se me permitem* — interrompeu Júlia —, declaro neste instante que vocês dois me devem uma bebida. Riga?

Ela estendeu a mão com imponência. Riga lhe passou o odre.

Era vinho de leite. Na mesma hora, a tenda inteira começou a girar de maneira temível.

— Sabe — disse Torismundo —, decidi que gosto de você, Júlia.

Ela tomou outro gole do vinho de leite.

— Fico terrivelmente lisonjeada.

— Não posso dizer que é uma amiga — continuou Torismundo, mais para si do que para Riga. — Porque é romana, filha de Teodósio, e é claro que não posso ser amigo de alguém assim. Minha honra jamais se recuperaria. — Ele parecia um urso muito loiro e muito confuso. — Suponho que, como ela se tornou de Alaric, seja da família. Mas não uma irmã, porque concordamos que ela não é uma mulher.

— Já que eu me tornei de... — Júlia piscou. — *Concordamos* que não sou uma mulher?

— Concordamos. O que faz dela... — Os olhos de Torismundo se iluminaram. — Um irmão!

Isso fez Riga ter outra crise de riso.

— Torismundo — disse Júlia, tentando focar os olhos —, tenho *certeza absoluta* de que nós não somos irmãos. Para começo de conversa...

— Ainda não! Mas vamos ser! — Um brilho selvagem surgiu nos olhos dele. Então o batavo vasculhou as coisas de Riga, ficando com uma faca em uma mão e uma pequena taça dourada na outra, cravejada de granadas cor de fogo. — *Juramento de sangue entre todos nós!* — bradou. — Riga, faça as honras.

O huno se sentou, piscando lágrimas dos olhos.

— E o que seus homens vão dizer, ao descobrir que você selou um juramento de sangue com um huno e uma romana?

— Ficarão quietos ou sentirão a fúria da minha lança — rosnou Torismundo. — Eu disse para você fazer as honras. A tradição é sua.

Riga pegou a taça e a lâmina.

— Ouçam bem, meus deuses — entoou. — Somos do mesmo sangue, nós três. Tudo que for feito a um destes será feito a mim. E se eu quebrar este juramento, que meu sangue regue a terra.

A voz parecia vir da própria terra. Riga pegou a lâmina afiada como navalha e desenhou linhas na palma da mão de Torismundo. Gotas de sangue caíram na taça dourada. Em seguida, Torismundo fez o mesmo com Riga, cujo sorriso não vacilou nem por um instante ao receber o corte.

Então Riga se voltou para Júlia.

— Sua vez.

— Ah... — Júlia encarou os instrumentos. — Você espera mesmo que *eu* faça isso?

— Sim! — rugiu Torismundo. — Quer ser nosso irmão ou não?

Os dois a olhavam como se Júlia fosse mesmo uma *deles*, plenamente capaz, e ela ficou surpresa ao perceber que *queria* ser. Júlia estendeu a mão. *Melhor não olhar.* Cerrou os olhos com força e segurou o grito quando a lâmina de Riga cortou sua pele. Durante o intervalo de três respirações, a dor fez sua cabeça girar. Depois passou. Júlia abriu os olhos, eufórica.

— Acabou?

Ela olhou para a palma da mão. Riga havia desenhado um pequeno símbolo ali, abstrato e desconhecido.

Júlia queria fazer de novo, jurar mil votos e viver cada um.

— Ainda não — disse Torismundo, solenemente. — Falta mais uma coisa.

Ele pegou o odre das mãos de Júlia e despejou o resto do líquido na tigela. Depois segurou a própria mão sobre o objeto, deixando o sangue pingar no vinho, e o passou para ela, comandando para que fizesse o mesmo. Riga pegou a tigela das mãos dela e a devolveu a Torismundo quando já continha o sangue dos três.

O homem loiro ergueu a taça até os lábios e tomou um gole.

— Sangue do meu sangue, nós três — disse. — Tudo o que for feito a vocês será feito a mim.

Riga bebeu em seguida e repetiu o encantamento, depois passou a taça para Júlia.

Ela espiou lá dentro, os fios vermelhos se misturando ao branco. *Agora*, pensou. *Faça logo.* Levantou o cálice dourado até os lábios.

— Sangue do meu sangue, nós três — disse Júlia, olhando para os rostos deles. O de Torismundo, profundamente sério; o de Riga, divertido e cúmplice. — Tudo que for feito a vocês será feito a mim.

Sentiu as palavras assentarem dentro dela e atarem seu coração.

Então bebeu. Vinho de leite com sangue. Sal e ferro em sua língua.

CAPÍTULO XXVIII

Não havia sinal de Ataulf, nem nos vales altos, nem nas florestas de pinheiros, nem pelos caminhos de ida ou de volta. Conforme o dia avançava, Alaric se forçava a lidar com a ideia de que seu segundo em comando talvez não tivesse saído vivo daquela vez.

Não. Se fosse o caso, Caltrácio teria esfregado isso na cara dele.

Por fim, Alaric parou numa crista alta coberta de urze alpina, um mato espinhoso e amarelado, nada bonito. Vasculhou o horizonte em busca de qualquer poeira erguida por cascos de cavalos, tentando ignorar a sensação de aperto no peito.

— Acho que estou vendo alguma coisa — apontou Hengist.

Alaric lançou um olhar para o prado.

— Pastores levando os rebanhos de volta para casa.

— Como pode ter certeza?

— Um rebanho de ovelhas não se move como um bando de guerreiros, Hengist. — O garoto o encarou, cético. — Vá olhar mais de perto, se não acredita em mim. Desça ali naquele cume.

Hengist hesitou, olhando entre o irmão e o rei dos godos.

— Alaric, em relação ao portão...

— *Vá* — disse ele num tom que não admitia réplica. O garoto deu de ombros, fingindo indiferença, e desceu pela encosta pedregosa. O irmão se mexeu para segui-lo, mas Alaric estendeu o braço para detê-lo. — Você não, Horsa.

Os ombros do jovem se retesaram. Ambos sabiam que aquele momento chegaria. Horsa se virou, todo o corpo na defensiva.

— O portão principal estava cedendo. Fiz aquilo para salvar sua vida.

— Eu disse para você vigiar aquele trecho do muro por um motivo. Se você realmente se importasse com a *minha* maldita vida, teria me dado cobertura.

— Achei que você estava *perdendo*. Queria que eu me escondesse no portão oeste e deixasse você morrer?

— *Sim*, se eu mandei você fazer isso, caramba.

— E de que vale minha vida se você morrer? — exigiu Horsa. — Você é meu *líder*. Se eu o deixasse para morrer num campo de batalha, jamais superaria essa vergonha.

As lágrimas brilhavam nos olhos do garoto, e o coração de Alaric subiu à garganta. De repente, tudo o que conseguia ver era Gaufrido, em seu leito de morte, nos escombros após a batalha de Polência, pedindo que Alaric cuidasse dos filhos dele.

Não podia deixar isso passar impune. Horsa já era imprudente demais.

Alaric pegou a lança.

— Saque sua arma, se quiser se defender.

Horsa empalideceu.

— Você não está falando sério.

— Você quase causou a morte de Júlia. — Ele não o machucaria, mas ia assustá-lo o suficiente para fazê-lo pensar duas vezes antes de desobedecer de novo. — Se quiser fazer isso desarmado, tudo bem.

O rei dos godos ergueu a lança.

— *Espere.* — Horsa levantou as mãos, com as palmas voltadas para ele, num gesto de defesa. — Mate-me, se for preciso. Mas preciso contar uma coisa para você antes de morrer.

Alaric abaixou a lança. O garoto não estaria com aquele olhar selvagem só por uma briga comum.

— Fale logo.

— Acho que Júlia não sabe que vocês são casados.

Era inacreditável. Ela tinha dito as palavras. E ele também.

Alaric *correu* pela crista, os meninos mal conseguiam acompanhá-lo, a briga com Horsa já esquecida. Ele planejara ter uma conversa racional e *sensata*, os dois vestidos, no dia em que levou Júlia aos penhascos. Mas tinha perdido a cabeça. E o coração, largado ali na grama ao lado dela, pulsando até a última gota.

Nada tinha saído como planejado. Mas se sentira *exultante* quando Júlia disse sim.

Para seu povo, não era incomum casais desaparecerem por uns dias no meio do mato e voltarem de mãos dadas, prometidos. Era um costume antigo, mas legítimo. Alaric descera aquela montanha naquele dia como se estivesse flutuando; queria anunciar o casamento para as estrelas. Claro que isso não seria prudente. Não queria que os boatos chegassem a Nórica antes dele, e Brisca ainda precisava da ilusão do seu favor para firmar a posição dela naquelas colinas.

Mas Alaric tinha deixado o mais claro que podia sem usar as palavras. Na noite em que desceram das montanhas, havia segurado a mão de Júlia, como sinal para todos. Ele a sentou ao seu lado direito e alimentou-a com a comida do próprio prato. Fez questão de que todos os vissem entrando juntos em sua cabana. E, nos dias que se seguiram na estrada, dividiu com ela seu manto e tudo mais que tinha. Como um marido faz.

Os homens estavam caçoando dele desde a aldeia de Brisca. Não em latim, claro; seria grosseiro submeter Júlia a esse tipo de provocação. E Alaric tinha proibido expressamente essas atitudes. Mas ela com certeza *sabia*. Era impossível que não soubesse... não era? Júlia dissera sim.

Uma sensação ruim, enjoativa, tomou seu estômago.

Alaric saiu da floresta enquanto o sol sumia por trás das árvores. A luz avermelhada que saía da tenda ritual de Riga fez seus dentes rangerem.

Ele empurrou a abertura de feltro da tenda. Um vento quente e fétido saiu de lá. Torismundo estava com a cabeça tombada no peito. Júlia estava sentada com as pernas cruzadas ao lado de Riga, que lhe ensinava a melodia obscena de uma canção huna. As mãos de Alaric se fecharam com força no tecido. Era *ele* quem devia estar ensinando aquilo a ela, era *ele* quem devia estar cantando aquela maldita música com ela. Sentiu tanto ciúme do huno que pensou que poderia matá-lo.

Riga e Júlia ergueram os olhos para ele. Dois pares de olhos vermelhos, e rostos ruborizados de suor.

— Ah — murmurou Júlia, com voz rouca. — É *você*.

— Sim, mulher. Sou eu. Seu *marido* — ressaltou com altivez. — O ritual acabou.

Ela o encarava como se Alaric tivesse nascido com três cabeças. Os olhos estavam bem dilatados.

— Deuses. Sente aí, homem — disse Riga, batendo no chão ao lado. — Vai acabar com uma enxaqueca de tanto fazer cara feia.

A cabeça de Torismundo deu um tranco.

— Ah. *Porra*. Dezessete cabeças ao pé das muralhas de Constantinopla. — Ele piscou, grogue. — Estou acordado.

E a cabeça tombou de novo, e um ronco alto seguiu.

Júlia ainda o encarava, com os olhos arregalados, sem foco, a boca carnuda entreaberta como se pedisse para ser devorada.

— Quer ver o que fizemos enquanto você estava fora?

Ela ergueu a mão, exibindo um desenho marcado na palma, sangrando no chão. Escrita huna, de algum tipo. Alaric praguejou por não saber ler aquilo.

— Riga, que merda é essa? — Ele entrou na tenda e se sentou. — *Porra*, Júlia. Vem aqui.

Para sua surpresa, ela se aproximou sem protestar, praticamente caindo no colo dele.

— É um sigilo de proteção — disse Riga. — Nenhum clã huno vai fazer mal a Júlia agora. Ela poderia atravessar uma batalha e ninguém mexeria em um fio de cabelo dela.

A imagem de Júlia no meio de uma batalha huna gelou seu sangue.

— Exceto os clãs com quem *você* tem rixa. Que devem ser a maioria, imagino.

Riga deu de ombros.

O ronco alto de Torismundo quebrou o silêncio que se instaurou.

— Consegue levá-lo daqui?

— Não tem nada que eu não possa fazer depois de um ritual de fogueira que eu não faria sóbrio — respondeu Riga, ofendido. — Aqui. Vou te mostrar. Me dá seu machado.

— Nem pensar. — Alaric puxou Júlia mais para perto. — Derrube ele e eu esfolarei você.

— Não. Esfolar é comigo — Riga riu. — Você sempre estraga tudo.

Alaric levou Júlia para descansar enquanto ela murmurava protestos sonolentos em seu peito.

Já tinham saído do território inimigo, mas ainda não estavam seguros. Ficaria de guarda a noite toda, já que Riga e Torismundo estavam fora de combate, e os gêmeos, exaustos. Ele levou Júlia escada acima e deitou-a na grande cama de madeira. Conseguiu sussurrar um boa-noite.

Mas, quando ela o puxou para junto de si, Alaric não teve forças para resistir.

Júlia ansiava por ele. As bocas se encontraram, as mãos dela exploraram seus ombros, seu peito. Cada toque fez um raio de desejo ardente atravessar seu corpo até que ele estivesse enlouquecido.

— Ah, Júlia — murmurou, com os dentes cerrados, quando os lábios dela roçaram seu pescoço. — Eu não posso...

— Você cheira tão bem. — O hálito quente dela queimava sua pele. — Ainda me quer?

Se ele ainda a queria?

— Mulher, não penso em outra coisa.

E então suas mãos afundaram no cabelo dela, sua boca abriu-se sobre a dela, e Alaric *não conseguia parar*, embora sua mente gritasse sobre bandidos e assassinos. Mas então a boca dela correspondeu, os dedos se enroscaram em seu cabelo, e ele sentiu o gosto da intoxicação na língua dela.

— É verdade que você mandou matarem você de três jeitos diferentes no salão? — Os olhos dela brilhavam na escuridão, o cabelo vermelho espalhado sobre o travesseiro. — Você prometeu morrer comigo?

— Sim.

— Então acho que vou ser sua esposa, afinal.

Era ridículo, o alívio pelo qual foi tomado. As unhas dela marcaram suas costas, sob a camisa, e agora tudo o que ele sentia era desejo.

— Mas, antes, tenho condições.

Condições? Uma das pernas dela já se enroscava na cintura dele.

— Que condições?

— Primeiro, nunca mais jogue machados em mim.

Alaric riu, os braços apertando-a com mais força, os lábios encontrando a pele macia do pescoço dela.

— E a segunda?

— Segunda? — A voz dela saiu distraída. Ele encostou os lábios no ponto abaixo da mandíbula que sempre a fazia tremer. — Quero ouro e joias. Montanhas de riquezas. Um dote.

— Feito.

Alaric a beijava, lambendo a pele até a clavícula. Ela tinha gosto de terra, cinzas e sua própria ruína; *deuses*, ele podia devorá-la inteira.

— E a terceira... — Júlia parou de falar.

Levou um tempo até ele perceber que Júlia tinha parado de se mover debaixo dele, e a respiração se tornado profunda e regular. Caíra em sono profundo.

Alaric xingou baixinho. O corpo dela estava mole e quente debaixo do seu, e ele estava tão duro que *doía*. Rolou de costas, trazendo-a junto. Júlia apoiou a bochecha sobre o peito dele, moldando-se ao corpo dele, o cabelo ruivo derramando-se sobre sua pele.

Alaric podia se levantar daquela cama. Ir montar guarda durante a noite; manter todos a salvo até o amanhecer. Era o que *devia* fazer.

Mas ela se aconchegou mais, enroscando as pernas nas dele, largando o braço sobre seu peito. Ele decidiu que ficaria ali só mais um momento. Dez respirações.

Ele conseguiria ficar acordado, mais um pouquinho. Não estava cansado...

CAPÍTULO XXIX

Júlia acordou com a cabeça latejando e um gosto seco, de carcaça morta, na boca.

A cama ainda estava quente com o calor do corpo de Alaric. *O que ela dissera na noite anterior?* Lembrava de Alaric dizendo a palavra *marido*. Não *noivo*, mas *marido*. Aquilo só podia ter sido um delírio. Lembrava de ter exigido condições. Ele tinha rido e depois a afogado em fogo.

Sua mão estava enfaixada. Lembrava do juramento de irmandade, de Riga gravando o pertencimento na palma dela. Tinha conquistado seu lugar. Não podiam voltar atrás. Ninguém pode desfazer uma cicatriz.

Júlia se levantou e puxou o manto de Alaric sobre os ombros, se envolvendo no cheiro dele enquanto descia cambaleante a escada.

Os homens já estavam de pé, cuidando dos cavalos e afiando armas. A tenda de Riga tinha sumido; ela avistou um pedaço do feltro colorido vermelho atrás da sela dele, apoiada numa cerca. Na noite anterior, era um palácio mítico. Naquele momento, não passava de um trapo amarrado a uma sela. Aquilo lhe causou uma sensação estranha de perda.

O corte na palma da mão pulsava, pinicando.

Júlia se encostou no batente da porta e observou Alaric sair por entre as árvores. *Ele* não parecia ter tido uma noite difícil. Na verdade, com o cabelo cor de bronze preso para trás e a pele bronzeada, parecia que tinha acabado de descer dos céus.

Ela tinha se declarado a ele, não tinha? E depois exigido um dote. *Que vexame.*

Alaric parou diante dela, o olhar azul parecendo mais divertido do que preocupado.

— Está se sentindo mal?

— Não. — Automaticamente, ela levou a mão ao cabelo e fez uma careta. Devia ter bicho empoleirado ali desde a noite passada. — É que ninguém devia estar acordado em uma hora tão amaldiçoada como esta.

— Já se passaram dois dedos de luz desde o amanhecer, Júlia. — Ele estendeu um cantil meio cheio. — Está com cara de quem precisa disso.

Graças aos deuses. Júlia aceitou o cantil com gratidão, bebendo a água fria e doce como se fosse vinho gelado.

— Tem alguma coisa para comer?

— Por acaso, tem sim.

Alaric estendeu um banquete sobre a grama. Pão escuro, queijo da aldeia de Brisca. Tiras de carne defumada de veado. Júlia devorou a comida, sem se importar com modos. Demorou a perceber que Alaric estava recostado, relaxado como um gato ao sol. Observando-a.

— Lembra de como você se comportou na primeira noite, quando tentei te dar comida?

Júlia riu.

— Em minha defesa, achei que estava tentando me enganar, me fazendo comer sola de sapato. Por que não me disse que isso era delicioso?

— Você não teria acreditado nem se eu dissesse que o sol é quente.

Ela sorriu, constrangida.

— Eu era um verdadeiro pesadelo naquela época, não era?

— Eu também era.

Havia o peso de um pedido de desculpa naquela frase. Alaric passou o braço em volta dela, puxando o manto sobre os dois. E era tão *bom* estar com ele daquele jeito, aquecida, satisfeita, em segurança. Já tinham existido muitos tipos de silêncio entre eles. Silêncios de raiva, cruéis. Silêncios perigosos. Mas aquele era cheio de sol.

Júlia respirou fundo e criou coragem.

— Sabe — disse, com a voz leve —, por algumas horas depois de termos dormido juntos pela primeira vez, eu acreditei, de verdade, que estávamos prometidos em casamento. Ridículo, não é?

Alaric não respondeu, mas ela *sentiu* os músculos dele se retesarem. De repente, Júlia quis estar em qualquer outro lugar. Na copa de uma árvore, talvez. Ou enterrada no chão.

— Não estamos prometidos, Júlia.

Vergonha. Horror.

— Que bobagem a minha, não? Eu culpo a falta de sono.

— Estamos casados.

Então foi *ela* quem se calou.

— Não, não estamos — disse Júlia, com o pânico crescendo. — Casamentos envolvem... envolvem *aparatos*, Alaric. Troca de anéis. *Testemunhas*. O casamento é uma questão de Estado para mim... para nós dois!

Alaric também a olhava com uma expressão horrorizada.

— Eu jurei ser seu escudo e lutar suas batalhas. O que você achou que aquilo significava?

— Só... só palavras de amor. — O coração dela *não* parava quieto. — Promessas bonitas que os homens fazem no auge do desejo.

— Eu não faço promessas que não pretendo cumprir, Júlia.

Ela respirou fundo. Aquele talvez fosse o traço mais verdadeiro dele.

Mesmo assim.

— Você não pretende mesmo me *prender* a essa paródia de promessa, pretende?

O olhar azul de Alaric sustentou o dela.

— Não é isso que você quer?

Ela baixou os olhos. O coração se debatia nas costelas.

— Não sei.

Alaric tomou a mão dela. Seus lábios roçaram os nós dos dedos; as pálpebras baixaram, escondendo os olhos por trás da cortina de cílios loiros.

— Entre o meu povo, tudo o que é preciso para unir duas pessoas é um homem se comprometer com uma mulher, e ela com ele — explicou. — Não precisamos de cerimônia. Nossos deuses estão em toda parte. Um dote sela o acordo, se a família do homem tiver um para dar. — Alaric a olhou com solenidade. — Não posso fazer de você imperatriz de Roma, Júlia. Nunca venceríamos essa guerra, não em solo imperial, mas deixe-me fazer de você a rainha dos godos.

Júlia só conseguiu encará-lo. Estava sonhando? Será que era tudo um delírio causado pela febre?

— Há razões estratégicas para este casamento — continuou ele, com toda a racionalidade do mundo. — Você ainda está sendo caçada. Ninguém pode garantir sua segurança como eu. — Alaric fez uma pausa. O silêncio se multiplicou. — *Porra*, mulher, diz alguma coisa.

Aquilo era... *medo* nos olhos dele? Júlia o encarou, maravilhada.

— Por que você ia *querer* se casar comigo?

Alaric jogou a cabeça para trás e riu. No instante seguinte, ela estava nos braços dele, sendo beijada *com vontade*.

— Isso basta como resposta?

Sentiu o rosto em chamas.

— Ninguém se casa *por isso*.

— Tem certeza? — Ele traçou a maçã do rosto dela com o polegar, com uma ternura quase dolorosa. — A vida inteira estive em guerra. Paz não é o meu forte. Talvez você possa me ajudar com isso.

Ele queria que ela fosse sua Cleópatra. Seu coração estúpido quase parou dentro do peito.

— Você vai precisar de moeda, claro. E uma estratégia de comércio — declarou Júlia, se afastando um pouco. De repente, sua mente se encheu com tudo o que precisava ser feito. — Um canal paralelo de diplomacia com Roma. Posso ajudar com isso. E tem a infraestrutura. Estradas, pontes, aquedutos...

— Isso é um sim? — perguntou ele baixinho. — Considerando que não estou distraindo você no momento.

O coração de Júlia disparou. Lá no alto, uma águia tinha encontrado uma corrente de ar e subia, cada vez mais alto, tonta e viva com a pura alegria do céu aberto.

— Não sou uma camponesa para me casar no meio do campo, Alaric — respondeu, altiva. Não podia ser *tão* fácil. — Quero um dote. Um palácio e, no mínimo, *uma* festa caríssima. Quero que meus inimigos em Ravena ouçam os rumores e chorem.

— Que diabinha oportunista você é. — E foi puxada de volta para os braços dele, os lábios de Alaric encontrando sua têmpora, o riso *vibrando* por todo o corpo. — Devia ter dado isso a você naquele dia. Acho que também estava distraído.

Ele colocou algo no dedo dela. O anel de opala de sua mãe.

Júlia o encarou, espantada.

— É preciso ter muita coragem para pedir uma mulher em casamento usando um anel que era *dela*.

Alaric riu.

— Não tema. Vou cobrir você de riquezas sem fim quando chegarmos a Nórica.

Seu rosto doía de tanto sorrir. Ele também pertencia a ela. E, se Alaric não falou nada sobre amor — o que de fato não falou —, Júlia decidiu que aceitaria tudo o que pudesse ter. Não esperava uma declaração assim, embora tivesse *desejado* uma com cada fibra do seu ser. Mas era tolice se apaixonar pelo próprio cônjuge. Todo mundo sabia disso. Alaric não era tolo.

— Sabe — sussurrou ela, no peito dele —, como esposa, tenho *necessidades*. É curioso que você tem sido negligente em satisfazê-las.

— Isso é verdade. — Ele se levantou, erguendo-a nos braços como se não pesasse nada. — Venha, esposa. Tenho intenção de corrigir isso.

E a carregou de volta para a cama, apesar da juventude do dia.

CAPÍTULO XXX

Durante cinco dias perfeitos, não houve uma única nuvem no céu.

Foram cinco dos dias mais felizes da vida de Júlia. Cinco manhãs perfeitas nos braços de Alaric. Às vezes envoltos numa névoa de sexo, pele contra pele na penumbra antes do amanhecer. Outras, apenas deitados juntos, entrelaçados, em silêncio. Júlia nunca se cansava de vê-lo dormir.

Alaric sempre sumia por parte do dia. Voltava com caça da floresta ou com os braços cheios de lenha para a lareira. Às vezes voltava de mãos vazias, com o semblante fechado; desviava das perguntas dela com um sorriso fugidio e uma mudança de assunto que pouco fazia para acalmar os temores de Júlia.

Quando Alaric estava fora, ela se contentava em acompanhar os gêmeos pelo jardim tomado pelo mato, onde ervas daninhas subiam até suas sobrancelhas. Juntos, exploravam o celeiro que tinha o teto parecido com o casco de um grande navio, deitavam na grama e inventavam formas nas nuvens. Torismundo melhorava a cada dia, e o tom acinzentado da pele desapareceu; certa vez, Júlia passou uma tarde agradável observando-o consertar a empunhadura do escudo ornamentado. Examinou os ricos detalhes do grande carvalho, o brasão da família dele, e ouviu lendas de um povo extinto anos antes.

Extinção que fora culpa dos romanos. Do povo dela. Júlia entendeu por que o batavo não conseguia suportá-la antes. Por que ainda não merecia a amizade dele, mesmo depois de todo esse tempo.

E, um dia, durante a tarde, os três, Riga, Torismundo e ela, compartilharam um cachimbo de barro com a fumaça do huno. A tarde parecia infinita e, quando Alaric surgiu do outro lado do campo com os gêmeos, o coração dela se encheu de alegria. Pensou que ele ficaria bravo por ter fumado, mas, quando Torismundo lhe ofereceu o cachimbo, Alaric aceitou. Nada era mais hipnotizante do que vê-lo deitado na grama, soltando anéis de fumaça como um dragão ao sol, com as mangas da túnica arregaçadas até os antebraços.

Naquela noite, Júlia descobriu que deitar-se com aquele homem sob o efeito da fumaça de Riga era imensamente satisfatório. Nem chegaram a descer para o jantar.

Quando Alaric não estava fora, os dois eram inseparáveis. Ele a levava pelas colinas para mostrar a vista deslumbrante de um pico próximo, ou caminhavam por bosques de pinheiros com riachos frios e cristalinos ao lado. A tensão furiosa entre os dois havia sumido por completo, e Júlia achava bem fácil conversar com ele. Alaric ouvia com um interesse intenso, quase cinético; não demorou para ela contar coisas sobre si mesma que só Verina, a melhor amiga, sabia.

Júlia queria saber tudo a respeito dele também, mas o homem se esquivava das perguntas com o riso fácil. Essa era a única sombra na felicidade dela, a recusa de Alaric em falar de qualquer coisa séria. Ele evitava as perguntas sobre o próprio passado e sobre o futuro dela em Nórica, e a possibilidade de uma guerra próxima. Sempre que tocava no assunto, Alaric mudava o tema da conversa com destreza ou a distraía com beijos. E os outros homens também não diziam nada. Ele alertara os companheiros antes.

Alaric parecia estar tentando mantê-la no presente, e era muito bom em transformar o presente em um lugar encantador. Ele a fazia rir, de verdade, risadas que faziam a barriga doer, de um jeito que ninguém ria na corte. Dividia com Júlia um odre de *alu* sob o sol, num aclive alto e íngreme acima da casa, depois a deitava na grama e fazia amor com ela de um jeito que a derretia por dentro.

Júlia decidiu não pensar no futuro. Iria se agarrar ao presente com todas as forças.

Alaric sempre imaginou que um dia morreria por seu povo.

Em batalha, provavelmente, sua sorte se esgotando numa emboscada ou numa corrida desesperada sob uma chuva de flechas. Claro, havia também a chance de ser morto pelos seus. Assassinato, talvez. Alguns meses de muita fome, de muitas derrotas, e o povo poderia começar a acreditar que os deuses já não estavam mais ao lado dele. Antigamente, quando isso acontecia, os reis eram sacrificados. Alaric achava bem possível que seu fim fosse esse, dando seu sangue pelo bem do seu povo. Já tinha até aceitado isso, de certa forma.

Mas ali, com a bochecha de Júlia aninhada em seu ombro, Alaric entendeu que queria *viver*.

A manhã do quinto dia nasceu quente e ensolarada. Ele estava deitado na enorme cama, um antebraço jogado acima da cabeça, o outro envolvendo-a. Haviam feito amor duas vezes na noite anterior; da última vez, ela estivera por cima, o cabelo ruivo caindo em volta deles. Agora, Júlia dormia profundamente, preenchendo o silêncio com a respiração. Alaric conhecera pouca paz na vida; aquilo era um tipo raro de contentamento.

Em Nórica, não haveria paz. Seus clãs estavam à beira da rebelião quando ele partiu, e isso já fazia mais de dois meses, segundo seus cálculos. Não fazia ideia do que encontraria ao voltar. O status de Júlia como sua esposa a protegeria, mas também poderia inflamar os ânimos.

A última coisa que queria era que ela descobrisse o valor absurdo de seu resgate, ou quão próxima era a ameaça de Estilicão, ou quão precária era a situação dele em Nórica. Não queria pensamentos desagradáveis invadindo a mente dela. Nunca mais queria ver aquele olhar distante, como o da caverna em que a resgatara, em seu rosto.

Claro que ela dificultava essa parte, com suas *perguntas* incessantes.

Júlia se aninhou ainda mais. Como sempre, ele sentiu o corpo reagir ao dela, mas já a tinha esgotado nos últimos dias. Era tudo novidade para ela. Melhor deixá-la descansar.

Alaric suspirou. Talvez estivesse fazendo tudo errado. Talvez devesse ficar ali mesmo naquela casa de campo e mandar todo mundo em Nórica para o raio que os partisse.

Se fizesse isso, poderia fazer de Júlia o seu mundo. Passaria um ano inteiro na cama, aperfeiçoando todas as formas de dar prazer a ela. Poderia ensiná-la a cavalgar; mostrar os tesouros da montanha, jogar latrúnculo com ela junto à lareira. Poderia caçar, pescar, cuidar das ovelhas meio selvagens, enquanto Júlia replantaria o jardim.

Um sonho idiota, claro. Ele mal sabia plantar ou cuidar de animais, e a mulher dele ainda menos. Morreriam de fome.

Júlia acordou, roçando os dedos no peito dele. Ele segurou a mão dela.

— Olá, Júlia.

— Olá. — Os dedos dela entrelaçaram-se aos dele. — Quero te pedir um favor.

Um favor. Alaric ficou ridiculamente feliz pela chance de lhe dar algo.

— O quê?

— Quero tomar banho.

Alaric rolou por cima dela, enterrando o rosto entre o pescoço e o ombro.

— Você tomou um ontem. E já está cheirosa demais. — Mordiscou a pele delicada. — Cheira a rosas.

Rosas e sexo. Júlia estava rindo, seguindo com as mãos os contornos dos músculos dele. Os olhos brilhavam em convite. Mas o dia já tinha nascido, e Alaric poderia oferecer muito mais.

— Levante-se. — Ele saiu da cama. — Tenho algo para mostrar a você.

Júlia olhava maravilhada para onde o riacho da montanha despencava, formando uma cascata de piscinas naturais até desaguar naquela aos seus pés. Um tipo de piscina onde druidas deviam ter se reunido, águas escuras e misteriosas, o fundo coberto por espadas quebradas e cálices. Alaric tinha um talento espetacular para surpresas.

— Você disse que queria um banho…

— Eu disse. — Ela observou desconfiada a água. — Mas parece fria.

— Eu esquento você.

Ele a puxou mais para perto, roçando os lábios em sua testa. Então começou a tirar a roupa, deixando-a hipnotizada ao encarar seu corpo nu.

Júlia ergueu a mão para traçar uma cicatriz que cortava os músculos definidos do abdômen dele. Não sabia a história por trás daquilo, e queria saber. Queria todas as histórias dele.

Alaric segurou a mão dela e levou-a aos lábios. O toque da boca na pele sensível do pulso a fez estremecer.

— Você está com roupa demais.

Júlia faria qualquer coisa por Alaric quando ele a olhava daquele jeito. Até mesmo ficar nua numa tempestade de neve. Qualquer coisa. Ela deixou que ele a ajudasse a tirar a túnica, depois a calça, sentindo os nós dos dedos dele roçarem suas coxas. Quando terminaram, estava nua diante dele, a pele se arrepiando. Não por causa do ar. Por causa do olhar dele.

Júlia deslizou as mãos pelos músculos longos e fortes dos lados do corpo de Alaric, o peso da excitação dele pressionando sua barriga, mas ele se afastou, roçando seu pescoço com os lábios. Ela soltou um som de frustração.

— Se quiser — sussurrou ele em seu ouvido —, venha buscar.

Então saiu andando em direção à água escura.

Injusto. Nu, Alaric parecia esculpido em mármore, sem um grama de carne sobrando. Mas também era marcado por cicatrizes, um lembrete desconfortável de sua mortalidade.

— Você *não vai* me obrigar a entrar nessa água, vai?

Ele respondeu com um sorriso. Desafiando-a. Depois mergulhou na piscina ondulante, emergindo perto da queda d'água.

— Venha, Júlia. A não ser que prefira que eu saia e arraste você.

— Você não teria coragem!

— Não me tente, mulher.

Alaric avançava em sua direção, a água na altura do peito. A luz do sol brilhava sobre seus ombros nus. A boca de Júlia secou. Ela olhou para a água. Rochas enormes sob a superfície. Pareciam escorregadias. Júlia mergulhou um dedo.

— Tem enguias aqui?

Uma risada abafada.

— Sem enguias.

Ela pôs o pé na água, com os dentes cerrados contra o frio cortante. Ali havia uma pedra onde podia se apoiar. Era escorregadia... Júlia encolheu os dedos dos pés, sem conseguir se firmar. Arriscou o peso, escorregou.

— Cuidado! — alertou ele, rindo.

— Estou *tentando*! — Ela se equilibrou, com o outro pé numa saliência de pedra. — *Como é* que você entrou nessa bacia se o fundo é todo liso?

— Não pense demais. — Alaric deu de ombros. — Pule. Eu pego você. — O sorriso dele iluminava o céu inteiro. — Venha, Júlia. Quando foi que eu deixei você cair?

Ah, não é justo. Usar aquele sorriso, aquelas palavras e toda aquela nudez gloriosa. Ele estendeu a mão, e não havia nada no mundo que Júlia pudesse fazer além de alcançar e segurá-la.

Alaric sorriu. Então a puxou para a frente, para dentro da água gelada e escura. Júlia riu ao sentir os braços dele em volta, apertando-a no peito. Músculos duros cobertos pela água gelada.

— Seu *monstro*! Me solta!

— Se você insiste...

Então ele abriu os braços e ela afundou como uma pedra, roçando o fundo com os dedos dos pés, a linha gélida da água subindo além dos ombros.

Ela ofegou, segurando firme nele.

— Não me solta.

Algo feroz brilhou nos olhos de Alaric.

— Nunca.

Ele a manteve colada em si. A pele tão quente, e ela faminta por calor.

— Já está aquecida?

— Quase. — Júlia puxou o rosto dele para perto. — Quero o restante do meu beijo agora.

CAPÍTULO XXXI

Fazer amor com Júlia debaixo de uma cachoeira era como fazer amor com uma náiade.

Alaric se entregou. Pressionou-a na rocha, enterrando o rosto no pescoço dela e entrelaçando a mão no peso encharcado de seu cabelo, enquanto a água batia com força em suas costas e ombros. Júlia se rendeu com um abandono intenso, fechando as pernas em torno de sua cintura, dissolvendo-se num tremor glorioso enquanto ele a tomava cada vez mais. Cada beijo, cada carícia, cada investida era uma mensagem. *Fique comigo. Fique.*

Eram palavras que ele ainda não conseguia dizer — ainda não —, mas havia outras maneiras de mostrar.

Horas depois, Júlia estava sentada ao sol. Alaric estava deitado ao lado, observando enquanto ela penteava o cabelo com os dedos. Júlia tinha insistido em lavar as próprias roupas, e vestia apenas a túnica dele e nada mais, seu corpo engolido pela peça enquanto a luz do dia transformava seu cabelo solto em fogo cintilante.

Havia uma inquietação nos olhos dela. E Alaric não gostou daquilo.

Sentou-se e deu um beijo em seu ombro nu.

— Em que está pensando?

— Em nada em especial.

Júlia disse com aquele tom leve e frágil que significava que ela *estava* pensando em alguma coisa, e isso a estava consumindo por dentro.

— Eu sei quando você está mentindo. — Ele afastou o cabelo dela para beijar seu pescoço. — Me diga o que é.

— Estou apavorada — disse baixinho. — Quando meu irmão descobrir o que fizemos, vai ficar furioso. Você conseguiu sobreviver aos assassinos de Estilicão, mas e quando Honório mandar o exército? — Naquele momento, ela realmente torcia as mãos, como uma enlutada em um funeral. — Já pensou no que vai acontecer se ele capturar você?

Alaric segurou as mãos dela para que parasse.

— Não. Não pensei nisso.

— Pois *deveria*. Meu irmão já te odeia, mas se descobrir que nós nos casamos...

Um sorriso largo se espalhou no rosto dele. Isso sim era mais a cara dela. Preocupações infundadas com o bem-estar dele. Alaric a puxou para mais perto, respirando o perfume da pele aquecida de sol que vinha dela.

— Deixe que eu me preocupo com o Império. Casar com você não é a pior coisa que já fiz, nem vai ser a pior coisa que ainda farei.

— Sim, mas eu *vivi* com eles. Sei o que fazem com as pessoas. — Júlia olhou para ele, aflita. — E se meu irmão fizer com você o que fez com Cornélio? *E então?*

— Quero vê-lo tentar. Eu já sobrevivi à arena antes.

Alaric achava que ela conhecia essa história. Todo mundo conhecia. Mesmo assim, os olhos azul-esverdeados dela se estreitaram.

— Me conte desde o começo.

Alaric suspirou. A teimosia no queixo dela deixava claro que não ia largar o assunto. Mas ele não podia contar sobre os hunos nem sobre os acampamentos à beira do Danúbio. O único lugar possível para começar era a arena.

— Meus pais me venderam como escravizado — disse, como se fosse a coisa mais comum do mundo. — Matei meu senhor e tentei fugir, mas não fui longe. Tinha 14 anos. — Ele usou o truque dela, mantendo a voz leve, como se comentasse de algo trivial. — Me jogaram na arena para ser devorado por uma besta, para divertir os romanos. Não era nenhuma grande celebração, só a execução de criminosos comuns e escravizados fugitivos.

Sentiu a respiração dela falhar sob suas mãos.

— Que besta?

— Um urso.

Júlia se encolheu.

— Era para você ter morrido.

— Você tem razão. Eu nunca deveria ter saído de lá.

E de certa forma, não tinha mesmo. Ainda era tudo muito vívido para ele. O calor da areia. O sol esmagador acima como um castigo dos deuses.

O urso estava magro, faminto. Mas, ainda assim, ele o reconheceu. Ursos como aquele já haviam vagado pelas densas florestas de pinheiros da ilha onde Alaric crescera. O deus de seu clã era um urso. Havia uma história sobre um caçador lendário que encontrava seu fim nas garras de um animal como aquele, uma lenda que o pai dele contava, encantado, aos filhos ao redor de fogueiras.

Fogueiras que viraram cinza. Família que virou fumaça junto aos bosques sagrados. Só o urso continuava existindo, preso numa jaula sob a arena, faminto.

— Não era para eu ter matado aquele urso. Os romanos esperavam que eu morresse. E meu povo teria chamado isso de coragem.

O urso ainda estava vivo na lembrança dele. O jeito como piscava evitando o sol, como se estivesse no escuro havia muito tempo, faminto e cego, querendo apenas se aliviar e esticar os membros ao sol por um instante, livre da jaula.

No começo, Alaric não sabia como contar aquela história para ela. Mas, uma vez que começou, não conseguiu mais parar. Sob o murmúrio da multidão, ouvira os deuses assassinados de seu povo. As vozes de sua família morta. *Deixe que o urso o leve*, sussurravam. *Será uma morte honrada. A morte certa. Vá com coragem e junte-se a nós, aqui, onde é seu lugar.*

Torismundo teria deixado o urso matá-lo, em vez de machucá-lo. Mas Alaric tinha só 14 anos e não sabia como morrer.

Então escolheu o caminho do covarde. Seu pé bateu em alguma coisa longa e pesada sob a areia e ele a pegou. Levantou a lança e matou o urso para poder viver.

A história chegou ao fim e Alaric sentia como se tivesse acabado de lutar uma batalha. Enquanto isso, Júlia estava imóvel em seus braços. Chorava copiosamente, e uma onda de ternura o invadiu.

— Ah, Júlia — sussurrou, bastante comovido. — Não precisa ter medo. Sou mais difícil de matar que o seu Cornélio.

Ela o abraçou com força.

— Eu sei. Mas voltaria cem vezes para Honório só para impedir que ele tivesse a chance de machucar você.

Júlia se importava com ele. De repente, mal conseguia respirar com a alegria que crescia no peito.

Alaric a abraçou com força. Entendia o medo, a preocupação feroz e incessante de que alguém a tirasse dele. Se era isso que ela também sentia por ele...

— Não pense que pode me salvar assim — disse Alaric com a voz rouca. — Estilicão nunca vai parar, mesmo se você voltar para eles. As coisas que eu fiz exigem resposta. Mas eu escolhi isso. Fiz minha escolha em Ravena.

O sorriso dela foi como o nascer do sol.

— Eu também.

Quando a beijou, ele quase acreditou que não havia mais nada na vida além daquilo — as montanhas, a cachoeira e aquela mulher que tinha gosto de sol e rosas.

— Alaric — sussurrou Júlia no pescoço dele. — O que é aquilo?

Lá embaixo, ele viu uma nuvem de poeira subindo do vale, acima das árvores.

CAPÍTULO XXXII

Eles desceram a galope e chegaram à casa da fazenda no exato momento em que Ataulf e seus homens chegavam velozes no pátio.

Por entre a poeira, Alaric viu os flancos arfantes dos cavalos. Pretos, ruivos e castanhos reluzentes, selas gastas com chifres da cavalaria das Guerras Góticas, e o brilho dos freios junto a tiras de tecido colorido nas crinas esvoaçantes de vermelho, preto e branco.

Ele puxou as rédeas para Aníbal parar e ajudou Júlia a descer no instante em que Ataulf surgiu da poeira rodopiante.

— *Puta merda*. Por que você demorou tanto?

— Negociando com os clãs. Desviando dos assassinos de Estilicão. Tentando não morrer. — Ataulf limpou a poeira da testa. — *Você* parece feliz.

Feliz era pouco. Ataulf estava vivo, Júlia era dele, e tudo ficaria bem. Como sempre, seu olhar pousou em Júlia, que estava afastada do encontro. De relance, poderia tê-la confundido com uma mulher tervíngia. O cabelo carmesim em uma trança escapava do gorro frígio, e Júlia segurava as rédeas do cavalo de guerra do marido enquanto o animal mordiscava a grama com raiz e tudo.

— Então essa é a princesinha romana. Daria até para confundi-la com uma de nós, se não olhar muito de perto. — Ataulf sorriu. — É bom polir antes de mandá-la de volta, ou os romanos podem não acreditar que é a pessoa certa.

Alaric não tirou os olhos de Júlia.

— Ela é minha esposa. Não vai voltar.

Júlia tentava manter Alaric dentro do seu campo de visão no meio da confusão de cavalos e homens. Avistou um lampejo daquele sorriso radiante, e um senso de perda atravessou seu peito como uma pontada aguda.

Ele tinha sido só dela nos últimos dias. Naquele instante, pertencia a todos.

— Júlia! É você? — Um guerreiro godo alto surgiu diante dela, o cabelo castanho--bronze chegando aos ombros. — O que raios você está vestindo? Pelos deuses... isso são *sardas*?

Ela ficou chocada ao reconhecê-lo.

— Bromios! Você está *vivo*!

— Claro que *eu* estou vivo. — Bromios a ergueu nos braços. — Vejo que você se deu bem. Seduziu o líder bárbaro a se casar com você! — Ele riu. — Talvez devesse nos apresentar. Eu e você conseguiríamos tirar proveito disso. Acho.

O ciúme a varreu como um vento quente.

— Prefiro não dividir.

— Não me diga que está caidinha por ele. — Bromios olhou por cima do ombro. — Você sabe que esse homem tem um exército de amantes em Nórica. *Olhe* para ele.

— *O quê?* — Júlia agarrou o braço de Bromios e o puxou para longe da multidão, onde ninguém os ouvisse. — Alaric não me contou *nada* sobre o que esperar em Nórica. E pelo visto você sabe muito mais do que eu — sibilou —, inclusive que meu marido tem *amantes. Fale.*

— É óbvio, Júlia. Um homem como ele sempre tem amantes. Você só pode estar distraída. — Ele deu de ombros. — Ataulf diz que houve várias tentativas de assassinato antes de Alaric partir. Os líderes de lá vivem à beira de se revoltarem. E *você* devia ficar alerta — acrescentou. — Já pensou em como o povo dele vai reagir quando Alaric chegar a Nórica com uma esposa romana a tiracolo?

— Já. Mas ele não me *conta* nada...

Eles haviam atraído a atenção de Alaric, que caminhava na direção dos dois, os guerreiros abrindo espaço conforme passava. Júlia se enrijeceu.

— Ele não gosta de mim. Acho que pode enfiar uma faca nas minhas costas — disse Bromios em voz baixa. — Temos que ficar juntos, Júlia. Entre naquela cidade como rainha, de cabeça erguida. A forma como você se apresentar é como será conhecida. E não perca a cabeça mais do que já perdeu.

E então Bromios desapareceu de novo, sumindo entre as pessoas.

Naquela noite, Alaric estava à frente da mesa marcada pelo tempo, Júlia ao seu lado, contando aos homens os feitos dela — o modo como enfrentara seus machados com firmeza e coragem, a bravura que demonstrara na aldeia de Brisca. Eles devoravam aquelas histórias, brindando em nome dela. Hidromel dourado fluía — mel espumante na taça dela. Júlia tomou uma caneca cheia e se sentiu agradavelmente solta e feliz, mas a segunda a atingiu em cheio.

De repente, poucas horas depois da refeição, mal conseguia manter os olhos abertos.

De modo geral, era estratégico se retirar no auge de uma boa impressão. Então, quando Júlia se levantou, Alaric sorriu e prometeu acordá-la mais tarde.

Ela estava quase chegando à escada quando um homem se aproximou.

— Eu sei o que você é.

Era Ataulf, o braço direito de Alaric. Uma cicatriz cortava seu rosto, dando-lhe um charme perigoso.

Júlia riu. Leve e despreocupada, como nos tempos de Ravena.

— O que eu sou, então? Isso é um tipo de charada?

— Você pode ter enfeitiçado Alaric, mas comigo isso não funciona. Sou imune.

Ela arqueou uma sobrancelha.

— Notei que *você* passou a noite toda dando comida do seu prato para o meu amigo Bromios. Enfeitiçou ele? Isso faz de você um feiticeiro também?

— Bromios não é seu amigo. É seu antigo *escravizado*. Eu o libertei daquela vida.

— Besteira. — O sangue dela subiu. A *audácia* daquele homem. — *Eu* o libertei antes mesmo de conhecer você. E que liberdade é essa, *exatamente*, se ele não pode escolher onde dorme? Pelo menos eu nunca o obriguei a dividir a cama comigo em troca de proteção.

Ataulf ficou vermelho de fúria.

— Vou vigiar você *bem* de perto. Se fizer qualquer coisa que prejudique Alaric, vou transformar sua vida num inferno.

— Não posso imaginar o quão burra você acha que eu sou — retrucou Júlia, com voz firme. — Minha sorte está atrelada à dele, assim como a sua.

O silêncio dizia tudo. Ela sentiu o olhar do homem perfurando suas costas enquanto subia a escada para dormir.

CAPÍTULO XXXIII

A noite avançava rumo à manhã e os homens ainda estavam bem acordados. Lotavam o espaço iluminado pelo fogo, bêbados de hidromel e pelo descanso, tentando esquecer as dificuldades enfrentadas em semanas de viagem penosa. Alaric estava no centro de tudo, jogando dados e bebendo com o restante deles.

Ataulf permanecia próximo e resistia ao impulso de cerrar os dentes.

Amava Alaric como um irmão. Daria a vida por ele, de boa vontade, sem hesitar nem sequer um instante. Mas o rei dos godos em meio a multidões o deixava no limite.

Quando rodeado de pessoas, o carisma avassalador de Alaric ardia tão intensamente que era impossível ignorar. As pessoas reagiam de forma estranha. Homens feitos começavam a depositar armas aos seus pés e jurar fidelidade por séculos. Mulheres tramavam querendo levá-lo para a cama, mesmo se fossem casadas e felizes.

E Alaric, em meio a isso, podia mudar num piscar de olhos. Ataulf já tinha visto inúmeras vezes o amigo ir da descontração à violência mortal em um instante. Ficava pior quando bebia, mas ele fazia isso sóbrio também.

Ataulf não gostava nem um pouco desse tipo de ambiente, especialmente quando cercava o rei dos godos. Mas o que precisava dizer ao cunhado não podia esperar.

Esvaziou a caneca e abriu caminho pelo grupo de homens. Alaric estava sentado à frente da mesa de madeira, jogando dados com os demais. Não havia como arrancá-lo de seu público adorador para uma conversa que ele não quisesse ter — e ele não ia querer aquela. Por isso, Ataulf teria que ser estratégico.

Então se sentou no banco, empurrando para o lado um sármata barbudo.

— Achei que você gostaria de um jogo de verdade.

Os homens protestaram ruidosamente, mas Alaric ergueu uma das mãos. O silêncio se instalou. Ataulf esperou. Ele conhecia aqueles homens. Uma mistura das tropas de Riga, de Torismundo e da sua própria. Ataulf os liderara nas últimas semanas, sofrendo com eles no calor e na poeira. Seguiram-no sem problemas, mas *ele* não poderia erguer apenas uma mão e esperar que toda a sala se calasse.

Alaric reclinou-se na cadeira como se não tivesse feito nada fora do comum.

— E o que você tinha em mente?

Ataulf desenrolou o tabuleiro de latrúnculo e lançou o pequeno saco de peças sobre a mesa. A habilidade de Alaric no jogo era mais que lendária, mas ele não jogava desde Milão.

— Regras de Doróstoro — disse Ataulf, arqueando uma sobrancelha em desafio. — A não ser que você esteja enferrujado demais para isso.

— Por que não descobrimos?

Fez-se um silêncio nebuloso enquanto Ataulf despejava as pedras e começava a distribuí-las no tabuleiro. Nenhum dos outros conhecia as regras de Doróstoro. Era assim que jogavam nos campos de refugiados perto do rio Danúbio, quando Alaric era um garoto magricela de 6 ou 7 anos, todo joelhos e cotovelos; e Ataulf, um jovem nem dez anos mais velho, já viúvo.

Alaric tivera uma irmã mais velha, Inna. Ela tinha o cabelo dourado-acobreado como o do irmão e uma risada rápida e alegre. Estava casada com Ataulf há menos de uma semana quando os hunos chegaram e os forçaram a atravessar o Danúbio, obrigando-os a nadar até a segurança do lado romano. Inna entrara na água com eles, mas não saíra de lá.

Os soldados romanos os aguardavam na margem oposta e alojaram os refugiados em campos na fortaleza de Doróstoro, que rapidamente se transformaram em armadilhas de fome e morte. Ataulf e Alaric aprenderam a sobreviver ali, arrasados pela tristeza e pela fome.

A algazarra cresceu de novo enquanto os homens se empurravam para ver melhor o tabuleiro.

— Preciso falar com você. — O olhar de Ataulf desviou-se para a escada por onde a princesa romana de cabelo acobreado tinha subido. — Sobre sua *esposa*.

Ao dizer isso, passou para a língua em que os dois cresceram falando, um idioma antigo e sem nome, uma trama densa de inflexões que ninguém mais naquela sala entenderia. Talvez não houvesse mais ninguém vivo que falasse a língua da ilha dos pinheiros.

O sorriso de Alaric se alargou quando ele trocou com facilidade para o mesmo idioma.

— Ah, entendi. Veio me dar os parabéns.

— Não é isso, e você sabe muito bem, seu cretino arrogante. — Ataulf terminou de arrumar as pedras. — Imagino que vá usar a vantagem do perdedor da última vez que jogamos.

— Não. Fique à vontade. — Alaric fez um gesto magnânimo para o tabuleiro, sorrindo como se não tivesse acabado de deixar o maior dos problemas nas mãos de Ataulf. — Não sou eu quem vai precisar disso.

As regras de Doróstoro tornavam uma partida de latrúnculo rápida e impiedosa. A maioria das versões do jogo seguia as regras formais das *villas* aristocráticas romanas; esta versão nascera entre pessoas que sabiam que seus dias estavam contados.

Nos campos, não havia tempo para estratégias demoradas. Ataulf e Alaric aprenderam a jogar assim lá, trapaceando ferozmente, ganhando migalhas dos guardas que gostavam de apostar. O suficiente para manter os dois vivos.

— Não me surpreende que você a tenha levado para a cama — disse Ataulf enquanto o rápido duelo de avanços e bloqueios acontecia. — Não estou questionando seu direito a isso. Mas nós dois sabemos como isso termina. Você a fode até fazê-la perder o juízo. Faz com que ela se apaixone por você, se isso o divertir. Depois a devolve aos romanos em troca de uma montanha de ouro. Você não...

— Já está feito. — As palavras saíram frias, diretas e definitivas.

Então ele não quer ser questionado, pensou Ataulf. *Azar o dele.*

— Você está se iludindo se pensa que pode ficar com ela. Seja realista. Um dia *precisaremos* daquele ouro. Ou trocar reféns. Ou conseguir aquilo pelo que sempre lutamos. — Ataulf viu uma brecha e lançou seu primeiro ataque sério. — Você recusaria uma pátria por causa dela?

— Não vou precisar recusar uma pátria por causa dela, Ataulf.

Alaric bloqueou o ataque com facilidade. E sua defensiva, pela diagonal, fez um belo estrago. Três peças caíram, e de repente Ataulf mal conseguia manter sua linha. Os homens vibraram por Alaric, que aceitava a admiração deles com sua habitual humildade.

O jogo continuou, e estava claro que Alaric não estava dedicando atenção total à partida. Os homens estavam agitados, contando vantagem e brincando, e Alaric participava, seu olhar quase sem pousar no tabuleiro enquanto jogava. Era de se esperar. O rei dos godos, em meio a uma plateia, pertencia a todos.

Mas Ataulf percebeu como ele frequentemente olhava para a escada onde a princesa de cabelo brilhante havia subido. Como se parte dele esperasse vê-la descer de novo.

Ataulf sentiu o corpo se enrijecer de raiva, lembrando o que ela dissera sobre Bromios. "E que liberdade é essa, exatamente, se ele não pode escolher onde dorme?"

Que *insulto.* Como se uma romana tivesse algo a ensinar a *ele* sobre coerção, escravidão ou *o direito de escolher onde dormir*. Como se ela nunca tivesse tido escravizados, e como se não estivesse, naquele exato momento, enfeitiçando seu cunhado para atingir os próprios objetivos.

Além do mais, Bromios o escolhera por vontade própria, *não*?

Ataulf nunca conseguia ter certeza de nada com Bromios. O homem guardava cuidadosamente o coração e as palavras, e no começo Ataulf não se importara; aquilo nunca devia ter passado de um caso passageiro. Algo para preencher as noites longas entre Ravena e Nórica.

Mas naquele momento, ao olhar pela sala e ver Bromios inclinado, rindo e fazendo piada com Riga e Torismundo, sentiu o ciúme bater com força no peito. *E se depois ele escolhesse um dos dois?*

Sabia que era ridículo. Ele e Bromios não eram donos um do outro.

Mesmo assim, diria para o homem ficar longe de Júlia. Não gostou nem um pouco do jeito como os dois ficaram grudados a noite inteira. Também não gostou da intimidade dos gêmeos com ela. Até mesmo Torismundo! *Aquilo* só podia ser feitiçaria.

Voltou-se para Alaric, controlando sua raiva.

— O que ela disse para você concordar com essa loucura? Ouvi dizer que quase perdeu os clãs das colinas por causa dela.

— Fortaleci meu controle sobre os clãs das colinas por causa dela. — E Alaric parecia muito *presunçoso* ao relatar isso. — Mais alguma coisa?

— O que você enfrentou nas colinas não é nada perto do que espera por você em Nórica. Os líderes estavam bem revoltados quando você saiu de lá. Já pensou no que vão fazer quando você aparecer dizendo que eles vão ser governados por uma rainha *romana*? Talvez nem abram os portões. — Ataulf se endireitou. De repente, teve a ideia, a solução para os problemas deles. — Você devia agradecer por me ter do seu lado — falou para o cunhado. — Eu vou colocar você dentro daqueles portões e fazer todos os líderes dos clãs se ajoelharem aos seus pés.

— É mesmo? — O *tec-tec* das pedrinhas no tabuleiro não parava. — E como você pretende fazer isso?

Ataulf abriu um sorriso.

— Com um triunfo.

Isso chamou a atenção de Alaric. Ele *adorava* um espetáculo.

— Continue.

— Quantas vezes os romanos já fizeram desfiles para comemorar que esmagaram nosso povo? Agora é a *nossa* vez — respondeu Ataulf. — Um triunfo de *verdade*. Primeiro vêm as carroças com o ouro que você arrancou de Estilicão, baús transbordando, deixando um rastro brilhante pelas ruas.

— Eu não arranquei ouro de Estilicão.

— Não importa. Vamos saquear de algum lugar e espalhar o boato de que foi dele. — Ele já estava empolgado. — Depois vêm as joias. Tudo que a princesa estava usando quando você a sequestrou, apresentadas em bandejas de prata por um bando de jovens reluzentes, ou algo do tipo. — Ataulf fez um gesto displicente com a mão. — E então, *ela*.

Alaric estreitou os olhos na mesma hora, e Ataulf fez uma pausa. Teria que pisar em ovos nesse momento.

— Não vamos *machucá-la* de verdade — emendou rápido. — Não é preciso chicoteá-la pela rua. Vai ser tudo bem civilizado. Só vamos colocá-la em correntes e fazer com que ela ande atrás do seu cavalo. — Ele sorriu. — Você vai ser o grande senhor da guerra que respondeu à altura à proposta de Estilicão, voltou com uma prisioneira valiosa e um tesouro imperial em joias. O povo vai cair de amores por você de novo, e os líderes *vão ter* que te receber de braços abertos. Seu trono vai estar garantido.

Simples assim. Resolvia tudo. Afinal, entre os dois, Ataulf sempre foi o que pensava.

A expressão de Alaric não mudou, mas Ataulf viu o brilho perigoso nos olhos dele, segundos antes de sua resposta.

— Não.

Só isso. Uma palavra. Baixa e fria. E, pela primeira vez, Ataulf sentiu um arrepio subir pelas costas. Até ele teria que ser muito burro para provocar Alaric mais.

Por isso se inclinou, encarou o cunhado e disse:

— Não seja *tolo*.

O salão ficou em silêncio na hora. Os homens não entendiam o idioma falado, mas sabiam reconhecer o início de uma briga, todos ali acostumados à violência. O ar na sala parecia depender do humor de Alaric.

Ninguém mais tinha esse poder.

— Você *sabe* que tenho razão — continuou Ataulf, cortando o silêncio. — Você não pode simplesmente chegar nos portões de Nórica com aquela mulher do seu lado, garantindo honrarias a ela, e achar que vão deixar você entrar. Vão nos esfolar vivos.

— Eles vão nos deixar entrar, Ataulf — respondeu Alaric, tranquilo. — Ninguém vai perder a pele. Júlia vai ao meu lado, e o povo vai chamá-la de rainha.

— Ah, claro que vai. E provavelmente vão me chamar de *alho-poró* também. — Ataulf teve que se segurar para não revirar os olhos. — Escuta. Não tem um homem neste lugar que não o seguiria até o inferno, se você pedisse. E eu não sou diferente. Mas preciso saber qual é o seu *plano*.

Por um momento, Alaric só ficou olhando-o, sério. Para os outros, devia parecer entediado. *Eu sabia*, pensou Ataulf, irritado. *Sabia que não tinha plano nenhum. Só Alaric pensando com o próprio pau e...*

— Você realmente não consegue perceber, Ataulf? — disse Alaric, com calma. — Júlia é filha de Teodósio. Se eu matar aquele irmão inútil dela, vou ter uma reivindicação legítima ao Império. E, se ela estiver grávida do meu filho, nenhuma força nesta terra vai poder nos parar.

— *Esse* é o seu plano? — Era pior do que Ataulf poderia imaginar. — Você não pode estar achando que o Senado vai aceitar essa reivindicação. Mesmo que ignorassem todas as vezes que você insultou o Império, o que eles *não vão fazer*, você nunca vai assumir o trono por meio de uma mulher. As regras não...

— Fodam-se as regras. Se eu tivesse jogado pelas regras deles, ainda estaria acorrentado. Você também. E cada homem nesta sala. — Um sorriso lento e selvagem surgiu no rosto dele. — Eu vou destruir as regras. E os clãs não vão apenas me agradecer por isso. Vão me adorar.

Ele falou tudo aquilo em gótico. O silêncio se desfez; risadas de aprovação encheram o salão. Ataulf balançou a cabeça, sombrio. O plano sempre fora arrancar concessões do Império, nunca o substituir de vez. Ataulf jurou seguir o líder até a morte, mas não achava que aquele momento chegaria tão cedo.

— Belas palavras — disse, baixinho. — Elas não vão proteger você do que vai acontecer um dia.

Alaric sorriu. De repente, o impiedoso deus da guerra sumiu, e lá estava só o cunhado carismático, relaxando na cadeira como se não tivesse preocupação nenhuma.

— Talvez. Mas esse dia não vai chegar diante dos portões de Nórica. — Ele indicou o tabuleiro com a cabeça. — Vamos continuar ou você vai desistir?

Ataulf olhou as peças e xingou. Ele estava cercado por todos os lados, como se estivesse com uma lâmina pressionando seu pescoço.

Tinha perdido.

CAPÍTULO XXXIV

No dia seguinte, partiram cedo em direção a Nórica.

Ao longo de todo o dia, os nervos de Júlia estavam à flor da pele. *Será* que Alaric tinha concubinas? Será que o povo a odiaria? As perguntas martelavam em sua cabeça.

Duas semanas depois de deixarem as montanhas, surgiu à vista uma pequena cidade, protegida por muralhas altas junto à costa. Alaric armou a tenda de líder, vermelha como sangue, do lado de fora das muralhas, e mandou chamar os magistrados. Seu sorriso era ofuscante enquanto ele comprava todo o estoque de grãos da cidade por um punhado das joias de Júlia, e os homens pareciam tremer diante da postura ameaçadora dos guerreiros.

A líder do grupo era uma mulher imponente de meia-idade, vestida com um traje elaborado, feito de pregas rígidas em tom avermelhado.

— Você não pode simplesmente comprar todo o grão dos nossos armazéns — declarou, indignada. — E nós, vamos comer o quê?

— Isso não é problema meu. — O choque dos magistrados ao ouvirem Alaric falar um latim tão nobre era quase audível. — Venda tudo para mim, pelo preço que quiser. Ou posso simplesmente tomar. — Seus olhos desceram para o traje da magistrada. — E vou levar o vestido também.

A peça era curta demais, o busto apertado, os ombros restritos; Júlia mal conseguia levantar os braços. As cavas machucavam suas axilas, e o tecido rígido pinicava. E vermelho não era sua cor. Mas era um vestido rico. Quase digno da realeza.

Pelo menos, Alaric aceitara que ela entrasse na cidade ao seu lado, como sua rainha, o que a deixava satisfeita.

Avançaram mais rápido depois da parada. Os dias passaram num borrão de paisagens escuras e marrons. Júlia notou as fazendas queimadas, os campos tomados pelo mato. A terra tinha sido devastada e esvaziada. Às vezes, via bandos maltrapilhos vagando pelas campinas, vestidos com peles de animais e montados em cavalos corcundas.

Bandidos. Riga informou com bom humor que, se estivesse sozinha, eles levariam tudo que ela tivesse e a deixariam sangrando numa vala.

Durante o dia, mal via Alaric. Ele cavalgava à frente, cercado por um grupo de guerreiros, com Ataulf sempre ao seu lado. Às vezes, percorria as fileiras e, quando o fazia, sempre parava para perguntar se ela estava bem, para fazê-la rir. Sua presença era breve e intensa, cativante e, ainda assim, sempre fugidia.

À noite, porém, eles se encontravam. Júlia passava cada noite mergulhada em um esplendor hedonista nos braços dele.

Sabia que deveria tentar arrancar mais informações sobre o que a esperava na cidade dele, mas, sempre que tentava ser direta, Alaric se esquivava. Só conseguia recolher fragmentos aqui e ali, por meio dos outros — e a maioria não queria conversar com ela. Até Bromios a evitava.

Ela *temia* Nórica.

Finalmente, após mais uma semana de viagem, a cidade surgiu à distância.

Toda a tropa se calou ao atravessar a planície coberta pelos restos descartados de batalhas passadas. Carcaças de máquinas de guerra queimadas, tombadas no chão, jaziam retorcidas, as rodas ainda giravam devagar ao vento. Havia pedaços de armadura enferrujando sob o sol do verão. Júlia viu um urubu pousar sobre um capacete e abaixar a cabeça enrugada e rosada para bicar algo. Levou um momento para perceber que o capacete não estava vazio. De repente, estava em guerra com o próprio estômago.

Nórica erguia-se imponente acima da planície, muralhas de pedra cor de areia e imensos portões escuros. No topo da muralha, dez corpos ressequidos estavam amarrados a estacas. Alguns corvos magros se empoleiravam sobre seus ombros; um deles abaixava o bico e puxava um tendão de um pescoço aberto.

Seu estômago venceu a luta. Um gosto quente de bile subiu por sua garganta. Júlia desceu do cavalo, ajoelhou-se na estrada com seu vestido refinado e vomitou, rompendo o silêncio sufocante do vale. Vomitou até que tudo que comera estivesse em uma pequena poça na terra.

— Levante-se, Júlia. — Alaric estava diante dela, dourado e terrível, um rei bárbaro por inteiro. Ergueu-a com firmeza. — Olhe para mim. Tudo depende de você cruzar aqueles portões com as costas retas e a cabeça erguida. Olhe para mim e para mais nada.

Júlia respirou fundo e assentiu, a garganta seca como um pergaminho.

Então eles galoparam em direção aos grandes portões escuros. Alaric parou diante deles e bradou na sua própria língua — áspera, profunda, poderosa. O eco reverberou pelo vale.

Quando se calou, um silêncio sinistro tomou conta de tudo. O sol castigava do alto e Júlia suava sob o brocado. Os cavalos batiam os cascos, espantando moscas, e os homens murmuravam entre si. Júlia se perguntou se a cidade estava vazia. Se todos ali dentro já teriam morrido.

O vale inteiro parecia prender a respiração enquanto esperavam os portões se abrirem.

— Ora, ora. Se não são os próprios abutres voltando ao ninho — comentou Ataulf com secura. — Podíamos ter tido um triunfo. *Podíamos* tê-los aos seus pés. — Lançou um olhar para Alaric, a testa franzida. — Você acha, de verdade, que uns poucos carroções de grão vão ser o suficiente para abrir essas portas?

— O povo está com fome, Ataulf — respondeu Alaric, com uma tranquilidade que certamente não sentia. — Eles vão nos deixar entrar.

Ele observava os portões escuros como se pudesse obrigá-los a abrir com a força da vontade. Aquilo era o que mais temia — que sua cidade o impedisse de retornar.

— Você sabe que só existe uma maneira de entrar em Nórica sem que o povo a esquarteje ali mesmo.

Ataulf lançou um olhar para Júlia, que estava nervosa, mas se mantinha ereta na sela, envolta naquele tecido vermelho pesado. Alaric mantinha a aparência de calma inabalável. Não podia se permitir demonstrar hesitação, especialmente naquele momento, com seus homens às costas, a própria coragem espelhada na dele.

Mesmo assim, os pensamentos não paravam.

Qual seria seu destino se os portões não se abrissem? Seria dilacerado do lado de fora da própria cidade, sem dúvida. Mas não era o destino *dele* que mais o preocupava. Chegou a considerar entrar com Júlia escondida durante a noite. Mas demonstrar fraqueza também seria um erro. A única maneira era chegar aos portões com arrogância, com a mulher ao seu lado, montada com orgulho em meio a seu séquito, e deixar claro que quem tivesse algo contra aquilo podia resolver com o punho fechado dele.

Um rangido profundo e áspero sacudiu o chão. As grandes portas se abriram. Alaric expirou, só então se dando conta de que estivera prendendo a respiração.

À frente, uma estrada pavimentada cortava um labirinto de casas, mármore nobre em ruínas, portas arrebentadas, telhados praticamente desabando desde que Alaric tomara a cidade meses antes. A estrada seguia em linha reta até dobrar ao oeste e subir em direção à cidadela. Um vento quente levantou a poeira aos pés de Alaric como o hálito de um demônio. E então...

— Para trás — sibilou Ataulf, ao ver o povo furioso que se aglomerava na estrada, faminto e furioso, clamando por sangue. O povo *dele*. — *Para trás*.

— Não. — Alaric ergueu o braço, sinalizando para que os carroções de grão avançassem. — Ainda são meu povo, Ataulf. — Não podia mais entrar com Júlia ao seu lado diante daquilo. Mas *ele a levaria* como sua rainha assim que acalmasse a multidão. —

Segure Júlia até meu sinal. Depois mande-a entrar sob escolta cerrada. Mantenha-a *em completa* segurança.

E então esporeou o cavalo e seguiu adiante, rumo ao vento quente que soprava como um bafo do inferno.

Júlia ficou no portão da cidade, sentindo um nó na garganta causado pelo medo, enquanto Alaric cavalgava direto em meio à multidão em fúria. Um mar de rostos queimados de sol, vestidos como se tivessem saído de um delírio — com peles de animais gastas jogadas sobre sedas rasgadas, meias gregas feitas de pelo animal, canelas enlameadas sob linho egípcio brilhante. Um véu azul-pavão manchado de sangue; mais adiante, um manto de púrpura tíria com um talho profundo nas costas. Cabelo longo e embaraçado enfeitado com fragmentos de espelho ou dentes de animais. Havia uma tensão febril em tudo aquilo que deixava Júlia no limite.

Os carroções voltaram a se mover, transbordando de trigo dourado. Alaric entregava pães à multidão, sua voz retumbava nas paredes em ruínas.

"Não me perca de vista", dissera ele.

Júlia olhou para Ataulf, montado em seu cavalo cinzento.

— Temos que entrar. *Agora.*

O rosto dele se endureceu numa expressão de puro desgosto.

— Ah, você vai entrar, princesa.

Ele deu uma ordem a um dos homens atrás de si, um sujeito largo, de ombros caídos e barba ruiva espessa.

No instante seguinte, Júlia estava sendo retirada da sela. O homem parou diante dela com um pedaço de corda na mão. Ela não se encolheu.

— O que pensa que está fazendo?

— Você acha mesmo que o povo *quer* uma rainha romana? — retrucou Ataulf. — Vão fazer picadinho de você.

— Então tenho que entrar como prisioneira? — Júlia puxou as mãos para longe do guerreiro. — Alaric jamais permitiria isso.

— Alaric me mandou protegê-la. E é assim que irei fazer isso. Dessa forma, também posso protegê-lo. O que acha que vão fazer com *ele* quando descobrirem que pretende colocar *você* no trono deles?

O guerreiro ruivo agarrou as mãos de Júlia e as amarrou com destreza. Depois, entregou a ponta da corda a Ataulf.

A indignação travou sua garganta.

— Ele vai pendurar você na muralha por isso. Eu sou a *esposa* dele.

— Tem certeza? — A voz de Ataulf era suave, cruel. — Que provas tem? Alguma testemunha? Alguma cerimônia oficial? Ele nem sequer lhe deu um dote?

— Fizemos nossos votos sob o céu, com os deuses como testemunha. Não precisávamos de cerimônia...

— Ah, Júlia — disse Ataulf, o olhar já tomado por uma *piedade* fingida. — Foi isso que ele disse a você?

Fúria e medo se chocaram dentro dela ao se dar conta do quanto tinha sido tola.

— Só estou cumprindo ordens de Alaric. Reclame com ele — disse Ataulf.

Então ergueu o braço em sinal para a tropa e avançou com o cavalo.

A raiva e a humilhação queimavam na garganta de Júlia.

A corda estava apertada demais. Cada passo do cavalo puxava seus pulsos com força. O animal ergueu o rabo e defecou no meio do caminho, e ela quase não conseguiu desviar da pilha fumegante.

Alaric mandou que fizessem aquilo. Júlia caminhava com a coluna ereta e o olhar fixo à frente, ignorando os gritos e insultos enquanto os homens de Ataulf tentavam conter os furiosos.

Ela acreditava naquilo? Era difícil acreditar em qualquer coisa..

Já assistira a dois triunfos na vida, ambos para generais que retornavam da guerra. Em um deles, havia um líder rebelde numa gaiola, estrangulado logo após a procissão. Jamais imaginou que um dia estaria na mesma posição. E que nunca teria chance de se provar diante daquele povo. Aquela lembrança seria a primeira imagem que viria à mente de cada um, toda vez que olhassem para ela. *Prisioneira. Inimiga. Prostituta.*

— Eu não gosto disso — sussurrou uma voz em seu ouvido.

Era Horsa, caminhando para dentro do círculo que formava sua guarda. Hengist estava do outro lado, pouco além dos soldados, conduzindo Bura, que gostava da agitação tanto quanto ela. Os olhos da égua reviravam, mostrando a parte branca, e os passos eram leves de pânico.

— Ataulf diz que Alaric ordenou isso — murmurou Júlia.

— Alaric está decepcionado comigo desde Ravena. Que mal faz mais um motivo na lista?

Metal brilhou na mão de Horsa. Um punhal. Ele assentiu para Hengist, que andava com a mão espalmada no pescoço de Bura, tentando acalmá-la.

— Ela vai atravessar essa multidão num disparo.

Júlia prendeu o ar. Se aquilo desse errado, seria despedaçada. Mas ela *não* entraria naquela cidade como prisioneira.

A lâmina de Horsa cintilou e a corda caiu de seus pulsos. Sem aviso, o garoto empurrou o guarda mais próximo. De repente, havia uma briga no meio da rua.

Hengist se aproximou num movimento rápido, colocando as mãos ao redor da cintura dela, e no instante seguinte Júlia já se agarrava à égua, com uma perna meio lançada sobre o lombo nu. Bura se agitava nervosa, as orelhas coladas. Por um momento, pareceu que Júlia escorregaria e cairia feito um farrapo.

— *Vai!* — rugiu Hengist, batendo nas ancas da égua.

Bura disparou, os quadris se comprimindo para o salto, e Júlia ainda teve tempo de ver o rosto surpreso de Ataulf antes de passar por ele em disparada, abrindo caminho pela multidão com a velocidade do puro pavor. Uma mulher pegou uma criança e a tirou do caminho; a égua desviou de um barril de grãos tombado no caminho. Bura tinha o freio entre os dentes, mas Júlia largou as rédeas, segurando-se à crina do animal enquanto os cascos faiscavam na pedra.

Só quando dobraram uma esquina, Júlia viu a colina que se erguia à frente, uma trilha ziguezagueando por uma encosta íngreme até uma cidadela murada. Bura seguiu colina acima, tomada pelo medo. Já estavam dentro do portão, correndo na direção de uma mansão de mármore que reluzia no topo de uma escadaria da mesma pedra. Um rugido ensurdecedor surgiu às costas delas, um som que apenas empurrou a égua para um galope mais frenético.

Um braço surgiu do nada e agarrou as rédeas como se tudo tivesse sido planejado.

Bura parou trêmula, arfando como um fole, e ali estava Alaric, com a mão pousada na face da égua, sussurrando. Júlia *sentiu* o animal se acalmar sob o toque dele. Então os olhos pálidos de Alaric se voltaram para ela, enquanto o rugido do mundo parecia se afastar. O coração dela batia descompassado, o vestido emprestado subira até os joelhos. Júlia perdera um dos sapatos. Alaric a tirou da sela, radiante de orgulho. No instante em que seus pés tocaram o mármore, ela caiu de joelhos, a saia vermelha se espalhando ao redor, e o clamor do povo encheu o mundo.

Alaric a levantou.

— Você foi magnífica — murmurou.

Alaric estava no patamar, na metade da escadaria que levava à entrada da mansão, cercado pelo estalar de estandartes, o tilintar de escudos e o burburinho das vozes que cresciam ao redor. Apostaria a própria pele que os líderes dos clãs haviam atiçado o povo àquela fúria.

Aquela explosão de raiva no portão não fora acidental. Nórica era uma cidade de prazeres cruéis e punhais no escuro, e seus habitantes podiam se virar contra alguém num piscar de olhos. Alaric tinha quase certeza de que os clãs haviam se digladiado ferozmente antes de autorizar a abertura dos portões. Afinal, teria sido conveniente para *eles* se Alaric fosse destroçado membro a membro antes mesmo de alcançar a cidadela.

Mas eles estavam jogando para perder. O povo de Nórica era numeroso: escravizados fugitivos, camponeses, refugiados. Sármatas e grutungos, gauleses, getas, partas, taifalos, alanos e hunos. Gente empurrada às margens da existência de todos os cantos do Império. Andavam tomados de uma raiva que a aristocracia romana mal conseguia compreender, e isso os tornava perigosos. Isso os tornava *dele*.

Ainda assim, precisavam ser convencidos. Foi por isso que mandou Ataulf aguardar com Júlia. Quis poupá-la, domar o povo com dádivas e grão. Mas sabia também que precisavam vê-la, aceitá-la. O amor deles a protegeria da fúria dos clãs.

Nunca permitiria que Júlia entrasse galopando pela cidade do jeito que entrara, com o cabelo solto e esvoaçante como uma rainha goda saída de uma lenda. Mas aquilo se mostrara uma jogada de mestre. O povo a *ovacionava*. Os aplausos não cessaram nem quando Alaric a tirou da sela. Eles a *amaram*. E aquilo era uma força poderosa.

Perfeitamente afinada com o público, Júlia o fitava com uma devoção impecável que Alaric sabia muito bem ser encenação. *Ela está performando*, percebeu. E sentiu uma onda selvagem e orgulhosa de admiração pela mulher. Tinha escolhido bem.

Ao levantar a mão, o silêncio pairou.

— Meu povo, trouxe ouro, grão e uma chance de vitória. — Sua voz preencheu a praça, ricocheteando contra o reboco amarelo e a madeira carcomida dos edifícios. — Com apenas cinquenta homens, entrei na cidade onde o imperador covarde se esconde, amedrontado por nossa presença. Coloquei minha bota em sua cabeça, levei a faca ao seu pescoço e voltei com um grande prêmio. A princesa Júlia, única filha de Teodósio.

O silêncio se adensou conforme olhos se voltavam para ela, que se mantinha altiva, a expressão serena, a máscara da realeza intacta.

— Esta mulher é minha esposa. — Ele disse na própria língua; Júlia encarava as pessoas como se concordasse com cada palavra. — Agora tenho a princesa deles, ela é *minha*. E me dará um filho que será o primeiro na linha de sucessão ao trono de Roma. Em breve, *nós*, meu povo, teremos tanto direito ao Império quanto o próprio garoto Honório. E, quando cruzarmos novamente as montanhas, ninguém poderá nos impedir de arrancar seu coração sangrando do peito.

Ao redor, a cidade gritou em aprovação. Alaric nunca os perdera. Continuavam sendo *seus*, como sempre.

Os líderes dos clãs deviam estar suando dentro de seus trajes.

Usando seus tartãs, anéis e grandes broches de guerra, estavam a postos na entrada da mansão colunada, olhando para Alaric como se fosse uma víbora bloqueando o caminho. Atrás dele, Torismundo subia os degraus com uma dúzia de homens. Alaric olhou por cima do ombro e lhe deu uma ordem muda. *Espere o meu sinal.* Torismundo parou no topo da escadaria, o rosto fechado.

Alaric voltou-se para os homens com um sorriso fácil, como se acabasse de voltar de um passeio, e não de conter uma multidão sedenta por sangue.

— Olá, meus bravos companheiros. Sentiram minha falta?

Sigerico foi o primeiro a avançar. Adotara modos romanos nos últimos tempos, até aparando a barba como os cidadãos do Império.

— Rei Alaric, é bom vê-lo. Há meses não tínhamos notícias. Alguns entre nós chegaram a crer que tinha morrido.

E alguns entre vocês bem que desejariam isso, pensou Alaric, estendendo a mão para Júlia, que permanecia alguns passos atrás.

— Permitam-me apresentar a princesa Júlia. Filha de Teodósio, Augusto dos Romanos. E minha esposa.

Um silêncio estrangulado segurou o grupo.

Júlia avançou com um sorriso suave nos lábios.

— É um grande prazer conhecê-los. Espero de verdade que possamos ser amigos.

— Também espero, minha rainha — respondeu Sigerico, seu latim carregado com o sotaque das frentes de batalha.

— Você cantava uma música bem diferente mais cedo, Sigerico. — Era Sarus, irmão mais novo do homem e mais burro que uma porta. — Vocês podem chamar essa vagabunda romana de rainha, mas eu nunca o farei.

Alaric avançou e enfiou um soco direto no rosto de Sarus.

O golpe esfolou os nós de seus dedos. Sangue espirrou; dentes voaram pelo chão.

— Você vai chamá-la de *rainha* — disse o rei dos godos, seco. — E vai se ajoelhar, nem que seja só para recolher seus dentes do chão. — Alaric lançou um olhar severo sobre os rostos atônitos dos líderes. — E todos vocês vão medir as palavras quando falarem da minha esposa.

CAPÍTULO XXXV

Júlia cambaleou. Sentiu como se fosse *ela* quem tivesse recebido o soco.

Alaric se virou para ela, com uma frieza distante.

— Vá com os homens de Torismundo. Vou buscar você depois.

Parecia que ele queria se livrar dela o mais rápido possível.

Antes que pudesse protestar, um grupo de guerreiros godos a cercou.

Escoltaram-na por corredores arejados marcados pelo fogo, passando por estátuas de mármore e jardins tomados pelo mato. Era difícil chamar aquilo de palácio, mas, depois de tanto tempo dormindo em cavernas e casebres, parecia um.

Finalmente chegaram a um par de portas pintadas de azul e dourado. Júlia foi empurrada para dentro, e elas se fecharam atrás dela. Ouviu uma tranca deslizar.

"Agora tenho a princesa deles, ela é minha."

Júlia não era exatamente fluente em gótico. Era uma língua difícil, confusa. Mas tinha conseguido entender algumas coisas no discurso de Alaric. Sabia *filho* e *trono* e *Império*. O suficiente para perceber que Alaric a apresentara a seu povo como *espólio*. Um meio para atingir um objetivo. Depois de ter ordenado que ela fosse amarrada e exibida pela cidade como uma escravizada. E naquele momento a tratava como prisioneira.

No que ela se meteu? Um medo frio pesou em seu estômago.

Talvez, como Ataulf insinuara, Alaric nunca tivesse se casado com ela. Talvez tivesse apenas mentido, seduzindo-a para ser uma prisioneira exemplar e uma concubina sempre pronta. Que ótima maneira de mantê-la submissa. Antes mesmo que estivesse farto dela, Júlia estaria agachada em uma porta, assistindo-o lutar contra a armada de resgate de Estilicão, com uma lâmina apontada para o próprio peito.

Júlia respirou fundo, trêmula. *Pense*. Aquilo era só seu medo falando, tomando conta dela e a fazendo questionar tudo. Claro que Alaric queria filhos por razões estratégicas. Não era para isso que uma esposa *servia*? Além disso, ele havia arriscado a vida por ela inúmeras vezes, prometido colocar cidades a seus pés. Ele era *dela*. Não era? Alaric nunca faria...

Nunca.

Faria?

Júlia estava apenas assustada, só isso. Galopar um cavalo no meio de uma multidão assassina abalaria qualquer um. Provavelmente aquele bandido Ataulf também mentia. Não havia declarado ser seu inimigo na noite em que se conheceram? Ela não permitiria que ele e sua falsa *piedade* abalassem a confiança que tinha em seu marido.

Ainda assim, teria uma conversa séria com Alaric naquela noite sobre as palavras que ele havia usado.

Júlia endireitou-se. Distraída, começou a observar ao redor. Parecia o aposento de uma mulher rica; o cômodo decorado tinha um ar de glória decadente. As paredes tinham murais arruinados por rachaduras profundas e manchas de fumaça. Os sofás estavam cobertos com almofadas de seda manchadas de água. Uma das paredes tinha caído por inteiro, revelando um jardim tomado por ervas daninhas, ao redor de uma piscina vazia, com uma delicada fonte central na forma de uma náiade arqueada, com seios manchados por algas.

Havia quatro cômodos, todos arranjados ao redor do jardim. Um quarto com um mural descascado de flores amarelas e uma grande cama de ferro. Em outra sala, encontrou baús de roupas, todas feitas para uma mulher mais baixa do que Júlia, com curvas mais generosas do que as dela.

Não queria pensar no que havia acontecido com a dona do lugar. Nem nos corpos romanos pendurados na muralha da cidade.

Júlia distraiu-se vasculhando os baús. Em um deles, encontrou frascos de perfume de vidro e um estojo de cedro com pó, *kajal* e cosméticos coloridos. Vestiu-se com um linho cinza que destacava seu cabelo ruivo. A maquiagem transformou seus olhos em um azul-esverdeado surpreendente. Alaric tinha suas armas, sua armadura; aquelas eram as dela.

Quando ele fosse até ela naquela noite, estaria preparada.

Horas se passaram. Um guarda entrou para acender as lamparinas. Levaram o jantar, carne ao molho de vinho tinto. Pão quente recém-saído do forno. Júlia quase não comeu. Apenas o vinho acalmaria seu estômago. Reconheceu aquela sensação — meio selvagem, encurralada, *enjaulada* — que a fazia beber tanto em Ravena.

As palavras de Bromios ecoavam em sua cabeça. “Esse homem tem um exército de amantes em Nórica.” Amantes que já deviam saber que ele tentara arrastá-la pela cidade amarrada no cavalo de Ataulf. Júlia andou de um lado para o outro, com imagens vívidas de Alaric nu com outras mulheres queimando em suas pálpebras.

Da janela norte, via fogo iluminando a cidade. Não conseguia dizer se eram celebrações ou rebeliões. *E se fosse uma rebelião? E se ele fosse assassinado?*

Ela oscilava entre fúria e medo.

As horas se misturaram. Júlia terminou o vinho e caiu em um sono agitado. Quando acordou, já estava no meio da noite. As tochas haviam queimado até o fim e as paredes desapareciam na escuridão. Alaric ainda não havia voltado.

Júlia voltou a dormir. Em seus sonhos, tudo queimava.

Durante uma noite e um dia, Alaric tentara voltar para Júlia. E, durante toda essa noite e todo esse dia, dera tudo errado.

A primeira coisa que fizera foi expulsar Sarus e seus seguidores da cidade. Aquilo fora misericordioso; estaria em seu direito cortar o pescoço do homem e pendurá-lo na muralha. Mas sua misericórdia não acalmou os dissidentes.

A discussão entre os clãs se estendeu por toda a noite. Então, bem quando estava deixando uma maldita reunião interminável — o céu já clareando com a alvorada —, um homem investiu nele na rua, armado com uma faca enferrujada. Foi Sigerico quem o impediu e teria matado o assassino se Alaric não tivesse segurado a mão dele.

Não queria levar aquela violência até Júlia. Só podia agradecer aos deuses por Torismundo ter colocado seus homens mais confiáveis para protegê-la. Ele tentara cochilar num dos postos da guarda enquanto esperava Riga torturar o homem em busca do mandante. Mas, no fim, o assassino se enforcou na cela antes que pudesse ser dissuadido. E Alaric foi acordado depois de pouco mais de uma hora para conter uma revolta por causa do trigo.

Na manhã seguinte, percebeu que as muralhas haviam sido abandonadas à própria sorte desde sua partida. Passou o dia inteiro avaliando os estragos.

Já era noite quando Alaric finalmente retornou para Júlia.

Alaric percorreu, enfim, os corredores arejados e banhados pelo luar da mansão em ruínas que reservara para Júlia. Ele preferia dormir ao ar livre ou sob o abrigo arejado de uma tenda. Montara sua tenda de guerra no campo aberto, no ponto mais alto da cidade, mas, para Júlia, precisava de algo mais defensável.

Ela sem dúvida estaria furiosa por ter demorado tanto para ir até ela. Alaric ia compensá-la. Imaginou acordar Júlia lentamente, provocando-a com beijos. Lá fora, tudo era guerra e violência. Mas, ali dentro, criaria para ela um lugar seguro, protegido, livre de todo o sofrimento até que pudesse reconstruir a cidade, tornando-a algo digno dela.

Passou pelos guardas e entrou nos aposentos de Júlia. O fogo ardia nos braseiros de ferro; uma brisa fresca inflava as cortinas diáfanas do chão ao teto, fazendo-as ondular como velas.

Ele deu um passo adiante no quarto. Cerâmica estalou sob seus pés.

— Júlia?

Em um instante, ela não estava lá; e no seguinte, estava, materializando-se na porta do quarto com uma taça de vinho na mão. Usava um robe de seda sobre um vestido amarelo suave como prímulas alpinas. Sombras marcavam suas maçãs do rosto. *Kajal* delineava suas pálpebras e escorria pelo rosto.

Alaric sentiu uma pontada de remorso. Fora *ele* quem fizera aquilo. Fora ele quem a fizera emagrecer na estrada, quem colocara aquele olhar assombrado em seus olhos. Todo o seu sentimento de proteção violenta emergiu de uma vez. Queria puxá-la para seu abraço, incendiar o mundo inteiro para mantê-la segura.

— Júlia. — *Deuses*, como a desejava. Como pudera ficar um dia sem ela? — Venha aqui.

Júlia permaneceu, de modo exasperante, do outro lado do quarto.

— Sou sua esposa, Alaric? Ou sou *espólio*?

— De que merda você está falando? — Alaric sentia o cheiro do vinho dali mesmo. — Mulher, você está bêbada.

Olhos azul-esverdeados faiscaram em sua direção. Ele deu um passo à frente, depois outro. Cuidadoso, como se estivesse diante de um felino selvagem.

— *Não* estou bêbada — mentiu, descaradamente. — Sou *espólio*. Não foi por isso que ordenou que me arrastassem pelas ruas atrás do cavalo de Ataulf?

Do que ela estava falando?

— Júlia...

— *Você fica aí!* — gritou Júlia, um pânico selvagem marcando os olhos. — *Como pôde*?

Então atirou a taça de metal na cabeça dele.

Alaric rebateu-a no ar e avançou em sua direção. Júlia recuou, pegando uma segunda taça da mesa.

— Abaixe isso.

— *Eu estou abaixando!* — Ela lançou a segunda taça nele. Alaric desviou. A louça bateu na parede e rolou pelo chão. — Você me tratou como uma escravizada no triunfo, recusou que eu tivesse o lugar de honra ao seu lado, me trancou nesses aposentos como um prêmio de guerra.

Enquanto falava, Júlia arremessava objetos com fúria crescente; um vaso de terracota, um espelho de prata, uma sandália descartada. Ele desviou de todos, praguejando.

— Sua mira é uma porcaria. — Aquilo estava começando a irritá-lo. — Júlia, você não é um *prêmio de guerra*. — Só de enunciar as palavras sentia uma fúria incandescente. — E quanto a ser minha esposa... Eu jurei ser seu escudo e lutar suas batalhas, mulher. O que você acha que isso significa?

— *E como eu vou saber?* — De alguma forma, Júlia conseguira contorná-lo, e agora havia um sofá pesado entre eles. Circulavam-se ao redor da mobília. — Explique por que você não me deixou entrar ao seu lado na cidade.

— Porque a multidão teria despedaçado você, Júlia. Você não viu?

— Foi exatamente isso que Ataulf disse — sibilou Júlia como se fosse uma maldição. — Não sou nada além de prisioneira para você, não é? Você é um *bárbaro* violento e podre que me sequestrou à força...

— *Você me pediu para sequestrá-la.* — A irritação, *o desejo*, explodiram dentro dele. — Você se jogou em meus braços. O que você espera que eu faça quando tenho a oportunidade...

— Então agora eu sou uma *oportunidade*. Uma égua reprodutora. Um peão para legitimar sua próxima invasão. — Lágrimas cintilaram nos olhos dela. — Se *realmente* se casou comigo, então você me manipulou para isso.

Alaric ficou estarrecido com o quanto aquelas palavras doeram.

Ela aproveitou sua hesitação, desviando-se para o quarto. Alaric agarrou o robe dela; Júlia livrou-se dele com um movimento rápido, deixando-o apenas com o tecido nas mãos. Alaric jogou o robe ao chão e avançou atrás dela enquanto a mulher recuava para o quarto, apanhando um grande jarro da mesa.

— Quebrei o rosto de um homem por insultar você — rosnou ele. — Passei a noite inteira dobrando os clãs à minha vontade para que se curvassem a *você*. Eu teria feito isso por uma prisioneira?

Por um instante, ela ficou absolutamente imóvel. Alaric prendeu a respiração. Júlia, em qualquer estado de espírito, era bela o bastante para inspirar desejo e poesia. Júlia furiosa era magnífica. Sua pele ganhava um brilho rosado, das bochechas ao vale entre os seios. O peito subia e descia, e os olhos lançavam labaredas de fúria — só de vê-la, ele sentiu sua virilha se contrair.

— Você sempre tem explicações convenientes para conseguir tudo o que quer. — Ela apertou o jarro com força. — Então talvez você possa me explicar por que disse ao seu povo *que me engravidaria e me usaria para tomar o Império*.

Júlia falou o restante da frase em gótico. As palavras saíram arrastadas pelo vinho e entrecortadas, mas melhores do que ele esperava.

— Não era isso que você queria? — rosnou Alaric. — Júlia, você *exigiu* que eu trouxesse o Império numa bandeja para você. Como acha que eu faria isso?

Mas ela apenas arqueou a sobrancelha e falou com uma calma fria e cirúrgica.

— Se tudo o que sou é um útero, Alaric, então me devolva para o meu irmão depois que tirar seu filho de mim. Me use como barriga *e* moeda de troca. Esse era o seu plano desde o começo, não era?

— E o *seu* plano era me usar pelo meu exército. — Ele inspirou, trêmulo. — Despeje sua raiva em mim o quanto quiser — disse, furioso. — Me odeie, se for preciso. Mas nunca, *jamais* vou deixar você ir.

— Vai se foder — disse Júlia com convicção.

E atirou o jarro na direção da cabeça dele.

Havia vinho no jarro. Muito vinho.

Alaric desviou como fizera com tudo que ela já tinha atirado, movendo-se com uma agilidade fluida, quase sobrenatural, mas não conseguiu escapar do vinho. A bebida despencou sobre ele, respingando na túnica e no chão ao redor com um vermelho cintilante. Por um momento, ficou estático. Os olhos azul-gelo arregalados de surpresa.

Então, um sorriso gelado curvou seus lábios, prometendo caos.

Alaric levou a mão ao ombro e desabotoou o mando.

— Casar-se comigo é algo tão repugnante assim? — A voz dele era baixa, letal.

Repugnante?

— Hã...

Não era exatamente a palavra que ela usaria.

Ele largou o manto no chão e avançou na direção dela com passos firmes e certeiros.

— Quer que eu mande você de volta para a própria ruína? É isso o que deseja?

Júlia passou a língua pelos lábios.

— Não.

— Mulher esperta.

Então ele puxou a túnica manchada e a tirou de uma vez.

Estava com o peito nu e, *deuses*, aquele peito. Belo, marcado por batalhas, esculpido de músculos. Torques se enrolavam em torno do pescoço e dos bíceps. Júlia prendeu a respiração. Alaric era magnífico. Bronzeado e glorioso e *dela*, dela por juramento.

E, de repente, ele estava *bem ali*, com as mãos espalmadas na parede, uma de cada lado da cabeça dela. O calor de sua pele invadia a dela como uma onda em chamas.

— Você é minha esposa, Júlia. Não minha prisioneira. Quem disser o contrário está mentindo. — Alaric ergueu o queixo dela com os dedos. — Eu disse que você era minha lá na aldeia de Brisca. Devia ter se considerado casada ali mesmo. — Inclinou-se e a provou, rosnando na pele dela. — Diga que não me deseja. — Uma ordem, a voz áspera no ouvido dela. — Diga que não, e eu passarei a noite com qualquer outra pessoa.

— *Ah, vai se foder.* — Se era mesmo seu marido, todas as noites de Alaric eram dela. Todas. Júlia ergueu os braços e os enlaçou no pescoço dele. — Foi *comigo* que você se casou. Se *ousar* me negar meus direitos como esposa...

Ela não conseguiu terminar a frase.

Júlia o desejava. Não o amava, não queria seu nome nem sua proteção; mas o queria em sua cama.

Não era o bastante. Mas, naquele momento, ele aceitaria o que pudesse ter.

Alaric devorou a boca dela, perdendo-se, pressionando a extensão rígida do corpo nas curvas suaves e enlouquecedoras dela. Júlia cravou as unhas nas costas nuas dele; pequenos arranhões rasgando a pele.

Ele não conseguia se conter. Ergueu-a com facilidade e sentiu as pernas dela se prenderem à sua cintura, os dedos dela raspando seu couro cabeludo, faiscando dor espinha abaixo. Ela respondeu aos beijos vorazes com a mesma ferocidade, enquanto Alaric apertava com força a curva perfeita da bunda dela, sentindo como se estivesse caindo nela, até perceber que *estava* mesmo caindo. Júlia riu em seu ouvido quando os dois afundaram no colchão. Ele rolou por cima dela, beijando-a com profundidade enquanto a livrava do vestido. Os seios perfeitos de Júlia estavam expostos e, com um gemido desamparado, ele os cobriu com as mãos, sugando os mamilos para dentro da boca, provando seu suor, sua pulsação.

— Diga que não vai me aceitar como marido — disse furioso, na pele dela. — Diga que vai me negar o que é meu.

— *Não.*

Ela apertou o cabelo dele com mais força.

— Por que não? — Alaric *precisava* ouvir. — Por quê, Júlia?

— Não posso — sibilou entredentes. — Não vou mentir para você.

Júlia podia mentir ou dizer a mais pura verdade aos deuses, ele não se importava. Não no estado em que estava. Riu e desceu com a boca, arrastando a língua pelo calor sedoso da pele dela até alcançar seu centro quente de prazer.

Júlia arfou quando Alaric a tomou com a boca, usando a língua e o calor da respiração. Antes, ele prolongara aquilo, esticando o prazer dela até se espalhar por tardes ensolaradas. Naquele instante, levou-a ao orgasmo com rapidez e intensidade, uma vez e depois outra, sem piedade.

Ela podia não o amar, mas homem nenhum lhe daria aquilo.

Júlia tremia visivelmente quando Alaric se ergueu sobre ela, tirando a calça com pressa antes de se estender por cima do corpo dela. Suas bocas se encontraram; Júlia envolveu a cintura dele com as pernas de novo, puxando-o para mais perto, e ele sentiu o *cheiro* do desejo dela, quente e almiscarado no ar do verão. Precisava estar dentro dela, precisava *mostrar*, de uma vez por todas, a quem ela pertencia. Alaric segurou a curva macia da bunda dela com uma das mãos e a inclinou para encontrá-lo.

Júlia mordeu forte o pescoço dele e empurrou seu ombro com força.

— Me deixa ficar por cima.

A dor da mordida só alimentou o inferno da luxúria, e conter o impulso de se enterrar nela foi quase *insuportável*. Alaric se manteve parado, cada músculo do corpo tenso e trêmulo, querendo, mais do que tudo, dominá-la por completo. Mas os olhos azul-esverdeados de Júlia faiscaram no escuro, paixão e teimosia misturados.

Era uma luta muda, esse embate por controle. Mas, no fim, não conseguia negar nada a ela. Apertou-a em si e rolou de costas, levando-a junto.

Júlia se ergueu sobre ele, e a visão tirou o fôlego de Alaric. Ela era *perfeita*, cada centímetro, o cabelo solto caindo em volta do rosto, os seios redondos impecáveis reluzindo ao luar, um desejo feroz brilhando e vindo dela. Alaric só conseguia devorá-la com os olhos enquanto ela lhe lançava um sorriso lânguido que fez seu corpo reagir com intensidade brutal.

Então, sem desviar o olhar, Júlia o tocou e o guiou para dentro de si. Alaric teve que agarrar a barra de ferro da cama, os músculos retesados, enquanto sua esposa descia sobre ele, centímetro por centímetro torturante, até estar completamente encaixada.

— Eu não perdoo você — murmurou ela.

Ah, *porra*. Ele mal conseguia respirar, mal conseguia *falar* em meio a tanto desejo, e lá estava Júlia, discutindo perdão com frieza.

— Você ainda vai me matar, mulher — rosnou.

— Sem dúvida.

Ela começou a mover os quadris, e o sangue dele martelava com força no ponto onde os dois se uniam.

— Se me quer como esposa — continuou ela, informando-o com altivez —, então vai ter que me deixar ser sua esposa de verdade.

Ela pulsava em torno dele de um jeito que fez estrelas explodirem atrás de seus olhos. Nunca estivera *tão* à mercê de uma mulher antes.

— Sim — falou, arfando.

— Quando tiver que tomar uma decisão que me afete, vai me *contar*. — Júlia rebolou e os punhos dele se cerraram na barra da cama num reflexo. — Vamos *conversar* a respeito.

Ele concordaria com qualquer coisa.

— Sim.

— Vai fazer tudo o que eu mandar, Alaric, não vai? — A mão dela traçou uma linha em brasa pelo peito dele; os lábios se curvaram num sorriso cheio de certeza. — Porque você é meu.

— *Sim*. — Alaric faria tudo. Era dela. Sempre tinha sido. — Eu queimaria o mundo por você.

Era a verdade. Arrancada do fundo dele, e ele nem se importava. Os olhos dela se expandiram, surpresos, inundando sua visão com aquele verde glorioso como o mar, e Alaric não aguentou mais. Largou a barra da cama e segurou a cintura dela com força, a ponto de deixar marcas.

— E você? — perguntou, exigente, investindo com força dentro dela. — Vai ficar comigo por vontade própria?

— Sim. — Ela arfou, acompanhando-o, investida por investida. — Eu vou ficar.

— Por quê? — Alaric enfiou as mãos no cabelo dela. Os lábios buscaram seu pescoço com abandono. — Me diga.

— Porque eu te amo — sussurrou ela, com lágrimas nos olhos. — Eu *te amo*, Alaric.

Uma alegria feroz e triunfante explodiu no peito dele quando Júlia começou a estremecer ao redor dele. Alaric não conseguiu mais se conter; gritou seu prazer ao se derramar dentro dela, não uma, mas várias vezes, enquanto Júlia aproveitava o próprio clímax, trêmula, o coração pulsando alto entre os dois.

Alaric rolou para o lado e a esmagou no peito. *Ela o amava*.

Nunca a deixaria ir. Nunca.

— Quando foi que você soube? — Alaric estava deitado de costas, um braço jogado com preguiça ao redor dela. A alvorada mal começava a invadir o quarto pela janela. — Foi quando entrou pelada naquele riacho fedido, naquele velho campo de batalha e eu tive que tirar você de lá?

— *Pare*. Eu não estava *no* riacho. E não estava pelada.

Júlia conteve uma risada constrangida. Alaric já sabia seu segredo, que ela o amava. Arrancara essa informação no auge de um prazer capaz de virar o mundo de cabeça para baixo, e não parava mais de torturá-la por causa disso.

— Talvez tenha sido quando você deixou as urtigas na minha cama — murmurou ele, pensativo. — Se eu soubesse que era sua forma de me oferecer amor...

— Não foi nada disso! — Júlia enfiou o rosto em brasa no peito dele. — Você estava sendo *grosseiro*, se bem se lembra.

— Talvez tenha sido a primeira vez que tirei a camisa na sua frente. Você pareceu gostar.

Alaric alisou distraidamente o ombro dela com o polegar e, *ah, deuses*, Júlia queria morrer.

— Às vezes me pergunto como você consegue se mover com o peso desse ego colossal.

Ele riu. Um som rico e quente, melhor que vinho, melhor que banho. E então, num movimento rápido, virou-a debaixo de si.

— Talvez tenha sido a primeira vez que fiz isto — disse, com a boca no pescoço dela, bem no ponto que fazia os dedos dos pés dela se encolherem. — Ou isto...

A mão dele escorregou entre as pernas dela. Júlia arfou. Era impossível *pensar* com Alaric fazendo aquilo.

Ela empurrou seus ombros, e ele se deixou virar, permitindo-a se sentar sobre seu quadril.

— Para — disse Júlia, rindo. — Quero conversar.

Alaric tirava o fôlego dela visto dali, com os braços esculpidos cruzados atrás da cabeça, observando-a com indolência por entre os cílios dourados.

— Passamos a manhã inteira conversando.

Ela *sentiu* o rosto pegar fogo.

— Aquilo não foi conversar.

— Não foi? Você estava bem vocal nessa última vez. — Ele parecia tão satisfeito consigo mesmo que Júlia não resistiu e deu um soco no braço dele. — Quanta agressividade, minha esposa.

Minha esposa.

— Sobre isso — disse Júlia, com ironia. Estava com o coração acelerado. Tinha medo de quebrar o encanto dourado daquele momento. — Alaric, se *sou* sua esposa, por que raios não me deixou entrar como sua rainha?

— Já expliquei o porquê. O povo não teria tolerado, não até que eu os acalmasse. — Seus dedos entrelaçaram-se aos dela; Alaric levou uma das mãos dela aos lábios e roçou um beijo nos nós dos dedos. — Sinto muito pelo que disse.

— Você disse o que precisava dizer.

Seus medos pareciam tão tolos naquele instante. *Claro* que Alaric queria um filho dela; e *claro* que pensaria nisso de forma estratégica. Seria um tolo se não o fizesse, e ela também, se esperasse outra coisa. Tinha sido *vergonhosamente* emotiva, achando que ele a tinha desposado só por paixão.

— Se foi para facilitar a aceitação de uma romana como sua esposa, eu entendo. Só queria que tivesse *me contado* antes, em vez de mandar Ataulf dar a ordem para eu seguir a pé atrás do cavalo dele. E com as mãos amarradas, diga-se de passagem — acrescentou, com indignação nada discreta.

O tom de Alaric era enganadoramente calmo:

— Me explica melhor essa ordem de Ataulf.

Júlia *sabia*. Ataulf também tinha mentido a respeito daquilo! Contou tudo como pôde e, ao final, a expressão dele não mudou, mas o olhar ficou gelado como o inverno.

— Eu não dei essa ordem. Você devia saber disso — falou, por fim. — Quanto a Ataulf, eu cuido dele.

O olhar de Alaric fez um arrepio gelado percorrer a espinha dela. O rosto de Orígenes na caverna, com o pescoço cortado, surgiu em sua mente.

— Não o mate, Alaric. Por favor.

Ele sorriu de leve e, no instante seguinte, não havia mais frieza em seu olhar.

— Fiquei orgulhoso de você, quando passou cavalgando por aquelas ruas como uma rainha guerreira. — Alaric deslizou o polegar com preguiça pelo osso do quadril dela. — Você se saiu bem, Júlia.

Dessa vez, quando ele a puxou para si, Júlia não resistiu. Adorava estar colada ao corpo quente e nu dele, sentir os músculos se moverem sob a pele enquanto Alaric a beijava. Ela o amava. Não havia mais nenhuma parte de si que negasse isso.

— Eu teria caminhado pelas ruas seguindo Aníbal, se fosse isso que você precisasse — sussurrou Júlia com fervor. — Teria feito qualquer coisa, se ao menos tivesse me *contado* antes...

— Basta. — Ela ficou arrepiada ao ver o olhar dele. — Existem outras formas de manter meu trono.

— Existem? E qual é o seu plano, então? — Júlia se sentou de novo, espalmando as mãos no peito dele. — Pelo que *eu* estou vendo, teria sido melhor me manter como concubina. Casar comigo só parece irritar seus clãs.

— Você não me aceitaria se fosse assim. E, além disso, já está feito. Enterrarei qualquer um que tente se meter entre nós.

Alaric espalhou beijos quentes pela clavícula dela, envolvendo-a com braços fortes, e Júlia sentiu o corpo ceder. Ele estava fazendo de novo. Distraindo-a.

— Estou falando sério, Alaric. — Ela enroscou os dedos no cabelo dele e puxou. — É disso que estou falando quando digo ser sua esposa de verdade. Quero fazer parte da sua estratégia... Eu posso ajudar! — Os lábios dele roçaram a pele dela, fazendo *cócegas*. — Fui criada na corte imperial... bebi intriga com o leite da minha mãe! — Alaric a mordeu de leve, fazendo-a arfar. — Eu... eu sou *boa* nisso. — Agora ele a fazia *rir*, maldito, com o hálito quente provocando sua pele. — Eu *sou*! Se você me deixasse encantar os clãs... usar o que eu sei fazer! No vilarejo de Brisca, fiz amizades...

— Sim. E eu cometi erros — disse ele, com suavidade. — Se eu não tivesse sido tão aberto sobre o que sentia ali, talvez pudesse ter evitado os boatos. E, se não tivesse deixado você circular entre o povo, nunca teria precisado fazer aquele ritual ridículo com as machadinhas. Berig não teria escolhido você como alvo. Você poderia ter evitado Caltrácio por completo. — A raiva brilhou nos olhos dele. — Deixe-me tornar este lugar seguro para você. Confie em mim só mais um pouco.

Júlia suspirou. "Confie em mim." Ela sabia o que aquilo queria dizer. Confiar que Alaric lançaria machadinhas perto da cabeça dela e não erraria. Talvez fosse isso, afinal, o que significava ser esposa dele.

— Se continuarmos assim, nunca vou conseguir partir — sussurrou Alaric no ouvido dela. — E eu preciso ir.

Júlia o observou com pesar enquanto ele se desvencilhava com delicadeza e deslizava para fora da cama, nu.

— Quando vou ver você de novo?

— Voltarei esta noite. Assim que puder, mas talvez depois de escurecer.

Ele traçou a linha do rosto dela com os nós dos dedos. Júlia sentiu o rosto arder.

— Vai, então. Vai saquear uma cidade e me traz um dote de verdade.

As palavras o fizeram soltar mais uma daquelas risadas maravilhosas, e então Alaric partiu.

Alaric parou junto ao muro em ruínas e observou a poeira se erguer, marcando a passagem de Ataulf e de seus homens pela planície coberta de destroços. Um nó de luto subiu em seu peito e ele o empurrou para o fundo. Não podia se dar ao luxo de sentir nada naquele momento.

Saíra direto da cama de Júlia para arrancar Ataulf da dele. Lembranças lhe vieram à mente; ele e o cunhado nos acampamentos, enquanto o povo morria de fome ao redor, os corpos afundando na lama grossa das chuvas. Mal se lembrava da irmã mais velha, mas Ataulf era uma ligação viva com ela e com um mundo que desapareceu. Ninguém além deles falava o idioma da ilha dos pinheiros. Perder Ataulf era como perder o próprio braço direito.

Mas, depois do jeito que tratara Júlia, não havia mais lugar para ele naquela cidade. Alaric se lembrou das tentativas de Ataulf de convencê-lo a arrastar Júlia pelas ruas como um troféu de guerra. Ele se recusara, e ainda assim o homem tentara fazer isso. Só de imaginar, o coração de Alaric se endureceu.

Pensou em Júlia. Naquela manhã, ela arrancara dele a promessa de que a deixaria governar ao seu lado, mas ainda levaria tempo até que estivesse segura ali. O cerco que ele fizera naquela cidade havia devastado seus muros, e Alaric tinha deixado ordens para que fossem reparados enquanto estivesse em Ravena. Mas a fortaleza tinha sido negligenciada. A planície abaixo fervilhava com saqueadores; tudo o que precisavam era olhar para cima para perceber que Nórica era um alvo fácil. Já era pleno verão, e as estações mudariam num piscar de olhos. Logo chegaria o outono, e também Estilicão.

— O que precisamos é de pedra para construção — dizia Sigerico. — A única pedreira a três dias de viagem está sob controle romano. Se a atacarmos...

Alaric balançou a cabeça com firmeza.

— É a última coisa de que precisamos com uma guerra à nossa porta. E com Estilicão à espreita.

— Se não conseguimos vencer uma única legião, como venceremos Estilicão? — Sigerico soltou um longo suspiro. — Sei que este conselho não é bem-vindo, rei Alaric. Mas acho que deveria reconsiderar negociar com Roma. Se fizermos isso, talvez possamos impedir a guerra que se aproxima. Talvez até conquistar acesso àquela pedreira. — Ele hesitou. — Uma única mulher não pode valer...

A fúria subiu como fogo em seu peito. Ele não usaria Júlia como moeda de troca para garantir o próprio futuro.

— Sigerico, se nos aliarmos aos romanos de novo, *não vai haver* um povo.

O simples fato de ter que *explicar* isso fazia seus dentes rangerem.

Sigerico franziu a testa.

— Segui o senhor com lealdade quando rompeu com os romanos. Mas se Estilicão cruzar as montanhas agora... — A voz se apagou. Ele olhava para algum ponto atrás de Alaric. — *Merda.*

Alaric se virou. Uma matilha de cães se reunira num beco, tinham o tamanho de pequenos pôneis. Reconheceu os animais. Eram comuns nos acampamentos. Cães de carniça.

— Eles se multiplicaram desde que tomamos esta cidade — disse Sigerico, pegando uma pedra e atirando. Os animais se esquivaram com agilidade, as línguas vermelhas pendendo entre os dentes afiados. — Ouvi um boato de que uma matilha dessas derrubou uma vaca ontem. É só uma questão de tempo até que matem uma pessoa.

O som de cascos ecoou nas pedras. Sigerico soltou um palavrão entredentes.

Era Riga, galopando pela estrada larga. Ele puxou as rédeas e desmontou de um salto.

— Trago notícias — disse em voz baixa. — Só para os seus ouvidos, Alaric.

— Não me mande embora — disse Sigerico, falando em vândalo militar para que Riga não entendesse. — Você precisa de alguém ao seu lado para pesar as palavras dele. Não se pode confiar em mercenários.

Riga encarou Sigerico com um olhar frio e vazio que fez o outro recuar um passo.

— *Basta.* — Alaric conteve um xingamento. Sigerico já tinha provado sua lealdade ao lidar com aquele assassino, mas isso não lhe dava o direito de dar ordens. — Vá, Sigerico.

— Os hunos estão em movimento — disse Riga assim que o outro se afastou. — Saquearam a Panônia e queimaram o forte romano em Carnunto. — Ele lançou um olhar para os refugiados que se aglomeravam abaixo, movendo-se como formigas pela planície. — Estão fugindo da violência. Os hunos estarão aqui em dez dias, talvez menos.

Hunos. Na mente de Alaric, uma lembrança antiga despertou, saída dos pesadelos de infância. Um carvalho em chamas, o cheiro de corpos queimando. A garganta tomada pelas cinzas.

— Então será um cerco.

— Meus homens estão inquietos. Duvido que consiga mantê-los atrás de muros durante um cerco.

O peito de Alaric se apertou. Se perdesse os homens de Riga, não sobreviveriam à guerra que se aproximava com Estilicão.

— Você não vai encontrar pilhagem que se compare ao que eu pago.

— Se ficarmos na Panônia, não. Mas há outros terrenos de caça. — Riga abriu um sorriso. — Venha conosco. Saqueie e queime onde a pilhagem for mais farta e torne-se o rei dos bandidos. Você seria excelente nisso.

Alaric balançou a cabeça, sério.

— Minhas responsabilidades não são só com os guerreiros e seus despojos.

Passos apressados soaram atrás dele. Virou-se a tempo de ver Hengist deslizar até parar, apavorado.

— Venha depressa — disse ele, tentando recuperar o fôlego. — É sobre o trigo.

CAPÍTULO XXXVII

Assim que Alaric partiu, Júlia foi dominada pelo cansaço. Ela dormiu de novo e, quando acordou, o dia já estava alto. Sobre a mesinha ao lado da cama, havia uma bandeja com comida: frutas, queijo fresco, pão com mel; uma jarra de leite espesso e gelado e outra de vinho doce. Não demorou para que uma grande bacia de madeira, grande o bastante para caber um homem, fosse arrastada para dentro do quarto, cheia de água fumegante. Júlia se afundou nela, deixando que a água quente cobrisse sua cabeça.

Júlia amava Alaric. E ele sabia. Não dissera o mesmo, pelo menos não com aquelas palavras, mas "enterrarei qualquer um que tente se meter entre nós" só podia significar o que ela imaginava, certo?

Júlia recostou a cabeça na borda da banheira. Era fácil demais perder uma felicidade assim... e então, o que restaria? Tentou afastar os medos. Que Alaric morresse. Que os romanos finalmente viessem atrás dela. Que ele a renegasse, a traísse. Que levasse outra para a cama. Era isso que significava ser feliz? Viver com medo constante de perder tudo?

Com cuidado, e com a frieza que aprendera na alta corte de Ravena, Júlia começou a pensar em como manter aquele amor.

"Deixe-me tornar este lugar seguro para você." Ele não disse que a amava, mas *aquilo* já era alguma coisa. Júlia sabia que havia perigo. Mas será que era *tão* perigoso assim? Alaric não confiava nela, não a levava a sério. Talvez, se *mostrasse* que compreendia os problemas do povo dele, isso pudesse mudar.

Estava prestes a se afundar de novo na água quando um som chamou sua atenção. Uma pedra tinha sido atirada na parede do prédio. Alguém lá fora queria sua atenção.

Júlia saiu da banheira, vestiu um robe e foi até a janela. Um homem a encarava lá de baixo, o rosto escondido sob o capuz. Mesmo assim, ela sabia quem era.

— Bromios! O que você está fazendo aqui?

— Não tenho para onde ir. Seu marido arrancou Ataulf da cama como um ladrão qualquer e o expulsou para fora dos muros da cidade. — Ele ergueu as mãos, como em prece. — Júlia, peço como amigo. Me abrigue. Me proteja. Fale bem de mim ao seu marido.

— Você não precisa pedir. — Ela lançou um olhar sobre os telhados desabados, em direção ao grande aqueduto, com os arcos decadentes pairando sobre o labirinto de ruas. — Mas, antes, preciso da sua ajuda.

— Ele vai me matar — resmungou Bromios, pela décima segunda vez desde que a ajudara a descer pela janela. — Vai arrancar meu fígado com uma faca cega.

— Não vai, não — disse Júlia, tentando acalmá-lo. — Eu cuido dele.

Ela quase podia *ouvir* o revirar de olhos dele.

— Era melhor ter sido expulso.

Júlia puxou o capuz sobre a cabeça, rezando para que ninguém a reconhecesse. O portão da cidadela surgiu adiante. Os guardas estavam encostados nas lanças, com ar entediado. Mal olharam para os dois quando passaram.

A estrada que descia da fortaleza fazia curvas fechadas e perigosas até a cidade abaixo. Os paralelepípedos estavam gastos e escorregadios, polidos por séculos de tráfego. Júlia se perguntou como, em nome dos deuses, havia sobrevivido àquela cavalgada.

Os prédios dentro da cidadela ainda estavam em condição razoável. Mas, além das muralhas protetoras da fortaleza, a cidade estava em ruínas. As casas eram cascas vazias, ela notou panos estendidos entre as paredes, provavelmente uma tentativa de abrigo. Água suja e pegajosa escorria entre montes de lixo. Tudo cheirava a podridão e doença. Havia poucas pessoas nas ruas, e as que ela viu tinham um olhar faminto e desesperado.

Quando chegaram ao sopé da colina, Júlia parou. Uma criança estava na entrada de um beco. Ela nunca tinha visto alguém parecer tão faminto.

— Para onde, exatamente, estamos indo? — Bromios soou irritado.

— Para lá.

Por cima dos telhados dos prédios arruinados, do outro lado da cidade, o aqueduto se erguia imponente.

O sol já estava alto no céu quando enfim chegaram. Passaram por casas com alicerces apodrecidos. Mansões de mármore se erguiam ao lado de destroços queimados, sem telhados e com panos encharcados pendurados em paredes bambas, mal protegendo do clima. Todas as fontes tinham parado de correr. O lixo se acumulava nas sarjetas e becos, sem correntes de água para levá-lo embora.

Ainda assim, de perto, o aqueduto era de tirar o fôlego. Júlia adorava sua simetria perfeita — um rio feito por mãos humanas envolto por arcos elevados no céu, levando à cidade o sangue vital de fontes e poços. Naquele momento estava seco, seus arcos em ruínas. Rochas quebradas se amontoavam na base da estrutura. Júlia pensou nas nascentes em colinas longínquas, nos canos, nas câmaras de queda e nos tanques de decantação. Sem dúvida, estava tudo muito danificado e precisava de conserto.

— Queria saber como estão os níveis mais altos.

Antes que Bromios pudesse impedi-la, ela já escalava até o primeiro arco, apoiando os pés nas frestas da pedra bruta.

— Júlia, desça daí *agora mesmo* ou eu...

Ela o ignorou. A estrutura estava podre em alguns pontos; várias vezes a pedra cedeu sob sua mão e uma chuva de pedregulhos despencou sobre o calçamento esburacado. Não estava tão seco quanto pensava; a água pingava lá de cima, apenas escura e enferrujada. Ainda assim, Júlia conseguiu subir mais um nível e se posicionar sob a primeira fileira de grandes arcos. Firmando os braços na pedra, contemplou a cidade.

Era de tirar o fôlego. Por mais arruinada que estivesse, aquela era a cidade *dela*. Dali, enxergava os telhados quebrados, o emaranhado de ruas, as grandes mansões de mármore agrupadas junto à muralha distante. Entre as praças e os largos, havia cisternas e fontes secas, alinhadas sobre os canos que cruzavam o subsolo da cidade. Dava para consertar. Era algo que *ela* podia fazer.

E, se conseguisse, talvez pudesse se provar para Alaric.

— Não está tão ruim aqui em cima — gritou. — Sobe e dá uma olhada.

— Nem pensar — disse Bromios.

Júlia se virou, avaliando se seria possível subir mais um nível, mas então ouviu uma gritaria crescente vindo da praça vizinha, do outro lado das construções em ruínas.

Era um levante furioso.

CAPÍTULO XXXVIII

Uma briga generalizada tinha estourado na praça do mercado. Horsa estava no alto da escadaria que levava ao edifício mercantil onde o grão era armazenado, com uma expressão de puro pavor.

Alaric se lançou no meio da confusão. Era uma luta de socos, selvagem, e ele abriu caminho no empurra-empurra, enfiando o braço e puxando um dos brigões pela nuca.

O pescoço era de uma *mulher*. Grávida, e muito. Ela acertou um soco direto no queixo de Alaric. Sua cabeça foi para trás com força. Ele viu estrelas.

Porra. Ele não podia bater numa mulher grávida. Alaric a segurou pela parte de trás da túnica e agarrou o outro brigão, um menino que não devia ter mais de 10 anos. O confronto era como o de gatos de rua; Alaric levou um golpe da mulher no outro lado do rosto e um chute certeiro e dolorido do garoto na canela.

Ele cerrou os dentes. Também não podia socar um garoto de 10 anos.

— *Basta* — falou, furioso, sacudindo os dois com firmeza. — Por que infernos estão brigando?

— Era o último saco de grão — disse o menino, apontando. — E *ela* furou a fila.

Alaric avistou o saco pelo qual brigavam, rasgado e espalhado pelos paralelepípedos, e sentiu um choque de reconhecimento.

Ele já tinha sido aquele menino, magro, faminto, lutando pela vida por alguns grãos no chão. E aquela mulher podia muito bem ter sido a mãe dele.

— Tenho três filhos passando fome...

— Tenho *nove irmãos*! — berrou o menino, e Alaric teve que erguê-lo do chão para evitar que pulasse em cima da mulher outra vez. — *Eu estava na frente!*

— Todos vocês, *acalmem-se*. — O silêncio caiu. — Foi isso o que nós nos tornamos? Estão todos com fome, mas não chegamos até aqui para começar a nos matar por causa de grãos.

— O grão acabou — gritou uma voz ao fundo. — Não temos mais o que comer.

Aquilo não fazia sentido. Ele trouxera comida para alimentar a cidade por um mês inteiro. Mas os resmungos de revolta aumentavam conforme Alaric subia os degraus.

— Não haverá tempo de fome. Peço que voltem para suas casas. — A raiva dos presentes cresceu. — Retornem amanhã. Estarei aqui ao amanhecer, distribuindo mantimentos com as minhas próprias mãos. Prometo, pela minha vida, que vocês não terão mais fome amanhã.

Não era o que queriam ouvir, mas, depois de uma sequência de promessas, todos se dispersaram, famintos e trêmulos. Alaric pensou nas mais de cem barrigas vazias naquela noite, tudo porque não conseguiu proteger o suprimento.

Ele se virou para Horsa, que estava visivelmente pálido.

— Onde está o restante do grão?

— Não tem mais grão. Acabou tudo.

— Como assim, porra? Como acabou tudo? — Alaric sabia, com exatidão, quanto havia trazido, até o último grão. — Uma quantidade daquelas não some no ar.

— Vá ver com seus próprios olhos.

O prédio mercantil já fora, um dia, o local de leilões de escravizados. Naquele momento, era um local amplo e vazio. Ele escancarou as portas, levantando poeira nos feixes largos de luz que entravam pelas janelas altas e gradeadas. Não tinha nem sequer um grão no lugar.

— Você acabou de prometer a uma multidão assassina que ninguém passaria fome — disse Riga com desdém, encostado no batente da porta. — Vai alimentar eles com o quê?

— Podemos saquear — disse Horsa. — Deve haver algo lá fora.

— Vai precisar dos clãs para isso — comentou Sigerico, entrando logo atrás. — Está atrasado para o conselho de guerra. Vália é quem está presidindo.

Vália. De repente, Alaric teve uma forte suspeita de onde o grão estava.

A caminho do espaço dos mercadores, Alaric avistou os corpos pendurados no muro.

Eram dez. Os mercadores mais ricos da cidade, além do governador e dos magistrados que haviam lucrado com o tráfico de escravizados. Nórica se especializara em vender o povo *dele*, prisioneiros de guerra vindos do norte do Danúbio, godos valentes e de costas largas eram preferidos nas minas brutais de Roma. A visão o acalmou. Aquilo era *justiça*. Alaric geralmente não aprovava massacres indiscriminados, mas, ao tomar Nórica, havia soltado as rédeas do exército e, pela primeira vez, os escravagistas tinham recebido exatamente o que mereciam.

Era uma ironia cruel o fato de alguns de seus clãs terem escolhido viver ali, em mansões reluzentes pagas com o sofrimento do povo dele.

— Alaric, *pense* — murmurou Sigerico ao seu ouvido. — *Se* foi Vália quem pegou o grão, você não pode simplesmente tomá-lo de volta na frente dos guerreiros dele. Precisa deixá-lo salvar a própria honra.

— Se fosse *meu* exército — disse Riga, num tom entediado —, eu os arrastaria para fora dessas casas luxuosas e os penduraria junto com os escravagistas. Entre o meu povo, discordância se resolve com firmeza. Caso contrário, você acalma uma rebelião a cada duas semanas e nunca consegue fazer nada.

— Não dê ouvidos ao mercenário sem honra, rei Alaric...

— Melhor do que ouvir tolos que seguem a honra até a cova.

— *Chega* — ralhou Alaric.

A estratégia de Riga o tentava, mas ele precisava desesperadamente dos guerreiros. Já perdera muitos com a partida de Ataulf e Sarus. Estilicão chegaria em poucos meses, e os hunos apareceriam antes disso. Se perdesse Vália, perderia tudo.

Tinham chegado à mais imponente das mansões de mármore.

— Você não pode simplesmente entrar aí como uma tocha acesa e sair botando fogo nas coisas — disse Sigerico. — Qual é o seu *plano*?

— Eles esqueceram quem são — respondeu Alaric, empurrando as grandes portas de bronze com o ombro. — Eu vou lembrá-los.

As portas se escancararam, e o homem que as guardava caiu da cadeira, a ânfora de vinho se espatifando no chão de mármore.

— Ei! — resmungou ele, arrastando as palavras. — Vocês não podem entrar aí!

Alaric o ignorou. Passou por cima dos cacos e da mancha de vinho que aumentava, e os outros o seguiram.

Lá dentro, o caos reinava. Guerreiros bêbados esparramados em todos os móveis. Gauleses agressivos com o cabelo espetado por cal, hunos tatuados soprando anéis de fumaça no átrio com teto altíssimo, um gépida e um trácio brigando no implúvio com água até as canelas. Estavam para lá de embriagados, mas isso não os impedia de brandir espadas longas e saxos enquanto uma plateia selvagem apostava e gritava para incentivá-los.

Ao lado, um grupo de guerreiras hunas competia fazendo truques com facas. Mais adiante, um casal transava furiosamente na parede. Alaric seguiu em frente, desviando dos corpos roncando e dos móveis destruídos, passando por um jardim formal exuberante onde cabras vagavam soltas, destruindo as flores caras. *Cabras*. Os refugiados estavam morrendo de fome e aquelas pessoas tinham *cabras* no jardim.

Quando chegou ao santuário interno, mal conseguia respirar de tanta raiva.

A sala de jantar, que tinha colunas, estava abarrotada. Os líderes dos clãs e suas comitivas se espreguiçavam em triclínios romanos incrustados de madrepérola e marfim. Ao longo de uma das paredes, uma mesa baixa gemia sob o peso da comida, e Vália presidia tudo como um rei saído das lendas.

O burburinho cessou de repente com a entrada de Alaric; cem cabeças se viraram em sua direção. O riso morreu em cem gargantas.

— Olá, Vália — falou Alaric, no silêncio repentino.

— Rei Alaric! Onde esteve? Estamos esperando há horas! — O sorriso dele mais parecia uma careta. — Beba e alegre-se. Amanhã pode ser nosso último dia na Terra, hein?

Houve risadas e brindes animados. Alaric pensou no menino na praça. Na mulher grávida, desesperada o bastante para socar quem quer que estivesse à frente.

— Quer saber por que me atrasei? — perguntou com calma. — Estava apartando uma briga entre a esposa de Wúlfrico e um garoto de 10 anos por um punhado de grãos.

O tal Wúlfrico estava esparramado nos degraus. Havia uma mulher no colo dele — não sua esposa —, loira, com os seios quase à mostra e um colar de rubis pendendo entre eles.

— Sua esposa tem a mão pesada, Wúlfrico.

— Aye! Isso ela tem! — respondeu ele, com alegria, levantando uma taça de vinho e derramando boa parte no peito. — Vou dar uma surra nela por essa desfeita.

A raiva turvou a visão de Alaric.

— *Não vai porra nenhuma!* — rugiu furioso, e a sala cheia de guerreiros calejados recuou. — Ela *tinha razão*. Oito meses de gravidez e lutando pelo último saco de grãos da cidade enquanto você se empanturra com sua porção de herói e se deita com uma *concubina*.

Wúlfrico estava bêbado o bastante para retrucar.

— Aposto que sua esposa *romana* come bem na mansão dela. — O tom era zombeteiro.

— Sim, come. E são os rubis dela que estão no pescoço da mulher no seu colo, Wúlfrico. — De repente, Wúlfrico fez cara de quem engoliu fezes. — Foi o dinheiro dela, aliás, que pagou pelos grãos que vão manter nosso povo vivo durante o inverno. Pelo que entendo, ela fez mais pelo nosso povo em uma semana do que qualquer um de *vocês* fez em meses. — Seu olhar se voltou para Vália, e a voz assumiu um tom perigosamente suave. — Falando em grãos... Onde estão, Vália?

— Separei uma parte para os meus guerreiros. Não quis incomodá-lo com assuntos administrativos tão tediosos — respondeu Vália, com o tom meloso de um homem bêbado discutindo a lei. — A classe guerreira precisa manter a força. Imagine se fôssemos atacados?

— Imagine que *sejamos*. — Alaric pensou nos hunos descendo das planícies orientais. — Os muros estão desmoronando, e esta cidade é um alvo fácil. Estou surpreso que vocês ainda estejam vivos.

— Está insultando minha honra — rebateu Vália. — Terra pátria é uma ilusão tola. Nunca teremos nada neste mundo que não seja *tomado à força*. Pode falar até ficar rouco, mas a verdade é que seu poder está por um fio. — Ele virou a bebida de uma vez. — Chega de papo. Eu o desafio. Homem contra homem. Quem vencer, leva a coroa.

O riso do salão virou um rugido, e de repente era o nome de Vália que gritavam. Só queriam sangue, pouco importava o que viria depois.

Alaric sorriu, cortante como lâmina.

— Não.

Vália franziu o cenho.

— Está se recusando a lutar comigo?

— Estou me recusando a abrir sua barriga como a de um peixe na frente de seus homens. — A plateia caiu na risada enquanto o homem tentava, desajeitado, puxar a espada da bainha. — Sente-se antes que se corte com isso. Você está bêbado.

O rosto de Vália ficou vermelho como brasa, e, dessa vez, os risos foram às suas custas. Os guerreiros batiam nas mesas, gargalhando. Alaric subiu até o estrado, serviu-se de vinho e sentou-se numa cadeira incrustada de marfim, deixando os pés sobre a mesa do opositor como se estivesse na própria tenda de guerra.

— Acabo de receber notícias de que os hunos estão descendo do norte — disse ele, em alto e bom som. — Devastaram a Panônia e carregam todas as riquezas daquela terra com eles. Eu digo que devemos ir até eles e tomar tudo.

Vália o encarou, atônito.

— Os hunos estão vindo e você quer cavalgar até eles? Isso é loucura.

— Loucura seria se esconder atrás desses muros em ruínas, que não vão nos proteger de nada. Melhor enfrentá-los antes que cheguem. Se formos rápidos, escolhemos o campo da batalha.

Nada unia tanto seu povo quanto um inimigo em comum. E, acontecesse o que acontecesse contra os hunos, ele conseguiria manter Júlia longe de um cerco.

— Bebam como se esta noite fosse a última, homens — bradou Alaric, a voz ecoando por cima da multidão que explodia em aplausos. — Porque amanhã nós cavalgamos.

Júlia subiu pela janela com a ajuda de Bromios, sem chamar a atenção dos guardas. Ainda estava abalada com o que vira naquele dia — as crianças famintas, a cidade devastada. O levante violento por causa dos grãos. Já ouvira falar de rebeliões assim em Roma, na época da distribuição pública de trigo, mas nunca estivera tão perto de uma. E Alaric havia se lançado bem no meio dele.

Pensou na comida que lhe fora trazida desde que chegara ali. Carne, vinho, pão. Comida simples, mas farta. De onde vinha aquilo? Quem estava passando fome enquanto ela comia bem?

Sentia-se ainda mais determinada a ajudar Alaric a reparar os problemas da cidade.

Os guardas tinham se mostrado dispostos a trazer da biblioteca os mapas do aqueduto. Horas depois, estava sentada no chão de mármore, cercada por mapas e pergaminhos espalhados.

Os documentos mostravam quilômetros de sifões, tanques de captação e pontes com arcos altos. Júlia conseguia traçar o caminho da água desde a nascente do lago na montanha, cruzando vales e subterrâneos até chegar à cidade. Havia também plantas das canalizações e passagens sob as ruas; nas mãos, ela tinha o projeto de abastecimento de todas as cisternas e fontes da cidade. O que tudo indicava, existiam túneis na rocha sob a fortaleza que levavam a cisternas subterrâneas e passagens ocultas. Júlia espalhou tudo no mármore e se serviu de vinho, avaliando onde podiam estar as rupturas no aqueduto.

Ela vira água pingando da estrutura quando a escalara. Isso queria dizer que o fluxo ainda existia, embora reduzido. Suspeitava que os danos tinham sido causados próximos dali, durante o cerco. Mas só uma equipe de engenheiros poderia ter certeza.

Júlia ainda examinava os planos quando Alaric entrou na sala.

Ele parecia... *exausto*. Usava uma túnica empoeirada e calça, e o cabelo cor de bronze estava preso para trás, deixando os traços ainda mais marcados. Júlia se levantou, esquecendo os planos aos seus pés. Correu até ele, e Alaric a puxou com força para os braços.

— Senti sua falta, esposa.

— Achei que demoraria *dias* — murmurou, apertando-o até sentir as costelas dele estalarem.

— Gosto mais dessa recepção do que da última — disse ele, erguendo o rosto dela e beijando-a. — Eu deveria perguntar por que o chão está coberto de pergaminhos?

Júlia sentiu uma pontada de apreensão ao puxá-lo para olhar os mapas. Esperava que ele apenas lançasse um olhar rápido sobre os rolos e depois a puxasse para a cama, encerrando a conversa ali. Não que ela se *importasse* caso Alaric fizesse isso — mas se importava, sim. Ela se lembrou da atitude do pai naquele tipo de situação, afagando sua cabeça e chamando-a de linda.

Mas, em vez disso, ele sentou-se no chão e ouviu. Apoiando um cotovelo no joelho, em silêncio concentrado.

Júlia explicou como o aqueduto funcionava. A infraestrutura subterrânea, com mais de sessenta quilômetros de extensão até um lago nas colinas a leste. Os danos sofridos durante o cerco, onde deviam estar e o que seria necessário para consertar. O olhar de Alaric era atento, seguindo seus dedos enquanto ela mostrava as linhas no mapa que representavam sifões, pontes hidráulicas e tanques de decantação. Quantos eram e onde ficavam.

— Vi coisas quando adentrei a cidade. — Ele não precisava saber sobre sua visita ao aqueduto. — O saneamento precário é um dos seus problemas. Deixa a cidade vulnerável à peste. Seu povo está sobrevivendo com água parada das fontes. Se não consertarmos o aqueduto logo, é questão de tempo até a doença entrar por esses muros. E, se sofrermos um novo cerco, não duramos uma semana sem água potável.

Ele ficou em silêncio por um tempo que pareceu interminável enquanto Júlia encerrava sua explicação. E se Alaric risse dela? E se detestasse a ideia? E se, *deuses*, passasse a mão na sua cabeça como o pai fazia e dissesse o quanto ela era bonita?

Ele a observava, pensativo.

— Tem tinta na sua bochecha — murmurou, passando o polegar com delicadeza sobre o osso do rosto dela. — Do que você precisa para fazer esses reparos?

— Materiais para o concreto, pedras para os revestimentos. E mão de obra, claro. Uma equipe de engenheiros. Guardas armados para protegê-los quando saírem para as colinas. Vai levar uma semana, talvez duas, depois que conseguirmos a pedra. — Júlia respirou fundo. — Vai valer a pena, Alaric. O benefício para o nosso povo...

Ele se inclinou e a beijou. Lento, de um jeito dolorosamente terno.

— *Nosso* povo. Gosto quando você diz isso. — Júlia prendeu a respiração. — Pode cuidar de seu aqueduto — disse ele, sorrindo. — Encontre-se com Sigerico amanhã. Ele vai liderar a reconstrução das muralhas na minha ausência.

Júlia franziu a testa.

— Para onde você vai?

— Tenho de liderar um saque. Ficarei fora por uma semana, talvez duas. Não é algo com que deva se preocupar.

Não é algo com que eu deva me preocupar?

— *Alaric*. E se houver uma insurreição? Mal consigo acreditar que deixará a cidade neste estado, depois de mal ter conseguido entrar da última vez.

— Torismundo e Sigerico estarão aqui. Pode confiar neles. Enquanto isso, eu mantenho a batalha longe de você, e você não vai precisar viver um cerco. — Alaric a puxou para mais perto, amassando os pergaminhos sob eles. — Se algo acontecer com você...

Júlia sentiu uma estranha sensação de presságio ao se entregar ao beijo. Disse a si mesma que tinha conseguido o que queria. E, quando Alaric voltasse, encontraria um aqueduto novo e reluzente. Veria o quanto ela era uma rainha eficaz.

O beijo se aprofundou. Ficou quente, exigente.

— A cama seria mais confortável... — murmurou Júlia.

Ele se levantou, erguendo-a nos braços com facilidade, mas não chegaram até a cama — apenas até o sofá, a poucos passos dali. Júlia não se importou nem um pouco.

Alaric a amou devagar, demorando-se em cada parte.

Júlia havia chamado seu povo de *nosso*.

Um dia, quando tivesse domado todos os clãs, teria tempo de sobra para ouvir sua esposa brilhante lhe contar tudo o que sabia sobre aquedutos, engenharia de estradas ou a economia da pirataria. Qualquer coisa, na verdade. Não importava *qual* o assunto, desde que ela contasse com todos os detalhes. Ele amava ouvi-la. Amava ver a paixão acender o rosto dela enquanto falava.

Partiu antes que Júlia acordasse. Melhor assim do que estender uma longa despedida. Melhor deixá-la com um projeto que ocupasse sua mente inquieta.

Além disso, ele prometera distribuir comida aos refugiados pessoalmente ao amanhecer, mas o sol já quase nascia, e ele estava atrasado. Depois disso, ainda teria de reunir os guerreiros, o que não seria tarefa fácil.

Horsa o esperava nos degraus da mansão, afiando o saxo.

— Horsa. Fico muito feliz em vê-lo — disse Alaric, passando um braço pelos ombros do garoto e conduzindo-o escada abaixo. — Preciso que você lidere a distribuição dos grãos por mim. O sol já está quase nascendo, e a multidão vai ficar inquieta se...

— Achei que íamos partir para o ataque. Hengist já está pronto.

Alaric suspirou. Aquela conversa era inevitável e, mesmo assim, a temera.

— Sim. Hengist vai comigo — disse, com a maior gentileza que conseguiu. — Você vai ficar, Horsa. Preciso de alguém de confiança atrás de mim.

Horsa parou nos degraus.

— Mas... por quê?

— Os dois precisam liderar em batalha *e* saber governar uma cidade, se quiserem se tornar líderes. Hengist precisa fortalecer sua liderança no campo. Ele tem cabeça fria numa luta, mas ainda não sabe comandar homens. Você, Horsa... você precisa fortalecer suas habilidades aqui. Ajude Júlia a construir o aqueduto. Proteja-a.

O rosto de Horsa se contraiu, a mágoa toldando seus traços.

— Não é justo.

— Nada é justo — disse Alaric. — Já devia ter aprendido isso.

Júlia acordou ao som de vozes na porta. Alaric tinha partido sem nem se despedir. Ela saiu da cama às pressas, puxando um robe, decidida a alcançá-lo e dar-lhe uma bela bronca por ousar deixá-la de forma tão abrupta. Lá fora, ouviu uma discussão acalorada e, em seguida, o estrondo da porta batendo no batente de mármore.

Júlia parou na soleira do quarto bem a tempo de ver Horsa invadir o átrio. Observou-o andar em círculos curtos sobre o mármore e fez uma careta ao dar um chute num dos sofás, lançando-o para o outro lado da sala. Em seguida, agarrou um enorme castiçal de ferro com cara de quem estava prestes a arremessá-lo em alguém.

— Horsa. — Os olhos dele se voltaram para ela, irradiando fúria. — O que raios os móveis fizeram a você?

O garoto lançou um olhar carrancudo e furioso. Júlia o encarou impassível, com braços cruzados.

— Então? — insistiu ela.

— Alaric levou Hengist para o ataque e me deixou aqui.

— Somos dois — disse Júlia com ironia. Por um instante, ambos ficaram em silêncio, cada um ruminando a própria mágoa. — Sente-se logo — falou, apontando para o sofá que o jovem acabara de chutar.

O conceito que Horsa tinha de se sentar parecia ser a única coisa que ele tinha em comum com o irmão mais novo de Júlia. O garoto se jogou no sofá, largado como um boneco, mantendo os olhos semicerrados. Júlia acomodou-se numa cadeira, riscando o mármore com a ponta do pé.

— Não consigo ficar bravo com ele, mas estou bravo.

— Hengist já disse algo parecido uma vez. — Júlia revirou os olhos. — Não entendo essa dificuldade de vocês. Às vezes, ele consegue ser totalmente insuportável. E piora o fato de que as pessoas têm medo de ficar com raiva dele.

— Alaric é meu líder. Se ele morresse no campo de batalha e eu saísse vivo, jamais superaria essa vergonha. — Horsa soltou um suspiro exagerado, como se frustrado por ela não entender algo tão óbvio. — Agora, se ele morrer nesta batalha, eu não estarei lá. Hengist vai ter a chance de morrer com ele, e *eu não*.

— Então você está... com inveja por não ter a oportunidade de morrer com ele. — De repente, Júlia ficou indignada. — Você tem 15 anos, Horsa. Morrer no campo de batalha, *francamente*. Que besteira de...

Ela parou, a indignação cedendo lugar à curiosidade. Alaric quase nunca lhe contava sobre o passado, e isso incluía a relação que ele tinha com os gêmeos.

— Você disse que deve a vida a ele. Como aconteceu?

Era uma longa história, e Horsa parecia disposto a falar. Deitou-se de costas no sofá, pendurando uma perna por cima do encosto, e começou a contar a história de duas crianças que cresceram seguindo um exército, brincando em meio aos restos da guerra. Ou talvez *brincar* não fosse a palavra certa. O único tipo de brincadeira que os gêmeos conheciam era mortal.

Horsa lutava em batalhas desde os 10 anos e passara a vida toda marchando atrás de tropas. Fazia tempo que ele arrumava encrenca. Contou a Júlia sobre a vez em que Alaric mandou ele e o irmão procurar suprimentos e Horsa achou um grupo de bandidos para brigar. Alaric teve que pagar o resgate dele bem no meio de um cerco.

— Consigo imaginar como deve ter sido estressante para Alaric manter você vivo — disse Júlia.

— Devo lembrar à nobre dama que ela também foi sequestrada — disse Horsa, arrastando as palavras e imitando o latim palaciano dela. — Embora Alaric nem tenha se incomodado em pagar resgate, dessa vez.

Júlia riu.

— Suponho que ele tenha cansado de pagar resgates por desordeiros como nós.

— Ele acha que sou burro — retrucou Horsa com amargura, sentando-se e escorregando até o chão, com as pernas compridas esticadas no mármore, de costas para o sofá. — Hengist nem quer mais fazer saques. Quer ser fazendeiro. Já ouviu coisa mais idiota? Alaric acha que sou impulsivo.

— Bom... não é bem uma mentira.

Horsa lançou-lhe um olhar fulminante.

— Mas você foi bem heroico, Horsa. Lembra como lutou na caverna quando fui sequestrada? Se bem me lembro, você foi o primeiro a entrar na passagem atrás de Alaric.

Horsa tinha tirado a faca do cinto e naquele momento a jogava de uma mão para a outra num padrão intricado. A lâmina cintilava sob a luz do sol.

— Você devia ter me visto lutando no templo em ruínas — disse ele, pensativo. — Enchi um desfiladeiro de corpos.

— Se não tivesse feito isso, talvez eu estivesse morta. Você salvou minha vida!

— Salvei mesmo, não foi?

O sorriso dele era como o nascer do sol.

— Você é tão impulsivo quanto ele. Com certeza Alaric percebe isso. — Júlia não conseguia parar de olhar para a faca. Afiada o bastante para decepar um dedo, se ele errasse. — Onde aprendeu a fazer isso?

— Alaric que me ensinou — disse Horsa, pegando a faca com um floreio e um sorriso de artista. — Quer aprender?

— Não — respondeu Júlia, com um arrepio. — Alaric ficaria furioso se você me ensinasse. Torismundo me deu uma faca e Alaric tirou de mim, achando que eu fosse me machucar. — De repente, ela se sentiu meio desolada. — Você não é o único que ele acha incapaz.

Horsa a encarava, mantendo a faca imóvel na mão.

— Ele tirou sua faca? — Horsa parecia indignado. — E se você precisar se defender?

— Foi o que *eu* disse. Mas Alaric insistiu que ele mesmo me protegeria. Como pode ver, o rei dos godos não está por perto neste momento e, sendo sincera, acho que a gente se mataria se passássemos tempo demais juntos.

Horsa se levantou de um salto.

— Isso é uma loucura — resmungou, atravessando o espaço e puxando Júlia para que ficasse de pé. — Vai trocar de roupa, põe a calça. Vou ensinar você a usar isso aqui. — Estendeu a faca para ela, empunhadura primeiro. — Estou com vontade de deixá-lo furioso.

Horsa começou encarando a postura de Júlia de cima a baixo, com uma expressão cheia de crítica.

— Você está toda errada. — Ele a virou, posicionando o ombro e o pé direitos à frente. — Fique na ponta dos pés. Leve. Assim. — Demonstrou. — Tente ser o menor alvo possível. Menos chance da lâmina do inimigo alcançar você. — Ajustou a postura dela de novo, depois recuou para avaliar. — Pronto.

— E agora?

Horsa levantou os olhos para ela, com um sorriso selvagem e impassível.

— Agora tentamos nos matar.

Nas horas que se seguiram, Júlia teve uma verdadeira aula sobre como derrubar um homem. Horsa lhe ensinou como segurar uma faca, como se mover com rapidez e onde mirar. Caiu na gargalhada ao ver a forma como ela segurava a lâmina, dizendo que, se Alaric o visse com aquela pegada, ele apanharia até desmaiar.

— Você nunca vai vencer um combate contra um homem treinado para batalha — disse Horsa. — Precisa contar com o fator surpresa. Se ele perceber que você tem a faca antes de usar, já era.

O garoto lhe mostrou vários lugares do corpo onde era possível esconder uma faca. Na perna da calça, na bota, na manga da camisa.

— Esta aqui foi feita para ficar escondida na bota — falou ele, mostrando como sacar rápido e golpear com precisão mortal. Demonstrou o ângulo em si mesmo, usando os dois polegares. — Bem aqui, logo abaixo das costelas. Ou aqui, onde bate o pulso — disse, tocando o lado do pescoço. — Se cortar aqui, vai ser recompensada com um rio de sangue. Mas não hesite. Se errar, só vai deixar seu oponente furioso.

Mais do que furioso. Júlia entendia a hesitação de Alaric. Se ela falhasse ao tentar matar um homem quando precisasse, podia acabar morta. Ou estuprada, ou mutilada. Não podia errar, nem uma única vez.

Mas ela *precisava* daquele conhecimento. Alaric não estaria ao lado dela o tempo todo, não podia protegê-la a cada instante. Ela entendia isso, mesmo que ele se recusasse a admitir.

Júlia praticou o dia inteiro. Praticou até a exaustão, até ter quase certeza de que conseguiria cortar o pescoço de um homem só com a memória muscular. Horsa era um professor exigente, meticuloso e preciso, não deixava passar nenhum erro. Ela tinha a sensação de que ele aprendera isso com Alaric.

Naquela noite, não precisou de vinho para adormecer.

CAPÍTULO XXXIX

No dia seguinte, Júlia se reuniu com Sigerico, um dos líderes de Alaric, para tratar do reparo do aqueduto, e logo percebeu que ele seria um obstáculo.

— *Não vai* levar semanas para encontrar os reparos aqui nessas colinas — repetiu ela, talvez pela décima vez. — O reservatório principal fica a apenas dezesseis quilômetros da cidade.

— A senhora não está ouvindo, minha rainha — disse Sigerico, extremamente educado e vestido com uma toga romana. Ele tinha uma barba aparada ao estilo romano e ainda por cima falava em um latim palaciano correto, o que era irritante. — Mesmo que soubéssemos exatamente onde está a ruptura na tubulação, os perigos fora dos muros exigiriam uma escolta armada. Há bandidos e patrulhas romanas... — Ele se deteve. — Aliás, nós sabemos onde está o dano. Enviei homens para destruir o aqueduto quando invadimos Nórica. Foi ordem de Alaric.

O marido dela não tinha contado essa parte.

— Pois bem. Agora a ordem de Alaric é que o aqueduto seja reparado — retrucou Júlia com firmeza. — E, já que você sabe onde está o dano, pode conduzir os engenheiros até lá.

— É isso que venho tentando dizer. Nós *não temos* engenheiros. — Sigerico balançou a cabeça, teimoso. — Além disso, talvez a senhora esteja confundindo as prioridades do rei. Antes de partir, Alaric ordenou que *eu* reforçasse as muralhas antes que estivesse de volta. Não há pedra suficiente nesta cidade para as duas coisas. — Ele bateu com a mão na mesa. — Nossas ordens entram em conflito, minha rainha. Vou dizer a Alaric, quando ele voltar, que não pode ter as duas.

Júlia escondeu a irritação por trás de um sorriso amável.

— É isso que o senhor quer ser? O homem que vai dizer a Alaric que as ordens dele são impossíveis? — Sigerico franziu a testa, e ela pressionou: — Como quiser, não conserte o aqueduto. Mas esta cidade cederá à peste se não fizer isso. E eu vou garantir que meu marido saiba a quem agradecer quando isso acontecer.

— Repito, *não há pedras* para as duas coisas, minha rainha.

Júlia olhou para os mapas que havia espalhado sobre a mesa. Uma unha bem aparada bateu num ponto logo abaixo das montanhas tracejadas.

— Aqui há uma pedreira, a oitenta quilômetros de distância.

— Essa pedreira é protegida por uma legião romana. A última coisa que Alaric precisa é de uma guerra atrás de si, além da que já está à frente.

Júlia ergueu os olhos com rapidez, uma suspeita surgindo.

— Quem você disse que controla essa pedreira?

— Uma família influente de Ravena.

Uma família influente que estava em conflito com seu irmão, já que ainda não tinham declarado guerra contra os godos acampados em sua porta.

Júlia sorriu.

— Não vamos precisar lutar contra eles. Na verdade, eles vão nos oferecer engenheiros e pedra como um gesto de amizade. Talvez até o suficiente para reparar as muralhas da cidade.

Uma semana depois, Júlia estava sobre a muralha da cidadela, observando uma longa procissão serpenteando morro acima.

— A guarda dela é um tanto exagerada — disse Torismundo, o cabelo loiro todo bagunçado pelo vento da planície.

— Bem, ela teve que viajar oitenta quilômetros por um território infestado de bandidos. É claro que traria um pequeno exército.

A fileira de soldados marchava em uníssono pelos portões. Escravizados de ombros largos baixaram a liteira, de onde surgiu uma mão enluvada em seda e, logo em seguida, o restante de Lucrécia, envolta em linho azul-claro, com os dedos dos pés impecavelmente limpos em sandálias cravejadas de prata.

Júlia desceu da muralha para receber a amiga. De uma maneira que a surpreendeu, era bom ver um rosto amigável de Ravena, por mais raros que fossem. Mesmo assim, ela sentiu um aperto no peito ao notar o quanto a mulher se parecia com o filho, Cornélio.

— Minha querida. *Olhe* para você — disse Lucrécia, segurando-lhe os braços com familiaridade. — Parece uma donzela espartana queimada de sol. O que, em nome dos deuses, tem feito neste fim de mundo?

— Vamos sair deste calor horrível, e eu conto tudo.

Júlia observava o rosto de Lucrécia enquanto a guiava pela mansão. Os olhos da mulher mais velha dançavam pelo jardim ressecado, pelas estátuas cobertas de limo, pelas manchas de fogo. Quase podia vê-la pensando no cerco, em quem havia sido dono daquele lugar, no que lhes acontecera.

Tomou o cuidado de não mencionar os corpos na muralha.

Por fim, Júlia acomodou a convidada nas almofadas de seda manchada e serviu-lhe o vinho com as próprias mãos. Lucrécia tomou um gole cauteloso.

— Para um tinto da Beócia, está surpreendentemente bom.

Meu marido só pilha o melhor. Teria sido uma piada de gosto duvidoso, então Júlia se limitou a sorrir.

— Querida, eu não sabia *o que* pensar quando você desapareceu. Ninguém sabia. Meus espiões só me traziam os boatos mais absurdos. — O rosto de Lucrécia ficou sem qualquer expressão. — Você é uma rainha agora, como queria. Cornélio ficaria feliz por você.

Por um momento, o fantasma do homem pairou entre as duas.

Júlia respirou fundo.

— Ele não saiu dos meus pensamentos desde o dia em que fugi de Ravena. — As palavras ficaram presas em sua garganta. — Lucrécia...

— Você não deve se culpar — disse a mulher, de imediato. — Ele ficaria contente por saber que você conseguiu escapar de uma sentença por traição. Que talento extraordinário para sobreviver. — Ela balançou a cabeça, intrigada. — Você ama Alaric?

Júlia hesitou. Em outra boca, seria uma pergunta inocente sobre seu bem-estar. Mas, vinda de Lucrécia, parecia uma armadilha. A mulher sempre ria dos casais que pareciam apaixonados demais. "Todo mundo sabe que não se deve se apaixonar por aquele com quem se casa." Júlia já tomara essas palavras como uma verdade profunda, um dia.

Mas... seus olhos se voltaram para Torismundo e Horsa, recostados casualmente de cada lado da porta, sua guarda de honra. Os dois insistiram em protegê-la, por não confiarem na companhia daquela romana desconhecida. E a última coisa que Júlia queria era menosprezar o que sentia por Alaric diante deles.

— Ele morreria por mim — disse simplesmente, levando a taça aos lábios. — E eu por ele.

— Ora, que teatral. — Lucrécia sorriu de lado. — Não posso culpá-la por aproveitar. Esses bárbaros são de tirar o fôlego.

Ela lançou um olhar avaliador a Torismundo.

Júlia conteve uma resposta ácida. Lucrécia sempre tinha sido assim? Cheia de insultos velados e olhares julgadores? Será que *Júlia* também fora assim? Não era de se espantar que Alaric a achara insuportável.

Ela se levantou.

— Venha. Vou mostrar por que você está aqui.

Menos de uma hora depois, Júlia e a mulher estavam à sombra do aqueduto, encarando os arcos altos.

— Deuses. Que ruína — comentou Lucrécia.

Júlia cerrou a mandíbula.

Desde que saíram da cidadela, Lucrécia vinha vocalizando todas as falhas da cidade, estremecendo de nojo ao ver crianças famintas, lançando olhares críticos para os muros desmoronando.

Ao menos Torismundo estava ali. Fazia com que Júlia se sentisse segura. Era discreto e silencioso como um guarda do palácio e trouxera um grupo de homens para vigiar as ruas. Júlia trocou um olhar contido com ele; leu em seu semblante que o batavo teria *muito* a dizer depois.

— Apenas os níveis superiores estão danificados — disse Júlia a Lucrécia. — A estrutura de sustentação permanece intacta. Acredito que seus homens poderiam repará-lo em poucos dias, se tivéssemos reserva de pedra.

Os homens de Lucrécia estavam próximos, segurando dois guarda-sóis para protegê-la do calor; algo que de nada adiantava contra o mormaço.

— É impressionante a destruição que seu marido causou aqui.

Júlia sentiu uma necessidade súbita de defender Alaric.

— Ele quer construir uma vida melhor para seu povo. É o que espero conseguir, com sua ajuda.

Lucrécia lançou-lhe um olhar semicerrado, sem sorrir.

Um rugido de dor rompeu o céu. Torismundo estava se retorcendo, com uma espada cravada em um dos lados, bem onde fora ferido anteriormente.

Júlia ficou paralisada. Por um instante, não conseguiu entender o que estava acontecendo. No momento seguinte, já se via no meio de uma batalha. Os homens de Lucrécia haviam jogado os guarda-sóis no chão e espadas reluziam em suas mãos; de repente, o número de guerreiros na praça tinha dobrado.

Os guardas de Torismundo estavam em minoria.

Júlia não conseguia se mover. Seus pés pareciam grudados no chão. *Torismundo.* Ela se lembrou dele correndo em seu socorro no templo, o machado erguido enquanto avançava para uma batalha da qual poderia não sair vivo.

— Corra! — bradou Torismundo do centro da confusão, lutando com tudo o que tinha. — *Vá!*

Lucrécia agarrou sua mão, tirando-a do transe.

— Por aqui. Depressa!

O gelo do medo cedeu lugar ao pânico absoluto enquanto fugia com Lucrécia morro acima, rumo à cidadela, os pés escorregando nos paralelepípedos gastos.

Júlia entrou a passos largos pelos portões da cidadela, chamando por seus homens. Um estrondo atrás dela anunciou o fechamento do enorme portão.

Lucrécia estava logo atrás, com um sorriso cortante no rosto. E lá vinha Sigerico, descendo das muralhas.

— Sigerico! — gritou Júlia. — Torismundo está sendo atacado. Precisamos...

Mas Sigerico passou por ela sem nem sequer olhá-la, e Júlia o viu caminhar tranquilamente até Lucrécia, que segurou suas mãos com firmeza.

— Querido Sigerico. Muito bem. Foi tudo exatamente como você previu.

O homem riu.

— Foi fácil conquistar a confiança de Alaric. Só precisei impedir meu próprio assassino de matá-lo.

Júlia congelou. *Assassino?*

— Lucrécia, o que você fez?

— Querida Júlia. Você sempre teve metade da inteligência que acredita ter, e o dobro da arrogância. — O sorriso de Lucrécia era cruel. — Qual a sensação de perder tudo o que tem?

CAPÍTULO XL

Alaric parou no topo do morro, varrendo com os olhos as planícies e os vales até o horizonte trêmulo.

Na última semana vinham perseguindo os hunos por uma terra devastada. Vilarejos abandonados salpicavam as planícies abaixo, como cadáveres num campo de batalha esquecido. Lavouras mortas farfalhavam ao vento, e urubus os observavam das árvores.

— Urubus são presságio de morte — avisou Riga, puxando as rédeas do cavalo ao lado dele. — A questão é: morte de quem?

— Não podemos ir muito mais longe. Isso tudo parece uma armadilha.

Riga o encarou, sério.

— Que os deuses o ajudem, então, se não cumprir com sua palavra.

Alaric sabia. Atrás dele, os homens de Vália se espalhavam encosta abaixo. Prometera-lhes pilhagem e vitória; se cumprisse, os guerreiros veriam os espólios fluírem das mãos *dele*. Preferia não pensar no que aconteceria se falhasse. Pelo menos Júlia estava segura com Torismundo e Horsa.

Foi então que algo chamou a atenção de Alaric. Poeira, grossa e branca, se levantando dos cascos dos cavalos. Ele reconheceu aquela nuvem.

Ergueu a voz e chamou seus homens.

Alaric galopou para o vale seguido por seu exército. Os hunos os avistaram; corriam para alcançar o terreno elevado. Os mercenários de Riga flanqueariam pelo oeste e, juntos, triturariam o inimigo. E então ele poderia voltar para Nórica, para Júlia, com os homens de Vália unidos sob *seu* comando. A cidade estaria um pouco mais segura para ela.

Um arrepio começou no centro das costas de Alaric. E então ele sentiu — a mudança no ar. A oscilação na terra; vibrando sob os cascos do cavalo.

O movimento das árvores não vinha do vento.

Emboscada. Tentou sinalizar para os homens. Mas seu exército estava faminto e cego pela poeira, sendo atraído pelo inimigo como que por uma miragem no deserto.

Vália surgiu da nuvem, erguendo a lança como se estivesse sinalizando aos homens. Alaric ergueu o olhar e lá, no topo do outro morro, viu Riga e seus homens descendo a encosta oposta. Para o leste.

Levou um tempo até entender o que via. Estavam indo na direção errada. Riga o traíra.

Foi seu último pensamento antes de o cabo pesado de uma lança arrancá-lo do cavalo.

Uma guerra antiga atravessou seus olhos, uma encerrada muito tempo antes.

Seu inimigo está lá embaixo. *O fantasma de Eugênio apontava com um gládio enferrujado para o desfiladeiro em Frígido. Alaric apertou os dedos nas rédeas e vinte mil vozes se ergueram atrás dele. Então avançou para a garganta do cânion.*

A lança era como a morte girando em suas mãos, cortando corpos vivos. Choviam flechas sem piedade. Estilicão nunca o avisara de que o inimigo já estava dentro dos muros.

Lá onde o cânion se estreitava, havia um homem de preto parado em meio ao caos, segurando uma lança cruel que pingava sangue na areia. Era Caltrácio, o demônio cortador de cabeça que vinha no rastro de Alaric. Era Eugênio, com uma linha vermelha separando sua cabeça do corpo. Era o urso, dentes enormes à mostra. Alaric pisou sobre os corpos de vivos e mortos para encontrar seu inimigo.

Lutou como seu pai lhe ensinara muito tempo antes, a arma um risco escuro na cortina tênue entre vida e morte. Havia sangue demais naquela terra. Os pés de Alaric escorregavam. Apertou o punho em torno da lança e a cravou no coração do inimigo.

A lança está no seu coração, irmão. *Alaric olhou para baixo e viu a lança cravada em seu próprio peito. O urso mostrou os dentes ensanguentados.* É uma boa morte. Uma morte justa.

Ele sabia que deveria aceitar a morte. Mas Júlia estava diante dele, com o cabelo vermelho-dourado caindo sobre os seios, lágrimas brilhando como diamantes em seus olhos. Ele não podia morrer ali.

Alaric arrancou a própria lança ensanguentada do peito. O urso surgiu, rosnando de todas as sombras.

A morte não era como ele esperava.

Alaric estava deitado de costas no campo de batalha, sobre a terra encharcada de sangue. Uma dor aguda latejava em suas costelas.

Você ainda está vivo, irmão. Eu deveria saber.

Alaric se virou. A voz vinha do cadáver ao lado dele. Era Caltrácio. Sangue escorria do corte que o rei dos godos abrira em seu pescoço.

Que batalha, hein? Quase como aquelas em que lutamos antigamente. O que eu não mataria para viver aquilo outra vez.

Torismundo saberia algum feitiço para mandar os mortos embora. Alaric não sabia porra de feitiço nenhum. Então usou palavras simples.

— Vai embora, Caltrácio. Volte para onde quer que os mortos vão.

Campos de batalha são para onde os mortos vão, irmão. Você devia saber. É quase um de nós. O sorriso horrível do cadáver se alargou. *Apenas quase. Ainda não é hora. Agora, levante-se.*

O cadáver era um guerreiro grisalho, de olhos já opacos, com o machado de Alaric fincado em sua testa. De pé, ele arrancou o machado do crânio do homem, depois olhou ao redor para o chão carniceiro do vale. Corpos cobriam o lugar, muitos já inchando sob o sol escaldante. Urubus bicavam os mortos, as asas negras abertas sobre a refeição.

Uma figura vinha em sua direção através da carnificina, guiando um cavalo exausto. Outro fantasma. Ele tinha matado Ataulf, não tinha? Ao menos em seu coração.

— Você está um caco — disse Ataulf, parando diante dele. O cavalo que conduzia era Aníbal, a pelagem preta encharcada de suor, reluzindo sob o sol. — Acho que conhece este velho soldado. Encontrei-o rondando o campo de batalha, caçando desertores.

Alaric sentiu um alívio prender-se no peito. *Aníbal.* Apoiou a mão no ombro do cavalo, que virou a cabeça e roçou os dentes em suas costas.

— Mandei você embora por um motivo, Ataulf.

— É sua cara eu salvar você de ser esquartejado pelo próprio exército e em troca você me mandar sumir. De nada, tirano.

Alaric limpou suor e sangue da testa com o antebraço. Estava quente demais para pensar. A cabeça ainda zumbia.

— Acho que Riga armou uma emboscada para mim.

— Você acha que *Riga* armou uma emboscada? — Ataulf o encarava com um misto de incredulidade e nojo. — Riga salvou sua vida miserável. Pergunte para ele.

Ataulf apontou com a espada para o outro lado do campo de batalha. Riga e Hengist vinham a cavalo em sua direção, desviando dos corpos.

Com a ajuda de Riga, a história começou a se encaixar. O huno vira a emboscada pelas árvores quando seguiu para o oeste com seus homens. Pretendia flanquear os inimigos, mas eles estavam em maior número. Por sorte, Ataulf estava pilhando no vale ao lado.

— Havia godos entre os hunos — contou Hengist. — Acho que foi Sarus, trabalhando com Vália, para nos levar direto para esta armadilha.

Alaric esfregou o hematoma na mandíbula.

— Foi Vália que me derrubou do cavalo.

De repente, a dimensão real do que acontecera desabou sobre ele. Vália o atraíra para fora da cidade e conspirara com rebeldes e hunos para assassiná-lo. Ninguém questionaria se Alaric morresse em batalha. E se Vália ainda tivesse aliados em Nórica...

Ataulf estava pensando a mesma coisa.

— Quem você deixou no comando em Nórica?

Júlia. Um medo absoluto tomou conta do peito dele.

— Eu mesmo vou cuidar disso — disse Alaric para Ataulf. — Não preciso da sua ajuda. O que você fez com minha esposa *não* está perdoado.

— Eu não me ofereci — rosnou Ataulf. — Mas, se você ama sua esposa, vai me deixar entrar em Nórica ao seu lado. Você está sem homens, e Vália *com certeza* tem um aliado atrás daqueles muros. Você precisa de mim.

Alaric praguejou. Ele tinha razão.

Foram quatro dias cavalgando com poucas pausas até voltarem a Nórica, o medo por Júlia ocupando a mente de Alaric. Também se preocupava com Horsa e Torismundo. Mas era o destino da esposa que o fazia acordar suando frio.

Quando as muralhas de Nórica surgiram no horizonte, Alaric teve um pressentimento imediato. A cidade estava silenciosa demais. O vento estalava as bandeiras e arrancava as roupas esfarrapadas dos mortos sobre a muralha. O corpo de Júlia não estava entre eles. Graças aos deuses.

Pararam no topo do morro acima do vale ao anoitecer, e Hengist apontou para a planície. Uma figura se aproximava num galope desesperado. Riga ergueu o arco, encaixou uma flecha e mirou.

— Abaixe essa arma, Riga — comandou Alaric, impulsionando Aníbal num trote acelerado em direção ao outro cavaleiro.

Alaric desmontou no instante em que o homem quase caiu do próprio cavalo e desabou em seus braços. Horsa estava com os olhos arregalados, cheios de medo, ao dizer as palavras que Alaric mais temia ouvir no mundo.

— São os romanos. Tomaram a cidade.

Eles se aproximaram pelo leste, onde as árvores ofereciam cobertura e havia buracos grandes o suficiente nos muros para passar uma carruagem. Mas quem quer que tivesse invadido não estava fazendo a guarda. Ninguém tentou impedi-los.

Lá dentro, a cidade estava tomada por um silêncio assombroso. Alaric conduziu seus homens por ruas estreitas e inclinadas em direção à cidadela. No meio do caminho, atravessaram uma grande praça. As vielas que saíam dela estavam bloqueadas por entulho. Alaric não gostou daquilo. Parecia uma armadilha. Mas dar a volta lhes custariam horas.

Havia uma antiga casa de banhos romana ao longo da praça, o que significava uma forma de atravessar sem ser visto. A porta estava apodrecida, pendendo das dobradiças. Lá dentro, o cheiro era de mofo e morte. Com seus homens logo atrás, Alaric avançou por feixes de luz suja, sobre camadas de poeira que cobriam mosaicos coloridos. Arcos se abriam para a escuridão, e piscinas vazias se escancaravam a seus pés.

Então ele ouviu uma tosse. E, depois, um gemido baixo e gutural.

Encontraram Torismundo deitado num triclínio ao lado de uma piscina vazia. Havia manchas escuras nas almofadas, fétidas de sangue. Alaric se ajoelhou e segurou a mão do companheiro.

— Os romanos tomaram a cidadela — sussurrou Torismundo. Um corte longo e arroxeado atravessava seu torso. O antigo tinha reaberto. — Eu não consegui impedir.

O medo apertou o coração de Alaric.

— Júlia está viva?

— Da última vez que vi... — interrompeu-se com uma tosse forte e rouca, e continuou: — ... ela fugiu para a cidadela com a mulher romana. Não sei se ainda vive.

Alaric ficou imóvel.

— Que mulher romana?

— Estava tentando conseguir pedra para consertar o aqueduto. E conhecia a romana de Ravena. Uma amiga, segundo ela.

Ataulf falou atrás dele, frio e direto:

— Ela deixou os romanos entrarem, sob o pretexto de consertar o aqueduto. Ela é responsável por isso.

— Não foi assim — rosnou Torismundo, baixo. — Ela nunca traiu você, Alaric.

Ruídos no telhado. Botas cravejadas nas telhas.

— Me deixe aqui — disse Torismundo entredentes. — Só vou atrasar vocês.

Mas Alaric já o ajudava a se levantar.

— Nem pensar.

E ele também não acreditava que Júlia o tivesse traído. Ainda assim... a dúvida insistia em rondar seus pensamentos.

Haveria tempo depois para descobrir de que lado sua esposa realmente estava.

A cidadela se erguia imponente e ameaçadora, no alto de uma rocha que despontava no centro da cidade. Mas aquela rocha não era tão sólida quanto parecia. Alaric sabia, pelos mapas que Júlia mostrara, que ela era cheia de cavernas, antigas e úmidas, usadas como sepulturas e esgotos.

Aquela noite ao lado de Júlia estava gravada em sua memória. Sentados juntos no chão, com os mapas abertos entre eles e o cabelo ruivo dela brilhando sob a luz do lampião enquanto explicava o funcionamento do aqueduto. Alaric quase não conseguia desviar o olhar.

Mas também estudara os mapas. Eles não mostravam apenas a estrutura do aqueduto; revelavam uma rede de túneis ramificados sob a cidadela. Decorou-os, sabendo que poderia precisar deles um dia. Nunca pensou que seria tão cedo.

O mapa, infelizmente, não indicava quais passagens estavam alagadas.

Eles se esgueiraram pelos túneis sob a cobertura da noite — Alaric, os gêmeos e mais dez de seus homens. Os três primeiros canais estavam alagados por completo; o último, apenas pela metade. Um deles já fora um sepulcro. Havia túmulos escavados na rocha ao longo das paredes, os conteúdos mergulhados na escuridão. Alaric estremeceu ao imaginar o que apodrecia abaixo da linha d'água.

Um grito abafado atrás dele. Horsa.

— Alguma coisa roçou meu tornozelo.

— Deve ser um cadáver — respondeu Hengist. — Vai devorar você e jogar fora a carcaça num ritual para preservar a juventude.

— Silêncio, vocês dois — rosnou Alaric.

— Está perdido, Alaric? — perguntou Hengist com casualidade forçada.

Alaric cerrou os dentes. Não queria admitir.

Aquele túnel *deveria* levar a outro, que se ramificava para o oeste. Dali, alcançariam um poço vertical que levava ao pátio da cidadela. Só restava torcer para que houvesse algum jeito de subir. Depois, era só matar os guardas e abrir o portão para deixar Riga e Ataulf entrarem com o restante dos homens. Simples.

— Porra — sussurrou Horsa. — Acho que alguma coisa me mordeu.

— Covarde — resmungou Hengist. — Não me diga que tem medo de um peixinho.

— Era um peixe *grande* — disse Horsa. — Eu senti ele roçar no meu...

— Devia ser um vairão — riu Hengist.

Alguns dos homens os acompanharam, caçoando de Horsa, como se eles mesmos fossem invencíveis. Como se *Alaric* fosse invencível e pudesse protegê-los das merdas que atraíam com tanto barulho.

O túnel terminou em uma bifurcação, e nenhuma das opções apontava na direção certa.

— Norte — disse Horsa de imediato.

— Como você sabe?

— Não sei. Mas lá em cima está seco. Sem peixe.

Já bastava como justificativa.

— Norte, então — disse Alaric, e seguiu à frente, tateando no escuro.

Quatro dias depois de Lucrécia tomar a cidadela, ela mandou chamar Júlia no meio da noite.

Lucrécia estava sentada no átrio dos antigos aposentos de Júlia, vestindo o mesmo robe de linho que ela usara em sua primeira noite ali. O cabelo escuro caía solto pelas costas. Por um instante, Júlia teve uma visão perturbadora: Lucrécia tomando sua vida, na cama de Alaric, como um fantasma que rouba tudo o que toca. E ela, expulsa.

— Júlia. *Querida*. Entre, tome um vinho.

Sem dizer nada, Júlia foi até a mesa e se serviu. Entregou a taça a Lucrécia e a encarou, esperando.

— Não se importa, não é? Só por uma imensa precaução.

— Júlia, se eu quisesse matar você, não precisaria me dar ao trabalho de envenená-la. — Ela ficou em silêncio, e Lucrécia soltou um suspiro exagerado antes de beber um gole. — Satisfeita?

— Radiante — respondeu Júlia, sem emoção. — Imagino que haja um motivo para me chamar aqui no meio da noite?

— Não consigo mais dormir desde que lobos rasgaram a garganta do meu filho diante dos meus olhos. Se eu não durmo, você também não. — Lucrécia a observava com calma. — Lembra qual é o problema do amor, Júlia?

A resposta veio de imediato. Fora seu sacramento, uma regra sagrada em Ravena.

— O amor destrói você.

— Exato. Quando você ama alguém como eu amava Cornélio, perdê-lo *destrói* você. Eu fui destruída. Só resta acabar com aquilo que destruiu o que você amava. — Lucrécia tomou um gole de vinho. — Imagine minha surpresa ao descobrir que *você* tinha sobrevivido. E estava vivendo a menos de oitenta quilômetros da minha casa, como esposa amada e rainha de outro homem, que você seduziu para se casar com você, depois de ter feito o mesmo com meu filho e o deixado morrer em meio ao pó.

Um lampejo de fúria surgiu no rosto dela.

Júlia respirou fundo. Seu próprio luto por Cornélio, o ódio por si mesma e a culpa, os pesadelos no escuro, tudo veio à tona e ficou preso em sua garganta.

Mas Lucrécia não se importaria. Sua dor era mais profunda. Júlia não a insultaria em busca de compaixão.

— E o que pretende fazer comigo, então? Levando em conta que meu marido deve chegar a qualquer momento — disse Júlia com suavidade, assumindo uma atitude indiferente, entediada, que funcionava muito bem em Ravena. — Não quero assustá-la, Lucrécia, mas ele é *de fato* tão cruel quanto dizem os boatos. Viu os corpos na muralha? Aquelas eram pessoas de quem meu marido não gostava. — O ar já cheirava a fumaça. Batalha. — Ele está aqui agora, não está?

Júlia disfarçou com cuidado a onda de esperança que ameaçava dominá-la, tentando fingir que não se importava com a resposta.

— Sim. Na verdade, acredito que ele vá se juntar a nós a qualquer momento — disse Lucrécia. — Os mapas dos túneis da cidadela que você deixou espalhados por esta casa foram *muito* úteis para decidirmos onde posicionar nossas defesas. E quando *meu* marido chegar, com reforços, enviarei vocês dois a Honório.

— É mesmo? — disse Júlia, num tom desinteressado. — Achei que teria algo mais interessante em mente do que correr de volta para Honório como um cão para o dono. Suponho que nem todos possamos ser elogiados por criatividade.

— Parece que a base de poder do seu irmão é mais sólida do que eu imaginava. O futuro está com ele. — Uma batida forte soou na porta. Lucrécia sorriu. — Ah. Aqui está.

Dois centuriões entraram, sustentando o corpo abatido de um homem, de cabelo loiro-bronze caído sobre o rosto. Júlia levou um segundo, em meio ao choque, para perceber que era Alaric.

— Gostou de ver Cornélio ser devorado? — perguntou Lucrécia, tamborilando levemente os dedos sobre a mesa. — Seria divertido ver você assistir a alguém que ama morrer gritando, como eu assisti.

Um dos centuriões agarrou o cabelo de Alaric com a mão enluvada e puxou sua cabeça para cima. O rosto estava manchado de sangue, mas ele estava vivo. Os olhos azuis ardiam de raiva.

Alaric está vivo. Júlia quase desmaiou de alívio.

Lucrécia estava com os olhos fixos nela, atentos a cada detalhe. Júlia conhecia esse jogo. Tinha aprendido quando criança, quando seu pai mandava açoitar seu tutor favorito por causa das travessuras dela. Quando adulta, fizera o mesmo para proteger aqueles que dependiam dela.

E naquele momento, com uma clareza brutal, soube que, se deixasse transparecer qualquer sentimento por Alaric, Lucrécia o torturaria até a morte diante de seus olhos. *Não podia* decepcioná-lo.

Júlia examinou as unhas. A imagem perfeita da princesa entediada e dissoluta.

— Acho que está me interpretando mal, Lucrécia. Eu não o amo.

A mulher riu.

— Isso é mentira, minha querida. Vi como seu rosto corou e sua voz tremeu de admiração quando falou dele no dia em que cheguei. Como uma menina tola, apaixonada. — Lucrécia sorriu com desprezo. — Você disse que morreria por ele.

Júlia deu de ombros, indiferente.

— Então meu teatrinho foi bom o bastante para enganar até você. Não reparou como os homens dele prestavam atenção em cada palavra? Não houve um momento em que não estive sendo vigiada. — Ela deu um gole preguiçoso no vinho. — Não seja ingênua, Lucrécia. Eu o usei. Só isso. Eu o seduzi e fiz com que se apaixonasse por mim. Foi preciso.

— Bom, então, minha cara, você não vai se importar se eu rearranjar o rosto dele, não é? — Lucrécia levantou um dedo. — Verino, traga o metal em brasa. Vamos começar pelos olhos.

O centurião pegou uma longa haste de ferro aquecida no braseiro e a levou até o rosto de Alaric. Ele nem se mexeu diante do calor.

Júlia se enrijeceu.

— *Espere.*

— É emoção que estou vendo, querida? — O tom afiado de Lucrécia fez cada pelo do braço de Júlia se arrepiar. — Não me diga que sim.

— *Claro que não.* Não seja ridícula — disse Júlia, revirando os olhos. — Se quiser agradar meu irmão, não o mande de volta cego. Arrume um médico, dê água e comida. Cuide para que volte saudável. Honório certamente não gostaria de recebê-lo torturado quando poderia fazer isso ele mesmo.

— Um argumento interessante — murmurou Lucrécia. — Mas eu estava *tão* ansiosa para ver seu marido ser torturado. Detesto ser privada de pequenos prazeres.

— *Domina*? — O centurião ergueu o ferro em brasa. — Eu adoraria cegar esse desgraçado.

Alaric olhava além do ferro, como se o metal não existisse. Os olhos estavam fixos em Júlia.

Ela tamborilou os dedos no braço do sofá como se estivesse entediada. Alaric tinha feito o mesmo gesto no banquete em Ravena, tanto tempo atrás. Com certeza o reconheceria.

— Deixe que eu faço. Sei até onde posso ir sem desagradar meu irmão. Esse brutamontes passaria do limite.

— Hmm. Nunca imaginei que compartilhasse das *inclinações* do imperador — disse Lucrécia, arqueando uma sobrancelha. — Então? Vá em frente.

Júlia se levantou e se aproximou do marido. A fúria ardente nos olhos azuis de Alaric quase a reduziu a cinzas ali mesmo. *Ele sabe que é fingimento*, pensou, com o coração disparado. *Tem que saber.*

Mas não tinha tanta certeza assim.

Parou diante dele e sustentou o olhar em chamas.

— Confia em mim? — perguntou em voz baixa. — Você precisa confiar.

Então Júlia pegou o ferro e encostou no peito dele.

Alaric não gritou. Nem sequer se mexeu.

— Ah, querida — disse Lucrécia por trás dela —, isso foi patético. Deixe que eu mostro como se faz.

Ela pegou a mão de Júlia e cravou o ferro com força no peito de Alaric.

O chiado da carne queimando tomou o ambiente, e a náusea subiu rasgando a garganta de Júlia. A mandíbula de Alaric se contraiu; o corpo inteiro enrijeceu de dor. Passaram-se longos minutos até que a mulher finalmente soltasse.

— Pronto — disse Lucrécia. — Um castigo à altura de um homem que devastou tudo, não acha? — Mas o olhar de Alaric estava em Júlia, carregando tanto ódio que ela deu um passo para trás. Lucrécia estalou os dedos para os guardas. — Este jogo perdeu a graça — murmurou. — Levem-no daqui.

Alaric desmaiou no caminho até as prisões sob a cidadela. Recuperou os sentidos deitado de costas sobre a pedra dura. Cada parte de seu corpo doía.

Os soldados romanos já os esperavam quando emergiram dos túneis. Era como se tivessem sido avisados. Os homens de Alaric estavam em esmagadora desvantagem numérica, encurralados em um espaço estreito. Ele perdera os gêmeos de vista. Tinha levado uma surra brutal. O sangue ainda cobria seu rosto, vindo de um corte no couro cabeludo.

Pensou nos mapas que Júlia estudara. *Ela* sabia exatamente onde ficavam aqueles túneis. *Ela* poderia ter avisado os homens de Lucrécia.

O buraco em seu peito era o que mais doía. Gritava de dor com o mínimo contato com a camisa rasgada. Ele fechou os olhos, mas não fazia a menor diferença na escuridão.

Júlia. Mesmo de olhos fechados, ainda a via, estendida no triclínio de cetim, a perfeita princesa romana com os cachos ruivo-dourados caindo pelas costas e o sorrisinho cruel curvando os lábios vermelhos. As palavras dela estavam gravadas em sua mente como ferro em brasa.

"Eu o usei. Só isso. Eu o seduzi e fiz com que se apaixonasse por mim. Foi preciso."

Porra. Ele estivera certo a respeito dela desde o começo. Depois de tudo que haviam vivido, depois da guerra que travara em seu próprio coração. No fim, ela era filha de Teodósio. Ataulf estava certo. Júlia o fizera desconfiar e afastar seu segundo em comando e seus líderes dos clãs. Fizera com que ele arriscasse o próprio reinado. *Porra*.

A escuridão parecia ter um peso físico sobre ele. Em algum lugar, a água pingava, e roedores corriam por cantos escondidos. Logo os ratos viriam se continuasse com aquela imitação convincente de cadáver.

Ela enfeitiçou você, sussurrou Caltrácio. Tão baixo e sibilante que poderia ter sido um dos ratos. *Ela lançou um feitiço, exatamente como Ataulf disse.*

— Superstição de merda.

Mas a raiva, a *dor* que subiu dentro dele dessa vez criou um novo tipo de sofrimento, que rivalizava com a queimadura em seu peito. Foi isso que o fez tentar se levantar, só para fugir daquilo.

No instante em que se ergueu, o breu tomou conta e a dor o engoliu por completo.

Quando Alaric abriu os olhos de novo, havia luz no cômodo. Cheiro de óleo de lamparina queimando. Ele se obrigou a sentar. Dessa vez, o esforço não o fez desmaiar.

Entre as grades da cela, viu dois guardas sentados a uma mesa com uma lamparina fraca entre eles, concentrados em um tabuleiro de latrúnculo e murmurando em um latim truncado, com sotaque da Dácia. Um tinha o peito largo e era barrigudo, como um gladiador envelhecido. O outro, magro e escuro, de pescoço fino. Uma pilha de moedas brilhava entre eles.

Do outro lado, Horsa e Hengist observavam o jogo por entre as grades da cela vizinha. Alaric quase desmaiou de alívio. *Eles estavam vivos*. Havia um hematoma roxo descendo pelo pescoço de Hengist, e Alaric não gostou de como Horsa segurava o braço, mas estavam vivos.

Em algum lugar, algo queimava. Ataulf provavelmente tinha incendiado as casas fora da cidadela. Se conseguisse tirar a si mesmo e os gêmeos dali, talvez o plano original ainda pudesse funcionar.

Mas, antes, tinha um acerto de contas com sua *esposa*.

Alaric se apoiou nas grades, observando os guardas iluminados pelo círculo oleoso de luz. Bebiam vinho de um jarro de barro — daquelas porcarias que serviam no exército, pouco mais que vinagre. Ele podia sentir o cheiro. Estavam entediados e bêbados. Era fácil transformar aquilo em agressividade.

Alaric ergueu os olhos para os gêmeos e passou um dedo pelo pescoço, fazendo um gesto de corte. Eles entenderam na hora.

— Ei. Feioso — sussurrou Hengist, no mesmo latim bastardo dos guardas. As duas cabeças se levantaram de imediato. — Ele está trapaceando.

O magricela estreitou os olhos até virarem fendas.

— Está trapaceando, Raskus?

— Não. Não ele — respondeu Horsa, abrindo um sorriso torto. — Você, meu amigo.

O gladiador envelhecido, Raskus, ergueu os olhos.

— Se estiver me roubando, Dagomar, eu mato você.

— Não dê atenção a eles — retrucou Dagomar. — Só estão tentando te provocar.

— Não estamos — disse Hengist, soltando um bocejo exagerado. — Vi quando você escondeu uma peça na manga. A gente fazia isso no cerco de Verona.

— Como acha que ele ganhou esse ouro todo? — acrescentou Horsa para Raskus. — Ele não é o melhor dos jogadores.

Com cuidado, sem chamar atenção, Alaric rasgou um pedaço da própria túnica e enrolou uma das pontas ao redor do punho.

— Vai se foder — cuspiu Dagomar. — Nunca trapaceei.

— Mostra a manga, Dag.

— Está me chamando de mentiroso?

Num piscar de olhos, os dois começaram a se empurrar sobre a mesa. O jarro de vinho estourou no chão. As costas do grandalhão bateram com um barulho alto nas grades da cela de Alaric, que estava pronto. Enlaçou o pano no pescoço do homem e puxou para trás.

O som que Raskus fez ao ser sufocado foi horripilante, ecoando pelas paredes apertadas.

Dagomar se lançou sobre o companheiro, tentando tirá-lo do alcance de Alaric. Só conseguiu fazer com que o estrangulamento acontecesse mais rápido. Raskus se debateu, derrubando uma cadeira e acertando um chute na barriga de Dagomar. O homem cambaleou para trás, batendo nas grades do lado oposto. Horsa o agarrou, estrangulando-o com o próprio antebraço. O homem caiu, débil, no chão, e Hengist enfiou as mãos pelas grades, vasculhando o bolso dele em busca da chave.

— Deve estar com o outro — resmungou Hengist. — Anda, mata logo ele, vai.

Mais fácil falar do que fazer. Dagomar tinha o pescoço fino, mas o de Raskus era grosso e cheio de músculo. Alaric conseguiu pôr uma das mãos na lateral da cabeça do homem — Raskus tentou *mordê-lo* e quase arrancou um pedaço de seu antebraço — e foi com dificuldade que conseguiu a alavanca para quebrar o pescoço dele. Não foi um assassinato simples. Quando o corpo finalmente desabou nas grades, com a cabeça torcida quase por completo, Alaric o virou e começou a revirar suas roupas.

Raskus também não tinha as chaves. Ele socou a parede de pedra. *Porra.*

— Vai quebrar a mão — disse Hengist, com calma.

Horsa segurou as grades com força e as sacudiu com raiva, praguejando.

— Deve haver uma saída. *Tem* que haver.

— Fique calmo, Horsa.

— O homem fala para eu *ficar calmo* como se não tivesse acabado de quebrar a própria mão.

Alaric cerrou os dentes.

— Pegue a adaga do cinto desse guarda. Talvez eu consiga soltar uma das barras.

A porta se abriu e uma figura encapuzada entrou no cômodo. Era Bromios, o amante de olhos inquietos de Ataulf. Ele parou no batente e lançou um olhar para os dois cadáveres no aposento destruído, um sorriso malicioso no rosto.

— Que bagunça vocês fizeram, hein? Imagino que estavam procurando isso? — Ergueu a mão, um molho de chaves balançando entre os dedos. — Vocês não acreditariam no que eu tive que fazer para conseguir isso.

CAPÍTULO XLI

Júlia estava encolhida no chão da cela, ouvindo a batalha rugir do lado de fora. Àquela altura, os sons dos gritos e berros dos homens já deviam ser familiares. O choque das armas, o zumbido cortante das flechas. Mas ainda não se acostumara. Às vezes, parecia que a luta acontecia ali mesmo, do outro lado da porta. Júlia não ousava olhar pela janela.

Os guardas lá fora eram de Lucrécia. Pelo jeito como a encararam ao empurrá-la para dentro da cela, pelas coisas repugnantes que disseram, Júlia estremecia só de imaginar o que fariam com ela se a mulher vencesse a batalha. Duvidava que Lucrécia os impediria de agir segundo seus piores impulsos.

Mas, se Alaric vencesse, talvez seu destino fosse ainda pior.

Júlia apertou as mãos nos olhos. Ela *nunca* tinha visto Alaric encará-la com tamanha hostilidade, um desprezo ardente. *Ele já se irritou comigo antes*, pensou. *Com certeza vai entender que eu só queria salvar a vida dele.*

A luz se alongava em tons vermelhos pelo chão de pedra.

De algum modo, Júlia adormeceu, com as costas na parede fria.

Acordou com um estrondo violento do lado de fora da cela. Metal contra metal. Algo bateu na porta com um baque que pareceu sacudir o prédio. Em seguida, um gemido abafado. Uma poça vermelha começou a se espalhar por baixo da porta.

Ela se pôs de pé num salto, bem no momento em que a porta se escancarava. Uma figura sombria surgiu na penumbra, espada baixa e firme na mão, o sangue pingando da ponta. Olhos azuis brilhando na escuridão.

— Olá, esposa.

Alaric passou por cima dos corpos ainda quentes dos guardas e parou no limiar, empurrando a espada de volta para a bainha. Júlia estava no centro do cômodo, o cabelo ruivo solto nas costas, a camisola escorregando de um ombro pálido e macio.

O buraco no peito dele ainda queimava.

Mesmo naquele instante, sabendo como ela o havia traído, ainda sentia aquele magnetismo sobrenatural que Júlia exercia sobre ele. Sentia a dor de querer abraçá-la, protegê-la. Perder-se nela. O ar tinha gosto de cinzas e sangue. Ao longe, perto do portão, vinham os sons da batalha. Ele não se importava. A cidadela inteira podia virar cinzas, e Alaric deixaria queimar.

— Alaric. Você está ferido.

Júlia o examinou com uma expressão convincente de horror, do rosto machucado até o restante do corpo dele. Então ela avançou em sua direção, a atriz perfeita, as mãos espalmadas em seu abdômen, queimando a marca delas em sua pele.

— Deixe...

Com a mão fechada ao redor do pescoço de Júlia, ele a pressionou na parede.

— Me dê um bom motivo para deixar você viver.

Os lábios dela se curvaram num meio-sorriso ousado, e a máscara de preocupação sumiu num instante.

— Acha que eu não estou pronta para morrer? O que quer que você me faça, ainda seria misericordioso perto do que meu irmão faria.

— Não tenha tanta certeza.

Ele apertou ainda mais o pescoço dela para provar seu ponto, cravando os olhos em sua boca, no pulso frenético de borboleta. Queria apertá-la nos braços até esmagá-la e uivar como um animal. Queria mandá-la tão longe que nem as estrelas a encontrariam. Tinha perdido *completamente* o juízo.

— Eu nunca traí você, não vê isso? Eu só estava tentando salvar sua *vida*.

— Também decidiu deixar os romanos entrarem na cidade para salvar minha vida? — Alaric traçou o contorno dos lábios vermelhos com o polegar; sentiu o ritmo dos batimentos dela acelerar sob seus dedos. — Minta para mim, Júlia.

— *Eu não estou mentindo*. Deixei Lucrécia entrar para ajudar com o aqueduto. Fiz por *você*, Alaric...

Ele se inclinou, perto o bastante para sentir o cheiro de rosas e suor e, por baixo disso, o tumulto do medo. Já estava farto das mentiras.

— Mudei de ideia — murmurou. — Cale a boca.

Então ele a tomou em um beijo. A força a empurrou na parede. Sentiu o gemido dela, o impacto do corpo na pedra fria. Beijou-a com brutalidade, saqueando sua boca como saqueava uma cidade, a outra mão agarrada com força na abundância de seu cabelo.

Júlia correspondeu com fúria. Aquilo não era amor; era *guerra*. Rasgou a camisa dele, sem se importar com os ferimentos, arranhando a pele na pressa de despi-lo. Quando mordeu o lábio dele, o desejo e a raiva o atravessaram como uma lâmina, escurecendo sua visão. Precisava dela rápido. Precisava *imediatamente*, ali mesmo, naquela parede. Seu controle estava por um fio, mas, se a soltasse, Alaric afundaria de vez.

Júlia o xingava. Em latim, em huno, em gótico, tudo o que aprendera na estrada, cravando as unhas no couro cabeludo dele. Ele riu, rouco, e puxou o decote do vestido;

tomou os seios dela com a boca até seu corpo se arquear, jogar a cabeça para trás, arfando seu nome. Quando se ergueu e a levantou, prendendo as coxas dela com as mãos, Júlia já estava molhada como um rio.

Alaric a penetrou de uma vez só, com uma força brutal. As costas dela se arquearam, as pálpebras tremularam, e aquela boca pequena e quente não parava de xingar. *Deuses*, ele não se saciava dela; jamais se saciaria, mesmo ciente — uma consciência que vinha de uma parte sombria e distante — de que Júlia o destruiria. Mas isso não importava. A única coisa que lhe importava era derrubar cada defesa até deixá-la ofegante e trêmula.

— *Mais forte*, seu desgraçado — sussurrou ela, toda fumaça e sexo, terra, cinzas e a ruína dele.

Alaric respondeu com tudo, com cada parte de si, até que Júlia tremia ao redor dele, cravando ainda mais as unhas em seus ombros, enquanto ele se movia dentro dela, de novo e de novo, na quentura trêmula que o envolvia.

Quando gozou dentro dela, sentiu que poderia morrer. O prazer quase apagou o mundo.

Depois que tudo terminou, ele a segurou na parede por um longo instante, as testas encostadas, as respirações misturadas na luz tênue do fogo do cerco. A calça estava semiaberta, vestígio da pressa terrível e furiosa. Uma vontade arrasadora tomou conta dele de se inclinar e beijá-la com doçura, com ternura, por um tempo que não acabasse. De jurar a própria vida pela dela.

Aquela mulher era veneno puro.

De repente, Alaric a soltou. Virou-se para se recompor e, ao encará-la de novo, encontrou aqueles olhos verdes brilhando como os de um animal encurralado.

— Podemos conversar?

— Não, mulher. Quem vai falar sou eu, e você vai escutar — disse ele. — Nas próximas horas, eu *vou* conquistar esta cidade de novo. Você é minha esposa e vai continuar sendo. Assim que eu tirar um filho de você, vou trancá-la na torre mais distante que encontrar e esquecer que um dia existiu.

Uma máscara fria e serena tomou o rosto de Júlia, lisa como mármore.

— Como quiser — respondeu, com uma indiferença perfeita e gelada. — Melhor que não haja mentiras entre nós, não acha?

"Não reparou como os homens dele prestavam atenção em cada palavra? Não houve um momento em que não estive sendo vigiada."

Alaric respirou fundo. Ela sabia exatamente como mexer com ele. Mesmo naquele instante, se a tomasse de novo, estaria perdido.

Ele não precisava pertencer a ela. Faria do próprio coração uma cidade murada.

— Sim. Melhor assim.

Passou pela soleira, por cima dos corpos dos dois homens que matara para alcançá-la, e fechou a porta atrás de si. Depois, entrou na cidadela em chamas.

Qualquer lugar era mais seguro do que ali.

Quando o sol nasceu, Júlia soube que Alaric havia retomado o controle da cidadela.

Pela única janela, viu o amanhecer sobre os telhados devastados, sobre uma nova fileira de corpos erguidos no alto da muralha. Cerca de dez centuriões romanos, ainda vestindo armaduras reluzentes. E na ponta da fileira estava Lucrécia. Fora empalada com os outros, os pés descalços pendendo acima da pedra, o pescoço curvado, os olhos vazios voltados para o céu. Alguém cortara seu pescoço.

Não restava dúvida a quem Nórica pertencia. O bárbaro temido, que marchara nas linhas de batalha em Milão, em Verona, catapultando cadáveres para dentro das cidades romanas. O homem que sempre fora. Alaric dos Godos.

As pernas de Júlia cederam, e ela afundou no chão gelado. Lucrécia podia ter sido mantida como refém, uma moeda de troca para escapar do cerco, mas Alaric apenas cortou seu pescoço e a pendurou virada para o oeste, na direção de onde viriam os reforços romanos. Um desafio, cuspido na cara dos inimigos.

Júlia teve um pressentimento terrível de que ele faria o mesmo com ela quando Estilicão aparecesse.

Júlia passou de leve os dedos pela pele sensível do pescoço, e um arrepio sombrio percorreu sua espinha. Alaric a havia tomado na parede com uma brutalidade que mal conseguira suportar. O orgasmo veio como uma catástrofe devastadora. As panturrilhas ainda doíam, presas num espasmo cruel.

Nem vinho nem ópio tinham tanto poder sobre ela como Alaric tinha. Ele era um vício, algo sombrio que Júlia não conseguia arrancar de seu sangue.

Lucrécia estava certa. O amor a destruiu. *Aquilo* era a destruição.

Júlia começou a chorar baixo. Achara que poderia se provar para ele, fazê-lo amá-la, fazê-lo confiar nela. Mas tinha esquecido quem Alaric era. Um bárbaro até o último fio de cabelo, tão brutal quanto sempre fora. Ele nunca a amou. Nunca *cogitou* amá-la.

"Assim que eu tirar um filho de você, vou trancá-la na torre mais distante que encontrar e esquecer que um dia existiu."

Então aquelas palavras duras tinham sido sinceras, afinal, no discurso quando chegaram. Ela *era* só um meio para um fim. Seus maiores medos tinham se concretizado; ser deixada de lado, condenada a uma vida rígida, limitada, sem alegria nem liberdade. Uma prisão. Exatamente o motivo para rejeitar Olímpio. Qual era a diferença entre aquela vida e esta?

Eu o amo. Essa é a diferença. Amar Alaric tornava tudo infinitamente pior.

O dia inteiro, Júlia esperou em agonia, andando de um lado para o outro da cela sem parar. Alaric não apareceu.

Era noite quando a porta se abriu. Ela se virou da janela, sentindo o estômago revirar, e os joelhos cederem com uma mistura vertiginosa de desejo, medo e necessidade.

Mas não era Alaric. Bromios surgiu na entrada, com olheiras profundas.

— Júlia. Graças aos deuses, você ainda está viva. Escute, a cidade voltou para as mãos de Alaric. Eles estão comemorando no campo de desfiles. Os portões estão sem vigilância e os refugiados estão saindo aos montes. Se você pretende fugir, tem que ser *agora*.

— Eu não posso ir embora... este é o *meu* reino. — Júlia puxou o ar com força. — Para onde eu iria?

— Você é mesmo tão tola assim? — praguejou Bromios. — Eu vi Alaric cortar o pescoço de Lucrécia com as próprias mãos. Quanto tempo acha que vai levar até ser *você* lá em cima naquela muralha?

Ele a olhava com pena. *Pena*. Foi isso que a destruiu.

Por um breve momento, Bromios tocou seu rosto. Júlia sempre soubera, no fundo, o que ele era; que não havia relação com o homem que não fosse de troca. Mas havia ternura em seu olhar, talvez até um afeto verdadeiro.

— Sinto muito que não tenha sido como você esperava.

Ela fechou os olhos. Por trás das pálpebras, estrangulou seu amor até matá-lo.

— Eu também — disse baixinho. — Obrigada. Você foi um bom amigo.

Bromios enfiou um embrulho em seus braços. Roupas. Uma túnica masculina, calça, botas resistentes e, pelos deuses, o antigo manto de Alaric. Havia também um saco com comida, uma bolsa de água e a bolsinha que Júlia carregara por toda a viagem, com a flauta feita do osso do dedo de Caltrácio. Até mesmo o pequeno punhal que Horsa lhe dera estava lá, enfiado em uma das botas.

— Invadi seu quarto. Troque de roupa e corra — disse Bromios, sério. — Vou causar uma distração.

Alaric dormiu mal. E isso era um eufemismo para *não dormiu*. Havia violência dentro dele ao deitar-se e, ao acordar, estava em guerra consigo mesmo. O ar na tenda era quente, sufocante; o lugar se tornara uma câmara de tortura.

Ele a desejava tanto que *doía*.

Alaric se levantou, vestiu a calça e empurrou a aba de couro, saindo da tenda para a noite abafada. Voltou o olhar para o oeste, a direção de onde Lucrécia jurara que o marido viria pouco antes de ele cortar seu pescoço. Ele e o assentamento romano tinham coexistido com tensão por tempo demais. Naquele momento, a primeira coisa que aquele general romano veria seria a própria esposa pendurada no muro. Bastava de fingir uma convivência pacífica.

Alaric sabia que deveria estar atento à poeira que se levantaria sob cascos de cinco mil cavalos golpeando a terra. Mas, em vez disso, seu olhar sempre se voltava ao telhado da mansão de Júlia. Claro que ela o havia traído. Era filha de Teodósio, afinal. Só seguira sua natureza.

Mas seu corpo estava tenso de desejo. Os curandeiros tinham passado um unguento na queimadura, que não tinha adiantado nada contra a dor lancinante. E não havia unguento para a traição de Júlia. Nada para amenizar uma vida inteira de noites sem dormir, consumido pela culpa, pelo ódio e por um desejo insensato. Só Júlia poderia aliviar aquilo.

Alaric não aguentava mais. Precisava dela de novo.

Não precisava ser mais que sexo. *Não era mais que sexo*, disse a si mesmo. Ia engravidá-la, e então acabaria com aquilo. Não era amor; era uma necessidade prática.

Precisava saber se ela também estava enlouquecendo.

Claro que não, disse Caltrácio, a sombra escura que o seguia. *Ela enfeitiçou você.*

— Estou pouco me fodendo se enfeitiçou.

Ainda sentia as unhas dela cravadas em sua pele. A mordida em seu pescoço. O calor apertado dela se fechando ao redor dele, puxando-o para mais fundo, mesmo enquanto o xingava. No sexo, não havia barreiras entre os dois. Pelo menos isso.

Cerrou os punhos. Para que precisava de um reino? Podia colocá-la à sua frente no lombo de Aníbal e fugir dali, antes do amanhecer. Ir embora antes que alguém percebesse. E então, finalmente, saciar o vício em Júlia em paz.

Já estava na metade da colina quando viu as chamas subindo do telhado da prisão.

Quando chegou ao prédio, as chamas já tinham engolido o telhado e saíam em ondas de todas as janelas. Um dos guardas surgiu no meio da fumaça, com o rosto vermelho pelo calor.

— Não conseguimos chegar até ela — disse com a voz rouca. — O fogo se espalhou rápido demais, e...

Alaric mal ouviu. Foi ele quem a trancara lá dentro. Ele mesmo fechou a porta.

Um rugido encheu seus ouvidos.

A mente foi tomada por ela. Júlia ruiva e rindo, dançando com Berig ao redor da fogueira de Brisca. Erguendo o queixo, orgulhosa e feroz diante de suas machadinhas. Nas montanhas, deitada sob ele, corada, enquanto ele implorava para que nunca o deixasse. Com manchas de tinta nas bochechas, os olhos brilhando, confiando a Alaric sua visão grandiosa para a cidade. O povo deles. A mulher *dele*. Não podia deixar acabar assim. Não com as últimas palavras entre eles carregadas de ódio.

Ataulf surgiu às suas costas, tentando segurá-lo enquanto ele avançava em direção ao fogo.

— Seu idiota maldito! Ela já está morta — gritou. — Quer morrer com ela?

Alaric se desvencilhou de Ataulf com um tranco e correu adiante, entrando naquele clarão de calor e luz, o saxo em punho, como se pudesse derrotar a morte com ele.

CAPÍTULO XLII

Júlia já tinha passado pelos portões e descido até a planície coberta de destroços muito antes de se atrever a olhar para trás.

Misturou-se ao fluxo de pessoas saindo, o rosto e o cabelo ocultos pelo capuz do manto. Ninguém a deteve; ninguém nem sequer olhou duas vezes para ela. Caminhava entre centenas de refugiados inexpressivos. Nenhum deles a notava. Por que notariam? Era só mais uma fugindo da destruição causada por Alaric.

Atrás dela, a cidade ainda se erguia sobre o vale arrasado. Uma coluna espessa de fumaça subia da muralha como se tivesse sido soprada pela boca do inferno. Em algum lugar no alto, um falcão gritou e rompeu o silêncio estranho, o som ecoando até as colinas baixas e queimadas.

Alaric a ensinara a viver na estrada. A pôr um pé à frente do outro, a continuar mesmo que a fome e a sede a corroessem. A dormir no chão sem medo de insetos ou da sujeira.

Centenas de pessoas tinham fugido de Nórica quando a guerra tomou as ruas; outras centenas vinham do norte e do leste, escapando dos hunos. Por toda parte, na vasta planície queimada e assombrada por máquinas de guerra destruídas, vagavam refugiados sozinhos ou em grupos, arrastando-se pela poeira com seus poucos pertences nas costas, todos com aquele olhar vazio que dizia muito sobre os horrores que haviam testemunhado.

Naquele momento, Júlia também tinha aquele olhar. Mas não era como eles. A recompensa por ela ainda estava valendo. Sua vida dependia de não ser notada. Todos pareciam fazer parte de algum grupo, mas Júlia evitava os outros. Já não confiava em ninguém, muito menos em homens.

Na primeira semana, ficou sem comida.

A fome era uma coisa que roía por dentro, como se o estômago se devorasse por não ter nada mais que o alimentasse. Pensava em comida o tempo todo. Todos os banquetes decadentes que havia presenciado em Ravena, quando bocejava e não comia nada... devia ter devorado tudo. Enquanto andava, sua imaginação se enchia de iguarias. Cisne assado recheado com ouriços-do-mar. Enguia ao molho de creme. Sempre odiara enguia. Naquele instante, comeria uma viva e se contorcendo.

Na segunda semana, viu o primeiro cadáver à beira da estrada. Era uma criança, tinha olhos abertos e moscas rastejando pelo rosto. Depois vieram outros; um homem velho jogado numa vala, mais alguns em um bosque onde foi buscar água. Um passo em falso e seria ela ali, caída à beira da estrada, sem ninguém para enterrá-la.

Às vezes, se refugiava em lembranças de estar nos braços de Alaric. Júlia descobriu que sua imaginação era vívida; bastava semicerrar os olhos para senti-lo envolvendo-a, a boca dele na sua pele, o corpo dele no seu. A ternura nos olhos quando dissera que ela deveria ter sido uma general.

"Nunca vi alguém tão corajosa e maravilhosa quanto você." Aquelas palavras a mantinham viva.

Em certos dias, Júlia esperava — *acreditava* — que ele iria atrás dela. Como não viria, depois de tudo que viveram juntos? Mas os dias passaram, e Alaric não apareceu. *É só o seu amor por ele morrendo*, dizia a si mesma quando a saudade voltava com força. Com o tempo, se tornou uma dor opaca, abafada pela fome, que esmaecia, mas nunca ia embora.

No fim das contas, o amor não passava de uma mentira. Júlia tinha sido ingênua demais por acreditar em algo diferente.

A fome era ruim, mas a sede era pior.

Na segunda semana, ficou sem água e não encontrou mais o que beber. A sede engolia tudo, inclusive a fome. Todos os rios estavam secos ou contaminados por cadáveres. Até que, após três semanas na estrada, Júlia se sentou num muro de pedra baixo, com o cantil seco como pó, a língua inchada na boca, a cabeça latejando de dor... por causa da sede, não do vinho. Se não bebesse algo, morreria.

Se eu morrer aqui, ninguém vai saber. Alaric não saberia.

Puxou o manto sobre a cabeça. Ainda tinha o cheiro dele, de algum jeito: couro, pinheiros e vastas planícies abertas. Fechou os olhos e imaginou-o chegando montado em Aníbal, estendendo a mão e puxando-a para a segurança, para seu abrigo, para uma aventura devastadora. Lembrou-se de quando Alaric lhe oferecera comida na estrada e ela recusara. Tinha sido o primeiro gesto de carinho dele, antes que soubesse demonstrar de outras formas.

Não. Alaric nunca se importou com ela. Mantê-la viva fazia parte do plano.

Talvez seja mais fácil se eu me deitar aqui na sombra desse muro.

Assim que teve esse pensamento, outro veio atrás como um raio. *Levante-se, Júlia.* Era a voz de Alaric. Ela ergueu a cabeça, o que exigiu um esforço monumental, e algo chamou sua atenção, encosta acima. Um agrupamento de árvores em meio à terra marrom.

Onde há verde, há água.

A nascente jorrava debaixo de uma bétula — doce, mais inebriante que o mais fino vinho caecubano. Como ela dera seu coração ao vinho? A água estivera ali o tempo todo. A melhor, a única bebida. Encheu o cantil, lavou a nuca, estremeceu ao sentir a água gelada escorrendo pela espinha.

Quando ergueu os olhos, viu um homem observando-a. Alto, de peito largo, cabelo escuro e encaracolado no pescoço queimado de sol. Ele deu um passo, como quem se aproxima de um cavalo arisco.

Num instante, Júlia já tinha a faca de Horsa na mão, tirada da bota.

— Calma, mulher. Não vou machucar você — disse ele, em latim vulgar. — Você está sozinha?

Homens sempre perguntavam se ela estava sozinha. Em resposta, Júlia mudou de postura, segurando a faca baixa, de um jeito firme e prático, como Horsa ensinara.

Encoste em mim e perderá um dedo. Era isso que sua postura dizia.

O homem parou.

— Venha comigo se estiver de barriga vazia. Tenho comida e fogo quente. — Estendeu a mão. — Tem marido? Não é da minha conta. Um homem só conserva o que é capaz de manter sob seu controle neste mundo.

Ele deu mais um passo na direção dela, e Júlia sentiu uma onda vertiginosa de medo. Todas as instruções de Horsa — *mova-se antes que ele veja a faca; pressione aqui, no pescoço; não deixe que ele veja, não o enfureça* — se atropelaram em sua mente.

Júlia ergueu a faca e a encostou no próprio pescoço.

O homem franziu a testa. Seus olhos desceram até a lâmina dela, e por um instante Júlia nem sequer ousou respirar.

Por fim, depois de uma eternidade, ele deu um passo para trás.

— Você é magrela demais para dar tanto trabalho — resmungou. — Por Cernuno, mulher. Eu não quero machucar você.

O homem desceu a encosta com passos pesados. Júlia soltou um suspiro de alívio.

— E por que você fez isso?

Uma voz atrás dela. Júlia se virou com a faca em punho, mas, desta vez, era uma mulher — cabelo escuro cortado curto, maçãs do rosto fundas. Ela lhe deu um meio--sorriso estranho, irônico, bem à moda da corte de Ravena.

— Pode guardar. Não vou atacar.

Com cautela, Júlia enfiou a faca de volta na bota.

— Por que você o afastou? — A mulher se ajoelhou e encheu o cantil. — É perigoso andar por essas estradas sem proteção. E você não tem nenhuma.

— Não gosto de homens.

— Ninguém gosta de homens. A maioria só não tem o luxo de renunciar a eles por completo. Você fez votos?

Júlia não respondeu. A garganta parecia seca, como se falar fosse algo estranho ao corpo.

A outra se levantou e começou a descer a encosta novamente.

— Pode vir com a gente, se quiser — disse, sem olhar para trás. — Somos todas mulheres. Nenhum homem para conversar.

Havia uma carroça de burro no sopé da colina. O animal estava entre os arreios, com olhos semicerrados, uma das patas traseiras dobrada como se dormisse em pé. Um grupo de mulheres montava acampamento ao redor dele. Uma delas, uma trácia alta, de cabelo ruivo, lançou um olhar atento a Júlia e pressionou um cantil de couro em sua mão.

— Você parece precisar disso.

Era uma bebida alcoólica, não tão forte quanto *alu*, mas com uma ardência feroz. Quando a noite caiu, Júlia se juntou às outras ao redor do fogo, passando o cantil de mão em mão ao fim do dia.

Eram cerca de vinte. Algumas eram romanas que viviam em Nórica quando Alaric cercou a cidade. Contavam como correram para os telhados, jogando qualquer coisa nos godos que atacavam — telhas pesadas, cerâmicas, tochas — até que as casas foram incendiadas.

A mulher trácia contou que havia fugido dos hunos, que mataram todos em sua aldeia enquanto avançavam para o oeste. Outras haviam seguido o exército de Alaric por anos, até os romanos tomarem Nórica. Não queriam ser escravizadas e já tinham perdido a esperança de encontrar uma pátria para se estabelecer.

— Alaric não quer uma pátria — disse Júlia, em voz baixa. — Não... isso não é verdade. Ele quer, sim. Mas não sabe como viver numa. A única coisa que ele conhece é a guerra.

Todos os olhos estavam voltados para ela.

— E qual é a sua história, então?

— Ela não deve a ninguém a própria história — cortou a mulher trácia, ríspida.

— Não. Não tem problema. — Elas haviam dividido a comida e a bebida; era o mínimo que Júlia podia oferecer em troca. — Sou romana. De Ravena, embora tenha nascido em Roma. — Ela se manteve fiel ao latim popular; o sotaque do palácio exigiria uma explicação. — Segui Alaric. Por vontade própria. Eu... eu me apaixonei.

Doía admitir. Aquele amor ainda estava ali, inútil, latejando sob a pele. Não o tinha matado de fato; só enterrado vivo, como uma vestal desobediente.

— Você me lembra alguém — disse a mulher trácia, estreitando os olhos. — A esposa do rei Alaric. A princesa romana.

O silêncio caiu. A velha risada seca veio fácil aos lábios de Júlia — sua primeira arma.

— Nunca me confundiram com uma princesa antes. É lisonjeiro.

De repente, todas começaram a falar ao mesmo tempo. "Eu ouvi que ela entrou na cidade como uma rainha saída das lendas." "Ouvi dizer que foi ela quem deixou os romanos entrarem. E depois o rei Alaric a trancou no palácio." "Talvez esteja morta. Melhor assim." "Eu não gostaria de ser casada com ele."

Júlia tomou mais um gole da bebida trácia.

— Imagino que teve o que merecia. Já foi tarde.

Aquela antiga versão dela *havia morrido* na cidade. Estava na hora de enterrar de vez aquela mulher tola.

Uma semana se passou e Júlia continuou viajando com as mulheres. Juntas, buscavam alimento e dividiam a fogueira à noite, trocando histórias de cercos e guerras. Havia uma repetição estranhamente reconfortante naqueles dias, mas Júlia sabia que logo chegariam ao fim.

Estavam se aproximando das encostas. Em algum momento, teria que tomar uma decisão.

No começo, mal conseguia pensar além do presente. Mas, à medida que as montanhas se aproximavam, Júlia começou a pensar no futuro. Não fazia ideia de para onde estava indo. Ou de quem a acolheria. Quem se colocaria de bom grado contra a fúria de Honório... Só Alaric teria feito isso, e ele estava perdido para ela. Não havia mais ninguém.

Mas é claro que isso não era verdade. Brisca não a rejeitaria, tampouco a venderia de volta a Honório. Mas chegar até ela não seria simples. As montanhas eram amplas e traiçoeiras. Júlia precisaria de um guia. Infelizmente, encolhia-se só de pensar em confiar em alguém, sobretudo em um homem. *Você podia seduzir um*, dizia a voz de Cleópatra em sua mente. *Fazer com que se apaixonasse por você*. O pensamento foi nauseante. Já tinha jogado esse jogo e perdido feio.

Certa noite, enquanto as outras dormiam, Júlia se afastou sozinha em direção às colinas que se erguiam. Enfiou a mão na bolsa em sua cintura, segurando o osso do dedo de Caltrácio.

"Toque-o nas montanhas, se precisar, e encontraremos você."

Ela levou a flauta aos lábios e soprou. O que saiu foi um assobio fino e lamentável, nada parecido com o canto oscilante de pássaro que Alaric tocava. Ridículo.

Júlia enfiou a flauta de volta na bolsa, sentindo-se patética. Estava condenada, afinal.

CAPÍTULO XLIII

Nas semanas após a morte de Júlia, Alaric teve que matar dois líderes dos clãs. Um desafiou seu comando, invocando a antiga tradição do *holmganga*. O outro foi depois que um assassino tentou matá-lo durante o jantar e quase enfiou uma lâmina em suas costelas, mas desta vez o assassino não morreu antes de Riga arrancar o nome do mandante. Agora havia mais dois corpos na muralha.

No fundo, Alaric torcia para que algum deles o matasse. Seria o fim do tormento horrível em que sua vida se transformara. Em alguns dias, quando o humor estava mais sombrio e os mortos gritavam mais alto das sombras, pensava em acabar com tudo. Seria fácil; ele não era mais o menino que fora na arena. Já sabia morrer.

Mesmo assim, Alaric era um guerreiro. Seu orgulho *exigia* que encontrasse a morte na ponta de uma lança. Por isso aceitava todo desafio que se apresentava, transformava qualquer confronto em guerra, liderava os homens nos ataques mais perigosos.

A ferida no peito estava cicatrizando, mas ainda ardia como fogo. Era um lembrete cruel da traição de Júlia. Na mente dele, ela era filha de Teodósio, a inimiga traidora; a deusa ruiva em seus braços; a jovem empolgada, cujos olhos brilhavam feito estrelas ao explicar a arquitetura de aquedutos. Oscilava entre amor e ódio, sem conseguir responder o que Júlia era para ele.

Não conseguia resolver essa guerra dentro de si. Então, faria chover fogo sobre o mundo. Queimaria tudo até os alicerces. Dali a pouco tempo, Estilicão desceria das montanhas para pôr fim ao seu sofrimento, mas Alaric não queria lhe dar esse prazer.

Então, foi buscar a própria morte.

Numa noite entre tantas, Alaric estava largado na cadeira que já fora de Vália. Os guerreiros estavam em alvoroço, bebendo e berrando canções de guerra, enquanto um homem era arrastado para fora, deixando um rastro escarlate sobre o mármore branco. Mais um desafiante. Esse, só um pouco mais velho que os gêmeos, tinha ido atrás de glória. Alaric *achava* que não o havia matado. Mas também não foi tão cuidadoso com a lâmina quanto teria sido antes.

Levou o chifre com bebida aos lábios, os olhos semicerrados, as pernas esticadas com preguiça. Para quem olhasse, talvez parecesse entediado.

Na verdade, pensava em Júlia. Não conseguia parar de imaginar o que ela deve ter passado, presa naquele prédio em chamas. Como a fumaça deve ter invadido seu pulmão. O desespero de saber que não havia saída... A esperança de um resgate que nunca chegou. E tinha sido ele a trancá-la lá dentro...

Substituiu essa lembrança por uma dela ainda viva, e aquilo doía quase mais. Mesmo assim, não conseguia desviar o olhar. Júlia emergindo do rio, o cabelo colado nas costas, cada detalhe gravado na memória. Devia tê-la abraçado ali mesmo e feito de tudo para que ela o amasse. Quis reconstruir a cidade, o mundo, num lugar onde Júlia pudesse estar segura. Achou que tinham tanto *tempo* pela frente.

Então se lembrou do jeito que ela rira com aquela romana que naquele instante enfeitava sua muralha. O riso afiado como vidro quebrado, zombando dele por tê-la amado. A fúria o incendiava e transformava o luto em cinzas.

Riga estava ao lado dele, rindo do massacre. Um rubi obscenamente grande brilhava no peito; ouro reluzia nas orelhas e faiscava nas mãos. Duas mulheres se enroscavam em seu colo, uma loira e uma morena, e se beijavam com fúria. Riga não parecia se importar; repousava a mão, displicente, na coxa da morena.

— Continuem, senhoritas — disse, alegre. — Quando eu estiver pronto, preparem-se. — Virou-se para Alaric, uma sobrancelha erguida com escárnio. — E a sua rameira?

Alaric apertou o chifre com a bebida.

— Onde você conseguiu essa porra de rubi?

— Revirei suas coisas. Pego meu espólio onde posso.

— É da Júlia.

— Ela ia querer que eu ficasse com isso — disse Riga, rindo com naturalidade. — Anime-se. Não é muito melhor do meu jeito? — Ele fez um gesto amplo para o caos à frente, quase derrubando as mulheres sentadas em seu colo. — Os guerreiros *adoram* você. E quem não aceita o seu comando ou morreu ou foi embora, o que facilita bastante as coisas.

Alaric levou o chifre à boca.

— Foda-se, nunca vou entender homens nem mulheres.

— É simples, meu caro. *Você* lidera os ataques. *Você* traz o espólio. Toda a riqueza, a honra, a glória deles vêm de você agora. Você é o doador de tesouros. É bem mais eficaz do que proibir pilhagem e insistir em levar só grãos.

Riga estava certo. Era uma ironia cruel que, para tomar o poder de verdade em Nórica, ele teve que se tornar tudo aquilo contra o que lutou. Chegou até a deixar as muralhas em ruínas. Ouvia a voz de Júlia em sua mente. *Você é só um bárbaro, afinal. Nunca foi capaz de nada melhor. Meu pai e eu estávamos certos a seu respeito.*

O hidromel corria forte nas veias. Agora entendia por que ela bebia tanto para esquecer a morte do antigo amante na arena. Talvez aquele homem tivesse sido o único que Júlia amou de fato. Ainda bem que tinha morrido, senão Alaric teria de encontrá-lo e matá-lo por princípio.

— Alaric. — Ataulf estava diante dele, com ar exausto. — Precisamos falar sobre o grão. Estamos ficando sem...

— Depois.

— Não, *agora*. Você me ignora há três dias. Se Torismundo estivesse aqui...

— Torismundo *não está* aqui — rosnou Alaric.

O batavo havia ido embora durante a noite, depois de uma discussão feroz em que culpara Alaric pela morte de Júlia. *Foda-se ele*. Se voltasse a cruzar seu caminho, o rei dos godos o enterraria. Para ele, já morrera.

— Proíbo que o nome dele seja mencionado dentro destas paredes.

Riga ergueu os olhos enquanto beijava o pescoço de uma das mulheres.

— Nunca gostei daquele brutamontes mesmo. Cheio de si e dos deuses dele.

— Alaric. O grão. — Ataulf falou com aquela insistência contida. — Você destinou quase tudo a alimentar os guerreiros, e agora os refugiados estão morrendo de fome. Os levantes estão piores do que nunca. Um bairro inteiro foi queimado na noite passada.

Alaric riu. Graças aos deuses, um problema fácil.

— Que comam os cães de carniça. Há mais do que o suficiente. — *Uma criança para o mercado de escravizados, um cão para a fogueira.* — Vamos colocar arqueiros para derrubar os cães e depois distribuir a carne para o povo.

— Vai desperdiçar flechas com cachorros?

— E o que mais quer que eu faça? A terra está devastada. Não há nada num raio de oitenta quilômetros para comer. Que comam os cães. Uma solução para dois problemas.

— Se o povo quisesse comer os cães, não precisaria da sua permissão. Você não pode simplesmente ordenar que...

— E por que não? — Várias pessoas se viraram com o tom dele. — Nos acampamentos, tínhamos *sorte* se tivéssemos carne de cachorro. Quando eu era menino...

— Não precisa descrever para mim. Eu estava lá, seu bêbado patético. — Ataulf o segurou pelos ombros. — Vai sair dessa ou não? Lutamos contra o Império justamente para nunca mais passarmos por isso. Se o seu povo está reduzido a comer cachorro, então nós fracassamos. *Nós fracassamos*, Alaric.

— Se encostar em mim de novo, Ataulf, vou deixar Riga cortar suas mãos — disse Alaric, com frieza. — Saia.

— Da sala ou da cidade? — disparou Ataulf. — Me parece que você está ficando sem aliados.

— Esta é a única aliada de que preciso — respondeu ele, com a mão indo até a faca.

— Nem a sua maldita esposa *romana* teria aprovado isso — disse Ataulf em voz baixa. E então desapareceu.

Muito tempo depois, Alaric rondava os corredores, pisando por cima de corpos roncando. Não estava bêbado o bastante para dormir naquela mansão que fedia a cerveja e suor.

Talvez levasse uma mulher para a cama naquela noite. Havia muitas; até algumas esposas de guerreiros tinham dado sinais de interesse. Não se iludia achando que desejavam *ele*; o que queriam era poder, ou segurança, ou os dois. Mas era isso que Júlia queria também, e isso nunca o incomodara. Ficava feliz por tê-la, qualquer que fosse o motivo.

Deveria arranjar outra mulher. Deveria arranjar uma dúzia delas.

Do lado de fora da mansão, a cidade fedia a morte e esgoto aberto, e ele pensou de novo no aqueduto de Júlia. Uma estrutura em ruínas que recortava o céu escuro. Queria destruí-lo.

Uma figura sombria estava parada na rua banhada pelo luar, entre os paralelepípedos rachados. Por um instante, o coração dele disparou e Alaric teve esperança, *esperança* de que fosse o fantasma de Júlia. Desde que ela morreu, ele acreditava que Júlia o assombraria. Mas não.

Ele daria um reino para que ela o assombrasse.

Mas não era Júlia. Era o maldito do Caltrácio de novo.

A vadia filha de Teodósio era assim tão boa para você passar o resto da vida em celibato por causa do luto? O sangue brilhava no corte que Alaric abrira no pescoço do homem. *Talvez eu devesse ter experimentado antes de morrer.*

— Teria morrido mais rápido ainda.

Caltrácio riu. *Você é mesmo tão estúpido quanto dizem por aí. Deixou-se levar feito um cachorrinho só para se enfiar na cama dela. Não se importou com quantas vidas isso custaria.*

— Não arrisco vida nenhuma para salvar a minha.

Mentira, e você sabe disso. Milhares dos nossos estão sendo escravizados pelo Império. Todos são reféns. Godos. O que acha que o irmão dela vai fazer com eles quando a irmã não voltar?

— Os romanos não precisam de pretexto para fazer o que fazem.

E você também não. Caltrácio riu. *Você nem precisava me matar, por exemplo. Com bem pouca persuasão — e a mulher —, eu teria dito a Estilicão que você escapou por entre meus dedos. Ele queria isso, sabia? Por mais que não admitisse.*

— E você poderia ter se libertado do jugo romano e ido comigo a Frígido — retrucou Alaric. — Você queria. Odiava-os mais do que eu.

Nem todos tivemos o luxo da rebelião, Alaric. Os dentes à mostra brilharam. *Todos nós fomos marcados por suas ações depois que você se voltou contra eles. Eu tinha um irmão. Uma esposa. Um filho...*

— Acha que eu não os teria acolhido? — Uma raiva antiga subiu-lhe ao peito. — Metade do meu exército vai à guerra com a família atrás. Os seus teriam encontrado um lugar entre nós.

Teriam encontrado escravidão e morte com você, rosnou Caltrácio. *Todo mundo que segue você morre. A princesa romana não foi exceção.*

O que ele estava fazendo? Parado no meio da rua, discutindo com um fantasma.

— Vai embora — rosnou, com a mão na espada, embora não fosse servir para porra nenhuma. — Ou mando você de volta para o lugar de onde veio.

— Alaric?

O mundo mudou sob seus pés. Era a mesma rua banhada pelo luar, de janelas vazias arregaladas feito órbitas numa fileira de crânios. Mas a figura à sua frente era Horsa, com o cabelo claro espetado e prateado.

Alaric tirou a mão do cabo da espada.

— Há quanto tempo está aí?

— Tempo suficiente — disse Horsa. — Com quem estava falando?

— Com ninguém — falou ele, num tom que encerrava o assunto.

Horsa olhava para Alaric como se tivesse brotado um olho extra.

— Onde está Hengist?

— Fazendo uma pilhagem. — Já tinha dito isso ao garoto. Dias atrás. — Vá dormir, Horsa.

O jovem sorriu com amargura.

— Hengist se foi. Torismundo se foi. Logo você não vai ter ninguém.

Alaric retesou a mandíbula. Estava cansado e bêbado demais para aquela porra de conversa.

— Sabe por que eu não mandei você com seu irmão, Horsa? Você é impulsivo. Se coloca em risco. Colocou *Júlia* em risco. — A dor o pegou pela garganta. — Se tivesse ficado com ela quando aquela legião romana chegou, Júlia nunca teria...

— Se *eu* tivesse ficado com ela? Foi *você* quem foi embora! — Horsa estava bem na frente dele agora. Dentes à mostra. Selvagem. — Você deixou nós dois para trás. Eu estava lá, vi tudo. Ela nunca traiu você, ela te *amava*.

Alaric agarrou o garoto e o empurrou na parede mais próxima, apertando a túnica dele com força. A inveja quase o sufocava.

— Como você sabe? Ela está falando com você?

— Não. Ela não está *falando* comigo — rosnou Horsa. — Por que falaria com qualquer um de nós? Eu não consegui protegê-la, e foi você quem a matou.

A fúria explodiu dentro dele. A discussão com Torismundo ecoou com força na mente. "Culpa sua. Tudo culpa sua." Podia matar Horsa só de inveja por o garoto ter estado com Júlia quando o próprio Alaric não esteve.

E, mesmo enquanto pensava isso, ouviu Gaufrido gritar das sombras, com uma flecha cravada na barriga. Que porra ele estava fazendo? A *vida* dele inteira fora devotada a proteger os gêmeos.

— Sai da minha frente — rosnou, empurrando o garoto com força.

Horsa saiu correndo noite adentro, seus passos ecoando nos prédios, sem olhar para trás.

Ele está certo, sabe?, veio a voz risonha de Caltrácio, das sombras que se acumulavam nos becos, carregando o peso das vozes de todos os mortos que vieram antes.

Alaric encarou a rua vazia.

— Eu sei.

CAPÍTULO XLIV

No sonho de Júlia, ela estava deitada nos braços de Alaric, com a cabeça sobre o peito dele, ouvindo seu coração bater com força. As pernas dos dois estavam enlaçadas sob os cobertores. Sentia-se aquecida, protegida, completamente segura.

Você precisa acordar, Júlia.

— Não.

Ela respirou fundo e apertou os braços em volta dele como se pudesse mantê-lo ali para sempre.

— Não vá.

Acorde.

Júlia abriu os olhos e o calor do sonho escorreu como areia por entre os dedos. Ainda era noite. Sob a fraca luz das fogueiras já quase apagadas, viu sombras correndo, gritos em meia dúzia de línguas diferentes. Em algum lugar na escuridão, um lampejo, metal polido, armadura.

E então tudo virou caos e gritaria.

Tentou correr, mas não deu nem dez passos.

Soldados romanos invadiram o acampamento, acordando as pessoas, puxando-as pelos trapos e mantas. Júlia disparou em direção às árvores, mas um homem pulou sobre ela e a jogou no chão, cravando a couraça metálica em suas costas. Caiu com tanta força que o ar foi arrancado do pulmão. Ainda arfava, tentando respirar, quando o homem a puxou pelo braço e a arrastou consigo.

Menos de uma hora depois, sob guarda, Júlia estava encolhida no meio de um grupo de refugiados tremendo de frio. Devia haver uns cinquenta ali, todos capturados no acampamento e nas colinas em volta. O sol começava a nascer, tingindo tudo de um cinza metálico, e chovia. Os soldados romanos se mantinham impassíveis sob seus elmos pesados.

Um dos soldados falou. Era jovem, com o rosto bem barbeado e o queixo quadrado.

— Vocês foram tomados sob a proteção do Império — disse ele, em um latim imperial cortante como lâmina. — Não sofrerão nenhum mal.

Ao lado dela, um homem se levantou.

— Para onde vamos? — perguntou, num tom educado, de advogado. — Para onde, exatamente?

— Para um lugar onde receberão comida e abrigo, e trabalharão em troca. — O tom do homem se tornou sarcástico. — Sem dúvida, nenhum de vocês pode se opor a isso, dado o estado em que se encontram.

Júlia sentiu que cerrava os punhos. *Escravidão.* O impulso imediato foi se levantar, exibir o anel de opala da mãe e exigir ser levada ao comandante.

Já estava meio erguida quando o homem educado voltou a falar.

— Esperem! Eu sou cidadão romano. Um cidadão! Enviem notícia à família de Tito Públio Bário, em Verona. Perguntem a *qualquer um* naquela cidade...

O soldado lançou um olhar a um subordinado corpulento, que entrou no grupo e arrastou o homem para a frente.

— De que família você é?

— Tito Públio Bário. Em Verona. Uma família muito respeitada.

Mas o soldado apenas riu, enquanto os subordinados arrancavam a camisa dele e amarravam seus braços a uma carroça.

— Que *esta* seja a mensagem enviada à família de Tito Públio Bário.

O guarda então desenrolou um açoite. O chicote encontrou as costas do homem com um som úmido e espesso. Pareceu interminável. Júlia ficou imóvel, com aquela cena de tortura queimando seus olhos. O homem já tinha parado de gritar quando os soldados finalmente o desamarraram. Ele caiu no chão, as costas esfoladas, em carne viva.

A voz de Alaric ressoava na mente dela. "Não há princesas nestas matas. Só predadores e presas."

Caminharam a noite toda, sob uma chuva que martelava a relva seca, colando o cabelo de Júlia à cabeça. Ela se encolhia sob o manto ensopado de Alaric; a água gelada encharcava suas botas. Os romanos a cavalo eram sombras escorregadias e ameaçadoras na chuva. Júlia queria cair de joelhos e desistir, mas sabia o que acontecia com quem tropeçava. Os romanos puxavam de volta e chicoteavam. E, se caíssem de novo, eram pisoteados pela tropa montada.

O pai dela jamais teria permitido que seus soldados tratassem pessoas assim. Jamais teria permitido... "Ele teria, sim", diria Alaric.

Mais um dia se passou antes que chegassem às minas.

Exausta e apavorada, ela foi empurrada junto com um grupo de refugiados pelos portões de um cercado de madeira. Do outro lado, o chão despencava num enorme poço.

Uma luz aguada iluminava paredes fendidas e rachadas; lá embaixo, os condenados se arrastavam em fila, vergados sob cestos trançados lotados de pedras. Poeira brilhante flutuava no ar. Poeira de mármore. O ar era seco e cortante, doía respirar.

Foram levados a um galpão longo e baixo. A mulher ao lado de Júlia tinha um corte sangrando na cabeça, feito por um porrete. Um dos guardas, um homem enorme de barriga protuberante, anunciou que estavam numa mina de mármore, que deviam trabalhar arduamente, e só assim seriam alimentados.

Só havia uma mina tão próxima de Nórica: a de Lucrécia. A mulher estava morta, mas o marido continuava vivo. E, claro, não haveria resgate caso Júlia se revelasse. O homem a mataria assim que a visse.

Os guardas confiscaram todos os pertences deles. A bolsinha com o emplastro de Alaric e a flautinha de osso de dedo se foram; o manto dele e o anel da mãe dela também. Júlia permaneceu com os olhos secos enquanto era algemada pelo tornozelo à mulher ferida. Os escravizados — porque era isso que ela era naquele momento, uma escravizada numa mina de mármore; Lucrécia riria alto — foram levados de um galpão para outro. Quando chegaram no seguinte, uma fileira de caldeirões enormes soltava vapor para o ar. Bancos de madeira grosseiros forravam as paredes. Cada um recebeu uma tigela e um copo de lata. Júlia cheirou a bebida e recuou. Era posca, vinho azedo não diluído, amargo, forte demais. Uma bebida para soldados e escravizados.

Tomou um gole para experimentar. A posca era puro fogo, áspera e intensa. Queimava tudo o que tinha vindo antes.

As paredes marcadas do fosso de mineração contavam a história de escravizados martelando pinos nas fissuras do mármore, arrancando grandes placas que seriam usadas para cobrir os imponentes prédios das muitas cidades do Império Romano. Naquele instante, com as paredes já completamente limpas, os escravizados eram enviados para os túneis, atrás de veios de mármore que se aprofundavam na terra.

As crianças iam mais fundo. A maioria tinha entre 5 e 10 anos, nada além de ossos sob uma pele fina e translúcida. Moviam-se em um silêncio antinatural, olhos enormes de fome e pele vermelha de vergões e picadas de pulga.

Os adultos não estavam melhores. Ombros caídos, costelas empurrando na pele machucada. Desciam para os túneis com olhos assombrados, carregando cestos de vime nas costas e picaretas de ferro nas mãos, mas nada em seus rostos indicava que pensavam em usá-las como armas.

Os túneis não alagavam por causa de parafusos imensos, muito mais altos que um homem, que giravam para empurrar a água para cima. Parafusos de *Arquimedes*. Júlia estudara aquilo quando criança. Lembrava de estar sentada num jardim perfumado, com fonte borbulhando perto, e de estar vestida com o linho mais fino. As mãos impecáveis, o cabelo trançado com flores, e o tutor falando *sem parar* enquanto ela seguia, com o dedo, a linha do parafuso desenhada no pergaminho em seu colo.

Naquele momento, sob o olhar do capataz, Júlia agarrava o eixo liso e empurrava, sentindo os pés escorregarem na pedra molhada. A posca dava forças.

Tinha mais coisa ali do que só vinho estragado. Muito depois de o efeito do álcool ter passado, os pensamentos dela seguiam vagos, febris. Um zumbido constante na cabeça se confundia com aquela lembrança de infância, o pergaminho, o desenho do parafuso, o barulho dos insetos no auge do verão. Naquele momento, o dia de verão se transformava num pesadelo. Os guardas surgiam das sombras com os chicotes nas mãos; sempre que alguém tropeçava, sentia o açoite nas costas. Com Júlia aconteceu só uma vez — uma chama vermelha e aguda atravessando os ombros —, e ela não tropeçou mais.

A noite caiu. Os escravizados foram empurrados de volta pelos túneis até o chão irregular no fundo do fosso, onde a poeira de mármore flutuava como neve. No espaço longo e baixo, cada um recebeu sua tigela de ensopado gorduroso e um copo de posca. Júlia bebeu com vontade. De repente, todas as dores e cansaços diminuíram, enquanto o fogo da bebida corria pelas veias.

Depois, foram levados a um alojamento mal iluminado que cheirava a fumaça e palha podre. As camas eram torres de catres instáveis, quase sem espaço entre elas. Júlia e a mulher de cabelo cacheado dormiram acorrentadas no mesmo catre.

Ela mal dormiu. A outra prisioneira tossia sem parar, tinha espasmos que sacudiam o corpo inteiro. Na manhã seguinte, Júlia acordou acorrentada a um cadáver.

Precisou da posca depois daquilo.

O tempo passou. Júlia acordava todos os dias com uma dor de cabeça lancinante, a língua grossa e pastosa. Só a posca aliviava a dor. Só a posca tornava o mundo suportável.

Era o que a mantinha de pé quando já deveria ter desabado. O que deixava a mente vazia, a ponto de ela nem perceber as horas empurrando o eixo que impulsionava o parafuso, que puxava a água para fora dos túneis. Era o que abafava a dor, a ponto de Júlia não sentir o ferro da algema abrindo ferida no tornozelo. E o que a anestesiava para a violência ao redor.

As pessoas caíam feito mosca naquele lugar. Algumas sob os chicotes; outras, encontradas mortas à noite, quando os guardas cutucavam as que não se levantavam e as arrastavam para serem queimados fora dos muros.

Júlia sabia que morreria ali.

Às vezes pensava em Alaric. Ele também tinha sido uma criança nas minas. *Quanto tempo viveu daquele jeito?*, ela se perguntava, de vez em quando, em lampejos de lucidez. Mas esses momentos eram raros — e Júlia tentava esquecer a existência de Alaric. Era melhor assim. Mais misericordioso.

Mesmo assim, não conseguia. A força de vontade já quase não existia, e os pensamentos vinham sozinhos, quando se arrastava com os outros pelos túneis ou se deitava no catre tentando dormir. Passava horas perdida na lembrança dele — Alaric levando-a ao êxtase nas águas quentes da caverna, ou à beira do penhasco com águias rodando no céu, ou sob a queda d'água impiedosa. Sempre que alguém caía morto à sua frente, Júlia podia fechar os olhos, invocar a lembrança dele e desaparecer.

Alaric era um refúgio. Não, era um vício. Sempre tinha sido. Pior que a posca.

Júlia entendia, de um jeito meio distante, que os guardas romanos buscavam refugiados para substituir os mortos. Alguns resistiam; uma vez, um homem forte e musculoso derrubou vários guardas antes de ser chicoteado quase até a morte. Todos foram obrigados a assistir. Em algum lugar, como se através de um vidro, Júlia lembrava de já ter sido forçada a ver esse tipo de violência antes.

Dias depois, o homem descia com os outros para dentro da terra, o rosto vazio, as costas abertas com feridas brilhantes.

Às vezes, nas manhãs brutais antes da primeira dose de posca, Júlia sentia uma vergonha esmagadora por *não ter lutado*. Por não ter tentado atacar os guardas, por não ter fugido da marcha forçada na chuva, mesmo *sabendo* aonde estavam indo.

Os guardas observavam as mulheres. Não era raro ver um deles se aproximar da fila de acorrentadas, escolher uma e levá-la até um galpão próximo ao portão do cercado. Era óbvio o que acontecia ali dentro.

Júlia mantinha os olhos baixos diante daquele olhar predador. Uma hora seria a vez dela. Tinha certeza de que sua antiga versão teria lutado contra *aquilo*; mas só sentia uma indiferença profunda. Seria só mais uma coisa a sobreviver.

Mas ela não aguentaria para sempre. A cada dia ficava mais fraca. O ar era cada vez mais difícil de respirar. Os que chegaram ali antes dela tinham uma tosse seca, cortante, cuspiam sangue. Respirar naquele lugar era como aspirar lâminas. Quando a tosse se instalava no pulmão, a morte vinha logo depois.

Júlia não tinha mais energia para se importar.

Um dia — qual, não saberia dizer; todos já se misturavam —, uma nova mulher foi acorrentada a ela.

Júlia mal olhou para ela. Era hora do desjejum. Já tinha devorado sua tigela de mingau acinzentado. A qualquer momento os guardas trariam a posca, e então poderia beber, e tudo doeria um pouco menos.

Por fim, um deles enfiou um copo em sua mão, e ela o levou aos lábios. *Ah, deuses, muito obrigada, obrigada.*

Uma mão segurou a sua.

— Não beba isso.

Era a mulher à qual Júlia estava acorrentada. Cabelo preto, embolado e trançado. Olhos escuros. Em algum canto da mente dela, um sino soou. Ela a reconhecia.

— Merda. Achei que era você, mas agora tenho certeza. *Não beba isso.* Colocam droga.

— Eu sei que colocam droga — murmurou Júlia. — Eu preciso dela.

— É assim que eles mantêm você escravizada. — A mulher lançou um olhar rápido por cima do ombro, em direção aos guardas. — Veja.

Ela ergueu o próprio copo até os lábios e esperou que o guarda se distraísse. Então cuspiu discretamente no chão.

— Agora você. A menos que *queira* morrer aqui.

Talvez eu queira.

Júlia tomou um gole medido da posca e sentiu, na mesma hora, o impulso de engolir. A dor desapareceria. A mente pararia de rodar em círculos sem fim. Mas as unhas da outra mulher cravavam nas suas juntas, e um rubor repentino de vergonha a atravessou. Ela *nunca* tinha lutado. Nem uma vez.

— Cospe isso — sibilou a mulher. — Rápido.

Júlia cuspiu a posca na terra.

Reconhecia a mulher. A flauta de osso *funcionara*. Ela havia pedido ajuda, e a ajuda viera. Mas tarde demais. Que vida amaldiçoada.

Naquela noite, deitadas no catre de tábuas, trocaram sussurros na escuridão. Júlia não tomava posca desde aquela manhã. O corpo latejava de dor, mas ela estava *desperta*.

A silhueta de Ehre se destacava nítida no escuro, virada para ela.

— Eu estava descendo das montanhas para encontrar Alaric quando ouvi o assobio. Queria sair da sombra da minha irmã. Me pegaram nos contrafortes. — Seus dedos fortes e calejados entrelaçaram-se aos de Júlia. — O que aconteceu com você? Por que não está com ele?

Fácil de arruinar, fácil de conduzir. Ninguém mais que ela.

— É uma história meio longa.

— Não acredito que ele tenha deixado você partir — disse Ehre, em voz baixa. — Eu lembro do jeito que Alaric olhava para você.

Júlia fechou os olhos. Se não estivesse tão exaurida, tão despedaçada e vazia, choraria. Melhor a posca do que o amor. Melhor o esquecimento.

— Se recomponha — sussurrou Ehre. — Essa não é a Júlia que encarou as machadinhas com a cabeça erguida e o peito aberto. Eu vim resgatar *aquela* Júlia. Não uma mulher derrotada que já se considera morta.

Júlia respirou fundo. Pensar em si mesma como alguém ainda viva era como escalar uma montanha.

— Mas como vamos escapar?

Ehre sorriu e puxou uma faca comprida e fina de dentro da bota.

— Os guardas deixaram uma coisa passar.

Não havia oficiais no alojamento. Nunca houve. A posca já servia de guarda.

Elas abriram as algemas com a faca. Depois, saíram em silêncio do alojamento. Júlia ficou parada, piscando sob o luar, tudo ao redor marcado por luz e sombra.

Conhecia aquele lugar de trás para a frente. Sabia toda a rotina, os horários dos guardas, o ciclo macabro da carroça dos mortos. Sempre queimavam os corpos à noite, e sempre fora da mina — assim não agitavam os prisioneiros sem necessidade. O fedor impregnava tudo.

Ajoelhada nas sombras de um dos barracões toscos, Júlia organizava os pensamentos pela primeira vez em dias.

Ela e Ehre cochicharam apressadas, traçando o plano.

No portão, três guardas passavam um cantil entre si. Júlia e Ehre se esconderam nas sombras entre os prédios, esperando a carroça horrível dos mortos aparecer.

O veículo parava em cada alojamento, e o cocheiro verificava se havia defuntos. O plano era esperar que chegasse ao último e se esconder entre os mortos enquanto o cocheiro estivesse ocupado. Depois, seguiriam para fora dos muros. Ehre tinha certeza de que conseguiria matar o condutor e as duas poderiam escapar. Júlia achava o plano fraco, mas ao menos morreria *tentando*.

Só que, quando a carroça chegou, havia menos corpos que o normal. Não dava para esconder duas pessoas. Júlia xingou entre os dentes.

— Temos que voltar.

— Você não aguenta mais uma semana lá dentro, Júlia. *Olhe* para você.

Ela sabia que a mulher tinha razão. Estava só pele e osso, e naquela manhã tinha tossido sangue.

— Então o que fazemos?

— Eu ataco o portão e mato todos eles.

— *Não.*

De algum jeito, Júlia conseguiu segurar a outra. No portão, os guardas riam, trocando histórias indecentes.

— Escute — sussurrou. — Só uma de nós pode se esconder na carroça. Vá você. Encontre Alaric. Eu fico e os distraio.

Ehre assentiu.

— Pegue isto — murmurou ela, empurrando a faca nas mãos de Júlia. — Pode precisar.

Júlia protestou, mas Ehre já tinha sumido, deslizando entre os edifícios. Júlia saiu da sombra direto para a luz, bem na frente dos guardas, decidida a causar a maior cena de sua vida.

Os três estavam bebendo posca. Ela sentia o cheiro; em geral, os soldados tinham vinho próprio, mas, quando acabava, roubavam a bebida ruim sem pensar duas vezes.

Ehre não encontraria Alaric. Não a tempo de salvar sua vida. Júlia sabia disso. E, mesmo que encontrasse, não havia garantia de que ele apareceria. Se Alaric não a salvara antes, por que viria naquele momento?

Júlia sabia que aquilo causaria sua morte. Mas garantir a liberdade de Ehre parecia um bom motivo para morrer. Melhor que apodrecer nos túneis, sem servir para nada.

De algum lugar dentro de si, convocou a mulher que um dia fora, aquela que havia seduzido um homem até a própria morte, que conquistara o coração de Alaric dos Godos, mesmo que por um tempo. Sabia como a posca criaria uma aura em volta dela, como faria a pele brilhar à luz das tochas. Quando saiu das sombras, no ângulo exato para a luz favorecê-la, os três guardas levantaram o olhar, boquiabertos.

— Ela é real? — perguntou o menor, o do capacete torto.

Era a bebida, apagando os defeitos dela.

Um deles parecia menos bêbado que os outros. Alto, magro.

— Ela saiu do alojamento, não devia estar aqui. — Ele estreitou os olhos. — Como saiu?

— Isso importa? — Júlia fez a voz virar um ronronar rouco. — Procuro um protetor neste lugar. Um de vocês vai servir, imagino. — Olhou direto para o mais sóbrio. — Você, talvez.

A boca dele se curvou, desconfiada.

— Para quê?

— Tratamento especial. Comida extra. Proteção. Não é assim que funciona?

O homem ergueu a sobrancelha.

— *Pode ser* como funciona.

O terceiro guarda se levantou com um tranco.

— Por que escolheu *esse* bunda mole?

O cocheiro da carroça já tinha chegado ao portão, e até ele a encarava, pasmo. Pelo canto do olho, Júlia viu uma sombra se esgueirar por baixo da carroça. Ehre, se escondendo no fundo, os músculos tensos marcando os braços. *Quanto tempo conseguiria se manter assim?*

Júlia umedeceu os lábios, e os olhares dos guardas ficaram vidrados.

— Mandem essa carroça seguir. — Era o tom de comando que aparecia fácil em Ravena. — Está estragando o clima.

— Abram o portão — latiu o magro.

Os outros correram para obedecer. A carroça rangeu ao passar pelos portões abertos. *Graças aos deuses.* Tudo que Ehre precisava fazer era matar o cocheiro, de algum jeito, sem uma arma, e escapar.

O homem magro se aproximou, com os olhos duros sob a luz das tochas.

— E agora? Que tal a gente se conhecer melhor?

Júlia entrou na cabana sabendo que morreria. Os guardas iam matá-la, ou o próprio lugar faria isso. Não importava qual dos dois. Mesmo assim, ela não suportava a ideia de aquele homem a tocar.

O barracão fedia a corpos suados. Era o alojamento de um guarda, tinha um catre estreito e manchado num canto e pilhas de objetos por toda parte, confiscados dos escravos.

A respiração quente do homem soprava no ouvido dela.

— Quer tratamento especial, é?

Mesmo sabendo que já estava condenada, Júlia recuou por instinto. *Você tem que fazer isso. Tem que fazer.* Antes, parecia só mais uma coisa que teria de suportar. Mas ali, naquele lugar fétido... ela devia ter tomado um barril de posca antes de tentar aquilo.

— Tão tímida assim? — Os olhos dele se estreitaram, agressivos. — Vai. Senta na cama. — Ele a empurrou no catre. Sentou-se ao lado dela. — Seja boazinha.

O homem se inclinou para beijá-la. Tinha lábios frios e úmidos como lesmas de jardim. Ele rolou por cima dela, prensando-a no colchão.

A faca de Ehre estava na palma da mão de Júlia.

Ela não hesitou. Enfiou a lâmina na lateral do pescoço dele, exatamente como Horsa tinha ensinado. O homem emitiu um som horrível, sufocado. O sangue jorrou quente sobre as mãos dela.

Júlia ficou imóvel, com o peso do morto sobre si, e engoliu uma eternidade de gritos.

A túnica dela estava encharcada de sangue quente.

Vasculhou os pertences do homem até achar outra túnica — fedida, porém *sem* manchas de sangue — e a vestiu. Algo caiu da pilha de trapos; era uma bolsa de pano que ela reconheceu. Era *dela.* A flauta do osso de Caltrácio. O anel da mãe. Amarrou a bolsa sob a túnica.

Se ainda restava dúvida de que morreria, agora era fato. Mesmo assim, recusava-se a morrer naquela cabana. De algum jeito, com as pernas trêmulas, conseguiu sair. Os homens no portão estavam largados num meio sono entorpecido pela posca, e Júlia voltou em silêncio para o alojamento sem que ninguém notasse. Nem os outros escravizados notaram e, se notaram, não se importaram.

Não fazia diferença. Logo encontrariam o cadáver do guarda. Estaria morta ao amanhecer.

Então me matem logo, pensou, virando de lado. *Acabem com isso.* Os ossos dela pressionavam no catre duro. Sentia-se como uma ânfora vazia. Um lar para fantasmas e vento.

Júlia foi arrancada do sono pelo guincho de um cavalo. Uma colisão enorme. Uma cacofonia de gritos.

Sons de batalha.

Ela se levantou. Ao redor, os outros escravizados se remexiam, mas ainda estavam drogados e acorrentados. Júlia não. Nada a impedia de sair, de erguer os olhos para o clarão do céu em chamas.

O portão pendia das dobradiças, e por ele entrava uma corja de homens selvagens a cavalo. Bandidos. Um vento soprou em seu rosto. Atrás dela, um guarda caiu como pedra, com uma flecha cravada no olho. Alguém incendiara os barracões, e o fogo já se espalhava pelas cercas. E, através da fumaça que subia junto ao portão, galopava uma mulher de cabelo preto como carvão, empunhando um machado huno. Ehre.

Logo atrás vinha Horsa, com seu cabelo loiro espetado, olhos marcados pela fuligem de uma fogueira, um colar com dente de lobo brilhando no pescoço.

CAPÍTULO XLV

Os bandidos que seguiam Horsa eram escravizados fugitivos, lavradores miseráveis e ex-federados, tomados pelos romanos e, mais tarde, libertos por suas próprias mãos ou pela sorte de um ataque. Horsa estava por perto, saqueando vilarejos em busca de comida, quando Ehre o encontrou.

Cavalgaram o dia inteiro para se afastarem das minas, Júlia montada atrás de Horsa, apertando os braços em torno da cintura dele, o rosto pressionado em suas costas. Ao cair da noite, o bando parou num vilarejo abandonado e saqueou as casas, arrastando móveis para fora das ruínas e acendendo uma fogueira cujo fogo se ergueu acima dos telhados. Depois, beberam e dançaram, ecoando com canções e gritos de batalha no vilarejo deserto.

Júlia bebia de qualquer cantil que lhe passassem; vinho de leite huno, aguardente bárbara que queimava por dentro e vinho velho de cavalaria já a meio caminho de virar vinagre. E dançava, ali no meio da grande planície devastada de ventos uivantes, apesar de seus ossos mal sustentando a pele. Dançou cercada por homens e mulheres com os sentimentos à flor da pele, ferozes, afiados como o fio de uma lâmina, com a mesma expressão nos olhos. Indomados. Selvagens. Sem traço de piedade.

Certamente aquela era a última fogueira, queimando pelo fim do mundo.

Na manhã seguinte, Júlia acordou enrolada no manto que fora de Alaric, sobre o chão duro.

O frio que pairava no ar não estava ali antes. Quanto tempo havia passado nas minas? O verão já tinha acabado?

A fogueira ainda ardia, e um grupo de bandidos se reunia em volta dela, bebendo de cantis. Àquela luz, pareciam muito mais jovens do que na noite anterior. Quase crianças.

Ela estendeu a mão para o próprio cantil, mas o gosto do vinho lhe revirou o estômago. Vomitou ali mesmo no chão e, depois, jogou fora o restante do líquido, vendo o vermelho se infiltrar na terra.

Onde está Horsa? Sentou-se, a cabeça latejando brutalmente. Foi então que viu, além da fogueira, um grupo de pessoas em trapos imundos, ainda acorrentadas pelos tornozelos. Os escravizados da mina.

Horsa estava junto à fogueira, cercado por seus bandidos, com um sorriso de pirata que podia muito bem ser o de Alaric, imitando o jeito do rei dos godos quando cercado de pessoas. Júlia se enfiou no meio, as pernas bambas, a cabeça latejando. Ela *odiava* estar sóbria.

— Precisamos conversar, Horsa. A sós.

Horsa acenou com desdém. O gesto de Alaric. A arrogância de Alaric.

— Sou o rei dos bandidos, Júlia. O que tiver a me dizer, pode dizer diante dos meus.

Júlia se abaixou e torceu a orelha dele. Com força.

— *Ai!* Para! *Harpia!* — Os seguidores dele caíram na risada. — Tá bom — resmungou ele, levantando-se.

Ela o arrastou para a beirada da roda.

— O que pretende fazer com eles? — perguntou, apontando para os escravizados. — Vai soltá-los, não vai?

— Eles são *espólio*, Júlia. Como acha que convenci os outros a atacar aquela mina? Vamos vendê-los.

— Nenhum mercador respeitável vai comprar escravizados roubados. Você só vai acabar crucificado.

— Você se surpreenderia com o que mercadores *respeitáveis* aceitam — retrucou Horsa, cruzando os braços. — Tenho que vendê-los, Júlia. A única forma de continuar *sendo* o rei dos bandidos é oferecer pilhagem ao meu povo.

— Bom. Nesse caso, acho que a *pilhagem* é o rei dos bandidos. Não você — disse Júlia, arqueando a sobrancelha. — Alaric teria libertado todos, você não acha? E mesmo assim manteria a lealdade de seus bandidos.

— Alaric teria... — Horsa corou. — Foda-se ele — resmungou.

Mas então se virou e marchou com aquele jeito convencido até o grupo de escravizados, onde começou a conversar com dois homens que estavam de guarda. Eram mais velhos que Horsa, talvez da idade de Alaric.

Não pareceram gostar nem um pouco do que ouviam. Um deles rosnou algo assassino, e o outro levou a mão à espada.

Júlia pensou nas minas, na posca em chamas, nos corpos na carroça. Se aquilo não desse certo, ela mesma interviria. Não fazia ideia de como evitaria ser atingida por uma espada, mas só por cima do maldito cadáver dela que aquelas pessoas continuariam escravizadas.

Horsa disse mais alguma coisa, olhos semicerrados e insolentes. Depois de algum tempo, os dois homens recuaram. Um deles se moveu para soltar as correntes. Então Horsa voltou até Júlia com passos despreocupados, o rosto tão neutro que chegava a ser ameaçador. Só quando chegou perto é que abriu um sorrisão.

— *Eu* sou o rei dos bandidos. Falei para você.

Naquela noite, sentaram-se juntos perto da fogueira.

Na mina, Horsa praticamente se jogara do cavalo e correra até Júlia, encarando-a como se estivesse vendo um fantasma em carne e osso. Depois, a apertara num abraço forte o bastante para quebrar costelas. Mas só naquele momento entendia por que o garoto tinha ficado tão feliz em vê-la.

— Ele acha que você morreu, sabia? — comentou Horsa, cutucando o fogo com o que restava de uma perna de cadeira. — Todos nós achávamos.

Ele contou sobre o incêndio. Júlia se lembrou de ter visto fumaça ao sair da cidade, e começava a entender que fora Bromios quem começara aquele fogo. Tinha prometido uma distração. Ela não ficara tempo suficiente para descobrir o que seria.

Júlia prendeu a respiração. Não sabia ao certo o que sentir com aquela notícia. Tudo o que sentiu foi um vazio.

— Eu não morri. *Eu fugi.*

Tentou dizer mais alguma coisa, mas a garganta travou, e as palavras não vieram. Horsa passou um braço em volta dela, e Júlia se encostou em seu ombro.

— Alaric enlouqueceu depois que você se foi. — Ele falou como se estivesse com a tristeza apertando seu pescoço. — Entrou em diversas *holmgangas*, empalou os próprios líderes em estacas. Agora conversa com os *mortos*, Júlia. Vive falando com Caltrácio. Torismundo disse que ele se recusou a dar um enterro digno para o homem, e por isso o espírito o acompanha sem descanso. Mas acho que Alaric só pirou mesmo. — Horsa lançou um olhar por entre os cílios empoados de cinza. — Ele me perguntou se eu tinha visto o *seu* fantasma.

— E o que você respondeu?

— Que tinha sido ele quem matou você. E então fui expulso. — Horsa enfiou a perna da cadeira no fogo. — Se eu voltar àquela cidade, vou morrer.

O rosto dele parecia inabalável à luz das chamas, mas por baixo estava assolado pelo luto. Júlia pegou sua mão e a apertou.

— Então somos dois — sussurrou ela.

Ficaram ali um tempo, olhando para o fogo que se apagava, os dois destroçados pelo mesmo homem e sem a menor ideia de por onde começar a juntar os cacos.

— Mas o que há de *errado* com vocês dois? Que caras amarradas! — Ehre surgiu quebrando o silêncio, se jogando no banco com o vinho quase transbordando da taça. — Deveríamos estar comemorando!

E disparou num relato absurdamente dramático de como tinha escapado da mina.

Júlia fechou os olhos e pensou na estrada longa e sombria que se estendia à sua frente.

— Ehre — chamou ela, interrompendo a descrição sangrenta da jovem sobre o que tinha feito com o cocheiro. — Você me leva de volta para Brisca?

Horsa se virou para ela, surpreso.

— Por que não fica comigo?

— Eu não posso ser a rainha dos bandidos, Horsa. Já sou a rainha dos godos.

— Talvez *eu* seja a rainha dos bandidos. Ia me dar bem. — Ehre abriu um sorriso. — Não, Júlia. Me desculpe. Eu cruzei as montanhas para sair da sombra da minha irmã. O único caminho que não vou seguir é o que me leva de volta.

Júlia entendia. Era algo que os três tinham em comum; nenhum deles podia voltar de onde vieram. Sentiu o peso da pequena flauta de osso, guardada na bolsa presa à cintura, e fechou os olhos. Sua última tábua de salvação. Viu-a se dissolver diante de si.

— Tive uma ideia — disse Horsa, em voz baixa.

Levaram três dias para encontrar Torismundo. O batavo e seus seguidores tinham acorrentado um círculo de carroças no alto de uma colina; um forte móvel, visível a quilômetros de distância, com fogueiras acesas. Devia ser um quarto do exército de Alaric. Júlia não fazia ideia de que tanta gente o seguia.

Entrar foi fácil; as sentinelas não viram ameaça em três bandidos esfarrapados e famintos. Lá dentro, a tenda de Torismundo se destacava. Acima dela, tremulava uma bandeira verde com um carvalho desenhado; o mesmo símbolo que Júlia vira no escudo dele.

Quando ela entrou na tenda, o homem se levantou num pulo, com os olhos arregalados, como se estivesse vendo um fantasma.

O rosto dele estava mais magro do que antes. Tinha deixado crescer uma barba loira, reluzindo na mandíbula; parecia mais sombrio e selvagem do que ela jamais tinha visto. Foi só depois de abraçá-la, segurando-a à distância de seus braços — como se quisesse confirmar que era mesmo real —, e abraçá-la de novo, que Torismundo se permitiu abrir um sorriso largo.

— Alaric via os mortos como se fossem tão reais quanto o chão debaixo dos pés — murmurou. — Nunca achei que aconteceria comigo.

Júlia não estava preparada para o que sentiu ao ver o batavo de novo. Desabou num choro convulsivo, afundando o rosto no colete de couro dele. Os braços de Torismundo a envolveram num abraço que chegou a tirar seu fôlego, e por um momento os dois ficaram ali, agarrados, sem palavras.

Quando ela parou de chorar, o que demorou mais do que gostaria de admitir, o homem a conduziu até um dos banquinhos montados em volta de um buraco com brasas ardendo no chão. Tirou uma garrafa do casaco e enfiou nas mãos dela.

Júlia riu por entre as lágrimas.

— Esse é o último da leva?

— Não é um desperdício se dividido com você.

Mas ela não conseguiu beber. Só o *cheiro* do álcool já embrulhava seu estômago.

— Nunca pensei que veria o dia em que a princesa Júlia recusaria uma bebida. Você deve ser mesmo um fantasma. — Torismundo trocou a garrafa por um copo de água gelada num recipiente de lata. — Bem-vinda de volta ao mundo dos vivos, mulher. Onde você esteve?

Falar com Torismundo era fácil. A história a corroía por dentro fazia tempo, e Júlia acabou contando tudo; das minas, da posca. Do homem que matou. Falou até a voz ficar rouca, e Torismundo ouviu em silêncio, com atenção solene. Quando terminou, ele tomou suas mãos.

— Júlia, se eu soubesse, teria ido buscar você eu mesmo.

A expressão no rosto dele fazia parecer que ele tinha levado uma pedrada no peito.

— Você achou que eu estava morta. Como podia saber? — Ela puxou o ar com dificuldade. — Por que... por que você o deixou?

Não conseguia imaginar Torismundo virando as costas para Alaric. Mas, pensando bem, também não teria se imaginado fazendo o mesmo.

A expressão dele se fechou.

— Quando me juntei ao Alaric, eu acreditava que ele queria o mesmo que eu. Uma pátria, segurança para o nosso povo. No começo, ele tentou controlar os clãs e evitar que virássemos bandidos, embora nos últimos três anos a gente tenha tido que saquear para sobreviver. — Torismundo respirou fundo, os ombros largos subindo e descendo. — Mas, depois que você foi embora, alguma coisa se desfez dentro dele. Alaric deixou de se importar com o povo. Deixou todo mundo passar fome e expulsou clãs que o acompanhavam desde o início. Rei nenhum mantém o direito ao trono se não alimenta seu povo. — Ele olhou para as mãos dos dois, ainda entrelaçadas, a testa franzida. — Brigamos na noite em que parti. Eu o acusei de ser culpado pela sua morte, e ele me disse que, se me visse de novo na cidade, me mataria na hora. Depois disso, eu não podia mais ficar. Também tinha os meus para proteger. E ainda me importo com eles. Então fui embora. Tive que ir.

— Ele me mataria também, se eu voltasse — sussurrou Júlia, lembrando do jeito que os olhos de Alaric queimavam de ódio na última vez que se viram. — Ele me odeia também.

— Não. — Torismundo balançou a cabeça. — Alaric ama você. Ele *enlouqueceu* porque achou que era o culpado pela sua morte. Foi por isso que expulsou a mim e a Horsa... nós dois tocamos na mesma ferida.

Júlia apertou as mãos dele. Horsa tinha dito praticamente a mesma coisa para Alaric e também tinha sido expulso. Será que a loucura dele vinha mesmo da culpa por se achar responsável pela sina dela? Júlia fechou os olhos com força. *Mas que diferença isso faz?* Não restava nada, além de um campo de batalha arrasado entre os dois.

— Talvez, se eu só voltasse por um tempo, mostrasse para ele que estou viva... — interrompeu-se, fungando alto, e continuou: — ... ele voltasse a ser quem era.

— Duvido que ele vá reconhecer você — disse Torismundo com delicadeza. — Mas essa nem é a única razão para você não tentar. Júlia, recebi a notícia hoje de manhã. O marido da Lucrécia finalmente foi atrás de sua vingança. Nórica está sob cerco.

Júlia ergueu o rosto num estalo.

— Então você vai... vai partir em socorro dele?

— Não. — Torismundo estava sério. — Não vou.

— Como assim *não*? — Júlia apertou as mãos enormes e marcadas de batalha dele. — Torismundo, ele *sempre* voltou por nós. Não abandonou você quando estava naquela fazenda com as tripas para fora. Não me deixou com aqueles bandidos. Se soubesse que um de nós estava em perigo, ele derrubaria muralhas para chegar até nós. Não podemos *abandoná-lo* lá.

O batavo soltou um suspiro pesado. Em seguida, levantou-se para acender os braseiros e, quando se virou para ela, seu rosto estava marcado pelo luto.

— Provavelmente não adiantaria nada. Alaric já deve estar nas mãos dos romanos antes mesmo de a mensagem chegar até mim. Ele não estava em condições mentais de se defender de um cerco, e os muros de Nórica também não. E, mesmo que eu *pensasse* em ajudar, agora não conseguiria chegar até ele nem se tentasse. Há hunos entre nós e Nórica. Nem eu consigo abrir caminho à força. — Torismundo passou o antebraço pela testa e ela percebeu o cansaço, a dor dele. — Tem mil pessoas fora desta tenda contando comigo. Nem todos são guerreiros. Eu não vou levá-los para a destruição.

Júlia se lembrou do que Horsa tinha dito. "Se ele morresse no campo de batalha e eu saísse vivo, jamais superaria essa vergonha."

— Você vai deixá-lo morrer no campo de batalha.

— Eu sei — disse Torismundo, e Júlia sabia o quanto aquilo lhe custava. Por trás da resignação abatida, o homem estava tão devastado quanto ela. — É o que ele faria, se estivesse em pleno juízo. Precisamos deixá-lo ir. Precisamos. — Ele voltou a se sentar ao lado dela e apertou suas mãos com força. — Me peça qualquer outra coisa. Me peça abrigo. Me peça para mandar você de volta para Brisca com escolta. Você pode começar uma vida nova. Só não me peça para enviá-la à morte certa. Ele nunca me perdoaria se eu fizesse isso.

Júlia recebeu uma tenda em um dos extremos do acampamento, longe das fogueiras. Ficou horas deitada, debatendo consigo mesma. Horsa dissera que Alaric enlouqueceu. Mas só naquele momento, depois de falar com Torismundo, ela entendeu de verdade.

Coberta por peles, puxou os joelhos para o peito, sentindo as palavras de Torismundo pesarem sobre ela como uma tonelada de terra. Alaric estava sob cerco em Nórica, se é que já não tinha sido capturado pelos romanos. Se fosse preso, sua morte seria um espetáculo em Ravena. Morreria como Cornélio. E tudo por culpa dela. Se nunca a tivesse conhecido, se ela não o tivesse feito amá-la, se não tivesse *insistido*, nada disso teria acontecido.

O amor o destruiu, do mesmo jeito que a ela. Mas talvez tivesse sido *pior* para ele.

"Deixá-lo ir", foi o que Torismundo dissera. Por um momento, Júlia se permitiu imaginar isso. Estilicão não pensaria em procurá-la no vilarejo de Brisca. Ela poderia desaparecer nas montanhas. Talvez pudesse virar aprendiz dos curandeiros. E, dali a algumas estações, encontraria outro amor, que a ajudaria a esquecer... mas sempre que fechasse os olhos, veria Alaric morrendo sozinho, com dor, por culpa *dela*.

Júlia não conseguiria viver num mundo em que tivesse arruinado Alaric com seu amor e depois o deixado para morrer sozinho. Não conseguiria.

Torismundo tinha colocado homens de guarda, mas ela ainda tinha sua faca. Não foi difícil cortar um buraco na parte de trás da tenda.

Lá fora, o acampamento estava quieto. As fogueiras tinham se queimado até virarem brasas, e ainda faltava muito para o amanhecer. Com cuidado, Júlia foi até os cavalos.

— E onde é que você pensa que vai?

Júlia quase saltou de susto. Ehre e Horsa estavam atrás dela, a respiração dos dois formando nuvens de vapor sob o luar.

— Eu vou até Alaric — disse ela, levantando o queixo em desafio.

— É mesmo? — Horsa sorriu de lado. — E como vai escapar dos hunos?

— Como vai arrumar comida e abrigo? — completou Ehre.

— E se livrar dos bandidos? Vão tomar seu cavalo se você não for boa com a espada.

— Eu descubro no caminho — respondeu Júlia. — Não tentem me impedir. Se contarem para o Torismundo, eu vou fugir de novo.

— Você entendeu errado — falou Horsa, sério. — Eu não consigo deixar Alaric morrer sozinho no campo de batalha, Júlia. Nós vamos com você.

CAPÍTULO XLVI

À medida que cavalgavam rumo ao sul, a terra parecia cada vez mais devastada.

Bandos errantes de godos tinham saqueado aquelas regiões, assim como bandidos e traficantes de escravizados. Júlia e seus companheiros se escondiam durante o dia em vilarejos carbonizados e se moviam à noite para evitar os hunos, seguindo em direção ao horizonte riscado por relâmpagos. Certa vez, passaram por um vilarejo inteiro em chamas. A estrada ao sul estava cada vez mais atulhada de cadáveres.

Horsa lhe dissera que tanto romanos quanto godos eram brutais — ambos saqueadores e assassinos. Enquanto os romanos levavam escravizados, os godos às vezes deixavam sobreviventes para chorar sobre os carvões incandescentes de suas casas. Já os hunos... esses não levavam escravos. Nem deixavam sobreviventes.

O plano de Júlia ao chegar em Nórica era vago. Ela esperava que Alaric não estivesse morto nem capturado, mas ainda sitiado. Em sua mente, Júlia conseguiria escapar dos hunos e entrar na cidade às escondidas, e sua presença o traria de volta à sanidade. Em seus delírios mais febris, Alaric cairia de joelhos e juraria devoção eterna. Um delírio, claro. Mas ao qual se agarrava, ignorando todas as dúvidas. Resgataria Alaric, como ele tantas vezes fizera com ela. De algum jeito.

Estavam quase em Nórica quando caíram nas mãos dos hunos.

Júlia estava deitada em um monte de palha num celeiro queimado, entre o sono e a vigília. Não saberia dizer o que a despertou... talvez o silêncio. Nenhum pássaro, nenhum galo solitário cantando ao amanhecer. Nem mesmo uma respiração. Horsa e Ehre haviam sumido. Um pressentimento terrível a invadiu.

A porta do celeiro estava entreaberta. Um movimento chamou sua atenção. Ela congelou.

Do outro lado do pátio, um cavaleiro vestido de preto segurava as rédeas de um cavalo baio, uma lâmina curva e ameaçadora estava em seu quadril, e uma aljava cheia de flechas, nas costas. Ela reconheceu o arco, as lâminas, a silhueta rígida do cavalo.

Riga, pensou de imediato. Porém, quando o homem virou o rosto, Júlia viu que não era ele.

Mas era um huno.

Ela ficou absolutamente imóvel. Se se mexesse, ele a veria. "Eles não levam escravos", dissera Horsa, "nem deixam sobreviventes."

Melhor morrer, então. Melhor do que ser escravizada.

O olhar do homem encontrou Júlia como se ela tivesse falado em voz alta. Ele puxou o arco e armou uma flecha num só movimento fluido.

Júlia ergueu o braço por instinto, encolhendo-se do golpe que iria levá-la à morte.

Momentos depois, ela estava sendo arrastada para fora do celeiro até a praça arruinada da aldeia. Havia mais de vinte hunos espalhados pelos anexos, todos armados até os dentes. Sob a mira de espadas, Ehre e Horsa foram trazidos de uma das casas, onde estavam saqueando mantimentos.

— O que você disse a eles? — sussurrou Horsa. — Já deviam ter nos matado.

— Nada! Não disse uma palavra.

— Continue em silêncio — disse Ehre, sombria. — Se puder escapar, escape. Não se preocupe com a gente.

Júlia mal teve tempo de contestar. Foram separados, e suas mãos foram amarradas com corda áspera, depois foi empurrada para subir na garupa de um cavalo.

O acampamento dos hunos não ficava longe. Tinha cheiro de couro novo, feno fresco, lama revolvida por centenas de cascos e, por cima de tudo, um aroma de especiarias e carne assada que fez o estômago de Júlia revirar. *Há quanto tempo estava sem comer direito?*

Sempre pensara nos hunos como um povo só que compartilhava a mesma cultura. Mas ali havia gente de dezenas de nações, falando uma profusão de línguas. Homens e mulheres se voltavam para sua passagem, os olhares curiosos a acompanhando. Júlia sabia o que viam: uma estranha. Uma prisioneira. Tinha a sensação de que todos se perguntavam por que ela ainda estava viva.

A maior das tendas era feita de couro branco. Júlia foi conduzida para dentro e se viu diante de uma mulher alta e imponente, que vestia calça de couro de vaca e uma túnica tingida em cores vivas, com pele costurada nos punhos. O cabelo era muito escuro e liso, preso em uma trança meticulosa.

A mulher disse uma única ordem em latim militar:

— Ajoelhe-se.

Júlia ajoelhou na mesma hora. Testa no chão. Não era tola a ponto de desobedecer.

Acima dela, a mulher voltou a falar, usando um huno rápido com os homens que a haviam trazido. Havia muitos idiomas naquele acampamento, mas Júlia reconheceu aquele. Já aprendera canções obscenas nele, uma vez, numa tenda cheia de fumaça. Era a língua de Riga.

Alguém a puxou de pé com um safanão. Cortaram as cordas de seus pulsos e então agarraram seu braço, empurrando a manga para cima até o cotovelo.

A mulher arregalou os olhos. Ela olhava para a marca que Riga cortara na palma de sua mão.

— Onde uma escravizada romana conseguiu isso? Eu devia cortar fora.

Escravizada romana. O orgulho gritou dentro dela. Mas não era verdade? Não tinha sido escravizada?

— Corte, se quiser. Estou sob seu poder — disse Júlia, sem desviar o olhar. — Mas quem me deu essa marca prometeu que ela me garantiria segurança aqui.

— Quem é você? Não baixa os olhos como uma escravizada — comentou a mulher, estreitando os olhos com desconfiança. — E quem é essa pessoa que anda fazendo promessas em nosso nome?

— O líder mercenário Riga. Ele segue Alaric dos Godos.

A mulher soltou um assobio entre os dentes. Segurou o pulso de Júlia com mais força e examinou o símbolo. Depois de um breve silêncio, falou de novo:

— Sabe o que é isso? — Ela tocou o pulso de Júlia com a ponta da adaga. — É a mesma marca que ele colocaria num animal de estimação. Ou numa besta de carga, como um burro.

— *Um burro?* — Júlia arregalou os olhos, ofendida. — Pois corte agora! *Faço questão!*

— Quem decide o que é cortado ou não nesta tenda sou eu. — Ela a encarou friamente. — Seu *amigo* falou a verdade. Tenho minha honra. Não vou fazer mal a você. — Mas claramente não parecia satisfeita com isso. — Em troca da minha generosidade, me diga onde está Riga. Tenho assuntos pendentes com meu irmão mais velho.

O nome da irmã de Riga era Kreka.

A semelhança entre os dois era quase nenhuma. Enquanto Riga vivia sorrindo, cheio de malícia, Kreka era severa, altiva, com uma espécie de autocontrole letal e gracioso. Nenhum fio de cabelo fora do lugar. Júlia seria capaz de apostar que a mulher passava as noites afiando as armas até o fio ficar perfeito, de modo quase obsessivo.

Júlia estava sentada com as pernas cruzadas sobre um tapete, perto do braseiro, tomando um vinho de leite quente. O cheiro e o gosto de álcool ainda a enjoavam, mas ela não era tola a ponto de recusar hospitalidade.

— Antes de responder às suas perguntas — disse ela —, preciso saber se a proteção de Riga se estende aos meus amigos.

Kreka franziu a testa.

— A marca do meu irmão não está em sua comitiva.

— Pode ser. Mas quem está comigo também é querido por ele — disse Júlia, em voz baixa. — Peço que honre o espírito da marca dele, não o lugar em que está grafada.

Kreka estreitou os olhos, e Júlia prendeu a respiração. Em outra vida, estaria apavorada. Mas ela sobrevivera às minas; sabia que existiam coisas piores que a morte. Sustentou o olhar da outra mulher e esperou.

Por fim, Kreka inclinou levemente a cabeça.

— Pela minha honra.

— Ele ainda está com Alaric dos Godos — revelou Júlia, tomando um gole demorado da bebida fumegante. — Eu estava a caminho deles quando você me encontrou.

Kreka refletiu.

— Você deve querer muito reencontrar meu irmão.

Júlia calculou o próximo passo, disfarçando a hesitação com mais um gole de vinho de leite. Seria melhor ou pior se Kreka pensasse que ela havia compartilhado a cama de Riga? Não importava qual fosse a resposta, parecia insensato revelar sua verdadeira identidade ou o vínculo com Alaric. Tinha certeza de que, no momento em que uma palavra escapasse, Kreka pensaria no valor de seu resgate. Qualquer um pensaria.

Manteve a história simples, mentindo mais por omissão do que por invenção.

— Vim de Ravena. Minha família queria me casar com alguém que eu não aceitava, então fugi e encontrei abrigo com Alaric. Riga e eu... ficamos próximos.

Não era mentira. Parecia mais seguro deixar Kreka presumir que ela fora amante do irmão do que de Alaric.

Mas um sorriso zombeteiro surgiu nos lábios da outra.

— Tão próximos que ele marcou você como um *burro.*

A raiva subiu-lhe à garganta. De repente, não importava mais como Kreka a via. Que diferença fazia? O pior já tinha acontecido, várias vezes, e reencontrar Alaric parecia cada vez mais improvável.

Júlia virou o vinho de leite de uma vez só.

— Se eu vir Riga de novo, ele vai pagar caro por essa afronta.

E falava sério. Horsa já lhe ensinara o que fazer com uma faca. Ela já matara um homem. E tudo o que Júlia tinha agora era a imprudência. Quando olhou de volta para Kreka, viu que a outra a encarava com um tipo feroz de reconhecimento.

— Se sobrar alguma pele depois que eu acabar com ele — disse Kreka, com uma frieza cortante.

Júlia não conteve a curiosidade.

— Posso perguntar que insulto Riga infligiu à própria líder?

— Eu não sou a líder. — Kreka tomou um longo gole da bebida e encarou o fogo. — Pela tradição, o filho mais velho herda a liderança do clã. Mas meu irmão mais velho, Riga, fugiu para fazer fortuna no oeste. Eu fiquei. E, quando meu pai adoeceu, fui *eu* que liderei o povo. Encontrei os melhores pastos e os saques mais ricos. Agora meu pai morreu, e os videntes exigem que eu me afaste até que meu irmão seja encontrado. A única forma de eu continuar a governar é provar que ele morreu... ou achá-lo e obrigá-lo a se ajoelhar diante dos videntes, para que se prove que *eu* sou a mais apta a governar.

Júlia ferveu por dentro.

— Essa é a sina do mundo, não é? Para uma mulher ser aceita como líder, precisa ser duas vezes mais forte e inteligente que qualquer homem.

Era revoltante. Ela olhou para Kreka e a oportunidade estava ali, clara como uma corda para quem se afoga. *Vá arranjar seu próprio exército.*

— Eu sei exatamente onde Riga está — disse Júlia. — E vou te ajudar a chegar até ele.

CAPÍTULO XLVII

Ao fim, Alaric estava exausto demais, sentindo um vazio muito grande por tanto matar para distinguir sonho de realidade. A noite em Nórica dissolveu-se em dia, projéteis em chamas encheram o céu, raios riscando o horizonte e fogueiras militares foram espalhadas pela planície além.

Semanas antes, havia milhares de seu povo. Naquele momento, restavam algumas centenas, a maioria na cidadela. Grande parte da cidade baixa já havia sido tomada. Os celeiros ainda estavam em chamas; Alaric tentara com afinco preservá-los, em três noites brutais de combate corpo a corpo pelas ruas estreitas. No fim, não conseguiu. Fizera tudo que podia.

E então, parado na muralha da cidadela, contemplava o penhasco dali.

Ande, sussurrou Caltrácio atrás dele. *Junte-se a nós.*

Não. Não era um bom fim. Não era um fim digno de um guerreiro.

Mas ainda melhor do que ser arrastado até Ravena e torturado até a morte diante de uma multidão histérica.

O penhasco o chamava. Alaric olhou para a planície e, em vez das fogueiras romanas, viu um exército imenso de fantasmas; aqueles que havia matado e os que morreram seguindo-o.

Todos, menos Júlia. Ela não queria nada com ele, nem mesmo na morte.

— Alaric.

Era Hengist atrás dele, exausto, com manchas escuras sob os olhos. Hengist tinha liderado incursões perigosas à cidade em busca de alimento. Por um momento, Alaric sentiu um aperto no coração ao pensar no perigo a que o sujeitara, e no irmão dele, órfão de pai e sozinho na floresta. Ele traíra a promessa feita a Gaufrido em seu leito de morte num momento de raiva. Sentiu um aperto na garganta, um desprezo por si mesmo.

— O quê?

A resposta que ouviu era inacreditável.

Alaric seguiu o garoto correndo até o topo do parapeito. Além das muralhas destruídas, além do exército romano, viu uma onda de homens e cavalos avançando como uma maré terrível.

Riga já o esperava no topo da muralha e virou-se. Relâmpagos iluminavam o céu preto sobre preto.

— São os hunos — disse, testando a tensão do arco. — Ou vieram se juntar aos romanos para vasculhar nossos cadáveres ou vieram nos socorrer.

Alaric achava o pessimismo mais racional do que o otimismo. Era mais fácil acreditar que os hunos chegariam para devorar os restos deixados pelos romanos. Sabia que seus homens não durariam mais que dois dias sob o ataque de ambos.

Então, ficou na muralha com Riga e Hengist, assistindo aos hunos trovejarem pelo acampamento romano e atingirem o flanco desprotegido. Já vira isso acontecer ao *seu* povo, quando foram expulsos da ilha de pinheiros no meio do Danúbio, e os hunos, montados em seus pôneis ferozes, fizeram flechas voarem mais longe e mais rápido do que imaginava possível. Até mesmo seu valente pai fugira deles.

Por isso, o choque foi imenso quando, horas depois, ficou claro que os hunos estavam combatendo os romanos. Nem mesmo Riga sabia explicar o porquê.

Com os romanos ocupados fora das muralhas lutando contra os hunos, cabia a Alaric expulsar os invasores da cidade. Mais fácil falar do que fazer.

Os guerreiros de Alaric estavam exaustos, famintos, em baixo número.

Ele liderou incursão atrás de incursão. As lutas eram brutais e a margem para erro, inexistente.

Alaric vivia apenas no presente, cada instante um tecido de sangue, dor e medo, seus passos assombrados pelo fantasma degolado de Caltrácio. De algum modo, ele e os sobreviventes conseguiram expulsar os romanos rua por rua, descansando apenas em momentos que pareciam roubados da morte.

Com o passar daqueles dias sangrentos, Alaric ouviu um rumor. No início não acreditou. De dia, o rejeitava. À noite, não conseguia esquecê-lo.

Diziam que uma mulher ruiva cavalgava entre os hunos.

Ao fim do terceiro dia, as ruas estavam cobertas por pilhas de cadáveres, mais da metade das construções foram incendiadas e as muralhas já eram pouco mais que ruínas. Mas, quando o sol nasceu no quarto dia, os romanos tinham abandonado a cidade.

Naquela manhã, Alaric caminhou até o portão sul com Ataulf logo atrás, ambos exaustos quase a ponto de alucinar. À frente, ouviam risadas e gritos, ecos estridentes nas paredes enquanto sobreviventes saíam dos prédios destruídos onde haviam se refugiado. No portão oeste demolido, um contingente de guerreiros hunos entrava na cidade, e seus gritos de vitória se misturavam aos dos próprios homens de Alaric.

Ainda não estava claro o que eles queriam. Era hora de descobrir.

Uma guerreira alta que Alaric não reconhecia abriu caminho pela multidão, trazia um arco pendurado no ombro. Ela parou diante de Ataulf.

— Você é Alaric dos Godos? — A mulher o analisou de cima a baixo, os lábios curvados num sorriso zombeteiro. — Disseram que você era mais alto.

Alaric deu um passo à frente.

— Eu sou Alaric. Você é a líder a quem devo agradecer?

— Ainda não sou líder. Vim buscar esse título arrancando a pele do meu irmão. — Ela ergueu os olhos além da cabeça dele e gritou numa voz que ricocheteou pelas paredes. — *Riga!*

Alaric olhou para trás e viu Riga no telhado, pálido por baixo do bronzeado. A mulher correu atrás dele, furiosa. Parecia pronta para escalar o prédio.

— Devo acreditar — disse Ataulf em voz baixa — que o sangue de Riga acabou de enfrentar uma legião romana só para resolver uma briga de família?

Alaric segurou a risada. Parecia impossível.

— Não sabia que ele tinha irmã.

Estava cansado demais para entender aquilo. E Ataulf parecia morto em pé. Ainda havia mais a fazer — sem dúvida, havia bolsões de resistência romana que precisariam expulsar antes que a cidade estivesse totalmente segura.

Alaric e Ataulf tinham acabado de voltar colina acima quando ouviram um tumulto às suas costas. Gritos no portão. Ele virou e viu outra mulher abrindo caminho pela multidão — ela tinha duas lâminas curvas na cintura, cabelo escuro trançado caindo sob o elmo.

Reconheceu-a no mesmo instante. A irmã mais nova de Brisca.

— Ehre? O que você está fazendo aqui?

A jovem correu até ele, o rosto afogueado.

— Graças aos deuses encontrei você. Os romanos estão atacando a colina a oeste, onde os hunos tinham acampamento.

— E o que podemos fazer quanto a isso? — Ataulf franziu a testa. — Mal vencemos esta batalha nas ruas. Quem for defender aquela colina vai para a morte certa.

— Você não entende. — Ela fixou os olhos inflamados e ferozes em Alaric. — Júlia está lá. Viva.

Segundo as histórias, os hunos se moviam rápido — avançavam para despejar sobre os inimigos uma chuva mortal de flechas, depois surgiam na poeira, cavalgando e atirando melhor que qualquer adversário. Não havia espaço para lentos ou fracos. Nem para não combatentes. Era por isso que não faziam prisioneiros.

Júlia concluiu que isso não era bem verdade.

O povo de Kreka viajava em carroças puxadas por pôneis pequenos e robustos. Havia curandeiros, crianças e artesãos, e, embora todos soubessem cavalgar e manejar uma arma, nem todos eram guerreiros.

Como não tinham matado Júlia, as pessoas de Kreka a acolheram, junto de seus amigos, sem grande resistência. Ehre e Horsa se adaptaram como se tivessem nascido entre eles, ambos hábeis com cavalos e armas. Não havia muito espaço para quem não soubesse se defender sozinho. Júlia se sentia insegura, sem saber ao certo seu lugar, mas logo percebeu que cavalgava melhor do que imaginava.

Ali, ninguém compartilhava cavalo. Kreka permitiu-lhe uma montaria própria, uma égua dura e ossuda que mal batia na cintura de Júlia. Após meses cavalgando com Alaric, o corpo dela se movia com o cavalo como água descendo correnteza abaixo. Era bastante fácil quando o grupo galopava pelas planícies; ela só precisava se segurar. A égua jamais abandonaria os seus companheiros. Suas coxas tinham desenvolvido uma força sólida como ferro e, em vez de medo, Júlia sentia uma intensa euforia, o vento chicoteava seu cabelo enquanto a planície se estendia à frente. Aquilo era *liberdade* — uma liberdade que nunca experimentara em sua vida restrita em Ravena.

Aquilo também era uma espécie de lar.

Muito antes que Nórica surgisse à vista, o vento trouxe o cheiro da cidade sobre as planícies. Fedor de batalha e cinzas, cheiro de fogo e cerco. Eles acamparam atrás de uma elevação, fora da vista do exército romano, e os guerreiros começaram a se preparar para a luta.

Naquela noite, Ehre e Horsa a chamaram para conversar.

— Se os romanos passarem daquela colina, todo mundo vira combatente — afirmou Horsa, sombrio. — Você vai ter que se defender.

Júlia já tinha uma faca presa na bota. E Ehre deu a ela um machado leve dos hunos.

— O peso está concentrado na lâmina, então dá força ao golpe — explicou Ehre. — Seu braço será tão forte quanto o de um homem com espada.

Depois, Horsa e Ehre passaram várias horas, até que a luz do dia se perdesse no escuro, garantindo que Júlia conseguisse se manter viva. Mostraram como apunhalar e onde cortar, onde ficavam os pontos fracos da armadura de um soldado e alguns golpes traiçoeiros.

Ela terminou o dia mais convencida do que nunca de que, se algum dia entrasse num campo de batalha, seria a primeira a morrer na ponta de uma lança romana.

Mas não era a única possibilidade. As outras incluíam ser capturada e enviada de volta ao irmão ou morta pelo próprio Alaric. Algo que parecia mais provável do que todas as fantasias de vê-lo ajoelhar-se diante dela.

Talvez fosse melhor morrer nos primeiros segundos da luta. Evitaria a humilhação do que, sem dúvida, viria em seguida.

No dia seguinte, Júlia viu Horsa e Ehre partirem com centenas de hunos, descendo o morro em direção ao imenso exército romano que reluzia na planície.

Não havia tempo para esperar ou se preocupar. O acampamento estava num frenesi de atividade. Um grupo de mulheres mais velhas coordenava os que ficaram para montar um centro de cuidados médicos, e todos, até as crianças, assumiram papéis que pareciam já bem definidos. Júlia se manteve ocupada fervendo água, preparando bandagens, fazendo emplastros e misturando remédios para dor.

Logo começaram a chegar os feridos, e então ela ficou ocupada de verdade, ajudando a segurar homens e mulheres agitados enquanto flechas eram arrancadas e ossos fraturados eram realinhados. Júlia se mantinha em movimento, nunca permitindo que o olhar pousasse por muito tempo nos horrores que via, impedindo-se de pensar nos companheiros. Apenas algumas vezes recuou a um lugar afastado para vomitar e, uma vez, após a morte de uma jovem com um golpe de espada no pescoço, chorou.

Durante dois dias, Júlia ajudou os feridos e escutou ansiosamente notícias da batalha. Trabalhou até ficar exausta demais para ficar em pé e dormia em qualquer lugar disponível, envolta em seu manto no abrigo que encontrasse.

Notícias chegavam aos poucos com os feridos. Júlia ouviu que as muralhas estavam prestes a cair, que os romanos tinham massacrado quase todos os guerreiros hunos, que ambos os lados estavam quase esgotados e que o equilíbrio da batalha mudava em questão de horas. Na madrugada do terceiro dia, correu pelo acampamento a notícia de que os hunos tinham entrado na cidade e os godos haviam descido da cidadela.

As informações sobre Alaric eram desencontradas e contraditórias. Uns diziam que morrera, que seu corpo estava pendurado nos muros de Nórica. Outros, que estava louco, escondido em sua fortaleza e que ninguém o via há semanas. Ainda havia aqueles que afirmavam que ele estava na cidade, lutando como a fúria da guerra personificada. Não havia consenso.

Júlia se refugiava na atividade frenética e no caos da tenda médica. Estava ajudando a costurar um corte na testa de um homem quando ouviu gritos às suas costas.

Sua esperança cresceu com descontrole. Mas não era Alaric. Um grupo de romanos tinha se separado da legião em retirada e cavalgava desenfreado em direção ao acampamento.

Em pouco tempo, aquele lugar seria um campo de batalha.

Menos de uma hora depois, Júlia estava deitada de bruços no alto da colina, apenas mais uma entre os defensores, segurando um arco recurvo enquanto olhava os soldados romanos subindo a encosta. Estava quase fora de si de tanto medo.

Dois dedos na corda, dissera uma das mulheres mais velhas que comandavam o acampamento. Ela tinha o olhar frio de uma guerreira décadas mais jovem. *Não perca tempo tentando mirar. Apenas aponte a flecha contra o grupo e atire.*

Júlia morreria ali, estava certa disso. Uma dor ardente e feroz cresceu em seu peito. Nunca mais veria Alaric.

Os romanos estavam perto. Júlia via suas armaduras brilhando ao sol quente enquanto subiam correndo o morro. A mulher ao seu lado soltou a flecha num movimento fluido, e Júlia fez o mesmo, sentindo um vazio frio onde deveria estar o medo.

Sua primeira flecha passou acima dos romanos. A segunda foi ainda mais alta. A terceira atingiu o peito de um homem, que caiu entre os companheiros.

Júlia evitou arfar. *Ela matou outra pessoa*. Um soldado romano. O que o pai dela… mas não havia tempo para pensar enquanto pegava outra flecha. Puxou, soltou, carregou. Vez após vez, disparou contra a linha inimiga cada vez mais próxima.

Os romanos subiram a colina mesmo assim.

O inimigo estava dentro do acampamento, abatendo qualquer um que encontrasse pela frente.

Júlia, de alguma forma, sobreviveu à primeira investida, correndo antes que a alcançassem, escapando por pouco de ser pisoteada. Mas os romanos estavam por toda parte, e até os não combatentes lutavam com o que tivessem à mão; armas, pás, pernas de cadeira quebradas. Não havia para onde fugir.

Um centurião surgiu no meio do caos, sorrindo. O penacho vermelho do capacete parecia um enfeite ridículo. O homem a encarou e arregalou os olhos.

— Princesa Júlia?

Merda. Merda, merda, merda. Ele estendeu a mão para ela, e Júlia girou o machado sem pensar, cortando a mão dele em um arco brilhante de sangue. O homem gritou, e ela *correu*, se enfiando atrás de uma carroça virada justo quando uma flecha cravou na madeira ao lado da sua cabeça.

Eles a reconheceram.

Algo bloqueou o sol acima dela. Júlia olhou para cima e viu a sombra de um homem. Não era um centurião, mas algum soldado da infantaria que não saberia distingui-la de uma huna. Ele não ofereceu nenhuma chance de rendição ao descer a espada para partir seu corpo do pescoço até o ventre.

No instante seguinte, um machado voador rachou o crânio do homem com um baque úmido. Ele caiu de joelhos, e Júlia se arrastou para o lado exatamente quando um enorme cavalo preto, com cascos do tamanho de pratos, pisoteou o corpo ainda se contraindo. Ela ergueu os olhos e viu o cavaleiro que fazia sombra sobre o sol — os cascos do cavalo erguidos no ar, respingando sangue e pedaços de osso, os olhos azuis do homem brilhando como mil incêndios de cerco.

Aníbal se abaixou e enfiou o focinho no peito dela.

Bom. Pelo menos *alguém* estava feliz em vê-la.

— Oi, Aníbal — disse Júlia, fazendo um carinho meio desajeitado no cavalo de guerra que fungava alto.

Ela *sentiu* o peso daquele olhar sobre si.

Tinha medo de encará-lo. Medo até de demonstrar que o reconhecera. Mas, quando finalmente o fez, o impacto do olhar tirou-lhe o ar do pulmão. Ele era belo e terrível como um deus pagão da guerra, descido à terra para devastá-la.

— Fique debaixo da carroça — ordenou, a voz como uma lâmina. — E não saia daí.

Então virou Aníbal e mergulhou de volta na batalha.

Assim que parecia seguro, Júlia rastejou para fora da carroça.

Os homens de Alaric haviam invadido o acampamento, lutando ao lado dos defensores hunos, atropelando a infantaria romana, fazendo cabeças voarem com os machados e atravessando desertores com as lanças. Naquele momento, o topo da colina estava coberto de corpos e ela não conseguia ver Alaric em lugar nenhum. Sabia que não deveria correr até ele feito uma tola apaixonada e se jogar em seus braços. Alaric ainda estava com raiva dela, ou talvez ainda louco. Mas não tinha ideia do que fazer.

A tenda dos curandeiros estava um caos, meio desabada, os feridos restantes estavam encolhidos atrás de uma parede improvisada de catres. Júlia se jogou no trabalho com os curandeiros. *Ele* que viesse até *ela*. Não foi Alaric quem a tratou como espólio de guerra da última vez que se viram? Quem se recusou a acreditar quando ela pediu um voto de confiança?

Merda. Mas e se ele estivesse ferido? Morto?

Uma mão pesada pousou em seu ombro e Júlia quase infartou de susto. Virou-se, pronta para arrancar a cabeça dele num grito e se jogar em seus braços ao mesmo tempo. Mas não era Alaric. Era Ehre, com os olhos apertados contra o sol.

O alívio e a alegria a invadiram de uma vez, e de repente as duas estavam nos braços uma da outra.

— Achei que nunca mais fosse ver você! — gritou Júlia.

— Eu pensei o mesmo!

E por um instante só gritaram como bichos selvagens, grudadas uma na outra, Júlia quase fora de si de alívio enquanto a história jorrava da boca de Ehre em uma torrente de latim vulgar; sobre como convencera Alaric a segui-la numa perseguição insana por território inimigo para impedir que os romanos tomassem a linha da colina.

Foi então que Júlia o viu do outro lado do campo coberto de corpos, com o manto vermelho esvoaçando nos tornozelos. Estava de costas para ela, cercado por guerreiros hunos e por seus próprios homens, todos olhando fixamente para a encosta.

Tinha algo errado. O chão pareceu inclinar sob seus pés.

— Aquela primeira onda era só uma patrulha de reconhecimento — informou Ehre ao seu lado. Ela entendeu tudo num relance, bem mais rápido que Júlia. — Sem dúvida também ouviram falar da mulher ruiva que cavalga com os hunos.

Enquanto falava, Júlia compreendeu o que estava vendo. A legião inteira havia mudado de direção e vinha em disparada na direção deles.

Ela pensou no soldado sem mão.

Por um momento, ficou encarando a avalanche que se aproximava.

— Não tem como a gente lutar contra isso. Nenhuma chance.

O horror subiu pela garganta quando a dimensão do que Alaric fizera caiu sobre ela. Podia ter ficado protegido atrás dos muros e deixado a batalha na colina para lá. Júlia teria morrido ou voltado com os romanos, para o irmão, mas ele estaria vivo.

— Maldito seja.

Ela marchou na direção de Alaric, pronta para dizer umas boas verdades. Não tinha ido até ali para vê-lo morrer. Como ele *ousava*?

Mal tinha dado alguns passos quando Ehre segurou seu braço de novo. Apontou para além do campo de batalha, por cima dos corpos, das máquinas de cerco destruídas e da ameaça reluzente do exército romano, para a grande nuvem de poeira que se erguia logo depois do horizonte.

— *Olhe.*

Um segundo exército. E, acima dele, uma grande bandeira com um carvalho verde brilhando ao sol. O exército de Torismundo.

CAPÍTULO XLVIII

Mais uma vez, Alaric reuniu os defensores hunos e seus próprios homens. Ordenou que construíssem barreiras no alto da colina, arrastando carroças quebradas e cadáveres ainda quentes para conter o avanço que se aproximava. Quem não estivesse ajudando a erguer as barreiras devia recolher flechas e pedras para as fundas. Então os romanos caíram sob suas flechas, se acumularam diante das barricadas improvisadas e foram esmagados pelo exército de Torismundo atrás deles.

Quando a batalha acabou, ele não conseguiu encontrar Júlia.

Não sabia o que esperava encontrar ao sair em disparada, contrariando o bom senso de todos, inclusive o próprio, atrás do fantasma ruivo na batalha da colina. Suas palavras morreram na garganta ao vê-la viva, erguendo-se do chão com calma e firmeza, depois de observar Aníbal esmagar um inimigo sob os cascos. Ela acariciara o cavalo, ignorando-o por completo, até o momento em que seus olhares se cruzaram, e então Alaric não recebeu uma única palavra.

Se Júlia tivesse morrido dessa vez, a espada dele encontraria repouso no próprio peito.

Correu até a tenda dos feridos, mas ela não estava lá. Interceptou uma das curandeiras no caminho, uma mulher pequena, carregando um machado que inspirava respeito.

— Onde está minha esposa? — perguntou em huno. — A de cabelo vermelho.

— Sei lá. Talvez por ali.

Ela apontou para qualquer direção e passou por Alaric, nitidamente incomodada com a interrupção.

Ele partiu na direção indicada, a leste, onde começavam a empilhar os corpos para serem queimados. *E se Júlia estivesse entre os mortos?* Ou meio viva, inconsciente, prestes a ser lançada ao fogo? Disparou em corrida, cruzando o terreno em grandes passadas.

— *Alaric*. Seu *desgraçado* da porra. Não ouse fugir de mim, seu cão maldito.

Alaric freou de repente. Torismundo estava plantado à sua frente, feito uma muralha.

— Saia da porra da minha frente, Torismundo.

— Ah, não. Não venha com esse tom baixo e ameaçador, de quem promete sangue e decapitação, não. Eu sou *imune*, porra. — O rosto do batavo estava vermelho de raiva. — Seu *idiota*. Tem noção do que acabou de fazer?

Talvez tivesse matado a mulher que amava. De novo.

— Não tenho tempo para isso.

— Pois arranje! — rugiu Torismundo, agarrando o braço de Alaric quando ele tentou passar. — Abri caminho por uma legião romana só para vir dizer umas verdades para você e pretendo fazer isso agora. Ofereci levar Júlia para a casa de Brisca, e acho que ela seria louca de não aceitar. Se *algum dia* você machucar aquela mulher de novo, vou pegar essa sua lança e enfiar no seu...

Alaric arrancou o braço da mão do outro. *Chega.* Estava cansado, machucado, consumido de preocupação com Júlia, *e já era demais.*

— Porque não tenta? — rosnou ele. — Agora.

Torismundo sacou o machado. Alaric ergueu a lança e firmou o corpo. *Ótimo.* Fosse lá o que acontecesse entre eles, estava pronto para resolver ali mesmo.

— Vocês estão malucos? — disse uma voz atrás dele. Havia incredulidade e *riso* misturados. — Sério. Vocês estão *malucos*? Já não tiveram guerra suficiente?

Ele se virou e viu Júlia, justo no momento em que Torismundo desferia o golpe.

Alaric nem precisou olhar para impedir o ataque. O batavo anunciava cada movimento com o corpo, os pés, os ombros. O lado chato do machado bateu contra a madeira endurecida da lança. Ainda assim, o impacto reverberou até seu ombro, deixando-o dormente. Ele não se importou. Não conseguia tirar os olhos de Júlia. Ela o encarava, com os olhos azul-esverdeados reluzindo sob o sol, cada centímetro dela exalando a aristocrata que era, mesmo de calça bárbara e botas empoeiradas, e com o cabelo ruivo trançado sob um gorro frígio puxado até as orelhas.

Viva. Viva, a salvo, e *dele.*

Agiu por instinto. Pegou as rédeas do cavalo mais próximo, montou de um salto e puxou Júlia para a frente da sela. Ela arfou de surpresa quando Alaric pôs o animal a galope, depois em corrida total, colina abaixo, desviando de corpos, elevações e aço retorcido. Atrás deles, ainda era possível ouvir Torismundo urrando de indignação.

As unhas de Júlia se cravaram no antebraço dele conforme o cavalo ganhava velocidade. O gorro dela voou; o cabelo se soltou e chicoteou seu rosto.

— Você podia ter *perguntado* antes de me sequestrar.

Alaric apertou os braços ao redor dela.

— Não pedi da primeira vez. Não vou pedir agora.

Porque ela podia dizer *não*. Porque podia recusá-lo. Porque mesmo naquele instante, apesar de tudo, Júlia podia desaparecer como fumaça entre seus braços.

Desceram a encosta e atravessaram os portões arruinados da cidadela, sob o riso e os gritos entusiasmados do povo remanescente que os seguiu até a tenda de guerra. Alaric desmontou e puxou Júlia consigo, lançando um olhar mortal a qualquer um que ousasse se aproximar.

Quando enfim ficaram a sós, permitiu-se olhar para ela, *olhar de verdade*.

Júlia ficou no centro da tenda, o cabelo solto da trança, escorrendo pelas costas como um emaranhado flamejante. Usava uma túnica huna e calça bordada com desenhos geométricos, botas de montaria que iam quase até os joelhos. Parecia uma guerreira bárbara, levando um machado huno na cintura e uma faca na bota. As faces encovadas e o olhar sombrio deixavam claro: ela presenciara horrores que nunca deveria ter visto.

Era culpa dele. De repente, ficou difícil respirar em meio ao ódio que tinha de si mesmo. Tentara protegê-la e falhara. No reflexo dos olhos verde-oceano dela, viu uma duplicata de si mesmo, olhos selvagens, quase louco com sentimentos grandes demais para serem ditos.

Como ela consegue não se mexer? Fria como mármore, enquanto Alaric estava em frangalhos só de olhar para ela. Ele acreditara que a tinha perdido.

— Você está viva? — Sua voz saiu como se estivesse engasgando com pedras. — Ou é seu espírito que estou vendo?

A pior coisa que poderia ter dito. Júlia já o achava louco o bastante.

— Ah, sim, fiquei sabendo que você tem tido alguns probleminhas com... espíritos.

O tom dela era seco como vinho imperial, e o sotaque completamente estranho na boca da bárbara ruiva à sua frente. Ela ergueu uma sobrancelha ruiva, meio entediada. Era um gesto tão *Júlia*. Luto, medo e *saudade* o invadiram de uma vez e, de repente, o rei dos godos estava se afogando. Cambaleando.

— E então? Sobrevivemos à batalha, Alaric. E agora?

— Torismundo disse que se ofereceu para levar você para a aldeia de Brisca. — Mal conseguia pronunciar as palavras. — Você vai?

Júlia permaneceu em silêncio. Cada músculo do corpo dele se retesou. *O que faria se ela dissesse sim?* Ele a amarraria à cama. Não permitiria que ela fosse. Passaria o resto da vida tentando convencê-la a ficar.

Por fim, Júlia falou, num tom apenas meio curioso:

— Você ainda me quer aqui? Depois de tudo o que se passou entre nós?

Alaric prendeu a respiração. *Precisava* dela, será que ela não via isso? De repente, ficou dolorosamente claro para ele que Júlia tinha ficado muito bem sem sua presença, enquanto ele desabara na loucura sem ela. Júlia era o ar para ele. Água no deserto.

Ele conseguiu sussurrar um *sim* falhado.

— Então você precisa mudar — disse ela, em voz baixa. — Serei uma rainha *de verdade*, ou não serei nada.

Todo o pavor veio à tona, prestes a engoli-lo. Júlia em meio a uma luta, correndo de um lado para o outro sem cautela. Caltrácio erguendo a *rhomphaia* contra ela. Machadinhas brilhando na escuridão do grande salão de Brisca. Aquele mundo não era seguro para Júlia, nunca seria. Alaric a perderia de novo; e ela apressaria esse fim. E então ele perderia a si mesmo.

De repente, *ela* era a inimiga de tudo o que ele amava.

— Quer que eu deixe você vagar desprotegida em campo de batalha? — *Porra*. Ouviu sua própria voz subir até virar um brado desajeitado, mas não havia como conter. O luto e a raiva explodiam em seu peito. — Quase fui assassinado *duas vezes* depois que você partiu. E uma antes. Quer que eu a deixe lidar com clãs que preferem matá-la a dirigir-lhe a palavra?

Foi preciso um esforço *feroz* para não puxá-la para os seus braços. Seu corpo gritava para segurá-la com tudo o que tinha. Alaric ainda lutava contra si mesmo quando ela cruzou os braços, como quem ergue uma barreira.

— Vai me dizer que dependo de *você* para ficar viva? — Júlia o olhou com ceticismo. — Alaric, você teria morrido se não fosse por mim. Eu trouxe dois exércitos para salvar sua pele. Não um... *dois*. E o que encontro ao chegar? Mais dez corpos naquela muralha. Eu contei. — Seus lábios se apertaram, reprovadores. — Talvez eu devesse *trancafiá-lo*, pelo bem de todos, se não pelo seu. É esse o tipo de rei que você vai ser?

A fúria explodiu nele. *Quem ela pensa que é para me dizer como devo lidar com ameaças?*

— Se desafiarem o seu lugar ao meu lado, sim. — A mandíbula dele se contraiu, num gesto defensivo. — Vou matar ou expulsar quem quer que seja se não puder confiar na lealdade deles a você. Não vou pedir desculpa por isso. E *não* vou pedir desculpa por tentar manter você viva.

As lágrimas brilharam nos olhos dela.

— Essa é a minha resposta, então — disse, com uma dignidade tranquila. — Você não vai mudar. Não vai.

E então Júlia estava se afastando. Já quase tinha saído pela aba da tenda.

A angústia ameaçou sufocá-lo. Alaric cruzou a distância entre os dois em dois passos e ouviu um pequeno arquejo de surpresa quando a puxou para um abraço apertado de esmagar os ossos. Aquilo não bastava para sustentá-lo. Escorregou de joelhos, mantendo os braços ao redor dela, o rosto enterrado em seu ventre, o pulmão cheio de desespero. Estava se afogando naquilo.

— Não vá.

Júlia permaneceu em silêncio, rígida nos braços dele. Alaric já estivera em mais batalhas do que podia contar; e nunca, em nenhuma das vezes em que sua vida esteve em risco, sentira um medo como aquele, esperando que a esposa dissesse alguma coisa.

Ela enroscou a mão com gentileza em seu cabelo.

— Se a escolha for entre liberdade e prisão, Alaric, eu não vou escolher a prisão. — Mas não era uma recusa absoluta. Uma fagulha de esperança acendeu no peito dele. — Se você me trancar, eu vou escapar. Já fugi de você antes. Fugi de Torismundo. Fugi do meu próprio irmão. Eu *vou* embora.

Os braços dele se apertaram até que as costelas dela estalaram. Se a soltasse, Júlia desapareceria, e a vida dele não valeria mais nada. Alaric respirou fundo, o coração batendo com força, como se pudesse puxá-la inteira para dentro do pulmão.

— Então, eu me rendo. — A voz saiu áspera. — Eu me rendo, Júlia, às condições que você quiser. *Eu te amo.*

Alaric arrancaria o próprio coração do peito antes de deixá-la partir de novo.

— É mesmo? — Foi impressão dele, ou ela *ronronou* aquelas palavras? Ele levantou os olhos e a viu sorrindo por entre lágrimas cintilantes. — E o que você vai me dar se eu ficar, Alaric?

O que ele daria a ela? A vida. O coração. Os malditos *ossos*.

— O que você quer?

— O que sempre quis. Um exército. Um império aos meus pés.

Alaric nem precisou pensar.

— Feito.

— E um casamento. Público, com votos, um mestre de ofícios e *presentes*. Quem dá o dote é o homem, afinal. Foi uma das primeiras coisas que você me disse. — Havia um traço de humor na voz dela. — Acho que, mesmo naquela época, você já sabia que era meu.

— Sim.

Mesmo naquela época. Sem a menor dúvida.

Alaric se levantou, ainda com os braços em volta dela, e viu que Júlia sorria com todo o calor de uma tarde roubada brilhando nos olhos. Mas ainda assim ela não lhe dava certeza.

— Então você vai ficar? — Precisava *ouvir*. — Não tenho o menor problema em implorar, mulher...

— Ah, Alaric. — Júlia riu, quente, livre, sem afetação. Descansando a mão no rosto dele, murmurou: — Consigo pensar em coisas bem melhores para você fazer com essa boca.

Então o beijou, e as muralhas em torno do coração dele desabaram para sempre.

Júlia flutuou entre sonhos e vigília por um tempo que pareceu durar anos. Sentia-se aquecida, protegida, absolutamente segura. Não queria que aquilo acabasse.

Quando despertou, já passava do amanhecer. Alaric estava sentado ao lado da cama, observando-a com uma intensidade feroz. Vestia-se como um caudilho, e torques dourados emolduravam o volume forte de seus braços. Teria causado medo, se os olhos azuis não estivessem iluminados pela preocupação.

— Não se levante. — Ele a empurrou de volta com delicadeza nas peles. — Quer água? Comida?

A lembrança da noite anterior veio de uma vez: o amor entre os dois, terno a ponto *de doer*.

— Água. — Recebeu de imediato, fria, com um leve gosto metálico. — Devo estar com uma aparência horrorosa.

— Você é linda — garantiu Alaric, com uma honestidade tão intensa que fez o rosto dela arder.

E então percebeu: ele nunca a chamara assim antes. Lembrou-se das confissões apaixonadas da noite anterior. *Eu te amo.* Alaric repetira aquilo muitas vezes, como se não conseguisse parar. De repente, Júlia foi tomada por um choro. E ele já estava com os braços ao redor dela, os lábios em sua testa, em seu pescoço. Desesperado.

— Não suporto ver você chorar.

— Eu não estou chorando.

Mais lágrimas. Na verdade, seus sons mais pareciam um *grunhido.* E então começou a rir, e ele também, com a testa encostada na dela.

— Sinto muito. Por tudo.

— Para de se desculpar, por favor.

Por um momento, Júlia apenas se deixou ficar nos braços dele. Era tão, *tão bom.* Ela achou que o tinha perdido. E depois, no dia anterior, houve um instante em que teve certeza de que teria de deixá-lo. Júlia se afastou um pouco, procurando seu rosto. A dor nos olhos dele ainda não tinha sumido.

— Você dormiu?

Ele sorriu, quase sem força.

— Quase nada.

— É por causa de Horsa?

Horsa não voltara pelos portões com os outros. Júlia soube depois que ele partira após a batalha, voltando para se reunir com seus bandidos.

Alaric nem precisou responder. A resposta estava ali, na dor do seu olhar.

— Vamos encontrá-lo de novo. Vamos trazê-lo para casa. — Júlia pousou a palma da mão no rosto dele. — E Caltrácio? Você ainda o vê?

Sentiu o corpo dele se enrijecer sob sua mão.

— O tempo todo. — Os cílios claros sombrearam seus olhos. — Achei que ele fosse embora quando eu encontrasse você de novo, mas Caltrácio ficou acordado comigo quase a noite inteira, depois que você dormiu. — Um silêncio longo e doloroso. — Ele diz que todo mundo que me ama morre. E está certo.

Júlia inspirou fundo. Entendia por que Alaric tinha tanto pavor de que algo lhe acontecesse. Ele não conseguira proteger tantos outros. Sua fúria protetora o levava a cometer atrocidades, a se tornar o vilão. Mas amar alguém num mundo como aquele era, por si só, aterrorizante.

Torismundo dissera que Alaric havia recusado ao homem um enterro digno. Por isso seu espírito vagava pela terra, sem descanso.

— Tive uma ideia.

As roupas dela estavam empilhadas ao pé da cama, e o objeto ainda estava lá, dentro da bolsinha, liso e frio na palma da mão. Ela o ergueu sob a luz fraca do amanhecer. A flauta feita do osso do dedo de Caltrácio.

— Podemos dar a ele um enterro digno.

CAPÍTULO XLIX

Naquele dia, os hunos acenderam uma fogueira no campo e sacrificaram uma vaca para o banquete.

Júlia assistia dos degraus da mansão queimada, com Torismundo ao seu lado. Os dois passavam entre si um odre de vinho enquanto acompanhavam as festividades. Lá embaixo, Riga estava sem camisa, tatuagens se entrelaçando pelo peito e descendo pelos braços. Diante dele estava a irmã, e ao redor todos gritavam e vibravam. Eram todos da mesma família, muitos irmãos, sobrinhos e sobrinhas. As anciãs que haviam comandado os cuidados médicos e liderado a linha de defesa durante a batalha também haviam sido as parteiras que trouxeram Riga ao mundo.

Ela observava os irmãos começarem a se enfrentar num movimento que parecia mais dança do que combate.

Júlia ergueu a mão, mostrando a marca que Riga entalhara em sua palma.

— Como você acha que devo matá-lo por isso? Veneno?

— Vai ter que me passar na frente, Júlia. Isso se *outro* irmão dele não o matar antes. — Torismundo olhou para a própria mão e balançou a cabeça, mais divertido que irritado. Depois virou-se para ela, os olhos cinzentos brilhando à luz do fim da tarde. — Você decidiu ficar?

— Sim. — Ela ergueu o queixo. Torismundo jamais deixara de lhe oferecer outros caminhos. — Sei que você não apoia.

— Você é uma mulher feita. Pode tomar suas próprias decisões.

— Ao menos *alguém* pensa assim. — Júlia tomou outro gole do vinho. Era decepcionante que fosse tão aguado. — E você? Já tomou a sua decisão?

Lá embaixo, o cabelo de Riga voava ao redor do rosto enquanto ele e Kreka se chocavam e se afastavam, os dois rindo com uma alegria selvagem. Torismundo olhou para eles, carrancudo.

— Mantenho o que disse.

— E ainda assim está aqui.

— Você é meu irmão de sangue. Fiz um juramento. — A expressão dele era de quem não estava nem um pouco satisfeito com isso. — Não posso quebrar meus votos.

Júlia lançou um olhar para ele. O cabelo loiro cor de trigo estava preso para trás com um cordão de couro, e ele franzia o cenho como se aquele combate lá embaixo fosse uma afronta pessoal. Ela enxergava o que ficava implícito — o amor absoluto que o batavo sentia por Alaric. A recusa em abandonar seu líder. O ressentimento de estar preso a esse juramento, mesmo sem conseguir viver de outro modo.

— Ele precisa de você, sabia? Não admite, mas precisa. — Júlia fez uma pausa. — E eu também. Você foi o único entre os clãs que se importou com os refugiados.

— E Alaric os deixou apodrecer. Diante do menor revés, virou um senhor da guerra como qualquer outro.

— Gosto de pensar que minha morte temporária foi mais do que um *pequeno revés*. — Júlia tomou mais um gole do odre. — Não tenho intenção de deixá-los apodrecer, Torismundo. Vou precisar de aliados com influência junto a Alaric. Eu e você poderíamos fazer muito aqui, se trabalharmos juntos.

— Hmm. — Torismundo ficou em silêncio por um tempo, digerindo aquilo. — Ele não está melhor, você sabe. Pode parecer que sim, mas não está. E não vai estar até que Horsa volte.

Júlia suspirou, observando as pessoas lá embaixo. Hengist e Ehre estavam ali, torcendo. Ambos haviam apostado, e não em Riga. Ataulf e Bromios estavam sentados juntos, meio afastados do público. Alaric prometera não expulsar o romano; ao que parecia, ele libertara Alaric e os gêmeos da prisão. Talvez tivesse conquistado seu lugar. Bromios sempre acabava dando um jeito.

Mas a ausência de Horsa era palpável. Corria por dentro *dela*; só podia imaginar o que Alaric sentia.

— Prometi a Alaric que vamos trazê-lo de volta — disse ela, num sussurro. — Considere isso meu juramento.

— Talvez seja melhor que o garoto aprenda a voar sozinho.

Júlia não soube o que dizer. Doía admitir que Torismundo podia estar certo. Os dois continuaram observando a luta, e Júlia fez uma careta quando Kreka virou Riga e o jogou no chão com força, cravando o pé em seu peito.

— Acha que Riga deixou Kreka vencer? — murmurou Júlia. — Ou ele é ruim *mesmo* em lutas corporais?

— Acho que vou descobrir.

No instante seguinte, Torismundo puxou a camisa pela cabeça e desceu a encosta a passos largos, berrando o nome de Riga.

CAPÍTULO L

Caltrácio foi enterrado quando as folhas começaram a cair, em um bosque sob a sombra das muralhas de Nórica, junto com todos os corpos que Alaric havia pendurado em estacas. Ele cantou o peã que antes negara, sua voz clara e rica, num barítono firme; Torismundo juntou-se a ele com um baixo profundo, e a canção soou dolorida e densa como a terra molhada.

Alaric nunca mais viu Caltrácio.

Os dias se passaram. Alaric e Júlia reuniram forças para restaurar as muralhas. Quando o outono deu lugar ao inverno, os muros estavam reconstruídos e o aqueduto, restaurado, levando água fresca das montanhas. A cidade estava tão preparada para um cerco quanto seria possível. Alaric posicionou guardas nos trechos recém-reparados, e por um tempo Júlia acordava todas as manhãs esperando ver um novo exército no horizonte. Caltrácio prometera que Estilicão viria pelas montanhas antes do inverno, e o outono já se encerrara por completo. Os clãs das colinas mandariam notícias a qualquer momento de que ele estava a caminho, e até Alaric sabia que eles só conseguiriam segurá-lo por algum tempo.

Mas nenhuma notícia veio.

A explicação chegou quando o espião de Alaric em Ravena entrou em Nórica a galope.

Caio era um homem de estatura mediana e idade indefinida, do tipo que passava despercebido com facilidade. Inclinou-se diante do rei dos godos na tenda de guerra, o manto coberto de poeira da estrada.

— Sinto muito, meu rei. Estilicão morreu.

Júlia pensou no mesmo instante em Verina, sozinha na corte, sem o poder do general para protegê-la. Os olhos azuis de Alaric se estreitaram.

— Como?

Caio contou. Quando Honório ouviu os rumores sobre o casamento de Júlia, caiu em fúria. Olímpio aproveitou a oportunidade para reacender antigas acusações de que Estilicão conspirava com Alaric, e Honório ordenou a execução do general. Estilicão buscou santuário em uma igreja cristã, e os homens de Honório disseram ao bispo que iriam apenas prendê-lo, não o executar, mas, assim que ele cruzou o limiar da igreja, o mataram.

Depois que Estilicão morreu, Honório ordenou o massacre de trinta mil federados godos e de suas famílias.

Ao ouvir a história, Alaric mandou todos saírem de suas tendas, exceto Júlia.

— Isso é guerra — disse ele, sem emoção em sua voz. Ela podia *sentir* a fúria. Daquelas que incendiariam cidades. Mesmo contida, tomava o ar da tenda, devorava tudo. — Isso merece resposta.

Alaric a fitava diretamente, e Júlia se eriçou diante da pergunta não dita. Ela já não era mais uma princesa romana, será que ele não via isso? Pensou nos grandes edifícios de mármore de Roma e de onde vinha aquele mármore. Queria destruir tudo. Nunca mais queria olhar para mármore na vida.

— Este é o meu presente de casamento para você. — Ela endireitou as costas e sustentou o olhar firme e determinado do marido com o seu. Um juramento sagrado. Torismundo se orgulharia. — Vou lhe entregar as chaves do Império. Todas as minhas alianças, toda a minha riqueza, são suas. Vamos queimar tudo juntos.

Ela riu quando Alaric a ergueu pela cintura e a girou sob o teto impregnado de fumaça da tenda. Não queria ser imperatriz. Só queria ver tudo em chamas.

Uma semana depois — na véspera do casamento —, Júlia recebeu uma visita.

Alaric já estava de pé havia horas. Mas ela dormira até tarde e despertou sobressaltada ao ver Horsa sentado ao lado de sua cama. Era o próprio rei dos bandidos, exibindo até mesmo um brinco dourado que brilhava na orelha. Mas a pose se desfez quando ele a puxou para um abraço apertado.

— Precisava te ver antes do casamento — disse Horsa, baixinho. — Trouxe isto para você, já que vive perdendo as outras.

Era uma adaga. Pequena o suficiente para caber numa bota ou na manga. O cabo reluzia com esmeraldas.

— É linda — sussurrou Júlia. Quase *uma joia*. — Onde conseguiu isso?

— Roubei. — Ele deu de ombros, com um sorriso. — Você pode fugir comigo. Ser rainha dos bandidos.

— Horsa, nós dois nunca daríamos certo. — As pessoas viviam lhe oferecendo rotas de fuga de Alaric. Júlia suspirou. — Vai ficar para o casamento?

— Não.

Ela já esperava por essa resposta, mas ainda assim seu coração se partiu.

— Ele sente sua falta — disse, baixinho. — Vai voltar algum dia?

Horsa balançou a cabeça.

— Não sei dizer.

— Então, venha até *mim* de vez em quando. O Império está se movendo contra nós, e preciso de espiões só meus. — Júlia segurou as mãos dele entre as suas. — Tenho certeza de que já soube do massacre dos godos em Roma.

— Sim. E ouvi dizer que você vai à guerra. — Horsa a olhou com seriedade. — Queria poder ir também.

Ela o abraçou com força. Pelas tantas vezes que sabia que não poderia fazê-lo mais.

— Sempre serei um refúgio seguro para você, Horsa. Mesmo que não possa voltar para Alaric.

Júlia recuou para guardar aquele rosto na memória. Os olhos do jovem cintilavam à luz que se apagava. Azuis, mais claros que os de Alaric. Quase cinzentos. Suaves e firmes como aço.

— Eu sei.

Ela soltou o abraço. Horsa desapareceu de um segundo para o outro.

O casamento de Alaric dos Godos e Júlia Augusta, filha de Teodósio, aconteceu no fim do outono. Clãs vieram de todas as partes, e Alaric e seus homens abateram carneiros e cabras selvagens. A festa durou dias.

Dizem que o casal foi unido por Torismundo, o último descendente dos batavos, que os casou perante os deuses. Alaric era um líder bárbaro, e ela, a filha de um imperador de Roma; inimigos naturais, mas quem esteve presente só conseguia ver o modo como os dois se olhavam, com tamanha ternura que era fácil esquecer que aquele casamento era uma inconveniência para o Império.

Dizem que, seguindo a tradição, no auge da festa, o rei dos godos presenteou a esposa com joias e ouro saqueados das cidades mais ricas do oeste, levados por uma procissão de jovens belos. Dizem que a colocou num trono acima do seu e a contemplou com um olhar de amor que eclipsava todas aquelas riquezas.

E, quando marcharam para a guerra contra o Império, a terra inteira estremeceu com sua chegada.

AGRADECIMENTOS

Demorei oito anos para escrever este livro. Nesse tempo, minha vida mudou completamente. Comecei a escrevê-lo em meio a um término, e continuei ao longo de uma crise de saúde que durou um ano, anos de reviravoltas políticas assustadoras e, por fim, a morte da minha mãe por câncer de pâncreas. Li os primeiros capítulos para ela no hospital. Não sei o quanto ela ouviu, mas gosto de pensar que agora, talvez, ela saiba de tudo. Como Alaric, não sei para onde vão os mortos. Mas eu queria, desesperadamente, saber.

Durante tudo isso, este livro foi meu refúgio e minha fuga. Mas nem tudo é tristeza. Este livro também tem alegria, e muita gente me ajudou a trazê-lo ao mundo.

Meus pais são os primeiros a quem preciso agradecer. Eles eram do tipo que passavam a lua de mel acampando em campos de batalha da Guerra de Secessão, apaixonados por história, vivendo nela. Minha mãe era bibliotecária na cidade onde cresci, e eu passava horas entre as estantes, lendo sobre história antiga e mitologia do mundo inteiro. Meu pai me ensinou que a história dos campos de batalha é muito mais do que datas e números; é intensa, visceral. E minha mãe sempre me incentivou a ler, não importava o rumo que a história levasse.

Então, obrigada, mãe e pai, por terem plantado em mim tudo o que eu precisava para fazer este trabalho. Obrigada, pai, pelo apoio constante, pelo amor incansável, por nunca duvidar de que eu seria capaz de fazer qualquer coisa que decidisse. Obrigada, mãe, por solicitar em bibliotecas todos os livros que eu queria ler, por mais obscuros que fossem, e por fingir que não via quando eu pegava os romances safados. Eu achava que estava enganando você aos 14 anos; é claro que não estava. Amo vocês dois profundamente. E mais: bibliotecas são vida. Obrigada às bibliotecas públicas.

Obrigada a Jenny e Luna, pelo apoio maravilhoso lá no início. Amo vocês imensamente.

Obrigada, Juliet, por todos os dias longos e silenciosos escrevendo, ao lado de chá e carinho de gatos, pelas sopas com *dumplings* e pelo País de Gales. E por andar comigo pelo Met enquanto eu não parava de falar sobre arremesso de machado. Eu era obcecada na época. Ainda continuo.

Obrigada, Erin, pela sessão épica de troca de ideias num *brunch drag* que finalmente destravou meu bloqueio de oito anos com o título. Você é pura magia.

Obrigada, Brittney, por todo o apoio, criatividade e talento supremo na organização de eventos. Sem você, eu não teria conhecido minha maravilhosa agente. Sou eternamente grata.

Obrigada, Minet, por sentar comigo e escrever as falas mais memoráveis de Alaric em latim original num guardanapo e depois traduzi-las. Eu nem achava que dava para me apaixonar tão rápido.

Obrigada, Heloise, por ter aparecido na minha vida no momento em que apareceu. Como eu queria que você não tivesse partido.

Obrigada, Liv, por sua amizade e amor, que tornaram todas as coisas boas possíveis. Obrigada por Roma, pela Grécia e por coquetéis com vista para ruínas de dois mil anos. Sua amizade mudou a minha vida.

Obrigada, Sarah, da Three Little Words Romance Editing, por me dar o mapa que transformou este livro de um diamante bem bruto em algo com que alguém talvez até fizesse um pedido de casamento.

Obrigada à minha agente incrível, Ellen, por acreditar neste livro e em mim. Obrigada pelo seu humor, sua sabedoria, por me manter com os pés no chão e por cada porta que abriu.

Obrigada à minha revisora, Jerri Gallagher, pelo impulso de confiança na hora em que eu mais precisava e por me ajudar a superar meu vício incurável em ponto e vírgula.

Obrigada à minha maravilhosa editora, Cat, por amar este livro tanto quanto eu. Obrigada por me ajudar a levá-lo à sua forma mais plena e apresentá-lo ao mundo. Espero que o mundo o ame tanto quanto nós.

Obrigada aos ouvintes e apoiadores do *Ancient History Fangirl*, o podcast que criei (com Genn) porque eu precisava de um espaço para falar de todas as pesquisas malucas que estava fazendo. Obrigada por amarem História Antiga como eu, pelo apoio constante, pelo incentivo; e a vocês que assinaram o Patreon: obrigada cem vezes. Estou tão empolgada por vocês poderem finalmente ler isso. Demorou, mas chegou.

E, por fim, obrigada, Genn. Meu corvo de três olhos, meu olho que tudo vê, meu presságio ruivo de desastre. Obrigada por me arrastar pelos Alpes vinte e duas vezes e ajudar a dar vida a isso, suando e sangrando junto comigo. Obrigada por ter ficado quando eu pedi, por ter mergulhado comigo no *Ancient History Fangirl*, por ter entrado no meu mundo e escolhido ficar. Sempre me surpreende e me comove o que somos capazes de realizar juntas. Obrigada.

Este livro foi impresso em 2025, pela Vozes, para a Harlequin.
O papel do miolo é ivory 65g/m² e o da capa é cartão 250g/m².